한국어역 만엽집 8

— 만엽집 권 제10 —

한국어역 만엽집 8

- 만엽집 권제10 -

이연숙

도서
출판 박이정

대장정의 출발

이연숙 박사의 『한국어역 만엽집』 간행을 축하하며

 이연숙 박사는 이제 그 거대한 『만엽집』의 작품들에 주를 붙이고 해석하여 한국어로 본문을 번역한다. 더구나 해설까지 덧붙임으로써 연구도 겸한다고 한다.

 일본이 자랑하는 대표적인 고전문학이 한국에서 재탄생하게 된 것이다. 다만 총 20권 전 작품을 번역하여 간행하기 위해서는 오랜 세월을 기다리지 않으면 안 된다. 현재 권 제4까지 번역이 되어 3권으로 출판이 된다고 한다.

 『만엽집』 전체 작품을 번역하는데 오랜 세월이 걸리는 것은 틀림없다. 그러나 대완성을 향하여 이제 막 출발을 한 것이다. 마치 일대 대장정의 첫발을 내디딘 것과 같다.

 이 출발은 한국, 일본뿐만이 아니라 전 세계적으로도 대단한 일이라고 할 수 있다.

 사실 『만엽집』은 천년도 더 된 오래된 책이며 방대한 분량일 뿐만 아니라 단어도 일본 현대어와 다르다. 그러므로 『만엽집』의 완전한 번역은 아직 세계에서 몇 되지 않는다.

 영어, 프랑스어, 체코어 그리고 중국어로 번역되어 있는 정도이다.

 한국어의 번역에는 김사엽 박사의 번역이 있지만 유감스럽게도 전체 작품의 번역은 아니다. 그 부분을 보완하여 이연숙 박사가 전체 작품을 번역하게 된다면 세계에서 외국어로는 다섯 번째로 한국어역 『만엽집』이 탄생하게 되는 것이다. 중국어 번역은 두 사람에 의해 이루어졌으므로 이연숙 박사는 세계의 영광스러운 6명 중의 한 사람이 되는 것이다.

 『만엽집』의 번역이 이렇게 적은 이유로 몇 가지를 들 수 있다.

첫째, 이미 말하였듯이 작품의 방대함이다. 4500여 수를 번역하는 것은 긴 세월이 필요하므로 젊었을 때부터 시작하지 않으면 안 되는 것이다.

　　둘째로, 『만엽집』은 시이기 때문이다. 산문과 달라서 독특한 언어 사용법이 있으며 내용을 생략하여 압축된 부분도 많다. 그러므로 마찬가지로 방대한 분량인 『源氏物語』 이상으로 번역하기가 어려울 것이다.

　　셋째로, 고대어이므로 정확한 의미를 파악하기가 힘이 든다는 것이다. 더구나 천년 이상 필사가 계속되어 왔으므로 오자도 있다. 그래서 일본의 『만엽집』 전문 연구자들도 이해할 수 없는 단어들이 있다. 외국인이라면 일본어가 웬만큼 숙달되어 있지 않으면 단어의 의미를 찾아내기가 불가능한 것이다.

　　넷째로, 『만엽집』의 작품은 당시의 관습, 사회, 민속 등 일반적으로 문학에서 다루는 이상으로 광범위한 분야에 대한 지식이 없으면 이해하기 어려운 것이다. 번역자로서도 광범위한 학문적 토대와 종합적인 지식이 요구되는 것이다. 그러므로 어지간해서는 『만엽집』에 손을 댈 수 없는 것이다.

　　간략하게 말해도 이러한 어려움이 있는 것이다. 과연 영광의 6인에 들어가기가 그리 쉬운 일이 아님을 누구나 알 수 있을 것이다.

　　그러나 이연숙 박사는 이것이 가능하다고 생각된다. 아직 젊을 뿐만 아니라 오랜 세월 동안 『만엽집』의 대표적인 연구자로서 자타가 공인하는 업적을 쌓아왔으므로 그 성과를 토대로 하여 지금 출발을 하면 그렇게 오랜 세월이 걸리지 않을 것이라 생각된다. 고대 일본어의 시적인 표현도 이해할 수 있으므로 번역이 가능하리라 확신을 한다.

　　특히 이연숙 박사는 향가를 깊이 연구한 실적도 평가받고 있는데, 향가야말로 일본의 『만엽집』에 필적할 만한 한국의 고대문학이므로 『만엽집』을 이해하기 위한 소양이 충분히 갖추어졌다고 생각되기 때문이다.

이러한 여러 점을 생각하면 지금 이연숙 박사의 『한국어역 만엽집』의 출판 의의는 충분히 잘 알 수 있는 것이다.

　김사엽 박사도 『만엽집』 한국어역의 적임자의 한 사람이었다고 생각되며 사실 김사엽 박사의 책은 일본에서도 높이 평가되고 있고 山片蟠桃상을 받은 바 있다. 그러나 이 번역집은 완역이 아니다. 김사엽 박사는 완역을 하지 못하고 유명을 달리하였다.

　그러므로 그 뒤를 이어서 이연숙 박사는 『만엽집』을 완역하여서 위대한 업적을 이루기를 바란다. 그런 의미에서도 이 책의 출판의 의의가 큰 것을 알 수 있다.

　이러한 대장정의 출발로 나는 이연숙 박사의 『한국어역 만엽집』의 출판을 진심으로 기뻐하며 깊은 감동과 찬사를 금할 길이 없다. 전체 작품의 완역 출판을 기다리는 마음 간절하다.

2012년 6월

中西 進

책머리에

『萬葉集』은 629년경부터 759년경까지 약 130년간의 작품 4516수를 모은, 일본의 가장 오래된 가집으로 총 20권으로 이루어져 있다. 『만엽집』은 많은(萬) 작품(葉)을 모은 책(集)이라는 뜻, 萬代까지 전해지기를 바라는 작품집이라는 뜻 등으로 해석되고 있다. 이 책에는 이름이 확실한 작자가 530여명이며 전체 작품의 반 정도는 작자를 알 수 없다.

일본의 『만엽집』을 접한 지 벌써 30년이 지났다. 『만엽집』을 처음 접하고 공부를 하는 동안 언젠가는 번역을 해보아야겠다는 꿈을 가지게 되었다. 그러나 작품이 워낙 방대한데다 자수율에 맞추고 작품마다 한편의 논문에 필적할 만한 작업을 하고 싶었던 지나친 의욕으로 엄두를 내지 못하여 그 꿈을 잊고 있었는데 몇 년 전에 마치 일생의 빚인 것처럼, 거의 잊다시피 하고 있던 번역에 대한 부담감이 다시 되살아났다. 그것은 생각해보니 다음과 같은 이유에서였던 것 같다.

먼저 자신이 오래도록 관심을 가지고 연구한 분야가 개인의 연구단계에 머물고만 있을 것이 아니라, 보다 많은 사람들에게 실질적인 도움을 줄 수 있었으면 하는 바람 때문이었던 것 같다.

『만엽집』을 번역하고 해설하여 토대를 마련해 놓으면 전문 연구자들이 연구 대상 작품을 번역해야 하는 부담을 덜고 시간을 절약할 수 있을 것이며, 국문학 연구자들도 번역을 통하여 한일 문학 비교연구가 가능하게 되어 연구의 지평을 넓힐 수 있을 것이기 때문이었다.

다음으로 일본에서의 향가연구회 영향도 있었던 것 같다.

1999년 9월 한일문화교류기금으로 일본에 1년간 연구하러 갔을 때, 향가에 관심이 많은 일본 『만엽집』 연구자와 중국의 고대문학 연구자들이 향가를 연구하자는데 뜻이 모아져, 산토리 문화 재단의 지원으로 향가 연구를 하게 되었으므로 그 연구회에 참여하게 되었다. 7명의 연구자들이 정기적으로 모여 신라 향가 14수를 열심히 읽고 토론하였다. 외국 연구자들과의 향가연구는 뜻 깊은 것이었다. 한국 · 중국 · 일본 동아시아 삼국의 고대 문학 연구자들이 한자리에 모여 각국의 문헌자료와 관련하여 향가 작품에 대한 생각들을 나누며 연구를 하는 동안, 향가가 그야말로 이상적으로 연구되고 있다는 생각이 들었다.

연구 결과물이 『향가-주해와 연구-』라는 제목으로 2008년에 일본 新典社에서 출판되었다. 이 책이 일본의 연구자들뿐만 아니라 일반인들도 한국의 문화와 정신을 잘 이해할 수 있는 계기가 될 수 있듯이, 마찬가지로 『만엽집』이 한국어로 번역된다면 우리 한국인들도 일본의 문화와 정신을 이해하는데 도움이 될 수 있을 것이라 생각되었다. 그래서 講談社에서 출판된 中西 進 교수의 『만엽집』1(1985)을 텍스트로 하여 권제1부터 권제4까지 작업을 끝내어 2012년에 3권으로 펴내었다. 그리고 2013년 12월에 『만엽집』 권제5, 6, 7을 2권으로 출판하였으며, 2014년에는 권제8, 9를 두 권으로 출판하였다. 이번에는 中西 進 교수의 『만엽집』2(2011)를 텍스트로 하여 권제10을 출판하게 되었다.

『만엽집』 권제10은 1812번가부터 2350번가까지 총 539수가 실려 있다. 長歌가 3수, 短歌가 532수, 旋頭歌가 4수이다. 체제는 춘하추동 4계절로 나누고 각 계절에 雜歌와 相聞을 분류하여 작품을 수록하고 있다. 雜歌는 '詠物', 相聞은 '寄物'로 항목을 세워서 노래하는 경우가 대부분이다. 권제10은 『만엽집』에서 작품 수가 가장 많을 뿐만 아니라 전체 작품은 작자를 알 수 없다.

『만엽집』의 최초의 한국어 번역은 1984년부터 1991년까지 일본 成甲書房에서 출판된 김사엽 교수의 『한역 만엽집』(1~4)이다. 이 번역서가 출판된 지 30년 가까이 되었지만 그동안 보지 않았다. 왜냐하면 스스로 번역을 시도해 보지도 않고 다른 사람의 번역을 접하게 되면 자연히 그 번역에 치우치게 되어 자신이 번역을 할 때 오히려 지장이 있을 수 있다고 생각되었기 때문이다. 2012년에 권제4까지 번역을 하고 나서 처음으로 살펴보았다.

김사엽 교수의 번역집은 『만엽집』의 최초의 한글 번역이라는 점에서 그 의의는 매우 크다고 할 수 있다. 그러나 살펴보니 몇 가지 아쉬운 점도 있었다.

『만엽집』 권제16, 3889번가까지 번역이 된 상태여서 완역이 이루어지지 않았다는 점, 텍스트를 밝히지 않고 있는데 내용을 보면 岩波書店의 일본고전문학대계 『만엽집』을 사용하다가 중간에는 中西 進 교수의 『만엽집』으로 텍스트를 바꾼 점, 음수율을 고려하지 않은 점, 고어를 많이 사용하였다는 점, 세로쓰기라는 점 등을 들 수 있다.

　그러나 당시로서는 어쩔 수 없는 상황도 있었을 것이라 생각된다. 또 이런 선학들의 노고가 있었기에 한국에서 『만엽집』에 대한 관심도 지속되어 온 것이라 생각되므로 감사드린다.

　책이 출판될 때마다 여러분들께서 깊은 관심을 보이고 많은 격려를 하여주셨으므로 용기를 얻었다. 완결하여야 한다는 부담감이 있지만 지금까지 힘든 고개들을 잘 넘을 수 있도록 인도해주신 하나님께 영광을 돌려 드린다.

　講談社의 『만엽집』을 번역할 수 있도록 허락하여 주시고 추천의 글까지 써주신 中西 進 교수님, 『만엽집』 노래를 소재로 한 작품들을 표지에 사용할 수 있도록 허락하여 주신 일본 奈良縣立萬葉文化館의 稻村 和子 관장님, 그리고 작품 자료를 보내어 주신 西田彩乃 학예원께 감사드린다.

　그리고 이 책이 출판될 수 있도록 도와주신 박이정의 박찬익 사장님과 편집부에 감사드린다.

2015. 11. 5.

四峇 向 靜室에서

이 연 숙

일러두기

1. 왼쪽 페이지에 萬葉假名, 일본어 훈독, 가나문, 左注(작품 왼쪽에 붙어 있는 주 : 있는 작품의 경우에 해당함) 순으로 원문을 싣고 주를 그 아래에 첨부하였다.

2. 오른쪽 페이지에는 원문과 바로 대조하면서 볼 수 있도록 작품의 번역을 하였다.
   그 아래에 해설을 덧붙여서 노래를 알기 쉽게 설명하면서 차이가 나는 해석은 다른 주석서를 참고하여 여러 학설을 제시함으로써 이해를 돕고자 하였다.

3. 萬葉假名 원문의 경우는 원문의 한자에 충실하려고 하였지만 훈독이나 주의 경우는 한국의 상용한자로 바꾸었다.

4. 텍스트에는 가나문이 따로 있지 않고 필요한 경우에 한자 위에 가나를 적은 상태인데, 번역서에서 가나문을 첨부한 이유는, 훈독만으로는 읽기 힘든 경우가 있으므로 작품을 정확하게 읽을 수 있도록 돕기 위함과 동시에 번역의 자수율과 원문의 자수율을 대조해 볼 수 있도록 하기 위함이었다. 권제5부터 가나문은 中西 進의『校訂 萬葉集』(1995, 초판)을 사용하였다. 간혹『校訂 萬葉集』과 텍스트의 읽기가 다른 경우가 있었는데 그럴 경우는 텍스트를 따랐다.

5. 제목에서 인명에 '천황, 황태자, 황자, 황녀' 등이 붙은 경우는 일본식 읽기를 그대로 적었으나 해설에서는 위 호칭들을 한글로 바꾸어서 표기를 하는 방식을 택하였다. 한글로 바꾸면 전체적인 읽기가 좀 어색한 경우는 예외적으로 호칭까지 일본식 읽기를 그대로 표기한 경우도 가끔 있다.

6. 인명이나 지명과 같은 고유명사는 현대어 발음과 다르고 학자들에 따라서도 읽기가 다르므로 텍스트인 中西 進의『萬葉集』발음을 따랐다.

7. 고유명사를 일본어 읽기로 표기하면 무척 길어져서 잘못 띄어 읽을 수 있기 때문에 가능하면 성과 이름 등은 띄어쓰기를 하였다.

8. 『만엽집』에는 특정한 단어를 상투적으로 수식하는 수식어인 마쿠라 코토바(枕詞)라는 것이 있다. 어원을 알 수 있는 것도 있지만 알 수 없는 것도 많다. 中西 進 교수는 가능한 한 해석을 하려고 시도를 하였는데 대부분의 주석서에서는 괄호로 묶어 해석을 하지 않고 있다. 이 역해서에서도 괄호 속에 일본어 발음을 그대로 표기를 하고, 어원이 설명 가능한 것은 해설에서 풀어서 설명하는 방향으로 하였다. 그러므로 번역문을 읽을 때에는 괄호 속의 枕詞를 생략하고 읽으면 내용이 연결이 될 수 있다.

9. 『만엽집』은 시가집이므로 반드시 처음부터 읽어 나가지 않아도 되며 필요한 작품을 택하여 읽을 수 있다. 그런 경우를 위하여 필요한 사항은 가능한 한 작품마다 설명을 하려고 하였다. 그러므로 작자나 枕詞 등의 경우, 같은 설명이 여러 작품에 보이기도 하는 것은 이런 이유 때문이다.

10. 번역 부분에서 극존칭을 사용하기도 하였는데 이것은 음수율에 맞추기 힘든 경우, 음수율에 맞추기 위함이었다.

11. 권제5의, 제목이 없이 바로 한문으로 시작되는 작품은, 中西 進의『萬葉集』의 제목을 따라서《 》속에 표기하였다.

12. 권제7은 텍스트에 작품번호 순서대로 배열되지 않은 부분들이 있는데, 이런 경우는 번호 순서대로 배열을 하였다. 그러나 목록은 텍스트의 목록 순서를 따랐다.

13. 해설에서 사용한 大系, 私注, 注釋, 全集, 全注 등은 주로 참고한 주석서들인데 다음 책들을 요약하여 표기한 것이다.

大系 : 日本古典文學大系『萬葉集』1~4 [高木市之助 五味智英 大野晉 校注, 岩波書店, 1981]
全集 : 日本古典文學全集『萬葉集』1~4 [小島憲之 木下正俊 佐竹昭廣 校注, 小學館, 1981~1982]
私注 :『萬葉集私注』1~10 [土屋文明, 筑摩書房, 1982~1983]
注釋 :『萬葉集注釋』1~20 [澤瀉久孝, 中央公論社, 1982~1984]
全注 :『萬葉集全注』1~20 [伊藤 博 外, 有斐閣, 1983~1994]

차례

작품 목록

- 비에 비유한 4수 (1915~1918)
- 풀에 비유한 3수 (1919~1921)
- 소나무에 비유한 1수 (1922)
- 구름에 비유한 1수 (1923)
- 머리 장식을 보내는 1수 (1924)
- 이별을 슬퍼한 1수 (1925)
- 문답 11수 (1926~1936)

여름 雜歌
- 새를 노래한 27수 (1937~1963)
- 쓰르라미를 노래한 1수 (1964)
- 오리나무를 노래한 1수 (1965)
- 꽃을 노래한 10수 (1966~1975)
- 問答 2수 (1976~1977)
- 비유가 1수 (1978)

여름 相聞
- 새에 비유한 3수 (1979~1981)
- 쓰르라미에 비유한 1수 (1982)
- 풀에 비유한 4수 (1983~1986)
- 꽃에 비유한 7수 (1987~1993)
- 이슬에 비유한 1수 (1994)
- 해에 비유한 1수 (1995)

가을 雜歌

- 칠석 98수 (1996~2093)
- 꽃을 노래한 34수 (2094~2127)
- 기러기를 노래한 13수 (2128~2140)
- 사슴이 우는 것을 노래한 16수 (2141~2156)
- 쓰르라미를 노래한 1수 (2157)
- 귀뚜라미를 노래한 3수 (2158~2160)
- 개구리를 노래한 5수 (2161~2165)
- 새를 노래한 2수 (2166~2167)
- 이슬을 노래한 9수 (2168~2176)
- 산을 노래한 1수 (2177)
- 단풍을 노래한 41수 (2178~2218)
- 논을 노래한 3수 (2219~2221)
- 강을 노래한 1수 (2222)
- 달을 노래한 7수 (2223~2229)
- 바람을 노래한 3수 (2230~2232)
- 향기를 노래한 1수 (2233)
- 비를 노래한 4수 (2234~2237)
- 서리를 노래한 1수 (2238)

가을 相聞

- 相聞 5수 (2239~2243)
- 논에 비유한 8수 (2244~2251)

겨울 雜歌

만엽집

권 제10

春雜謌[1]

1812　久方之　天芳山　此夕　霞霏霺　春立下

ひさかたの[2]　天の香具山[3]　このゆふへ　霞たなびく[4]　春立つらしも

ひさかたの　あめのかぐやま　このゆふへ　かすみたなびく　はるたつらしも

1813　卷向之　檜原[5]丹立流　春霞　欝之思者　名積米八方

卷向の　檜原に立てる　春霞　おぼに[6]し思はば　なづみ[7]來めやも[8]

まきむくの　ひばらにたてる　はるがすみ　おぼにしおもはば　なづみこめやも

1　**春雜謌** : 권제10 전체를 사계절로 나누고 각각 雜歌와 相聞으로 분류하였다. 권제8과 체제가 같다. 노래의
　　내용도 마찬가지로 雜歌는 주로 자연의 경물을 노래하였다.
2　**ひさかたの** : 멀다는 뜻이다. 하늘을 상투적으로 수식하는 枕詞이다.
3　**天の香具山** : 香具山은 하늘에서 내려왔다고 전해지는 성스러운 산이다.
4　**霞たなびく** : 이 풍경으로 추측하면 입춘이라고 한다.
5　**檜原** : 三輪山에 이어지는 노송나무 들판. '卷向'의 노래는 人麿集에 많다.
6　**おぼに** : 평범하게. 적당하게.
7　**なづみ** : 難澁하다.
8　**來めやも** : 'め'는 미래, 'やも'는 강한 부정을 동반한 의문과 영탄을 나타낸다.

봄 雜歌

1812　(히사카타노)/ 하늘의 카구(香具) 산은/ 이 저녁 무렵/ 안개가 끼어 있네/ 봄이 된 것 같으네

✿ 해설

　　아득하게 먼 하늘에서 내려왔다고 전해지는 카구(香具) 산은 오늘 저녁 무렵에 안개가 끼어 있네. 그것을 보니 이제 봄이 된 것 같네라는 내용이다.

　　'ひさかたの'는 '天'을 상투적으로 수식하는 枕詞이다.

　　私注에서는, '柿本人麿歌集의 노래이다. 권제10의 작자 미상의 노래에는 人麿 歌集의 작품도, 그렇지 않은 것도 자연을 보는 시각이 이성적이어서 이미 소박하다고는 할 수 없는 것이 적지 않다. 藤原 平城京 무렵의 지식인의 마음이 표현된 것이 그 속에 들어가 있는 것이겠다. 이 작품도 사물을 보는 시각이 단순하며, 감미롭지는 않지만 역시 자연에 대한 지적인 모습이 보이며, 역법에 대한 지식뿐만이 아닌 것을 볼 수 있다. 人麿의 작품보다 투명하며, 그 혼돈한 자취는 이미 사라졌다고 할 수 있다. 'ほのぼのと 春こそ空に 來にけらし 天の香具山 霞たなびく'는 『新古今集』 처음의, 後鳥羽天皇의 노래인데 명백히 이 작품을 모방하여 개조한 것이다. (중략) 'たなびく'에 한자 罪霽를 사용하였는데 '微'가 아니라 '霽'를 사용한 것은 당시의 用字法에 간혹 보이는 습관이라고 한다'고 하였다『萬葉集私注』 5, pp.163~164].

1813　마키무쿠(卷向)의/ 노송나무 숲에 낀/ 봄 안개 같이/ 대충 생각을 했다면/ 힘들게 왔을까요

✿ 해설

　　마키무쿠(卷向)의 노송나무 숲에 끼어 있는 봄 안개처럼 그렇게 어렴풋하게 그대를 생각했다면 이렇게 힘든 길을 고생하면서 오는 일이 어떻게 있을 수가 있을까요라는 내용이다.

　　상대방을 매우 깊이 생각한 까닭에 힘든 길도 마다하지 않고 왔다는 뜻이다.

　　大系에서는, '卷向은 奈良縣 磯城郡 大三輪町'이라고 하였다『萬葉集』 3, p.54].

　　注釋에서는 '卷向の 檜原'에 대해, '이 부근 가까이에 人麻呂가 생각하는 사람이 살고 있었으므로 (9·1775) 그 실제 풍경을 序로 한 것이다'고 하였다『萬葉集注釋』 10, p.15].

　　'檜原'은 이 외에 1092번가·1095번가·三輪의 檜原(1118번가) 등이 있다. 일대에 노송나무 숲이 있었다.

　　이 작품은 雜歌로 분류되어 있지만 내용으로 보아 相聞歌임을 알 수 있다. 中西 進도 이 작품은 相聞의 노래라고 하였다. 私注에서도, '여성 곁으로 찾아가는 相聞歌의 감정이 보인다. 1, 2구는 序이지만 그 부분이 사실적이므로 그 부분만으로도 雜歌라고 볼 수는 있다. 또 1수 전체로는 민요적이지만 序 부분에는 개인적인 경험을 느낄 수가 있다'고 하였다『萬葉集私注』 5, p.164].

1814　古　人之殖兼　杉枝　霞霏霺　春者來良芝

　　　古の　人の植ゑけむ¹　杉が枝に　霞たなびく　春は來ぬらし

　　　いにしへの　ひとのうゑけむ　すぎがえに　かすみたなびく　はるはきぬらし

1815　子等我手乎　巻向山丹　春去者　木葉凌而　霞霏霺

　　　子らが手²を　巻向山に　春されば³　木の葉しのぎて⁴　霞たなびく

　　　こらがてを　まきむくやまに　はるされば　このはしのぎて　かすみたなびく

1816　玉蜻　夕去來者　佐豆人之　弓月我高荷　霞霏霺

　　　玉かぎる　夕さり來れば　獵人⁵の　弓月が嶽⁶に　霞たなびく

　　　たまかぎる　ゆふさりくれば　さつひとの　ゆつきがたけに　かすみたなびく

1　**人の植ゑけむ** : 人麿와 人麿集의 노래에는 회상이 많이 보인다. 안개가 낀 풍경을 보고 과거로 거슬러 올라가 회상을 하는 것이다.
2　**子らが手** : '子'는 여성을 말한다. 팔을 베개로 하는 생각을, '巻向'의 지명에서 환기한 것이다.
3　**春されば** : 가는 것도 오는 것도 'さる'라고 하였다.
4　**しのぎて** : 누르는 것이다.
5　**獵人** : 幸(사치)을 잡는 사람. 獵夫(267번가)와 같다.
6　**弓月が嶽** : 齋槻(유츠키)의 산이라고 한 데서 연유한 것인가.

1814　그 먼 옛날의/ 사람이 심었다는/ 삼목 가지에/ 안개가 걸려 있네/ 봄은 온 것 같네

🌸 **해설**

　옛날 사람이 심었다고 하는 삼나무의 가지에 안개가 걸려 있네. 안개를 보니 봄은 온 것 같네라는 내용이다.

1815　(코라가테오)/ 베는 마키무쿠(卷向) 산/ 봄이 오면은/ 나뭇잎을 덮으며/ 안개가 끼어 있네

🌸 **해설**

　소녀의 손을 팔베개로 하여 벤다는 뜻을 이름으로 한 마키무쿠(卷向) 산에 봄이 오면 나뭇잎을 덮으며 안개가 끼어 있네라는 내용이다.
　'子らが手を'는 卷向山을 상투적으로 수식하는 枕詞이다. 팔베개를 하는 것을 '手を 卷(ま)く'라고 하므로, '卷向'이라는 산 이름에서 소녀의 팔베개를 연상한 것이다.

1816　(타마카기루)/ 저녁 무렵이 되면/ 사냥꾼의 활/ 유츠키(弓月)의 산에는/ 안개가 끼어 있네

🌸 **해설**

　구슬이 어렴풋하게 빛나는 것 같은 저녁 무렵이 되면 사냥꾼의 활, 그 활을 이름으로 한 유츠키(弓月) 산에 안개가 끼어 있네라는 내용이다.
　유츠키(弓月) 산 이름을 활용한 노래이다.

1817　今朝去而　明日者來牟等　云子鹿　旦妻山丹　霞霏霺

今朝行きて　明日は來なむ[1]と　言ひし子[2]が　朝妻山に　霞たなびく

けさゆきて　あすはきなむと　いひしこが　あさづまやまに　かすみたなびく

1818　子等名丹　關之宜　朝妻之　片山木之介　霞多奈引

子らが名に　懸けの宜しき　朝妻の　片山岸[3]に　霞たなびく

こらがなに　かけのよろしき　あさづまの　かたやまきしに　かすみたなびく

左注　右[4], 柿本朝臣人麿謌集[5]出.

---

1 **明日は來なむ** : 아침에 헤어지면서 하는 인사말이다.
2 **言ひし子** : 朝妻와 같은 것이다. 朝妻는 아내의 아침 모습을 말한다.
3 **片山岸** : 한쪽이 경사진 산을 片山이라고 한다. 그 경사진 부분이 片山岸이다.
4 **右** : 이상 7수를 말한다.
5 **柿本朝臣人麿謌集** : 권제10의 앞부분에 오래된 가집으로 배치하였다. 다음의 詠物과는 다르다.

1817　오늘은 가서/ 내일은 오겠다고/ 말을 한 소녀/ 아사즈마(朝妻)의 산에/ 안개가 끼어 있네

🌸 **해설**

　　"오늘 아침에는 이제 그만 돌아가서 내일 또 오겠다"고 내가 말한 그 소녀, 그 아내의 아침 모습이라는 뜻을 이름으로 한 아사즈마(朝妻) 산에 안개가 끼어 있네라는 내용이다.

　　아사즈마(朝妻)라는 산 이름이, 아침의 아내 모습이라는 뜻에서 연상하여 지은 작품이다.

　　제1구에서 제3구까지는 해석이 다양하다. 大系에서는 이 부분을 해석하지 않았다. 注釋에서는, "'오늘 아침에는 가버리더라도 내일은 오세요'라고 말하는…그 朝妻山에 안개가 끼어 있네'로 해석하였다『萬葉集注釋』 10, p.19l. 全集에서는, '오늘 아침에 가서 내일 와야지 하고 云子鹿旦 朝妻山에 안개가 끼어 있네'로 하여, 3구를 난해한 구로 보고 해석을 하지 않았다『萬葉集』 3, p.46l. 私注에서는 '오늘 아침에는 돌아가고 내일은 또 와야지 라고 말하는 처녀, 즉 그 아침의 아내 모습이라는 뜻을 이름으로 한 朝妻山에 안개가 끼어 있네'로 해석하였다『萬葉集私注』 5, p.167l.

　　'今朝行きて 明日は來なむ'를 中西 進은 남성이 여성에게 말한 것으로 보았다. 그러나 注釋과 私注에서는 여성이 남성에게 말한 것으로 보았다. 고대 일본에서는 남성이 저녁에 여성의 집을 찾아가서 아침에 돌아가는 형태의 妻問婚이었으므로 中西 進의 해석처럼 남성이 여성에게 말한 것으로 보는 것이 자연스럽겠다.

1818　소녀 이름에/ 붙이는 것 즐거운/ 아사즈마(朝妻)의/ 산의 경사진 곳에/ 안개가 끼어 있네

🌸 **해설**

　　소녀 이름에 붙이는 것도 잘 어울려서 좋은, 아사즈마(朝妻)라는 산의 경사진 쪽에 안개가 끼어 있네라는 내용이다.

　　全集에서는 '子ら'에 대해서는, "いも'가 부부 또는 그에 준하는 관계에서 불리어지는 것에 비해, 'こ(ら)'는 그렇게 친밀한 관계가 아닌 경우에도 사용된다. 이 작품의 경우도 그러한 예이다 '고 하였고, '懸けの宜しき'에 대해서는, "かく'는 관련시키다, 연결시키다는 뜻. 'のよろし'는 '~하는 것이 바람직스럽다'는 뜻. 사랑스러운 여성에 대해 아내라고 부르는 관계가 되고 싶다는 기분에서 말한 것'이라고 하였다『萬葉集』 3, p.46l. 阿蘇瑞枝는, '1817번가와 같은 정경을 노래 부른 것. 같은 시기의 작품일 것이다'고 하였다『萬葉集全注』 10, p.42l.

　　좌주　위는, 카키노모토노 아소미 히토마로(柿本朝臣人麿)의 가집에 나온다.

詠鳥

1819　打靡　春立奴良志　吾門之　柳乃宇礼介　鶯鳴都

　　うちなびく[1]　春立ちぬらし[2]　わが門の　柳の末に[3]　鶯鳴きつ

　　うちなびく　はるたちぬらし　わがかどの　やなぎのうれに　うぐひすなきつ

---

1 **うちなびく** : 봄을 형용한 것이다.
2 **春立ちぬらし** : 3구 이하의 내용으로 추측한 것이다.
3 **柳の末に** : 지금까지 산에만 있던 것이 마을에서 울었다.

새를 노래하였다

1819 (우치나비크)/ 봄이 된 것 같으네/ 우리 집 문의/ 버드나무 끝에서/ 휘파람새 울었네

해설

　초목들이 바람에 흔들리는 봄이 된 것 같네. 우리 집의 문 주변의 버드나무 가지 끝에서 휘파람새가 울었네. 그것으로 미루어 보면 봄이 온 것을 알 수 있네라는 내용이다.

　'うちなびく'는 봄을 상투적으로 수식하는 枕詞이다. 대체로 화창한 봄 풍경을 말한다. 中西 進은 826번 가에서 '몽롱한 봄의 상태를 표현한 것'이라고 하였다. 大系에서는 '초목이 흔들린다는 뜻'이라고 하였다『萬葉集』 3, p.55]. 全集에서는, '봄이 되면 가지와 잎이 자라서 바람에 흔들리므로 수식하게 된 것인가'라고 하였다『萬葉集』 2, p.71]. 全注에서는 권제6의 948번가에서, 봄이 되면 바람이 강하게 불어서 풀을 한쪽으로 쏠리게 하는 것에서 봄을 수식하게 된 것이라고 보았다『萬葉集全注』 6, p.96].

　注釋에서는, '詠鳥라는 제목에 수록된 것은 24수인데 그 중에서 9수는 새를 노래한 것이 아니고, 15수가 새를 노래한 것이며 그 중에서 10수가 휘파람새이다. 후세에는 매화와 휘파람새가 분리될 수 없는 것으로 되었지만 여기에서는 매화와 함께 불리어진 것이 2수, 버드나무와 함께 불리어진 것이 2수'라고 하였다『萬葉集注釋』 10, p.24].

　私注에서는, '이하 詠物의 노래로 대상에 따라 분류되어 있다. 작자미상이기는 하지만 민요라기보다는 시대의 지식인이 계획적으로 지은 것이 많은 것처럼 보인다. 이 1수를 보더라도 민요풍은 아니다. 아마 天平 무렵의 작자에 의한 것이겠지만 어떻게 지어져서 보존되었는지는 알 수가 없다. 나쁘지는 않지만 형태의 아름다움이 앞서서 힘이 없는 歌風이라고 할 수 있다. 대륙 문학에 직접 영향을 받은 사람들의 작품이라는 것은 대체로 상상할 수 있다. 권제5에 보이는 梅花宴의 작품들과 통하는 곳이 많다. 버드나무도 중국에서 건너온 수양버들일 것이다'고 하였다『萬葉集私注』 5, pp.168~169].

　'うぐひすなきつ'에 대해 全集에서는, '완료 조동사 ぬ와 つ는 동사에 따라 사용법이 매우 확실하게 구분된다. 鳴く에는 ぬ도 つ도 사용할 수 있지만, 대체로 鳴きぬ가 계속적 또는 습관적 사실을 말하는데 비해, 鳴きつ는 즉시적, 순간적 사실에 대해 말한다. 여기서도 지금 막 휘파람새가 울었다고 하는 것을 나타낸다'고 하였다『萬葉集』 3, pp.46~47].

1820　梅花　開有岳邊介　家居者　乏毛不有　鶯之音

梅の花　咲ける岡邊に　家居れば　ともし¹くもあらず　鶯の聲

うめのはな　さけるをかへに　いへをれば　ともしくもあらず　うぐひすのこゑ

1821　春霞　流共介　青柳之　枝喙持而　鶯鳴毛

春霞　流るるなへに　青柳の　枝くひ持ち²て　鶯鳴くも

はるがすみ　ながるるなへに　あをやぎの　えだくひもちて　うぐひすなくも

---

1 **ともし**：乏し. 적다는 뜻이다.
2 **枝くひ持ち**：꽃을 입에 문 새의 모양에 의한 표현인가. 1, 2구도 '流霞'의 번역일 것이라고 한다.

1820 매화꽃이요/ 피는 언덕 근처의/ 집에 있으니/ 신기하지도 않네요/ 휘파람새 소리가

🌸 해설

   매화꽃이 피는 언덕 근처에 있는 집에 살고 있으니 신기할 정도는 아니네. 휘파람새 소리가라는 내용이다.

   매화꽃에 휘파람새가 날아와서 우는데, 작자는 매화꽃이 피는 언덕 근처에 살고 있으므로 휘파람새 소리를 자주 들을 수 있어서 신기하지도 않다는 뜻이다. 자랑하는 마음이 들어 있는 것 같다.

   휘파람새 소리가 별로라는 뜻이라기보다, 자신은 늘 들을 수 있어서 좋다는 뜻이겠다.

   阿蘇瑞枝는, '풍류가 형식화되지 않고 생활화되어 있는 느낌의 작품이다'고 하였다『萬葉集全注』10, p.46].

1821 봄 안개가요/ 흘러감과 동시에/ 푸른 버들의/ 가지 입에 물고서/ 휘파람새가 우네

🌸 해설

   봄 안개가 흘러감과 동시에 푸른 버들의 가지를 입에 물고서는 날면서 휘파람새가 울고 있네라는 내용이다.

   봄이 되어 안개가 끼고 버들잎도 푸르러지자 휘파람새가 버들가지를 입에 물고 울고 있는 것을 노래한 것이다.

   大系에서는, '春霞는 たなびく(타나비크), 또는 たつ(타츠)라고 표현한 것이 많다. 流る라고 한 예는 이 작품뿐이다. 작자의 생각에 의한 표현인가'라고 하였다『萬葉集』 3, p.55].

   '枝くひ持ちて'에 대해 全集에서는, '새가 입에 식물의 가지나 꽃을 물고 난다고 하는 것은, 正倉院御物의 花喰鳥 모양의 도안을 모방한 양식적 수법'이라고 하였다『萬葉集』 3, p.47].

   阿蘇瑞枝는, 詩語의 응용이라든가, 중국 전래의 도안의 양식화라는 점에서 만엽 3기 이후의 지식인의 작품일 것이다. 이하 권제10의 계절가에는 神龜·天平 무렵의 귀족·관료들의 연회석에서의 노래라고 생각되는 것이 적지 않다. 때로 다른 卷에서 보이는 유명한 작가들의 작품 이상으로 구도화된 계절가를 볼 수 있는 점도 주목된다'고 하였다『萬葉集全注』10, p.47].

1822　吾瀬子乎　莫越山能　喚子鳥　君喚變瀬　夜之不深刀尒

わが背子を　な越しの山¹の　呼子鳥²　君呼びかはせ　夜の更けぬと³に

わがせこを　なこしのやまの　よぶこどり　きみよびかはせ　よのふけぬとに

1823　朝井代尒　來鳴果鳥　汝谷文　君丹戀八　時不終鳴

朝井堤⁴に　來鳴く貌鳥⁵　汝だにも　君に戀ふれや　時終へず鳴く

あさゐでに　きなくかほどり　なれだにも　きみにこふれや　ときをへずなく

---

1 **な越しの山** : 어디인지 소재를 알 수 없다. 波越의 거친 바위 등이라고 한다. 바다 근처의 산인가.
2 **呼子鳥** : 뻐꾸기이다. 그 이름을 잘 이용하였다.
3 **夜の更けぬと** : 'と'는 'ほと(程)'의 뜻이라고 추정되고 있다.
4 **朝井堤** : 물을 사용하기 위해 흐르는 냇물을 막아서 만든 설비이다. 보(洑)를 말한다.
5 **來鳴く貌鳥** : 뻐꾸기. 단지 계절에 의문을 가지는 견해도 있다. 'かく戀ふ(카쿠코후)'의 울음소리에 흥미를 느낀 것이다.

1822 (와가세코오)/ 나코시(な越し)의 산의요/ 뻐꾸기새여/ 내 님을 불러다오/ 밤이 깊어지기 전

🌸 해설

사랑하는 사람을, 산을 넘어서(山越) 보내지 말라고 하는 뜻을 이름으로 한 나코시(な越し) 산의 뻐꾸기새여. 그 사람을 불러서 오게 해주렴. 밤이 깊어지기 전에라는 내용이다.

나코시(な越し)라는 산 이름이, 사랑하는 사람이 산을 넘지 못하게 한다는 뜻을 지닌 것과, 呼子鳥가 사람을 부른다는 뜻을 이름으로 한 것에 흥미를 느껴서 노래한 것이다. '코시(越し)'는 '코스(越す)'의 명사형인데 '越す'는 넘게 하다는 뜻이다. 'な'는 하지 말라는 부정명령을 나타낸다. 그러므로 'な越し'는 넘게 하지 말라는 뜻이다. 사랑하는 사람이 산을 넘어서 떠나가게 하지 말고 머물게 하라는 의미인 것이다.

阿蘇瑞枝는, '지방 민요라기보다는 그 지방을 여행한 도시 사람이 산 이름에 흥미를 느껴서 지은 작품이라고 보는 것이 좋다'고 하였다『萬葉集全注』 10, p.50l.

나코시(な越し) 산이 어디에 있는지는 알 수 없다. 注釋에서는 越の山이라고 하고 작자가 살고 있는 근처의 산이라고 하였다『萬葉集注釋』 10, p.29l. 私注에서는 巨勢山이라고 하였다『萬葉集私注』 5, p.170l. 大系에서는, '越의 こ는 甲類 ko 巨勢의 こ는 乙類 kö. 따라서 巨勢라고는 보기 힘들다'고 하고는 [『萬葉集』 3, p.56l, '이 작품 주변의 지명을 보면 大和國의 香具山, 卷向山, 春日, 佐保, 三船山, 東國의 筑波山 등이므로 東國의 노래라고 보아도 좋겠다. 그렇게 보면 延喜式 神名帳, 安房國, 朝夷郡에 莫越山 신사가 있다. 이 노래의 莫越山과 글자가 일치하므로 소개한다'고 하였다『萬葉集』 3, p.459l.

요부코도리(呼子鳥)는 어떤 새인지 알 수 없다. 大系에서는 뻐꾸기로 해석하였다『萬葉集』 3, p.56l. 全集에서는 '소리가 사람을 부르는 것처럼 들리는 새의 이름일 것이다'고 하였다『萬葉集』 3, p.47l.

1823 아침의 보(洑)에/ 와서 우는 뻐꾸기/ 너도 똑같이/ 그 사람 그리는가/ 언제까지나 우네

🌸 해설

아침이 되면 보(洑)에 와서 우는 뻐꾸기여. 너까지도 그 사람을 그리워하고 있느냐. 쉬지 않고 언제까지나 울고 있네라는 내용이다.

뻐꾸기에게 작자의 감정을 이입한 내용이다. 그러나 꼭 작자의 실제 마음 상태를 나타낸 것이라기보다는 단순하게 뻐꾸기 울음소리에 흥미를 느껴서 지은 것이라고도 볼 수 있다.

'君'을 그리워한다고 하였으므로 여성의 작품이라고 생각되지만, 여성을 '君'이라고 한 경우도 있으므로 남성의 작품으로도 볼 수 있다.

뻐꾸기는 일본어로 'かっこう'이다. 中西 進은, 'かっこう'가 마치 'かく戀ふ(카쿠코후):이렇게 그리워한다'라고 하듯이 우는 것에 흥미를 느낀 것이라고 보았다.

1824　冬隠　春去來之　足比木乃　山二文野二文　鶯鳴裳

冬ごもり[1]　春さり來れば　あしひきの[2]　山にも野にも　鶯鳴くも

ふゆごもり　はるさりくれば　あしひきの　やまにものにも　うぐひすなくも

1825　紫之　根延横野之　春野庭　君乎懸管　鶯名雲

紫[3]の　根延ふ[4]横野[5]の　春野には　君を懸けつつ　鶯鳴くも

むらさきの　ねはふよこのの　はるのには　きみをかけつつ　うぐひすなくも

1　**冬ごもり**：겨울이 감싸여서 사라지는 것이다.
2　**あしひきの**：蘆檜木이 자라 있는.
3　**紫**：염색 재료로 재배되었다.
4　**根延ふ**：붉은 뿌리가 염료가 된다. 그것을 떠올려서 '根延ふ'라고 하였다.
5　**横野**：좁고 긴 들판인가.

1824 (후유고모리)/ 봄이 찾아 오면은/ (아시히키노)/ 산에도 들판에도/ 휘파람새 우네요

🌸 **해설**

　　겨울이 자취를 감추고 봄이 오면 갈대와 노송나무가 나 있는 산에도 들판에도 휘파람새가 우네요라는 내용이다.

　　'ふゆごもり'는 봄을 상투적으로 수식하는 枕詞이다. 겨울이 숨어 사라지면 봄이 오기 때문에 수식하게 된 것임을 알 수 있다. 그런데 권제1의 16번가에는 원문에 '冬木成'이라고 되어 있는데 '成'은 '盛'의 획을 생략한 것, 혹은 오자라고 보고 있다. 이 한자 뜻 그대로 보면 겨울에 앙상했던 나무에 잎이 돋아 무성해 진다는 뜻에서 봄을 수식하게 된 것으로 보인다.

　　注釋에서는 16번가의 원문의 한자를 의식하여 '겨울나무가 무성해져 봄이 되면'으로 해석하였다『萬葉集注釋』10, p.32]. 그러나 이 작품에서는 원문이 '冬隱'이므로 겨울이 숨고(사라지고)로 해석해야 할 것이다. 枕詞를 다양하게 한자로 표기한 것을 보면, 萬葉 시대에도 枕詞는 한 가지 뜻에서가 아니라 여러 가지로 해석되고 있었음을 알 수 있다.

　　'あしひきの'는 산을 상투적으로 수식하는 枕詞이다. 권제2의 107번가에서는 '足日木乃'로 표기 되어 있다. 이것만 보면 어떤 뜻에서 산을 수식하게 되었는지 알 수 없다. 그런데 1088번가 등의 '足引之'의 글자로 보면, 험한 산길을 걸어가다 보니 힘이 들고 피곤하여 다리가 아파서 다리를 끌듯이 가게 되는 험한 산길이라는 뜻에서 그렇게 수식하게 되었는지도 모르겠다. 이것은 1262번가에서 'あしひきの'를 '足病之'로 쓴 것을 보면 더욱 그렇게 추정을 할 수가 있겠다. 그런데 권제9의 1806번가를 보면 원문에서 '蘆檜木笑'라고 표기하였다. 이 표기로 보면 풀과 나무가 울창해서 가기가 힘든 험한 산이라는 뜻임을 알 수 있다. 여러 가지 의미에서 산을 수식하게 된 것임을 알 수 있다.

1825 지치 풀들의/ 뿌리 벋은 긴 들의/ 봄 들판에는/ 그대를 생각하여/ 휘파람새 우네요

🌸 **해설**

　　지치 풀들의 뿌리가 길게 벋어가는, 길게 펼쳐진 봄 들판에는, 마치 그대를 마음에 담아 생각하는 것처럼 휘파람새가 계속 우네요라는 내용이다.

　　작자의 생각을 이입하여 노래한 것이다.

　　'橫野'를 大系에서는, '大阪市 生野區 巽大地町에 式內橫野 신사가 있다. 그 주변의 들. 동서로 넓은 들이라는 뜻이라고도 한다'고 하였다『萬葉集』3, p.56].

　　阿蘇瑞枝는, '연회석에서 즉흥적으로 부른 노래인가. 아니면 橫野에 내려온 사람이 도시에 있는 사람에게 相聞歌로 보낸 것인가'라고 하였다『萬葉集全注』10, p.53].

1826　春之在者　妻乎求等　鶯之　木末乎傳　鳴乍本名

　　　　春されば　妻を求むと　鶯の　木末を傳ひ　鳴きつつもとな¹

　　　　はるされば　つまをもとむと　うぐひすの　こぬれをつたひ　なきつつもとな

1827　春日有　羽買之山従　狭帆之内敝　鳴徃成者　孰喚子鳥

　　　　春日なる　羽易の山²ゆ　佐保の内³へ　鳴き行くなるは　誰呼子鳥⁴

　　　　かすがなる　はがひのやまゆ　さほのうちへ　なきゆくなるは　たれよぶこどり

1828　不答尒　勿喚動曾　喚子鳥　佐保乃山邊乎　上下二

　　　　答へぬ⁵に　な呼び響めそ⁶　呼子鳥　佐保の山邊を　上り下りに

　　　　こたへぬに　なよびとよめそ　よぶこどり　さほのやまへを　のぼりくだりに

---

1 **もとな**: 'もとなし'는 불안정한 모습이다. 우는 소리가 아니라 듣는 사람이 그렇게 생각을 하는 것이다.
2 **羽易の山**: 새 날개를 교차한 것 같은 형태의 산을 말한다.
3 **佐保の内**: 內裏에 가깝고, 특히 佐保를 內라고 칭하였던 것인가.
4 **誰呼子鳥**: 누구를 부르는 요부코도리(呼子鳥)라는 뜻이다.
5 **答へぬ**: 사람의 물음. 앞의 노래와 연결되는 것이겠다.
6 **な呼び響めそ**: 'な…そ'는 금지를 나타낸다. 'とよめ'는 타동사이다.

1826 봄이 오면요/ 짝을 찾느라고요/ 휘파람새가/ 가지 끝을 다니며/ 울어 그립게 하네

❀ 해설

　　봄이 오면 짝을 찾느라고 휘파람새가 이 가지 저 가지 끝을 다니며 계속 울어대므로 작자도 사람을
그리워하게 된다는 내용이다.
　　'鳴きつつもとな'를 大系에서는, '마구 울어대네'로 해석하였다『萬葉集』 3, p.57]. 全集에서는 마찬가지
로 해석을 하고, 'もとな'를 '불만스러운 현재의 상태에 대해 견딜 수 없어 하는 기분을 나타내는 부사'라고
하였다『萬葉集』 3, p.48].

1827 카스가(春日)의요/ 하가히(羽易)의 산에서/ 사호(佐保)의 마을로/ 울고 가는 듯한 새/ 누굴
　　　부르는 샌가

❀ 해설

　　카스가(春日)에 있는 하가히(羽易)의 산에서 사호(佐保)의 마을 쪽으로 울고 가는 듯한 새는 누구를
부르는 요부코도리(呼子鳥)인가라는 내용이다.
　　1822번가와 마찬가지로 요부코도리(呼子鳥)가 사람을 부른다는 뜻을 이름으로 한 것에 흥미를 느껴서
노래한 것이다. 비슷한 내용으로는 1713번가가 있다.
　　'春日なる 羽易の山'을 大系에서는, '奈良市의 산이지만 미상. 三笠山을 전면으로 하여 春日山을 바라
보면 새가 날개를 펼친 것처럼 보이는 春日山, 白毫寺 위쪽의 오도리산, 嫩草山(와카쿠사山) 등으로
말해지고 있다'고 하였고, '佐保는 奈良市 法蓮町 부근'이라고 하였다『萬葉集』 3, p.57].

1828 대답 않는데/ 불러 소리내지 마/ 뻐꾸기새여/ 사호(佐保)의 산 주변을/ 날아 오르내리며

❀ 해설

　　아무도 대답을 하지 않는데 그렇게 크게 부르면서 소리를 내지 말게나. 뻐꾸기새. 사호(佐保)의
산 주변을 날아오르고 또 날아서 내리면서라는 내용이다.
　　앞의 작품과 관련이 있을 것이다.

1829　梓弓　春山近　家居之　續而聞良牟　鶯之音

梓弓　春¹山近く　家居らば²　續ぎて聞くらむ　鶯のこゑ

あづさゆみ　はるやまちかく　いへをらば　つぎてきくらむ　うぐひすのこゑ

1830　打靡　春去來者　小竹之末丹　尾羽打觸而　鶯鳴毛

うちなびく³　春さり來⁴れば　小竹⁵の末に　尾羽うち觸れて　鶯鳴くも

うちなびく　はるさりくれば　しののうれに　をはうちふれて　うぐひすなくも

---

1 **梓弓 春**：활의 현을 당기다---'はる'에 연결된다.
2 **家居らば**：지금 공적인 업무로 인해 집에 있을 수 없으므로, 집을 그리워하고 있는 것으로 보인다.
3 **うちなびく**：봄에, 전반적으로 몽롱한 상태를 말한 것이다.
4 **春さり來**：이동하여 온다는 뜻이다.
5 **小竹**：'小竹, 이것을 'しの(시노)'라고 한다'(『일본서기』 神功황후 원년).

1829　(아즈사유미)/ 하루(春) 산 가까이의/ 집에 있다면/ 계속 듣고 있겠지/ 휘파람새의 소리

🌸 해설

　　가래나무로 만든 활을 당긴다고 하는 뜻의 하루(春) 산 가까이에 있는 집에 있다면 계속 듣고 있을 것인 휘파람새의 소리여라는 내용이다.

　　휘파람새 소리를 들을 수 있는 집이 아닌 다른 곳에 있으므로 휘파람새의 소리를 들을 수 없어서 아쉽다는 뜻이다.

　　'あづさゆみ'는 '春'을 상투적으로 수식하는 枕詞이다. 일본어로 '활의 현을 당긴다'는 '弓に弦を張(は)る' 이다. '張(は)る'가 '봄(はる)'과 발음이 같으므로 수식하게 된 것이다.

　　中西 進의 해석으로 보면 이 작품의 작자의 집은 하루(春) 산 가까이에 있는데 작자는 공무로 지금 집에 없기 때문에 휘파람새의 소리를 듣지 못하고 있는 것이 된다.

　　大系에서는, '하루(春) 산 가까이에 살고 있으므로 요즈음은 계속 듣겠지요. 휘파람새의 소리를'로 해석을 하였다『萬葉集』 3, p.57]. 이 해석을 보면 누군가가 찾아와서 집주인에게 말한 내용이 되는데, 집주인은 지금 하루(春) 산 가까이에 있는 집에 있으며 휘파람새의 소리를 계속 듣고 있는 것이 된다. 全集에서도 마찬가지로 해석을 하였다『萬葉集』 3, p.49]. 私注에서도 大系와 같은 뜻으로 해석을 하였으며, '산 가까이에 사는 사람의, 좋은 곳에 사는 것을 축하하며 어느 정도 부러워하는 마음일 것이다'고 하였다『萬葉集私注』 5, p.173]. 그런데 注釋에서는, '하루(春) 산 가까이에 집이 있다면 자주 들을 수 있을 것인 휘파람새 소리여'로 해석을 하였다『萬葉集注釋』 10, p.36]. 이렇게 보면 작자의 집이 하루(春) 산 근처가 아니므로, 하루(春) 산 근처였으면 하는 마음을 노래한 것이 된다. 이렇게 다양하게 해석이 달라지는 것은 '家居之'의 '之'와 '續ぎて聞くらむ'의 'らむ' 때문이다.

1830　(우치나비크)/ 봄이 찾아오면요/ 조릿대 잎 끝에/ 꼬리 날개 닿으며/ 휘파람새가 우네

🌸 해설

　　초목들이 바람에 흔들리는 봄이 되면 조릿대 잎의 끝에 꼬리와 날개가 부딪히면서 휘파람새가 우네라는 내용이다.

　　全集과 注釋에서도 中西 進과 마찬가지로 해석하였다. 그런데 '尾羽うち觸れて'의 '觸(ふ)れて'를 私注에서는, '振(ふ)れて'로 보고, '조릿대 끝에 있으면서 꼬리를 흔들고 날개를 털고'로 해석을 하였다.

　　'うちなびく'는 봄을 상투적으로 수식하는 枕詞이다. 대체로 화창한 봄 풍경을 말한다. 中西 進은 826번 가에서는 '몽롱한 봄의 상태를 표현한 것'이라고 하였다. 大系에서는 '초목이 흔들린다는 뜻이라고 하였다『萬葉集』 3, p.55]. 全集에서는, '봄이 되면 가지와 잎이 자라서 바람에 흔들리므로 수식하게 된 것인가' 라고 하였다『萬葉集』 2, p.71]. 全注에서는 권제6의 948번가에서, 봄이 되면 바람이 강하게 불어서 풀을 한쪽으로 쏠리게 하는 것에서 봄을 수식하게 된 것이라고 보았다『萬葉集全注』 6, p.96].

1831　朝霧尓　之努々尓所沾而　喚子鳥　三船山従　喧渡所見

　　　　朝霧に　しののに[1]濡れて　呼子鳥　三船の山ゆ[2]　鳴き渡る見ゆ

　　　　あさぎりに　しののにぬれて　よぶこどり　みふねのやまゆ　なきわたるみゆ

詠雪[3]

1832　打靡　春去來者　然為蟹　天雲霧相　雪者零管

　　　　うちなびく　春さり來れば　しかすがに[4]　天雲霧らふ[5]　雪は降りつつ[6]

　　　　うちなびく　はるさりくれば　しかすがに　あまくもきらふ　ゆきはふりつつ

1　**しののに** : 'しのに'와 같다. 'しのしのに'인가. 흠뻑, 흥건히라는 뜻이다.
2　**三船の山ゆ** : 'ゆ'는 경과를 나타낸다.
3　**詠雪** : 紀州本에만 있고 다른 이본에는 없다. 목록에는 〈詠鳥二十四首〉라고 되어 있으며 1832번가 이하를 포함한다. 없어진 것이라 보인다. 다만 雪을 春에 넣은 점은 의문이며 그 때문에 빠진 것인가. 매화를 겨울에 분류하는 것처럼 눈이 봄에 있어도 상관없다.
4　**しかすがに** : 그렇다고는 해도라는 뜻이다. 제5구를 받아서 겨울의 눈이 내린다고는 해도. 이하 작품에서는 눈과 봄이 교차하는 미묘함을 노래하며 'しかすがに'를 많이 사용하고 있는데 이 작품에서도 '雪は降りつつ'에 사용하고 있다.
5　**天雲霧らふ** : 제4구에서 끊어진다.
6　**雪は降りつつ** : 이하 작품에서 'つつ'가 많이 사용되고 있다. 우미한 여운을 표현한 것이다.

1831　아침 안개에/ 흠뻑 젖어서는요 / 뻐꾸기새가/ 미후네(三船)의 산에서/ 울며 가는 것 보네

🌸 **해설**

　　아침 안개에 흠뻑 젖어서 뻐꾸기가 미후네(三船)의 산으로부터 울며 날아가는 것이 보이네라는 내용이다. '三船の山'을 大系에서는, '宮瀧 옆의 산. 奈良縣 吉野郡 吉野町 菜摘의 동남쪽'이라고 하였다『萬葉集』 3, p.57]. 阿蘇瑞枝는 이 작품을, '여행 중에 부른 것일 것이다'고 하였다『萬葉集全注』 10, p.59].

눈을 노래하였다

1832　(우치나비크)/ 봄이 되었으므로/ 그렇긴 해도/ 하늘 구름 흐리네/ 눈은 내리지만은

🌸 **해설**

　　초목들이 바람에 흔들리는 봄이 되었으므로 과연 하늘은 안개가 끼어 구름이 부드럽게 흐리어 있네. 눈은 계속 내리고 있지만이라는 내용이다.

　　大系에서는 中西 進과 마찬가지로 해석을 하고 있다. 'しかすがに'와 '雪は降りつつ'가 도치된 것으로 보고 눈은 내리고 있다고 해도, 봄이 와서 안개가 낀 때문에 하늘이 흐린 것으로 보았다. 이렇게 보면 제4구에서 종지가 되는 것이다. 눈은 내리지만 봄이 왔다는 것을 강조하는 것이 된다.

　　그런데 注釋에서는 제4구가 제5구를 수식하는 것이므로 'あまくもきらひ'로 읽어야 한다고 하고, '초목이 흔들리는 봄이 왔지만 하늘 구름이 흐리면서 눈은 내리고 있네'로 해석하였다『萬葉集注釋』 10, p.40]. 私注에서도 'あまくもきらひ'로 읽고 注釋과 마찬가지로 해석하였다『萬葉集私注』 5, p.175]. 全集에서도 그렇게 해석하였다『萬葉集』 3, p.49]. 하늘이 잔뜩 흐린 것은 눈이 내리기 때문인 것으로 본 것이다. 이렇게 보면 제5구에서 종지가 되는 것이다. 봄이지만 눈이 내린다고 하여 눈이 내리는 것을 강조한 것이 된다.

　　阿蘇瑞枝는, '이하 1838번가까지, 봄이 되었지만 눈이 내린다, 혹은 내릴지도 모른다고 하는 불안정한 상태 속에서 본격적인 봄을 기다리는 마음으로 부른 노래들이 나열된다'고 하였다『萬葉集全注』 10, p.62].

　　어느 쪽으로도 해석이 가능하지만 이 작품이 春雜歌에 들어 있고, 다른 이본들에는 〈詠雪〉의 제목이 없는 것을 보면 봄에 초점이 있는 것이라 생각되고, 1836번가에서도 비슷한 내용을 노래한 것으로 미루어 보면 中西 進과 大系의 해석이 더 나을 듯하다.

　　全集에서는, '이하 11수는 눈을 노래한 것으로, 1819번가 앞의 〈詠鳥〉의 제목은, 정확하게는 이하의 작품에는 해당하지 않는다. 紀州本에만 이 노래의 앞에 〈詠雪〉이라고 되어 있다. 매우 이른 시기에 〈詠雪〉의 제목이 없어진 것일 것이다'고 하였다『萬葉集』 3, p.49].

　　권제10은 전체를 사계절로 나누고 각각 雜歌와 相聞으로 분류하였는데 이 작품은 春雜歌에 들어가 있는 것이다. 이 노래 앞에 〈詠雪〉이라는 제목이 紀州本에만 있고 다른 이본에는 없는 것은 春雜歌이므로 봄과 눈은 어울리지 않아서 생략된 것 같다.

1833   梅花　零覆雪乎　裏持　君令見跡　取者消管

梅の花　降り覆ふ雪を　裏み持ち　君に見せむと　取れば消につつ

うめのはな　ふりおほふゆきを　つつみもち　きみにみせむと　とればけにつつ

1834   梅花　咲落過奴　然為蟹　白雪庭介　零重管

梅の花　咲き散り過ぎぬ　しかすがに[1]　白雪庭に　降り重りつつ

うめのはな　さきちりすぎぬ　しかすがに　しらゆきにはに　ふりしきりつつ

1835   今更　雪零目八方　蜻火之　燎留春部常　成西物乎

今更に　雪降らめやも[2]　かぎろひの[3]　燃ゆる春べと　なりにしものを

いまさらに　ゆきふらめやも　かぎろひの　もゆるはるべと　なりにしものを

---

1 **しかすがに** : 그렇다고는 해도라는 뜻이다.
2 **雪降らめやも** : 강한 부정을 동반한 의문을 나타낸다.
3 **かぎろひの** : 이른바 아지랑이.

1833 매화꽃을요/ 내리면서 덮는 눈을/ 싸가지고는/ 그대에게 보이려/ 잡으니 사라지네

🌸 **해설**

매화꽃을 덮으며 내리는 눈을 싸서, 그대에게 보이려고 손으로 잡으니 사라지네라는 내용이다. 비슷한
내용이 2686번가에 보인다.

1834 매화꽃은요/ 피어서 져버렸네/ 그렇지만은/ 흰 눈은요 정원에/ 계속 내리고 있네

🌸 **해설**

매화꽃은 피어서 져버렸네. 그런데 흰 눈은 정원에 계속 내리고 있네라는 내용이다.
매화가 지고 봄인데도 제철이 아닌 눈은 내리고 있다는 뜻이다.

1835 새삼스럽게/ 눈이 내릴 것인가/ 아지랑이가/ 아른거리는 봄이/ 되었는 것인 걸요

🌸 **해설**

지금 새삼스럽게 눈이 내리는 일이 어떻게 있을 수 있을 것인가. 아지랑이가 아른거리는 계절인 봄이
되었는데라는 내용이다.
大系·私注·全集 모두 中西 進과 마찬가지로 해석하였다. 이 해석을 보면 현재 눈이 내리고 있는지
아닌지 알 수 없다. 눈이 내릴 리가 없다고 본 것 같다. 阿蘇瑞枝는, '눈이 내릴지도 모르는 것에 대한
작자의 불안을 나타내고 있다'고 하였다『萬葉集全注』10, p.64l. 현재는 눈이 내리고 있지 않지만 금방이
라도 내릴 것 같은 것으로 본 것이다.
注釋에서는 '새삼스럽게/ 눈이 내릴 것인가/ 아지랑이가/ 아른거리는 봄이/ 되었는 것인 걸요(그런데
이렇게 눈이 내리고)'로 해석하였다『萬葉集注釋』10, p.42l. 현재 눈이 내리고 있는 것으로 보았다. 이
노래의 전후 작품들에서, 눈은 내리고 있지만 봄이 온 것을 노래하였으므로 이 작품에서도 눈이 내리는
것을 표현한 것이라 생각된다.

1836 風交　雪者零乍　然為蟹　霞田菜引　春去尓來

風交へ　雪は降りつつ¹　しかすがに²　霞たなびく　春さりにけり³

かぜまじへ　ゆきはふりつつ　しかすがに　かすみたなびく　はるさりにけり

1837 山際尓　鶯喧而　打靡　春跡雖念　雪落布沼

山の際に⁴　鶯鳴きて　うちなびく⁵　春と思へど　雪降り敷きぬ⁶

やまのまに　うぐひすなきて　うちなびく　はるとおもへど　ゆきふりしきぬ

1838 峯上尓　零置雪師　風之共　此間散良思　春者雖有

峯の上⁷に　降り置く雪し　風のむた⁸　此處に散るらし　春にはあれども

をのうへに　ふりおくゆきし　かぜのむた　ここにちるらし　はるにはあれども

左注　右一首筑波山作.

---

1 **雪は降りつつ** : 겨울의 눈이다.
2 **しかすがに** : 그렇다고는 해도.
3 **春さりにけり** : 신경을 쓰고 보니 봄이 왔다는 뜻이다. 안개에서 봄을 발견한 것이다.
4 **山の際に** : 산 주변을 말한다.
5 **うちなびく** : 전체에 안개가 낀 것을 말한다.
6 **雪降り敷きぬ** : '敷く'는 중복되는 것이다. 쌓이는 것은 아니다.
7 **峯の上** : 산 정상을 말한다.
8 **風のむた** : 바람과 함께라는 뜻이다.

1836   바람에 섞여/ 눈은 계속 내리고/ 그렇다 해도/ 안개가 피어나는/ 봄은 찾아왔네요

해설

바람에 섞여서 눈은 계속 내리고 있네. 그렇다고는 해도 안개가 피어나는 봄은 찾아왔네라는 내용이다.

1837   산 근처에서/ 휘파람새가 울고/ (우치나비크)/ 봄이라 생각는데/ 눈은 계속 내리네

해설

산 근처에서 휘파람새가 울고 온통 안개가 끼어 사물마다 몽롱한 봄이라고 생각하는데 눈은 계속
내리고 있네라는 내용이다.
'雪降り敷きぬ'를 中西 進은, 눈이 쌓이는 것이 아니라 계속 내리는 것으로 보았다. 全集에서도 그렇게
보았다『萬葉集』3, p.50]. 注釋・私注에서도 마찬가지로 해석하였다(『萬葉集注釋』10, p.44), (『萬葉集私
注』5, p.177)]. 그런데 大系에서는 눈이 내려서 쌓이는 것이라고 보았다『萬葉集』3, p.58].

1838   산꼭대기에/ 내려쌓이는 눈이/ 바람과 함께/ 여기 지는 듯하네/ 봄이기는 하지만요

해설

산꼭대기에 내려쌓이는 눈이 바람에 불려 이곳에 떨어지는 듯하네. 봄이기는 하지만이라는 내용이다.
阿蘇瑞枝는, '표현으로 보아 도회지 사람이 여행 중에 부른 것이라 생각된다'고 하였다『萬葉集全注』
10, p.67].

　　좌주　위의 1수는 츠쿠하(筑波) 산에서 지은 것이다.
　　大系에서는, '츠쿠하(筑波) 산은 茨城縣 筑波郡의 고대인의 생활과 깊은 관계가 있었던 곳이다'고
하였다『萬葉集』3, p.58].

1839　為君　山田之澤　惠具採跡　雪消之水介　裳裾所沾

君がため　山田の澤[1]に　惠具[2]採むと　雪消の水[3]に　裳[4]の裾濡れぬ

きみがため　やまだのさはに　ゑぐつむと　ゆきげのみづに　ものすそぬれぬ

1840　梅枝介　鳴而移徙　鶯之　翼白妙介　沫雪曾落

梅が枝に　鳴きて移ろふ　鶯の　翼白妙[5]に　沫雪[6]そ降る

うめがえに　なきてうつろふ　うぐひすの　はねしろたへに　あわゆきそふる

1841　山高三　零來雪乎　梅花　落鴨來跡　念鶴鴨 [一云, 梅花　開香裳落跡]

山高み　降り來る雪を　梅の花[7]　散りかも來ると　思ひつるかも [一は云はく, 梅の花 咲きかも散ると]

やまたかみ　ふりくるゆきを　うめのはな　ちりかもくると　おもひつるかも [あるはいはく, うめのはな　さきかもちると]

---

1 **山田の澤** : 산의 못의 밭.
2 **惠具** : 올방개인가. 여러 설이 있다.
3 **雪消の水** : 봄에 눈이 녹은 물이다. 'け'는 'きえ'의 축약형이다.
4 **裳** : 치마를 말한다.
5 **白妙** : 원래는 흰 천이다. 이 작품에서는 흰색의 美稱이다.
6 **沫雪** : 거품 같은 눈이다. '淡雪'과는 별개의 것이다.
7 **梅の花** : 지금은 봄이므로.

1839　그대를 위해/ 산의 밭의 못에서/ 올방개 뜯다/ 눈이 녹은 물에요/ 치맛자락 젖었네

🌸 해설

　　그대를 위하여 산의 밭이 된 못에서 올방개를 뜯느라고, 눈이 녹은 물에 치맛자락이 다 젖었네요라는
내용이다.

　　中要 進은 이 작품을, '어린 채소를 뜯는 인사노래'라고 하였다.

　　'山田の澤'을 大系・全集에서도 '山田의 못에서'로 해석하였다(大系『萬葉集』3, p.59), (全集『萬葉集』
3, p.51)). 산의 밭에 있는 작은 못인지 의미가 명확하지 않다. 그런데 阿蘇瑞枝는 '山田の澤に'를, '산의
밭 근처에 있는 못에서'로 해석하고 민요로 불리어진 것으로 보았다『萬葉集全注』10, p.68].

1840　매화 가지에/ 울며 옮겨 다니는/ 휘파람새의/ 날개도 하양도록/ 싸락눈이 내리네

🌸 해설

　　매화나무의 이 가지 저 가지로 옮겨 날아다니면서 우는 휘파람새의 날개도 새하얗게 보일 정도로
싸락눈이 내리네라는 내용이다.

1841　산이 높아서/ 내리고 있는 눈을/ 매화꽃이요/ 져서 내리나 하고/ 생각했던 것이네 [혹은
　　　　말하기를, 매화꽃이요/ 피어 지는 건가괴]

🌸 해설

　　산이 높기 때문에 내리고 있는 눈을 매화꽃이 져서 내려오는 것인가 하고 생각했다는 내용이다. 눈을
매화로 착각했다는 내용이다. 『만엽집』에는 눈을 매화로, 매화를 눈으로 본 작품들이 다수 있다.

　　阿蘇瑞枝는, '매화의 분위기를 가지고 온 손님에 대한 인사의 노래'로 보았다『萬葉集全注』10, p.70].

　　'山高み'의 'み'는 이유를 나타내는 조사이다.

　　이 작품의 내용은 일반적인 풍류이지만, 답가(1842번가)는 다른 풍류를 말하고 있다.

1842　除雪而　梅莫戀　足曳之　山片就而　家居為流君

　　　雪をおきて[1]　梅をな戀ひそ[2]　あしひきの　山片付きて[3]　家居せる君[4]

　　　ゆきをおきて　うめをなこひそ　あしひきの　やまかたつきて　いへゐせるきみ

　　　左注　右二首問答[5]．

詠霞

1843　昨日社　年者極之賀　春霞　春日山介　速立尒來

　　　昨日こそ　年は極てしか[6]　春霞　春日の山に[7]　はや立ちにけり

　　　きのふこそ　としははてしか　はるがすみ　かすがのやまに　はやたちにけり

---

　1 **雪をおきて** : ‘おきて’는 ‘제쳐두고’라는 뜻이다.
　2 **梅をな戀ひそ** : 앞의 작품(1841)에서 매화를 기대하고 눈을 무심하게 생각한 것에 대해 말한 것이다.
　3 **片付きて** : ‘片’은 반쯤이라는 뜻이다.
　4 **家居せる君** : 남성끼리 주고받은 노래이다.
　5 **問答** : 2수 이상으로 1조를 완결하는 노래들을 말한다. 대화형식의 노래이다.
　6 **年は極てしか** : 달력상으로. 이 시대에 이미 달력과 계절과의 관계가 노래로 불리어지게 되었다.
　7 **春日の山に** : 春日山이므로 더욱 빨리라는 뜻도 있다.

1842　눈을 놓아두고/ 매화 그리워 말게/ (아시히키노)/ 산 아주 가까이에/ 집이 있는 그대여

🌸 해설

　눈을 제쳐두고 매화를 그리워하는 그런 말을 하지 말게나. 산이 가까운 곳에 집이 있는 그대여라는 내용이다.

　1841번 작가가 집이 산 가까이에 있으므로 눈을 자주 볼 수 있기 때문에 눈을 대수롭지 않게 여기고 매화를 그리워하는 것에 대해 말한 것이다.

　私注에서는, '산 가까이에 있다고 해도 산 가까이에 있는 눈을 돌아보지는 않은 채, 매화에 마음을 기울이지 말라고 답한 것이다'고 하였다『萬葉集私注』 5, p.180]. 全集에서는 '片付きて'를 '한 부분에 접한 것'이라고 하였다『萬葉集』 3, p.51]. 阿蘇瑞枝는, '산 근처에 사는 앞의 노래의 작자에게, 눈도 꽤 풍류가 있다고 인사하는 마음을 담아 답한 노래'로 보았다『萬葉集全注』 10, p.71].

　좌주　위의 2수는 문답이다.

안개를 노래하였다

1843　바로 어제 막/ 지난해는 끝났네/ 봄 안개는요/ 카스가(春日)의 산에요/ 빨리도 피어 있네

🌸 해설

　바로 어제 지난해는 끝났네. 그런데 봄 안개는 카스가(春日)의 산에 빨리도 피어 있네라는 내용이다.

　달력상으로는 이제 막 신년이 되었을 뿐인데 카스가(春日) 산에 벌써 봄 안개가 피어 있다는 내용이다.

　私注에서는 '태음력에서는 신년과 입춘은 서로 거의 같은 시기이므로, 새해가 되어 빨리 봄 풍경이 되는 것은 사실일 것인데, 이 노래에서는 지나치게 달력에 의존하고 있어서 도식적이며 실감이 나지 않는다'고 하였다『萬葉集私注』 5, pp.180〜181]. '春霞'를 全集에서는, 春日의 枕詞가 되는 경우가 있다. 이 작품에서는 枕詞는 아니지만 '카스(霞)'가 '카스가(春日)'의 '카스'와 소리가 같으므로, 春霞와 관련이 깊은 지명인 春日山을 제재로 한 것이겠다'고 하였다『萬葉集』 5, p.52]. '春霞'가 이 작품에서는 '봄 안개'라는 그대로의 뜻으로 해석이 되므로 상투적인 수식어인 枕詞는 아닌 것이다.

1844　寒過　暖來良思　朝烏指　滓鹿能山尒　霞軽引

冬[1]過ぎて[2]　春來るらし　朝日さす　春日の山に　霞[3]たなびく

ふゆすぎて　はるきたるらし　あさひさす　かすがのやまに　かすみたなびく

1845　鶯之　春成良思　春日山　霞棚引　夜目見侶

鶯の　春[4]になるらし　春日山　霞[5]たなびく　夜目[6]に見れども

うぐひすの　はるになるらし　かすがやま　かすみたなびく　よめにみれども

---

1 **冬**: 원문에서는 '寒', '暖'자를 사용하고 있다. 뜻을 가지고 표현한 것이다.
2 **過ぎて**: '冬隱(ごも)り'와 같은 뜻이지만 관념화한 표현이다.
3 **霞**: 아침 안개이다.
4 **春**: 보통은 '鶯の鳴く春'이라고 하는데 동사 '鳴く'를 생략한 새로운 표현이다.
5 **霞**: 밤안개이다.
6 **夜目**: 밤에 본 것이다.

1844 겨울 끝나고/ 봄이 온 것 같네요/ 아침 해 비춘/ 카스가(春日)의 산에요/ 안개가 피어 있네

겨울이 끝나고 이제 봄이 온 것 같네. 아침 해가 비추는 카스가(春日) 산에 안개가 피어 있는 것을 보니라는 내용이다.

私注에서는, "烏를 '日' 대신에 쓴 것은 태양 속에는 金烏라고 하는 세발 가진 새(三足烏)가 있다고 하는 중국 전설에 의한 것이다'고 하였다[『萬葉集私注』 5, p.181]. 우리나라에도 고구려 고분 벽화 등을 보면 태양 속에 三足烏가 있음을 알 수 있다[이연숙, 「延烏郎 細烏女說話에 대한 一考察—韓日養蠶交涉史 的 측면에서」, 『국어국문학』 제23집, 부산대학교 국어국문학과, 1986].

1845 (우구히스노)/ 봄이 된 것 같으네/ 카스가(春日) 산엔/ 안개가 끼어 있네/ 밤에 보았는데도

꾀꼬리새가 와서 우는 봄이 드디어 된 것 같네. 카스가(春日) 산에는 안개가 끼어 있네. 밤에 눈으로 보았는데도 확실하게 알 수 있을 정도로라는 내용이다.

밤에 보아도, 안개를 보니 봄이 온 것을 알 수 있다는 내용이다.

詠柳

1846 霜干　冬柳者　見人之　蘰可為　目生來鴨

　　　霜枯れの　冬の柳[1]は　見る人[2]の　蘰[3]にすべく　萌え[4]にけるかも

　　　しもがれの　ふゆのやなぎは　みるひとの　かづらにすべく　もえにけるかも

1847 淺綠　染懸有跡　見左右二　春楊者　目生來鴨

　　　淺綠　染め懸け[5]たりと　見るまでに[6]　春の楊は　萌えにけるかも

　　　あさみどり　そめかけたりと　みるまでに　はるのやなぎは　もえにけるかも

1848 山際介　雪者零管　然為我二　此河楊波　毛延介家留可聞

　　　山の際に　雪は降りつつ　しかすがに[7]　この河楊[8]は　萌えにけるかも

　　　やまのまに　ゆきはふりつつ　しかすがに　このかはやぎは　もえにけるかも

---

1 柳 : 柳는 가지가 늘어지는 수양버들이다. 楊은 그 반대이다. 그러나 구별하여 사용하고 있지 않다.
2 人 : 감상하는 사람이다.
3 蘰 : 髮連(카미츠라)이라는 뜻이다.
4 萌え : 원문의 '目生'은 '芽生'으로, 싹이 트다는 뜻이다.
5 染め懸け : 가지를 물들여서 나무에 걸었다.
6 見るまでに : 이상 3구를 주로 하여 「催馬樂」에 전한다.
7 しかすがに : 그렇다고는 해도라는 뜻이다.
8 河楊 : 강변의 버드나무이다.

수양버들을 노래하였다

1846 서리에 시든/ 겨울의 수양버들/ 보는 사람이/ 머리장식 할 정도/ 싹이 돋아나왔네

해설

　서리를 맞아서 시들었던 겨울의 수양버들은, 이제 봄이 되었으므로 그것을 보는 사람이 꺾어서 둥글게 관으로 만들어 머리에 얹어서 장식을 할 수 있을 정도로 싹이 돋아나왔네라는 내용이다.
　봄이 되어, 머리에 두르고 장식하며 놀 수 있을 만큼 버드나무 가지가 제법 자란 것을 노래한 것이다.

1847 연녹색으로/ 물들여 걸었다고/ 생각될 정도/ 봄의 버드나무는/ 싹이 돋아나왔네

해설

　연녹색으로 가지를 물을 들여서 나무에 걸어놓은 것이라고 생각될 정도로, 봄의 버드나무는 싹이 돋아나 있네라는 내용이다.
　'淺綠 染め懸けたりと'를 中西 進은 버드나무 가지 자체가 마치 물들여서 걸어 놓은 것처럼 아름답게 보인다고 해석하였다. 그러나 全集에서는, '녹색으로 물을 들여서 장대 등에 걸어서 말리고 있는 실로 보고 있다'고 하였다『萬葉集』 3, p.52]. 全集에서 이렇게 본 것은 수양버들이라고 보았기 때문이다. 私注에서도 수양버들로 보았다『萬葉集私注』 5, p.182].

1848 산 근처에는/ 눈은 계속 내리고/ 그렇다 해도/ 이 강변의 버들은/ 싹이 돋아나왔네

해설

　산 근처에는 눈은 계속 내리고 있어 아직도 추운 겨울인 것 같네. 그렇지만 한편 이 강변의 버들은 봄이 되었다고 벌써 싹이 돋아나왔네라는 내용이다.

1849　山際之　雪者不消有乎　水豳合　川之副者　目生來鴨

山の際の　雪は消ざるを[1]　水霧らふ　川し副ふ[2]は　萌えにけるかも

やまのまの　ゆきはけざるを　みなぎらふ　かはしたぐふは　もえにけるかも

1850　朝旦　吾見柳　鶯之　來居而應鳴　森介早奈礼

朝な朝な[3]　わが見る柳　鶯の　來居て鳴くべき　森に早なれ

あさなさな　わがみるやなぎ　うぐひすの　きゐてなくべき　もりにはやなれ

1851　青柳之　絲乃細紗　春風介　不亂伊間介　令視子裳欲得

青柳の　絲[4]の細しさ[5]　春風に　亂れぬい[6]間に　見せむ子もがも[7]

あをやぎの　いとのくはしさ　はるかぜに　みだれぬいまに　みせむこもがも

1　**消ざるを** : 역접관계를 나타낸다.
2　**副ふ** : 기댄다는 뜻이다.
3　**朝な朝な** : 'あさなあさな'를 축약한 것이다.
4　**絲** : 가는 가지를 말한다.
5　**細しさ** : 싱그러운 모양을 말한다.
6　**亂れぬい** : 'い'는 접두어이다.
7　**見せむ子もがも** : 'もがも'는 원망을 나타낸다.

1849 산 가까이의/ 눈 녹지 않았는데/ 물이 흐르는/ 강변의 버드나무/ 싹이 돋아나왔네

해설

　산 가까운 곳의 눈은 아직 녹지 않았는데, 물이 넘쳐흐르는 강변의 버드나무에는 이미 싹이 돋아나와서 봄이 온 것 같네라는 내용이다.

　아직 겨울인 것 같은데, 강변의 버드나무에는 싹이 돋아서 봄이 온 것 같다는 뜻이다.

　中西 進은 이 작품을, 앞의 작품과 연작으로 보고, 주어 柳는 생략된 것으로 생각하여 '川之副者'를 글자 그대로 해석하였다. 全集에서도 中西 進과 마찬가지로 보았다『萬葉集』 3, p.53]. 그러나 大系에서는 '川之副者'의 '副'를 '柳'의 오자로 보았다『萬葉集』 3, p.60].

1850 매 아침마다/ 내가 보는 버들아/ (우구히스노)/ 와서 앉아 울도록/ 숲이 빨리 되게나

해설

　매일 아침마다 내가 보는 버들이여. 휘파람새가 날아와서 머물며 울 수 있도록 빨리 잎이 무성해져라는 내용이다.

　버드나무가 빨리 무성하게 자라기를 바라는 마음을 노래한 것이다.

　大系에서는 '森(모리)'을 '조선어 moi(뫼:산)'의 고형 mori와 같은 어원이라고 하였다『萬葉集』 3, p.60].

1851 푸른 버들의/ 가느다란 가지여/ 봄바람에요/ 흩날리지 않을 때/ 보여줄 애 있다면

해설

　푸른 버들의 가느다란 가지의 아름다움이여. 봄바람이 강하게 불어서 가지를 헝클어지게 하기 전에 보여줄 소녀가 있었으면 좋겠네라는 내용이다.

　大系에서는 "くはし'를 조선어 'kop(곱:美)'과 같은 어원인가라고 하였다'라고 하였다『萬葉集』 3, p.60].

1852　百礒城　大宮人之　蘰有　垂柳者　雖見不飽鴨

　　　ももしきの¹　大宮人の　蘰ける²　垂柳は　見れど飽かぬかも³

　　　ももしきの　おほみやびとの　かづらける　しだりやなぎは　みれどあかぬかも

1853　梅花　取持而見者　吾屋前之　柳乃眉師　所念可聞

　　　梅の花　取り持ちて見れば　わが屋前の　柳の眉し⁴　思ほゆるかも

　　　うめのはな　とりもちてみれば　わがやどの　やなぎのまよし　おもほゆるかも

　1　**ももしきの**：百石城의. 大宮을 칭찬한 것이다.
　2　**蘰ける**：'かづらく'는 'かづら'를 동사화한 것이다.
　3　**見れど飽かぬかも**：수양버들의 아름다움에 더하여 머리장식도 재미있고, 더구나 훌륭한 大宮人이 하는 것이 싫증나지 않는다는 뜻이다.
　4　**柳の眉し**：중국 서적에 가끔 미녀의 눈썹을 버들눈썹(柳眉)으로 표현하였으며, 旅人도 사용(853前)하고 있다. 이 작품에서는 매화를 보고 마찬가지로 아름다운 버들잎을 연상하고 있다.

1852 (모모시키노)/ 궁중의 관료들이/ 머리 꾸미는/ 수양버드나무는/ 봐도 싫증나지 않네

> ✿ **해설**
>
> 많은 돌로 견고하게 쌓은 멋진 궁정에서 근무하는 관료들이, 가지를 꺾어서 머리장식으로 하는 수양버드나무는 아무리 보아도 싫증이 나지 않네라는 내용이다.
> 'ももしきの'는 많은 돌로 견고하게 쌓은 성이라는 뜻이다. 大宮을 수식하는 枕詞이다. 옛날에는 궁전에 돌을 사용하지 않았으며 天智천황 이후의, 새로운 중국·한국풍의 건물 관념에 의한 표현이다[中西 進 『萬葉集』 1, p.64. 29번가의 주20 참조].
> 私注에서는, '수양버들을, 그것이 관료들의 머리 장식이 되었다고 함으로써 찬미하고 있는 것이다. 궁정 중심의 문화이기 때문이다. 수양버들은 和名抄에도 보이지만 본래는 중국 원산이므로 그러한 점에서도 새로운 문화와 관계있는 것으로 들어 사용한 것이겠다'고 하였다[『萬葉集私注』 5, p.185].

1853 매화 꽃잎을/ 손에 들고서 보면요/ 우리 정원의/ 눈썹 같은 버들잎/ 생각이 나는군요

> ✿ **해설**
>
> 매화 꽃잎을 손에 들고 보면 우리 집 정원의, 눈썹 같은 새로 난 버들잎이 생각이 나는군요라는 내용이다.
> 제2구의 원문 '取持而見者'를 大系와 私注에서는 中西 進과 마찬가지로 '取り持ちて見れば' 8음절로 읽었다(『萬葉集』 3, p.61), (『萬葉集私注』 5, p.185]. 그러나 全集에서는 '取持見者'를 취하고 '取り持ち見れば'와 같이 7음절로 읽었다[『萬葉集』 3, p.54]. 阿蘇瑞枝도 全集과 마찬가지로 읽었다[『萬葉集全注』 10, p.81]. 阿蘇瑞枝는, '제4, 5구의 표현으로 보아 집이 아닌 곳에서 부른 것임을 알 수 있으며, '梅の花 取り持ち見れば'의 표현에서는 여행하는 곳에서라기보다는 오히려 봄을 즐기는 연회석에서 불린 것임을 알 수 있다'고 하였다[『萬葉集全注』 10, p.82].

詠花

1854 鶯之　木傳梅乃　移者　櫻花之　時片設奴

　　　鶯の　木傳ふ梅の　うつろへば[1]　櫻の花の　時片設けぬ[2]

　　　うぐひすの　こづたふうめの　うつろへば　さくらのはなの　ときかたまけぬ

1855 櫻花　時者雖不過　見人之　戀盛常　今之将落

　　　櫻花　時は[3]過ぎねど　見る人の　戀の盛りと[4]　今し散るらむ

　　　さくらばな　ときはすぎねど　みるひとの　こひのさかりと　いましちるらむ

1856 我刺　柳絲乎　吹亂　風介加妹之　梅乃散覧

　　　わが挿頭す[5]　柳の絲を　吹き亂る　風にか妹が　梅[6]の散るらむ

　　　わがかざす　やなぎのいとを　ふきみだる　かぜにかいもが　うめのちるらむ

---

1 **うつろへば**：저서 없어지는 것이다.
2 **時片設けぬ**：'まく'는 준비한다는 뜻이다. 때가 마음에 준비되었으므로 가까워온다는 뜻이다. 片은 반쯤이라는 뜻이다.
3 **時は**：벚꽃의 계절이다.
4 **戀の盛りと**：벚꽃이 그렇게 생각한다는 뜻이다. 즉, 세상 사람들이 자신을 사랑하는 마음이 지금이 최고조이며 이 시기가 지나면 약해질 것이라고 생각을 해서라는 뜻이다.
5 **挿頭す**：'刺'를 'かざす'라고 읽은 예는 1683번가. '刺し柳(刺木の柳)'라고 하는 설은 다소 불확실하다.
6 **梅**：'妹가 梅'라고만 한 것은 앞에서 '挿頭'를 이미 말했기 때문이다.

꽃을 노래하였다

1854 휘파람새가/ 다니는 매화나무/ 꽃이 지면요/ 벚나무 꽃이 피는/ 때가 기다려지네

> **해설**
>
> 휘파람새가 가지를 옮겨 다니면서 울었던 매화나무의 꽃이 지게 되자, 벚꽃이 피는 시기가 기다려지네라는 내용이다.

1855 벚나무 꽃은/ 때는 안 지났는데/ 보는 사람이/ 한창 아껴준다고/ 지금 지는 것일까

> **해설**
>
> 벚꽃이 아직 질 시기는 아니지만, 벚꽃을 보는 사람들이 지금 한창 사랑해주는 때라고 생각을 해서 지금 지는 것일까라는 내용이다.
>
> 즉 꽃은, 자신을 사랑해주는 사람들의 마음이 식기 전에, 가장 사랑해줄 때 지려고 하는 것으로 추정한 것이겠다.
>
> '‍らむ'를 大系에서는, '보이지 않는 이유를 추량하는 이 무렵부터 있었으며 平安時代가 되면 『고금집』 등에 많이 보인다'고 하였다『萬葉集』 3, p.61].

1856 내가 장식한/ 버들의 실가지를/ 불어 헝크는/ 바람에 아내 꽃은/ 매화 지고 있겠지

> **해설**
>
> 내가 머리에 장식하고 있는 버들의 실 같이 가는 가지를 바람이 불어서 헝클어지게 하네. 아내가 머리에 꽂아서 장식을 하고 있는 매화도 이 바람에 지고 있겠지라는 내용이다.
>
> '妹が 梅の散るらむ'를 私注에서는, '아내가 있는 곳의 매화꽃도 지고 있겠지'로 해석하였다. 그러면서 '아내가 머리에 장식하고 있는 꽃이 진다고 하는 뜻일지도 모른다. 그렇게 보면 한층 속된 작품이 되지만 작자의 의도는 거기에 있었다고도 생각된다'고 하였다『萬葉集私注』 5, p.187]. 大系에서는, '아내의 집의 매화가 지금쯤 지고 있을 것인가'로 해석을 하였다『萬葉集』 3, p.61]. 全集에서도, '바람을 매개로 해서 연인의 집의 매화나무를 생각한 노래'라고 하였다『萬葉集』 3, p.55].
>
> '我刺'를 注釋에서는 '내가 꺾꽂이를 해서 키운 버들의 실 같은 가지를 불어서 헝크러뜨리는 바람에, 아내 집의 매화는 지고 있을까'로 해석하였다『萬葉集注釋』 10, p.60].

1857　毎年　梅者開友　空蝉之　世人君羊蹄　春無有來

　　　　毎年に[1]　梅は咲けども　うつせみ[2]の　世の人君し[3]　春なかり[4]けり

　　　　としのはに　うめはさけども　うつせみの　よのひときみし　はるなかりけり

1858　打細介　鳥者雖不喫　縄延　守巻欲寸　梅花鴨

　　　　うつたへ[5]に　鳥は喫まねど[6]　繩延へて　守らまく欲しき　梅の花かも

　　　　うつたへに　とりははまねど　なははへて　もらまくほしき　うめのはなかも

1　**毎年に** : 'としのはに'의 'は'는 端. '매년'이라는 뜻이다.
2　**うつせみ** : 현실에서 살아가는 것이다.
3　**世の人君し** : 원문의 '羊蹄'는 옛날에 'し'라고 한 식물(지금의 참소루쟁이)의 표기이다.
4　**春なかり** : 君은 병이 났는가, 출세를 하지 못했는가.
5　**うつたへ** : '未必'을 'うつたへ'라고 한다(517번가).
6　**鳥は喫まねど** : 열매를 먹는 새에 대해 새끼줄을 치는 일이 있었다. 지금은 꽃이므로 먹지 않는다.

1857 매년 해마다/ 매화는 피지만도/ (우츠세미노)/ 세상 사람인 그대/ 봄이 없는 것이네

해설

해마다 변함없이 매화는 늘 피지만, 현세의 사람인 그대에게는 봄이 없는 것이네라는 내용이다.

大系에서는, '노래 뜻으로 미루어 君은 吾의 오기라고 하는 설이 있다. 君과 吾의 오기는 많이 있다'고 하고, '春なかりけり'는 '번성한 때가 없네'라고 해석하였다[『萬葉集』 3, p.61]. 注釋에서는, 君을 吾로 보았다[『萬葉集注釋』 10, p.62]. 全集에서도 '君'을 '吾'로 보고, '작자에게는 봄이 없는 것을 말한 것'이라고 하였다[『萬葉集』 3, p.55]. 私注에서는, '실의에 빠진 사람을 동정하는 마음일까. 그것이 명확하지 않으므로 '君'은 '吾'의 오기라고 보는 설도 있다. '吾'라면 스스로 탄식하는 뜻이다. (중략) '世人君'의 君을 吾의 오자로 보는 설은 노래를 축소시킨다. 혹은 挽歌에서 유래한 1수가 아닐까 하는 생각도 든다'고 하였다[『萬葉集私注』 5, p.188].

全集에서는 '원문의 每年은, 大伴家持의 自注에, '每年, 이것을 等之乃波(としのは)라고 한다(4168번가)'고 하였다'고 하였다[『萬葉集』 3, p.55].

1858 틀림없이 꼭/ 새가 먹진 않아도/ 새끼줄 쳐서/ 지키고 싶을 정도/ 매화꽃인가 봐요

해설

반드시 새가 입으로 먹는다고 하는 것은 아니지만, 새끼줄을 쳐서 지키고 싶다고 생각할 정도인 매화꽃이여라는 내용이다.

매화꽃이 너무 아름다워서 지켜주고 싶은 심정을 이렇게 표현하였다.

大系에서는, '寓意가 있는 것 같은 노래이다. 매화는 연인인가'라고 하였다[『萬葉集』 3, p.62]. 全集에서는, '연인을 매화꽃에 비유한 노래라고도 볼 수 있다'고 하였다[『萬葉集』 3, p.55].

1859　馬並而　高山部乎　白妙丹　令艶色有者　梅花鴨

　　　　馬竝めて[1]　高の[2]山邊を　白妙に　にほはしたるは　梅の花かも

　　　　うまなめて　たかのやまべを　しろたへに　にほはしたるは　うめのはなかも

1860　花咲而　實者不成登裳　長氣　所念鴨　山振之花

　　　　花咲きて　實は成らず[3]とも　長き日[4]に　思ほゆるかも　山吹の花[5]

　　　　はなさきて　みはならずとも　ながきけに　おもほゆるかも　やまぶきのはな

1861　能登河之　水底并介　光及介　三笠乃山者　咲來鴨

　　　　能登川[6]の　水底さへ[7]に　照るまでに　三笠の山は　咲き[8]にけるかも

　　　　のとがはの　みなそこさへに　てるまでに　みかさのやまは　さきにけるかも

　　1　馬竝めて : 말을 나란히 하여서, 'たく(고삐를 당긴다)'로 이어진다.
　　2　高の : 木津川을 따라 있는 多賀. 이 주변에 도래자들이 많았고 매화도 많았던 것인가.
　　3　實は成らず : 연정을 노래한 작품에서는 가끔 비유로 사용하였으며, 열매가 없는 것을 敬遠했다.
　　4　長き日 : 'け(日)'는 二日三日(ふつかみっか)의 'か'와 같다.
　　5　山吹の花 : 여덟 겹 황매화는 열매를 맺지 않는다.
　　6　能登川 : 三笠山을 둘러싸고 흐른다.
　　7　水底さへ : 산과 강의 주변이 빛나는 것은 물론, 물밑까지 빛난다는 뜻이다.
　　8　咲き : 'さく(笑)ら(접미어)'는 꽃을 대표하는 것으로 'さく'라고 하면 벚꽃을 말한다.

1859 (우마나메테)/ 타카(多賀)의 산 근처를/ 온통 하얗게/ 물들이고 있는 건/ 매화꽃인 것이네

해설

　　말을 나란히 하여서 고삐를 당긴다고 하는 뜻을 이름으로 한 타카(多賀) 산 근처를 온통 하얗게 물들이고 있는 것은 매화꽃인 것이네라는 내용이다.

　　'馬竝めて'를 大系에서는, '말을 나란히 하여서 '고삐를 당긴다(たく)'는 뜻에서 지명 타카(多賀)를 상투적으로 수식하게 된 枕詞'라고 하였다『萬葉集』 3, p.62]. 私注에서는, '말을 나란히 하여 매(たか)사냥을 한다는 뜻에서 'たか'를 수식하게 된 것'으로 보았다『萬葉集私注』 5, p.189].

　　全集에서는, '이 작품은 실제로 친구들과 말을 타고 놀러 나갔을 때의 작품이라고도 한다'고 하였다『萬葉集』 3, p.55].

　　大系에서는, "高가, 지명 '多賀'라면 京都府 綴喜(츠즈키)郡 井手町 多賀 주변이다'고 하였다『萬葉集』 3, p.62]. '高の山'을 지명으로 보지 않고 높은 산으로 보는 설도 있다.

1860 꽃만 피고서/ 열매 맺지 않아도/ 이미 날마다/ 기다려만 지네요/ 황매화의 꽃이여

해설

　　꽃만 필 뿐, 열매는 맺지 않는다고 해도 진작부터 매일 기다리기 힘들 정도로 생각이 되네요. 황매화의 꽃이여라는 내용이다.

　　寓意가 있는 것으로 보인다. 大系에서는 'け'는 '日'의 복수를 나타내는 것이라고 하였다『萬葉集』 3, p.62].

1861 노토(能登)의 강의/ 물 속 깊이까지도/ 빛날 정도로/ 미카사(三笠)의 산은요/ 벚꽃이 피어 있네

해설

　　산과 강의 주변은 물론 노토(能登)의 강의 물 속 깊이까지도 빛날 정도로 미카사(三笠) 산에는 온통 벚꽃이 눈부시게 피어 있네라는 내용이다.

　　제5구에서 '咲きにけるかも'라고 하였는데 무슨 꽃인지 명시되어 있지 않다. 中西 進은 벚꽃으로 보았고, 阿蘇瑞枝도 벚꽃으로 보았다『萬葉集全注』 10, p.90]. 그러나 私注에서는 앞의 작품과 관련하여 황매화의 꽃으로 보았다『萬葉集私注』 5, p.190].

　　能登川은 奈良市 남부를 흐르는 강이다.

1862　見雪者　未冬有　然為蟹　春霞立　梅者散乍

雪[1]見れば　いまだ冬なり　しかすがに[2]　春霞立ち　梅は散りつつ

ゆきみれば　いまだふゆなり　しかすがに　はるがすみたち　うめはちりつつ

1863　去年咲之　久木今開　徒　土哉将堕　見人名四二

去年咲きし[3]　久木[4]今咲く　いたづらに[5]　地にや落ちむ　見る人なしに

こぞさきし　ひさきいまさく　いたづらに　つちにやおちむ　みるひとなしに

1864　足日木之　山間照　櫻花　是春雨介　散去鴨

あしひきの　山の間照らす　櫻花　この春雨に　散りゆかむ[6]かも

あしひきの　やまのまてらす　さくらばな　このはるさめに　ちりゆかむかも

---

1 雪 : '春霞'라고 한 것을 보면 먼 곳의 눈일 것이다.
2 しかすがに : 그렇다고는 해도.
3 去年咲きし : 작년에도 보았다는 뜻인가. 또는 반대로 작년에도 허망했다는 뜻인가.
4 久木 : 예덕나무(여름에 꽃이 핀다) 등의 설이 있다.
5 いたづらに : 제5구와 같은 뜻이다.
6 散りゆかむ : 제2구가 현재형이고 제4구에서 '이'라고 하였으므로, 봄비는 지금 내리기 시작한 것으로 보인다. 따라서 'ゆかむ'라고 읽는다.

1862 눈을 보면요/ 아직도 겨울이네/ 그렇다 해도/ 봄 안개가 피어서/ 매화는 계속 지네

🌼 **해설**

산꼭대기에 눈이 있는 것을 보면 아직도 겨울이네. 그렇다 해도 봄 안개가 피어서 매화는 계속 지고 있네라는 내용이다.

산꼭대기에는 눈이 있어서 아직도 겨울인 것 같지만, 봄 안개가 피고 매화꽃이 지고 있는 것을 보면 봄이 왔다는 뜻이다.

1863 작년에도 핀/ 예덕나무 또 피네/ 허망하게도/ 땅에 떨어지는가/ 보는 사람도 없이

🌼 **해설**

작년에 피었던 예덕나무 꽃이 지금 또 피었네. 그렇지만 허망하게도 땅에 떨어져버리는 것일까. 보는 사람도 없이라는 내용이다.

全集에서는, '久木은 여름에 꽃이 피므로, 이 작품이 春雜歌에 들어 있는 것과 맞지 않다'고 하였다『萬葉集』3, p.56].

1864 (아시히키노)/ 산 주변을 비추는/ 벚나무 꽃은/ 지금 이 봄비에요/ 져 갈 것일 건가요

🌼 **해설**

다리를 끌며 힘들게 걸어가야 하는 산 주변을 빛나게 하는 벚꽃은, 지금 내리기 시작한 이 봄비에 져 갈 것인가라는 내용이다.

'山の間'을 私注에서는 中西 進과 마찬가지로 산 주변으로 보았다『萬葉集私注』5, p.191]. 그러나 全集에서는 산과 산 사이, 습곡으로 보았다『萬葉集』3, p.56].

1865　打靡　春避來之　山際　最木末乃　咲徃見者

うちなびく　春さり來らし　山の際の　遠き木末[1]の　咲き行く見れば

うちなびく　はるさりくらし　やまのまの　とほきこぬれの　さきゆくみれば

1866　春雉鳴　高圓邊丹　櫻花　散流歴　見人毛我母

春雉[2]鳴く　高圓の邊[3]に　櫻花　散りて流らふ[4]　見む[5]人もがも

きぎしなく　たかまとのへに　さくらばな　ちりてながらふ　みむひともがも

1867　阿保山之　佐宿木花者　今日毛鴨　散亂　見人無二

阿保山[6]の　櫻[7]の花は　今日もかも　散り亂るらむ　見る人無しに

あほやまの　さくらのはなは　けふもかも　ちりみだるらむ　みるひとなしに

1　**遠き木末**：먼 풍경의, 구름과 뒤섞여 있는 벚꽃. 벚꽃은 'さ(笑)く'라고만 하며, '櫻가 笑く'라고 하지 않는 경우가 많다.
2　**春雉**：꿩은 봄에 짝을 찾으며 운다.
3　**高圓の邊**：高圓의 들판이다.
4　**散りて流らふ**：바람에 흘러간다. 'ふ'는 계속을 나타낸다.
5　**見む**：'む'는 완곡한 것을 나타낸다.
6　**阿保山**：不退寺(奈良市 동북쪽)의 산이다.
7　**櫻**：원문의 '宿'을 'くら'로 읽는 것은 '神座(くら)', '鳥(と)ぐら' 등의 'くら'와 같은 것으로, 있는 장소이다.

1865 (우치나비크)/ 봄이 온 듯하네요/ 산의 주변의/ 먼 곳 나무 가지 끝/ 벚꽃 피는 것 보면

❀ 해설

풀이 자라서 바람에 흔들리는 봄이 온 듯하네. 산 주변의 먼 곳에 있는 나무 가지의 끝 쪽에 벚꽃이 피는 것을 보니라는 내용이다.
  이 작품은 권제8의 1422번가와 거의 같은 내용이다.

1866 봄 꿩이 우는/ 타카마토(高圓)의 산에/ 벚나무 꽃이/ 져서 흩날리네요/ 볼 사람 있었으면

❀ 해설

봄에 꿩이 우는 소리가 울리는 타카마토(高圓) 산에는 벚꽃이 져서 바람에 흩날리네. 멋진 이 광경을 함께 볼 사람이 있으면 좋겠네라는 내용이다.
  타카마토(高圓) 산의 벚꽃이 바람에 지는 것을 감상한 작품이다.

1867 아호(阿保) 산의요/ 벚나무의 꽃은요/ 오늘도 역시/ 어지럽게 지겠지/ 보는 사람도 없이

❀ 해설

아호(阿保) 산의 벚꽃은 오늘도 역시 어지럽게 지고 있겠지. 보는 사람도 없이 허망하게도라는 내용이다.
'阿保山'을 大系에서는, '奈良市 佐保 구릉이라고도 하며, 三重縣 名賀郡 靑山町의 서부라고도 한다. 미상이다'고 하였다『萬葉集』3, p.63]. 全集에서는 원문의 '宿'을 '案'의 오자라고 하여 '案'으로 고쳤다『萬葉集』3, p.57]. 제3구의 '散亂'을 阿蘇瑞枝는, '散りまがふらむ'로 읽었다『萬葉集全注』 10, p.95].

1868　川津鳴　吉野河之　瀧上乃　馬醉之花曾　置末勿勤

かはづなく 吉野の川の 瀧[2]の上の 馬醉木の花[3]そ 末[4]に置くなゆめ[5]

　　　　かはづなく　よしののかはの　たぎのうへの　あしびのはなそ　はしにおくなゆめ

1869　春雨介　相争不勝而　吾屋前之　櫻花者　開始介家里

春雨に 争ひかねて[6] わが屋前の 櫻の花は 咲き始めにけり

　　　　はるさめに　あらそひかねて　わがやどの　さくらのはなは　さきそめにけり

1870　春雨者　甚勿零　櫻花　未見介　散巻惜裳

春雨は 甚くな降りそ[7] 櫻花 いまだ見なく[8]に 散らまく[9]惜しも

　　　　はるさめは　いたくなふりそ　さくらばな　いまだみなくに　ちらまくをしも

---

1 **河蝦**：개구리 종류의 총칭이다.
2 **瀧**：흐름이 급한 곳, 宮瀧이 있는 곳이다.
3 **馬醉木の花**：吉野에서 보낸 것인가.
4 **末**：끝이다.
5 **置くなゆめ**：결코.
6 **争ひかねて**：꽃이 피기를 재촉하는 봄비에 저항하기 힘들어.
7 **甚くな降りそ**：'な…そ'는 금지를 나타낸다.
8 **見なく**：부정의 명사형이다.
9 **散らまく**：'まく'는 'む'의 명사형이다.

1868 개구리 우는/ 요시노(吉野)의 강의요/ 격류의 주변의/ 마취목의 꽃이네/ 결코 함부로 하지 마

❀ 해설

개구리가 우는 요시노(吉野) 강의 격류 주변에 핀 마취목의 꽃이라네. 그러니 그 꽃을 소홀히 하지 말아 주세요. 절대로라는 내용이다.

요시노(吉野) 강의 격류 주변에 핀 마취목의 꽃을 꺾어서 보낼 때 함께 보낸 노래인 듯하다.

全集에서는, "あしび는 유독성 식물로, 말이 그 잎을 먹으면 취하게 되므로 '馬醉木' 글자를 사용하게 되었다'고 하였다『萬葉集』 3, p.57]. 마취목의 꽃은 작은 항아리 모양의 흰 꽃이 많이 달려 가지마다 포도송이 모양을 이루고 있다.

권제2의 166번가에도 나온다.

1869 내리는 봄비/ 저항할 수 없어서/ 우리 정원의/ 벚나무의 꽃은요/ 피기 시작하였네

❀ 해설

내리는 봄비를 저항할 수가 없어서 우리 집 정원의 벚꽃은 피기 시작하였네라는 내용이다.

봄이 되어서 벚꽃이 핀 것을 이렇게 표현하였다.

'争ひかねて'에 대해 阿蘇瑞枝는, '한시의 영향에 의한 것이라 해도, 한 순간의 착상으로 불렀으므로 당시로서는 지적인 신선한 표현으로 받아들여졌을 것이라고 생각된다'고 하였다『萬葉集全注』 10, p.98].

1870 봄비야 너는/ 심하게 내리지 마/ 벚나무 꽃을/ 아직 보지 못해서/ 진다면 아쉽겠네

❀ 해설

봄비는 심하게 내리지 말게나. 나는 아직 벚꽃을 보지 못하였네. 그러니 벚꽃이 진다면 아쉽겠네라는 내용이다.

全集에서는, "春雨ば의 'ば는 명령, 또는 금지와 호응하여 호격으로 사용되는 경우가 있는데 여기서는 그러한 예'라고 하였다『萬葉集』 3, p.57].

1871　春去者　散巻惜　梅花　片時者不咲　含而毛欲得

春さらば[1]　散らまく惜しき　梅の花　暫は咲かず　含みてもがも[2]

はるさらば　ちらまくをしき　うめのはな　しましはさかず　ふふみてもがも

1872　見渡者　春日之野邊尒　霞立　開艶者　櫻花鴨

見渡せば　春日の野邊に　霞立ち　咲きにほへる[3]は　櫻花かも

みわたせば　かすがののへに　かすみたち　さきにほへるは　さくらばなかも

1873　何時鴨　此夜乃将明　鶯之　木傳落　梅花将見

何時しか[4]も　この夜の明けむ　鶯の　木傳ひ[5]散らす　梅の花見む

いつしかも　このよのあけむ　うぐひすの　こづたひちらす　うめのはなみむ

---

1 **春さらば** : 분류는 봄이지만 노래를 지은 시점은 겨울이다.
2 **含みてもがも** : 'ふふむ'는 안에 싸고 있는 상태를 말한다. 봉오리. 'もがも'는 원망을 나타낸다.
3 **にほへる** : 색으로도 향기로도 드러나는 것이다. 여기에서는 색이 드러나는 것을 말한다.
4 **何時しか** : 의문뿐만이 아니라 願望도 포함한 표현이다.
5 **木傳ひ** : 가지를 옮겨 다니는 것이다.

1871 봄이 된다면/ 질 것이 안타까운/ 매화꽃이여/ 당분간 피지 말고/ 봉오리로 있게나

해설

봄이 되면 피어서 지게 될 것이 안타까운 매화꽃이여. 그러니 당분간 피지 말고 꽃봉오리인 채로 있어 다오라는 내용이다.

꽃이 피고 나서 곧 질 것을 생각하니 안타까워서 꽃봉오리인 채로 좀 더 있어 달라는 내용이다.

1872 바라다보면/ 카스가(春日) 들 주변에/ 안개가 피고/ 아름답게 핀 것은/ 벚꽃인 것이네요

해설

바라다보면 카스가(春日) 들 주변에 안개가 피어 있고, 색깔도 아름답게 피어 있는 것은 벚꽃이네요라는 내용이다.

阿蘇瑞枝는 이 작품을, '春日들에서 연회하면서 부른 작품'이라고 하였다『萬葉集全注』 10, p.101].

1873 언제가 되면/ 이 밤이 샐 것인가/ 휘파람새가/ 가지서 흩뜨리는/ 매화꽃 보고 싶네

해설

언제 이 밤이 샐 것인가. 휘파람새가 이 가지 저 가지로 옮겨 다니는 바람에 떨어지는 매화꽃이 보고 싶네라는 내용이다.

빨리 아침이 되어서 매화꽃이 지는 것을 보고 싶다는 뜻이다.

阿蘇瑞枝는, '이 작품의 구도화된 봄의 아름다운 풍경도 입춘 전날 밤에 작자가 그려본 환상이었다'고 하였다『萬葉集全注』 10, p.104].

詠月

1874　春霞　田菜引今日之　暮三伏一向夜　不穢照良武　高松之野介

　　　春霞　たなびく今日の　夕月夜[1]　清く照るらむ　高松[2]の野に

　　　はるかすみ　たなびくけふの　ゆふづくよ　きよくてるらむ　たかまとののに

1875　春去者　紀之許能暮之　夕月夜　欝束無裳　山陰介指天 [一云, 春去者　木陰多　暮月夜]

　　　春されば　樹の木の暗[3]の　夕月夜　おぼつかなしも　山蔭にして [一は云はく, 春されば　木がくれ多き　夕月夜]

　　　はるされば　きのこのくれの　ゆふづくよ　おぼつかなしも　やまかげにして [あるはいはく, はるされば　こがくれおほき　ゆふづくよ]

1876　朝霞　春日之晩者　従木間　移歴月乎　何時可将待

　　　朝霞　春日の暮れば　木の間より　うつろふ月を　何時とか待たむ

　　　あさかすみ　はるひのくれば　このまより　うつろふつきを　いつとかまたむ

1　**夕月夜** : 여기서는 달을 말한다. 月夜도 같다. 원문 '三伏一向'은 한국의 윷(柶戯)이라고 하는 놀이에서, 안이 세 개, 겉이 한 개 나온 경우를 '츠쿠'라고 한 데서 사용한 것이다.

2　**高松** : '타카마츠'라고 읽기도 한다. '마토' 발음을 표기하는데 일부러 松을 사용한 예는 없다고 한다. 그러나 이 작품 전체의 특수한 한자 사용법으로 보면 도래계 사람에 의한 기록인 것인가. '松'은 그런 한 예라고 생각된다.

3　**樹の木の暗** : 나무 밑의 그늘을 말한다. 잎이 무성해서 아래쪽 그늘이 어두운 달이다.

달을 노래하였다

1874 봄 안개가요/ 끼어 있는 오늘의/ 저녁 달은요/ 밝게 빛나겠지요/ 타카마토(高圓)의 들에

🌸 해설

봄 안개가 끼어 있는 오늘 저녁에 달은 아마도 밝게 빛나고 있겠지요. 타카마토(高圓)의 들에라는 내용이다.

大系에서는, '一伏三向 즉 안이 한 개, 겉이 세 개 나온 경우를 '코로'라고 하므로 그것을 '頃(코로)'에 사용한 것이 있다(권제20의 2988)'고 하였다『萬葉集』 3, p.64]. 한국의 윷놀이를 이용한 표기가 萬葉假名에 사용되고 있어 흥미롭다. 윷놀이가 일본에 전해졌거나 도왜인에 의한 기록을 추정할 수 있는 귀한 자료가 된다.

1875 봄이 되어서/ 나무 그늘 어둡네/ 어두운 달이/ 어슴푸레 하네요/ 이 산 그늘에서는 [어떤
　　　책에는 말하기를, 봄이 되어서/ 그늘에 많이 숨어/ 저녁달이요]

🌸 해설

봄이 되었으므로 잎이 무성해진 나무들의 아래쪽 그늘이 짙어서 어둡네. 그렇게 어두운 달이 어렴풋하고 쓸쓸하네. 이 산 그늘에서는[어떤 책에는 말하기를, 봄이 되어서 달이 나무 그늘에 가려지는 일이 많아세]이라는 내용이다.

阿蘇瑞枝는, '언뜻 보면 혼자 부른 것 같지만 역시 봄날 저녁의 연회자리에서의 노래일 것이다'고 하였다『萬葉集全注』 10, p.106].

1876 (아사카스미)/ 봄날이 저문다면/ 나무 사이로/ 보이며 떠가는 달/ 기다리게 되겠지

🌸 해설

아침 안개가 낀 봄날이 저물어 가고 있는데 날이 저물면, 나무 사이로 보이며 떠가는 달이 언제 나올까 하고 나는 기다리게 되겠지라는 내용이다.

달이 뜨기를 기다리는 작품이다.

中西 進은, '이 작품은, 봄은 아침 안개도 재미있고 하루가 저무는 것도 아쉽지만, 또 저녁달도 재미 있다. 그런데 저녁달은 좀처럼 뜨지 않는다는 뜻이다'고 하였다.

詠雨

1877　春之雨尒　有來物乎　立隠　妹之家道尒　此日晩都

　　　春の雨に　ありけるものを　立ち[1]隠り　妹が家道[2]に　この日暮しつ

　　　はるのあめに　ありけるものを　たちかくり　いもがいへぢに　このひくらしつ

詠河[3]

1878　今徃而　聞物尒毛我　明日香川　春雨零而　瀧津湍音乎

　　　今行きて　聞くもの[4]にもが　明日香川　春雨降りて[5]　激つ瀬の音を

　　　いまゆきて　きくものにもが　あすかがは　はるさめふりて　たぎつせのとを

---

1 **立ち** : 'たち'는 대수롭지 않은 동작을 나타낸다.
2 **家道** : 집으로 가는 길이다.
3 **詠河** : 제목으로는 다소 특이하다. 노래의 뜻은 오히려 春雨에 있는데, 이것을 강으로 하였다.
4 **聞くもの** : 'もの'라고 구태여 말한 것은, 여울 소리를 강에서 분리하여 특별한 것으로 의식하고 있기 때문이다. 작자는 나라(奈良)에 있다.
5 **春雨降りて** : 물이 불어서.

비를 노래하였다

1877 대단찮은 봄비/ 였을 뿐이었는데/ 피하려다가/ 아내 집 가는 길에/ 날 저물어 버렸네

🌸 **해설**

　생각해 보면 곧 그칠 것도 아니고 젖어도 대수롭지 않을 정도의 봄비였었네. 그런데 나무 그늘에서 비를 피한다고 있다가 아내의 집으로 가는 도중에 오늘이 저물어 버렸네라는 내용이다.

　젖어도 될 정도의 봄비인데, 나무 밑에서 비를 피하며 비가 그치기를 기다리고 있다가 시간이 많이 지나가 버려서 정작 아내 집으로 가는 도중에 날이 저물고 말았다는 뜻이다.

　阿蘇瑞枝도 中西 進과 마찬가지로 해석하였다『萬葉集全注』 10, p.108]. 이렇게 보면 작자는 아내의 집에 도착하지 못한 것이 된다. 그런데 私注에서는 '아내의 집에 도착하였으므로, 대단한 비도 아니지만, 그것을 구실로 하여 아내 집에 피하듯이 하여서 오늘 하루를 지내었다고 보아야 하지 않을까. '妹が家道に'는 '妹が家道に來'로 해석하면 좋다'고 하였다『萬葉集私注』 5, p.198]. 작품 내용으로 보면 아내 집에 도착하지 못한 것이 맞는 듯하다.

강을 노래하였다

1878 지금 곧 가서/ 들을 수가 있다면/ 아스카(明日香) 강에/ 봄비가 내려서요/ 세찬 여울 소리를

🌸 **해설**

　지금 곧 가서 들을 수가 있다면 좋겠네. 아스카(明日香) 강에 봄비가 내려 물이 불어서 세차게 흘러가는 그 여울물 소리를이라는 내용이다.

詠煙[1]

1879　春日野介　煙立所見　嬬嬬等四　春野之菟芽子　採而煮良思文

　　　　春日野に　煙立つ[2]見ゆ　少女らし　春野のうはぎ[3]　採みて煮らしも

　　　　かすがのに　けぶりたつみゆ　をとめらし　はるののうはぎ　つみてにらしも

野遊[4]

1880　春日野之　淺茅之上介　念共　遊今日　忘目八方

　　　　春日野の　淺茅[5]が上に　思ふ[6]どち　遊ぶ今日の日[7]　忘らえめやも[8]

　　　　かすがのの　あさぢがうへに　おもふどち　あそぶけふのひ　わすらえめやも

1　**詠煙**：이상으로 景物이 끝났다. 여기서부터는 다른 노래들을 첨부하여 게재한다. 들놀이의 작품들과 旋頭歌, 비유가. 旋頭歌와 비유가를 특별히 내세운 것은 예가 많다. 다만 들놀이의 작품들은 들놀이의 옛 풍습을 모방한, 관료들이 놀이삼아 지은 작품들이다.
2　**煙立つ**：봄의 들놀이에서 나물을 뜯고, 삶아서 먹는 그 연기. 3791번가의 序.
3　**うはぎ**：쑥부쟁이. '오하기(おはぎ)'라고도 한다.
4　**野遊**：봄의 예축행사이다. 나중에는 놀이가 되었다.
5　**淺茅**：키가 낮은 띠를 말한다.
6　**思ふ**：생각하는 사람이다.
7　**今日の日**：'今日'을 'このひ'로 읽는 설도 있다. 1882번가.
8　**忘らえめやも**：'忘らえ'는 가능을, 'めやも'는 강한 부정을 동반한 의문을 나타낸다.

연기를 노래하였다

1879 카스가(春日) 들에/ 연기 나는 것 보네/ 소녀들이요/ 봄 들판 쑥부쟁이/ 뜯어서 삶는가 봐

해설

   카스가(春日) 들에 연기가 피는 것이 보이네. 소녀들이 봄 들판의 쑥부쟁이를 뜯어서 삶고 있는가 보다라는 내용이다.
   '카스가(春日) 들에 연기가 피는 것이 보이네', '뜯어서 삶는가 봐'를 보면 작자는 실제로 들놀이를 나간 것이 아님을 알 수 있다.
   全集에서는 '少女らし'의 'し'는 강세조사라고 하였다『萬葉集』 3, p.59].

들놀이

1880 카스가(春日野) 들의/ 키 작은 띠 위에서/ 동지들끼리/ 놀고 있는 오늘을/ 잊을 수가 있을까

해설

   카스가(春日野) 들의 키 작은 띠 위에서 마음이 맞는 친한 사람들과 놀고 있는 오늘을 잊을 수가 있을까라는 내용이다.
   친한 사람들과 즐기는 오늘의 들놀이의 재미는 잊지 못할 것이라는 뜻이다.

1881 春霞　立春日野乎　徃還　吾者相見　弥年之黄土

春霞　立つ春日野を　行き歸り[1]　われは相見む[2]　いや毎年に[3]

はるがすみ　たつかすがのを　ゆきかへり　われはあひみむ　いやとしのはに

1882 春野尒　意将述跡　念共　來之今日者　不晩毛荒粳

春の野に　心展べむと[4]　思ふどち　來し今日の日は　暮れずもあらぬか[5]

はるののに　こころのべむと　おもふどち　こしけふのひは　くれずもあらぬか

1883 百礒城之　大宮人者　暇有也　梅乎挿頭而　此間集有

ももしきの[6]　大宮人は　暇あれや[7]　梅を挿頭して　ここに集へる

ももしきの　おほみやびとは　いとまあれや　うめをかざして　ここにつどへる

---

1 **行き歸り**：노는 모습이다.
2 **相見む**：서로 보는 것이다. 사람을 만나는 것으로, 함께 들을 보는 것은 아니다.
3 **毎年に**：'としのはに'의 'は'는 끝을 말한다.
4 **心展べむと**：이미 도회지 사람에게 감동을 준다.
5 **暮れずもあらぬか**：'ぬか'는 '없는가나(~없을까)'로 願望을 나타낸다.
6 **ももしきの**：많은 돌로 견고하게 한 '大宮'으로 연결된다.
7 **暇あれや**：大宮, 나아가서는 중앙을 찬미한 것이다. 당시의 관료들은 일주일에 휴일은 하루였으며 오전에만 근무하였다. 'や'는 'か'에 가까우며 부정의 뜻이 없다.

1881　봄 안개가요/ 피는 카스가(春日) 들을/ 오며 가면서/ 사람들과 만나자/ 계속해서 해마다

❀ 해설

봄 안개가 피는 카스가(春日) 들을 오가면서 모든 사람들과 만나자. 한층 계속해서 해마다라는 내용이다.
'われは相見む'를 全集에서는 中西 進과 마찬가지로 만나는 것으로 보았다『萬葉集』 3, p.60]. 그러나
大系・注釋에서는, '카스가(春日) 들을 나는 친구들과 바라보자'로 해석하였다(『萬葉集』 3, p.66), (『萬葉集注釋
』 10, p.85]). 私注에서는 '함께 보자'로 해석하고는 만나고 싶다는 마음을 담은 것이라고 하였다『萬葉集
私注』 5, p.200].

1882　봄 들판으로/ 기분전환을 하려/ 친구들끼리/ 왔던 오늘의 해는/ 저물지를 말았으면

❀ 해설

마음을 넓혀 느긋하게 하려고 친구들과 함께 봄 들판에 온 오늘은 날이 저물지 말고 그대로 있어
주었으면 좋겠네라는 내용이다.
봄날의 들놀이를 친구들과 계속 즐기고 싶은 마음을 나타낸 것이다.
大系에서는, 'nöbu(伸)는 조선어 nöp(廣)과 같은 어원인가'라고 하였다『萬葉集』 3, p.66].

1883　(모모시키노)/ 궁중의 관료들은/ 여가 있어선가/ 매화 머리에 꽂고/ 여기에 모여 있네

❀ 해설

많은 돌로 견고하게 만든 궁중에서 근무하는 관료들은 여유로운 시간이 있기 때문인가. 매화를 머리에
꽂아 장식을 하고 여기에 모여 있네라는 내용이다.
大系에서는, '新古今集의 春下에 아카히토(赤人)의 노래라고 하였으며 제4・5구를 '櫻かざして けふも
くらしつ'로 고쳤다 이쪽이 잘 알려져 있다'고 하였다『萬葉集』 3, p.66].
'ももしきの(百磯城)'는 많은 돌로 견고하게 한 울타리라는 뜻으로 堅牢(견고한 울타리)를 비유한 표현
이다. 옛날에는 궁전에 돌을 사용하지 않았으며 天智천황 이후의 새로운, 중국・한국풍의 건물 관념에
의한 표현이다[中西 進 『萬葉集』 1, p.64. 29번가의 주20 참조].
'暇あれや'를 私注에서는, '일종의 비판의 뜻이 포함된 구이다. 다만 작자도 궁중 관료의 한 사람일
것이다'라고 하였다『萬葉集私注』 5, p.201]. 全集에서는, 'つどふ는 단순히 모이는 것일 뿐만 아니라 질서
정연하게 줄지어 모이는 것'이라고 하였다『萬葉集』 3, p.61].

歎舊[1]

1884　寒過　暖來者　年月者　雖新有　人者舊去

　　　　冬[2]過ぎて　春の來れば　年月は　新な[3]れども　人は舊りゆく

　　　　ふゆすぎて　はるのきたれば　としつきは　あらたなれども　ひとはふりゆく

1885　物皆者　新吉　唯　人者舊之　應宜

　　　　物皆は　新しき[4]良し　ただしく[5]も　人は舊りに[6]し　宜しかる[7]べし

　　　　ものみなは　あらたしきよし　ただしくも　ひとはふりにし　よろしかるべし

---

1 **歎舊** : 들놀이에서 노인이 탄식하는 노래(실제로는 젊은이가 놀리는 노래)가 있었다. 또 노인이 되갚아 주는
　것도 있었다.
2 **冬** : 원문에 '寒'으로 표기한 것은 1844번가에도 예가 있었다.
3 **新な** : '아라타시'는 '新しい'. '아타라시'는 애석하다의 뜻이었다.
4 **新しき** : 앞의 노래의 '新なれども'를 받은 것이다.
5 **ただしく** : '但し'에 'く'가 첨부된 형태이다.
6 **舊りに** : 'に'는 완료를 나타낸다.
7 **宜しかる** : 나쁘지 않다. 'かる'는 'くある'가 축약된 형태이다.

늙음을 탄식하였다

1884　겨울 지나고/ 봄이 돌아오면요/ 해와 달은요/ 새롭게 되지만은/ 사람은 늙어가네

🌸 해설

　　겨울이 지나고 봄이 돌아오면 새로운 해와 달이 되지만 사람은 점점 나이가 들어서 늙어가네라는 내용이다.

　　이 작품을 大系·全集·注釋에서는 中西 進과 마찬가지로 해석하였다. 그러나 私注에서는, "舊'는 '故舊'의 뜻으로 옛날부터 잘 아는 사람을 말하는 것이다. '老'와 혼동해서는 작품의 뜻을 알 수 없다. 따라서 '人'은 일반인이 아니며, 특정한 작자가 이전부터 잘 알고 있는 사람이라고 보아야만 한다. 친숙한 애인이 드디어 늙어가는 것을 탄식한 것으로 相聞과 통하는 마음이다. 세월과 함께 사람은 늙어간다고 하는 상식을 노래한 것은 아니다'고 하였다『萬葉集私注』5, p.201］. 특정한 사람, 연인이 늙어가는 것을 한탄한 것이 아니라 자신을 포함하여 일반적인 사람으로 보는 것이 좋을 듯하다. 1885번가를 보아도 알 수 있다.

1885　사물은 모두/ 새로운 것이 좋네/ 다만 그러나/ 사람만은 노인이/ 좋은 것이 확실해

🌸 해설

　　사물은 모두 새로운 것이 좋다고 할 수 있네. 그러나 사람만은 노인이야말로 좋은 것이 틀림없네라는 내용이다.

　　中西 進은, '이 작품은 노인 쪽에서 받아서 되갚아 준 것이다'고 하였다.

　　全集에서는, '앞의 작품의 탄식을 달래는 것'으로 보았다『萬葉集』3, p.61］.

懽逢

1886　佐吉之　里行之鹿歯　春花乃　益希見　君相有香聞

　　　住吉の　里¹行きしかば　春花の　いやめづらしき²　君に逢へるかも

　　　すみのえの　さとゆきしかば　はるはなの　いやめづらしき　きみにあへるかも

旋頭謌³

1887　春日在　三笠乃山尒　月母出奴可母　佐紀山尒　開有櫻之　花乃可見

　　　春日なる　三笠の山⁴に　月も出でぬかも⁵　佐紀山⁶に　咲ける櫻の　花の見ゆべく

　　　かすがなる　みかさのやまに　つきもいでぬかも　さきやまに　さけるさくらの　はなのみ
ゆべく

1　**住吉の 里** : 마을의 작은 모임에.
2　**いやめづらしき** : 진귀하고 사랑할 만한. 'いや'는 그러한 마음이 생기는 것이다.
3　**旋頭謌** : 577 577 형식의 작품이다. 본래 여러 사람의 창화에 의한 형식이다.
4　**三笠の山** : 春日은 三笠山을 포함하는 범위이다.
5　**出でぬかも** : 'かも'는 願望을 나타낸다.
6　**佐紀山** : 제1, 2구의 'かす---かさ'에 대해, 'さき---さけ---さく'로 나아갔다. 미카사(三笠)에 달이 뜨면 사키(佐紀)는 바로 밝아진다.

만남을 기뻐하였다

1886 스미노에(住吉)의/ 마을에 갔더니요/ 봄의 꽃처럼/ 매우 사랑스러운/ 그대 만나게 되었네

🌸 해설

스미노에(住吉)의 마을에 갔더니, 봄꽃처럼 한층 만나고 싶다고 생각하는 사랑스러운 그대를 만날 수 있었네요라는 내용이다.

마을에 가서 우연히 사랑스러운 사람을 만난 기쁨을 노래한 것이다.

세도우카(旋頭歌)

1887 카스가(春日)의요/ 미카사(三笠)의 산에는/ 달도 뜨지 않는 건가/ 사키(佐紀) 산에요/ 피어 있는 벗나무/ 꽃 보일 수 있도록

🌸 해설

카스가(春日)에 있는 미카사(三笠)의 산에는 달도 뜨지 않는 것인가. 빨리 달이 떴으면 좋겠네. 사키(佐紀) 산에 피어 있는 벗꽃이 보일 수 있도록이라는 내용이다.

벗꽃을 볼 수 있도록 달이 뜨기를 기다리는 작품이다.

阿蘇瑞枝는, '연회석에서 불린 작품일 것이다'고 하였다『萬葉集全注』10, p.121].

旋頭歌를 全集에서는, '577·577구로 된 노래 형식. 577의 카타우타(片歌)의 창화에서 생겨났지만 나중에 자문자답의 창작가로도 되었으며 때로는 앞의 3구와 뒤의 3구의 상호 독립성을 잃어버린 것까지 나와서 점차 쇠퇴해 갔다. 旋頭는 머리로 돌아간다는 것, 즉 제4구에서 처음부터 시작하여 같은 운율을 반복하는 것을 말한다'고 하였다『萬葉集』3, p.62].

'佐紀山'을 大系에서는 奈良市 북부, 奈良山의 일부로 佐保山의 서쪽에 있다고 하였다『萬葉集』3, p.67].

1888　白雪之　常敷冬者　過去家良霜　春霞　田菜引野邊之　鶯鳴焉

白雪の　常敷く[1]冬は　過ぎにけらし[2]も　春霞　たなびく野邊の　鶯鳴くも

しらゆきの　つねしくふゆは　すぎにけらしも　はるがすみ　たなびくのへの　うぐひすなくも

譬喩歌[3]

1889　吾屋前之　毛桃之下尒　月夜指　下心吉　菟楯頃者

わが屋前の　毛桃[4]の下に　月夜さし[5]　下心[6]良し　うたて[7]このころ

わがやどの　けもものしたに　つくよさし　したごころよし　うたてこのころ

1　**常敷く** : 'つね'는 'とこ(영원)'과 다르다. '변함없이'라는 뜻이다. 'しく'는 겹치는 것이다. 여기서는 내려 쌓이는 것을 말한다.
2　**過ぎにけらし** : 'けらし'는 'けるらし'의 축약형이다.
3　**譬喩歌** : 내용상으로는 널리 相聞에 포함되지만, 발상면에서 구별한 분류이다.
4　**毛桃** : 복숭아. 부드러운 털로 덮여 있는 모양에 의한 것이다. 여성을 비유한 것이다.
5　**月夜さし** : 초경(初潮)의 비유이다. 소중하게 보호해 온 여성이 성인이 된 것을 기뻐하는 노래는 많다.
6　**下心** : 마음속이다.
7　**うたて** : 'うたてし'의 부사구이다.

1888 새하얀 눈이/ 내려 쌓인 겨울은/ 지나간 듯하네요/ 봄 안개가요/ 끼어 있는 들판에/ 꾀꼬리
새 우네요

　흰 눈이 변함없이 내려서 쌓여 있는 겨울은 이제 지나간 듯하네요. 봄 안개가 끼어 있는 들판에 꾀꼬리
새가 울고 있네요라는 내용이다.
　阿蘇瑞枝는 이 작품도, '관료들의 봄 연회석에서 불리어진 것이겠다'고 하였다『萬葉集全注』 10,
p.122].

비유가

1889 우리 집 정원/ 털복숭아 아래에/ 달빛 빛나고/ 마음속이 즐겁네/ 더욱 더욱 요즈음

　우리 집 정원의 털복숭아 아래에 달빛이 비추어 빛나고 왠지 마음이 즐겁네. 더욱 더욱 요즈음은이라
는 내용이다.
　大系에서는, '자신의 딸이 성인이 되었으므로 어머니로서 요즈음 기뻐서 어쩔 줄 모른다'고 하였다『萬
葉集』 3, p.68]. 全集에서는, '寓意는 분명하지 않지만 처음으로 관능의 기쁨을 안 여성의 마음 등을
노래한 작품인가'라고 하였다『萬葉集』 3, p.62]. '우리 집 정원의 털복숭아'라고 하였으므로 작자 자신의
일이 아니라, 작자의 딸이 성인이 된 것을 기뻐한 작품이라고 보아야 할 것이다.

春相聞

1890　春日野　友鶯　鳴別　眷益間　思御吾

　　　　春日野の　友鶯の　鳴き[1]別れ　帰ります[2]間も　思ほせわれを

　　　　かすがのの　ともうぐひすの　なきわかれ　かへりますまも　おもほせわれを

1891　冬隠　春開花　手折以　千遍限　戀渡鴨

　　　　冬ごもり[3]　春咲く花を　手折り[4]持ち　千遍の限り[5]　戀ひ渡るかも

　　　　ふゆごもり　はるさくはなを　たをりもち　ちたびのかぎり　こひわたるかも

1892　春山　霧惑在　鶯　我益　物念哉

　　　　春山の　霧に惑へる[6]　鶯も　われにまさりて　物思はめや

　　　　はるやまの　きりにまとへる　うぐひすも　われにまさりて　ものおもはめや

1　**鳴き** : 泣き.
2　**帰ります** : 내 곁에서. 'ます'는 높임이다.
3　**冬ごもり** : 겨울이 끝나고.
4　**手折り** : 꽃을 꺾는 것이 여성과 맺어지는 것을 비유한 예가 많다.
5　**千遍の限り** : 천 번이라고 하는 한계까지.
6　**霧に惑へる** : 梅花歌卅二首并序 815번가의 서문 중의 '夕岫結霧 鳥封縠而迷林(저녁 산봉우리에는 안개가 끼어, 새는 그 안개에 갇혀 숲속을 헤매고 있다)' 등에 이러한 표현이 보인다.

봄 相聞

1890 카스가(春日) 들의/ 짝 찾는 꾀꼬린 양/ 울며 헤어져/ 돌아가는 동안도/ 생각해줘요 나를

🌸 해설

　　카스가(春日) 들에서 짝을 찾아서 우는 꾀꼬리새처럼 그렇게 울며 헤어져서 돌아가는 동안에라도 자신을 생각해 달라는 내용이다.

　　'友鶯の'를 大系에서는 '함께 있는 꾀꼬리'로 보고, 그 꾀꼬리가 울며 헤어지듯이 울며 헤어지는 뜻으로 해석하였다『萬葉集』3, p.68l. 全集에서도 그렇게 해석하였다『萬葉集』3, p.63l. 私注에서는 이 작품을 민요체라고 하였다『萬葉集私注』5, p.205l.

　　全集에서는 돌아가는 남성에게 보낸 여성의 노래라고 하였다『萬葉集』3, p.63l.

　　阿蘇瑞枝는, '반드시 여자의 입장이라고 하는 것은 아니다. 남성간의 노래로 볼 수 있다'고 하였다『萬葉集全注』10, p.126l. 全集처럼, 돌아가는 남성에게 보낸 여성의 노래로 보는 것이 좋을 듯하다.

1891 (후유고모리)/ 봄에 피는 꽃을요/ 꺾어 들고서/ 천 번도 더 되도록/ 그리워하고 있네

🌸 해설

　　겨울이 지나고 봄에 피는 꽃을 손에 꺾어 들고, 그 꽃같이 아름다운 사람을 천 번도 더 되도록 끝도 없이 그리워하고 있네라는 내용이다.

　　私注에서는, '순정을 담은 민요이다. 여성의 입장에서의 노래이다'라고 하였다『萬葉集私注』5, p.206l. 작품에서 '봄에 피는 꽃을 손에 꺾어 들고, 그 꽃같이 아름다운 사람을'이라고 하였으므로 오히려 남성의 작품으로 보는 것이 더 나을 듯하다.

1892 봄이 된 산의/ 안개에 혼란스런/ 휘파람새도/ 지금의 나보다 더/ 생각이 많을 건가

🌸 해설

　　봄이 된 산에 핀 안개 때문에 사방을 분간하기 힘들어 혼란스러운 휘파람새라고 하더라도 지금의 나보다 더 생각이 많을 건가라는 내용이다.

　　사랑의 고통을 겪는 자신이 휘파람새보다 더 마음이 혼란스럽다는 뜻이다.

1893　出見　向岡　本繁　開在花　不成不止

出でて見る[1]　向ひの岡に　本繁く[2]　咲きたる花[3]の　成ら[4]ずは止まじ

いでてみる　むかひのをかに　もとしげく　さきたるはなの　ならずはやまじ

1894　霞発　春永日　戀暮　夜深去　妹相鴨

霞立つ　春の長日を　戀ひ暮し　夜の更けぬるに[5]　妹に逢へるかも

かすみたつ　はるのながひを　こひくらし　よのふけぬるに　いもにあへるかも

1895　春去　先三枝　幸命在　後相　莫戀吾妹

春されば　まづ三枝の　幸く[6]あらば　後にも逢はむ　な戀ひそ吾妹

はるされば　まづさきくさの　さきくあらば　のちにもあはむ　なこひそわぎも

---

1 **出でて見る** : 문을 나와서 본다. 여성의 집과의 관계를 말한다.
2 **本繁く** : 줄기에서 많은 가지를 내고.
3 **咲きたる花** : 복숭아인가. 1358・2834번가.
4 **成ら** : 열매를 맺다. 사랑이 성취된다.
5 **夜の更けぬるに** : 긴 봄의 시간의 경과를 길게 설명하여 結句를 강조하였다.
6 **幸く** : 笑く---三---幸く로 이어진다.

1893 나서서 보면/ 건너편의 언덕에/ 가지 많이 나/ 만발하여 있는 꽃/ 결실 없인 안 되지

🌸 해설

집을 나서면 항상 보이는 건너편의 언덕에, 많은 가지가 나고 아름답게 만발하여 있는 꽃은 열매를 맺지 않고는 안 되리라는 내용이다.

꽃이 반드시 열매를 맺듯이 자신의 사랑도 성취되지 않고 끝날 일은 없으며, 반드시 성취될 것이라는 의미를 담았다.

私注에서는 민요라고 보았다『萬葉集私注』5, p.207]. 阿蘇瑞枝는, '이 작품은 개인적 창작이기보다는, 가요로서 酒宴이 베풀어진 곳에 제공된 것일 것이다'고 하였다『萬葉集全注』10, p.130].

1894 안개가 피는/ 봄날의 긴 해를요/ 그리며 지내/ 밤이 깊어서 겨우/ 아내 만날 수 있었네

🌸 해설

안개가 피는 봄날의 긴 해를 그녀를 그리워하며 보내고, 밤이 깊어서 겨우 아내를 만날 수가 있었네라는 내용이다.

제5구 원문 '妹相鴨'을 大系・注釋・私注에서는 中西 進과 마찬가지로 '妹に逢へるかも'로 읽고 '아내를 만날 수 있었다'로 해석하였다. 그러나 全集에서는, '妹もあはぬかも'로 읽고 '그 여성은 만나주지 않는 것인가'로 해석하였다『萬葉集』3, p.63]. 이렇게 보면 작자는 여성을 만나지 못한 것이 된다. 원문으로 보면 아내를 만날 수 있었다는 뜻으로 보인다.

1895 봄이 되면요/ 먼저 피는 삼진 듯/ 무사히 있으면/ 후에 만나겠지요/ 괴로워 마요 그대

🌸 해설

봄이 되면 제일 먼저 피는 세 가지의 이름처럼, 그렇게 무사히 있으면 후에 만날 수가 있겠지요. 그러니 사랑 때문에 너무 괴로워하지 말아요. 그대여라는 내용이다.

서로의 사랑이 확실하니 곧 만나게 될 것이라고 하며 상대방을 위로하는 내용이다.

三枝(사키쿠사)와 '무사히(幸: 사키쿠)'의 발음이 같은 데서 연상한 작품이다.

三枝는 가지가 셋으로 갈라져 있는 초목으로 복수초, 서향 같은 것이다.

1896　春去　為垂柳　十緒　妹心　乗在鴨

春されば　垂り柳の　とををにも　妹は心に　乗りにけるかも

はるされば　しだりやなぎの　とををにも　いもはこころに　のりにけるかも

左注　右³, 柿本朝臣人麿謌集出.

寄鳥

1897　春之在者　伯労鳥之草具吉　雖不所見　吾者見将遣　君之當乎婆

春されば　百舌鳥の草潜き　見えずとも　われは見やらむ　君が邊をば

はるされば　もずのくさぐき　みえずとも　われはみやらむ　きみがあたりをば

---

1 **とをを** : たわわ와 같은 말이다. 가지의 늘어짐에서 마음의 쏠림으로 이어진다.
2 **妹は心に 乗り** : 마음을 닫는다.
3 **右** : 이상 7수를 말한다.
4 **潜き** : ぐく의 연용형이다.

1896 봄이 되면요/ 수양버들과 같이/ 휘어지도록/ 그녀는 내 마음에/ 붙어버린 것이네

해설

봄이 되면 수양버들 가지가 휘어지는 것처럼, 그녀는 내 마음을 휘어지게 하며 내 마음에 붙어버린 것이네라는 내용이다.

사랑하는 여인에 대한 생각이 계속 나서 지워지지 않는 것을 말한 것이다.

좌주 위의 작품은, 카키노모토노 아소미 히토마로(柿本朝臣人麿) 가집에 나온다.

柿本朝臣人麿 가집에 대해 大系에서는, '만엽집 편찬의 재료가 된 가집의 하나. 人麿의 작품과 다른 사람의 작품을 모았다. (중략) 성립에 대해서는 확실한 설이 없고, 人麿가 모아 놓은 것을 후에 다른 사람이 다듬었다고 하기도 한다. 人麿 작품이라고 명기한 것에 비해 궁중 관계의 작품이 적고 민요성이 강하다고 말해진다'고 하였다『萬葉集』 3, p.69).

새에 비유하였다

1897 봄이 되면은/ 때까치 풀에 묻혀/ 보이잖아도/ 나는 보아야겠네/ 그대의 집 근처를요

해설

봄이 되면 때까치가 풀 밑에 들어가 보이지 않듯이 그녀를 볼 수가 없지만, 나는 멀리서라도 바라보고 있어야겠네. 그녀의 집 근처를이라는 내용이다.

제5구의 '君'을 中西 進은 여성으로 보았다. 그러나 大系・全集・全注에서는 그냥 '그대의 집 근처를'이라고만 하였으므로 남성을 말한 것인지 여성을 말한 것인지 명확하지 않다.

全集에서는 '寄何'는 相聞歌의 비유에 의한 분류 항목이라고 하였다『萬葉集』 3, p.64). 私注에서는 이 작품을, '산야에 친숙한 생활에서 나온 민요로 보인다'고 하였다『萬葉集私注』 5, p.209).

1898　容鳥之　間無数鳴　春野之　草根乃繁　戀毛為鴨

　　　　貌鳥[1]の　間無く數[2]鳴く　春の野の　草根の繁き[3]　戀も[4]するかも

　　　　かほとりの　まなくしばなく　はるののの　くさねのしげき　こひもするかも

寄花

1899　春去者　宇乃花具多思　吾越之　妹我垣間者　荒來鴨

　　　　春されば　卯の花ぐたし[5]　わが越えし　妹が垣間は　荒れにけるかも

　　　　はるされば　うのはなぐたし　わがこえし　いもがかきまは　あれにけるかも

1　**貌鳥** : 뻐꾸기인가.
2　**間無く數** : 가끔.
3　**草根の繁き** : 풀이 뿌리를 잔뜩 뻗치는 것이다.
4　**戀も** : 풀뿌리도 무성하고 두견새 소리도 끊이지 않고 계속되듯, 그렇게 계속.
5　**卯の花ぐたし** : 내가 넘어가서 병꽃나무 꽃을 손상시킨다는 뜻이라고 하는 설도 있지만, 'ぐたし'는 썩게 하는 것이므로 '손상시키다'는 뜻이 될 수 없다.

1898 뻐꾸기가요/ 쉬잖고 계속 우네/ 봄의 들판의/ 풀뿌리 무성하듯/ 그런 사랑하나 봐

해설

　뻐꾸기가 쉬지 않고 계속 울고 있듯이, 또 봄 들판의 풀뿌리 무성하게 우거져 있듯이, 그렇게 끊임없이 마음을 재촉하는 사랑을 나는 하고 있는 것이네라는 내용이다.

　'草根'을 大系에서는 中西 進과 마찬가지로 풀의 뿌리로 보았다『萬葉集』 3, p.69]. 그러나 全集·私注·注釋에서는, 풀뿌리가 아니라 풀이라고 하였다(『萬葉集』 3, p.64), (『萬葉集私注』 5, p.209), (『萬葉集注釋』 10, p.108)].

꽃에 비유하였다

1899 봄이 되면요/ 병꽃을 썩게 하고/ 내가 넘었던/ 아내 집 담장의 틈/ 황폐해져 버렸네

해설

　봄이 되면 병꽃을 썩게 하며 봄비가 내리고, 옛날에 내가 넘었던 아내 집의 담장의 틈은, 지금은 황폐해져 버렸네라는 내용이다.

　과거에 서로 사랑했던 여성의 집을 찾아가서 회상하는 내용이다. 나무 담장이 황폐해졌다는 것으로 보아 나무를 손질하지 않은 상태임을 알 수 있으므로 여성은 사망한 것인지도 모르겠다.

　'卯の花ぐたし'를 大系·全集·私注·注釋에서는 '병꽃을 다치게 하며'로 해석을 하였다. 中西 進의 해석 '병꽃을 썩게 하며 봄비가 내리고'라는 해석은 뒷부분과 연결이 매끄럽지 않다. '병꽃을 다치게 하며 울타리 사이를 넘어갔던 그 울타리가 지금은 황폐해졌다'고 해석하는 편이 좋을 듯하다.

　中西 進은 이 작품을, '사랑이 끝난 뒤의 노래이다'고 하였다.

1900　梅花　咲散苑尓　吾将去　君之使乎　片待香光

　　　梅の花　咲き散る園に[1]　われ行かむ　君が使を　片待ちがてり[2]

　　　うめのはな　さきちるそのに　われゆかむ　きみがつかひを　かたまちがてり

1901　藤浪　咲春野尓　蔓葛　下夜之戀者　久雲在

　　　藤波[3]の　咲く春の野に　延ふ葛の　下[4]よし[5]戀ひば　久しくもあらむ

　　　ふぢなみの　さくはるののに　はふくずの　したよしこひば　ひさしくもあらむ

1　**咲き散る園に** : 귀족의 정원도 'わが園'이라고 하지만, 이 작품에서는 궁중인가.
2　**待ちがてり** : 'がてり'는 'がてにあり'의 축약형인가. '～한 김에'라는 뜻이라고도 한다.
3　**藤波** : 등나무이다.
4　**延ふ葛の 下** : 아래가 벋어서.
5　**よし** : 'よ'는 '～로부터', 'し'는 강세를 나타낸다.

1900 매화꽃이요/ 피고 지는 정원에/ 나는 가 보자/ 그대의 심부름꾼/ 기다리기 힘드네

🌸 해설

매화꽃이 피고 지고 하는 정원에 나는 가 보아야겠네. 그대의 소식을 가져오는 심부름꾼을, 반쯤 기대하면서 마냥 집에서 기다리고 있을 수가 없어서라는 내용이다.

상대방으로부터 소식이 올 것이라고 어중간하게 기대하며 기다리고 있기보다는 차라리 직접 찾아가 보아야겠다는 뜻이다.

中西 進은 이 작품을, '4041번가와 같다. 福麿의 작품이라고 한다. 전승되던 노래이다'고 하였다.

'君が使を 片待ちがてり'를 大系에서는, '그대의 심부름꾼을 한편으로는 기다리면서'로 해석하였다『萬葉集』3, p.70]. 全集·私注·注釋에서도 그렇게 해석하였다(『萬葉集』3, p.65), (『萬葉集私注』5, p.210), (『萬葉集注釋』10, p.110)]. 그런데 '매화꽃이 피고 지는 하는 정원'은 누구의 정원인지 명확하지 않다. 大系 등의 해석으로 보면 상대방이 보낸 심부름꾼을 기다리면서 정원에 간다고 한 것이 명확하지 않게 된다. 中西 進의 해석으로 보면 기약도 없는 소식을 기다리기보다는 마음의 위로가 될까 하여, 차라리 봄이 온 정원에 나가보자는 뜻이 되므로 이해하기가 쉬울 것 같다.

私注에서는, '이 작품은 뒤의 1955번가와 함께 田邊福麿가 天平 20년(748) 3월 23일에 國守 大伴家持館에서 부른 것'이라고 하였다『萬葉集私注』5, p.210].

阿蘇瑞枝는, '연회석에서 출석 예정자를 기다리는 노래가 불린 예가 있으므로(권제4의 629, 670번가 등) 이 작품도 연회석에서 불린 것이라 생각된다. 天平 20년 3월 左大臣 橘家의 使者로 田邊福麻呂가 越中의 家持를 방문했을 때의 연회석에서 이 노래가 옛 노래로 불리고 있다(18·4041 끝구 '片待ちがてら'). 일회성의 창작가로 기능했을 뿐만 아니라 연회석에서 誦詠歌로 귀족 관료들에게 애호되었을 것이다'고 하였다『萬葉集全注』10, p.139].

1901 등나무 꽃이/ 피는 봄의 들판에/ 덩굴과 같이/ 속으로 사랑하면/ 오래 걸릴 것이겠지

🌸 해설

등나무 꽃이 피는 봄의 들판에 벋어가는 덩굴처럼 그렇게 속으로만 계속 그리워하고 있으면 사랑의 성취는 시간이 오래 걸리겠지요라는 내용이다.

소극적인 자세로 있으면 사랑을 성취하는데 시간이 많이 걸릴 것이라는 뜻이다.

1902　春野介　霞棚引　咲花乃　如是成二手介　不逢君可母

春の野に　霞たなびき　咲く花の　かくなるまでに[1]　逢はぬ君かも

はるののに　かすみたなびき　さくはなの　かくなるまでに　あはぬきみかも

1903　吾瀬子介　吾戀良久者　奥山之　馬酔花之　今盛有

わが背子に　わが戀ふらく[2]は　奥山の　馬酔木の花[3]の　今盛りなり

わがせこに　わがこふらくは　おくやまの　あしびのはなの　いまさかりなり

1904　梅花　四垂柳介　折雜　花介供養者　君介相可毛

梅[4]の花　しだり柳に　折り交へ　花[5]にまつらば　君に逢はむかも

うめのはな　しだりやなぎに　をりまじへ　はなにまつらば　きみにあはむかも

1　**かくなるまでに** : 이렇게 많이 풍성하게 필 정도로. 봄이라고 하는데.
2　**戀ふらく** : '戀ふ'의 명사형이다.
3　**馬酔木の花** : 작고 흰 꽃이다.
4　**梅** : 매화와 수양버들은 가장 아름다운 대표적인 풍경이며, 일찍부터 머리장식 등에 사용하는 전통을 가진 식물이다.
5　**折り交へ 花** : 불교의 꽃 축제에. 따라서 원문에서는 '供養'이라고 기록했지만, 노래에서는 '마츠루'라고 읽는다.

1902　봄의 들판에/ 안개가 끼어 있고/ 피는 꽃들이/ 이렇게 되기까지/ 못 만나는 그댄가

✿ 해설

봄 들판에 안개가 끼어 있고 꽃들이 이렇게 만발하여 피기까지 만날 수 없는 그대여라는 내용이다.

봄이 되고 꽃이 피고 하여 생명의 계절이 되었는데, 자신의 사랑은 아직 꽃피우지 못하고 있음을 노래한 것이다.

여성의 노래로도 남성의 노래로도 볼 수 있다.

1903　나의 님을요/ 내가 그리워함은/ 깊은 산속의/ 마취목의 꽃같이/ 지금이 한창이네

✿ 해설

나의 님에 대한 나의 사랑하는 마음은, 깊은 산속의 마취목의 꽃이 사람들 모르게 지금 한창인 것처럼 지금이 가장 깊네라는 내용이다.

마취목의 꽃은, 작은 항아리 모양의 흰 꽃이 많이 달린 포도송이 같은 꽃이다.

제1, 2구에서 'わが'를 반복하고 있는 것에 대해 阿蘇瑞枝는, '민요풍이다'고 하였다『萬葉集全注』10, p.142].

中西 進은 이 작품을, '비유가 아름다운, 뛰어난 작품이다'고 하였다.

1904　매화꽃을요/ 수양버들에다가/ 꺾어서 섞어/ 꽃 축제에 바치면/ 그대 만날 수 있을까

✿ 해설

매화꽃을 수양버들에다가 꺾어서는 섞어서 불교의 꽃 축제에 공물로 바치면 그대를 만날 수가 있을까 요라는 내용이다.

『萬葉集』 작품에서 '供養'을 사용한 유일한 작품이다.

1905　姫部思　咲野介生　白管自　不知事以　所言之吾背

女郎花[1]　咲く野に生ふる　白つつじ[2]　知らぬこともて　言はれし[3]わが背

をみなへし　さくのにおふる　しらつつじ　しらぬこともて　いはれしわがせ

1906　梅花　吾者不令落　青丹吉　平城之人　來管見之根

梅の花[4]　われは散らさじ　あをによし　平城なる人[5]の　來つつ見るがね[6]

うめのはな　われはちらさじ　あをによし　ならなるひとの　きつつみるがね

1907　如是有者　何如殖兼　山振乃　止時喪哭　戀良苦念者

かくしあらば　何か植ゑけむ[7]　山吹の　止む[8]時もなく　戀ふらく思へば

かくしあらば　なにかうゑけむ　やまぶきの　やむときもなく　こふらくおもへば

---

1 **女郎花** : 여성이 주위에 많이 있다는 뜻을 암시한다.
2 **白つつじ** : '白(시라)'---'知(시)ら'로 이어진다. 유형적인 표현이다.
3 **言はれし** : 다른 사람으로부터, 그대와 관련해서 말해졌다. 564번가에도 있다.
4 **梅の花** : 단순한 수단이라고도 볼 수 있지만(1011), 자신의 몸의 寓意라고도 생각할 수 있다.
5 **平城なる人** : 세련된 도회지 사람에 대한 동경이다.
6 **見るがね** : 'がね'는 'がに'와 유사하다. '～처럼'이라는 뜻이다.
7 **植ゑけむ** : 심은 것에 대한 후회를 말한다.
8 **止む** : 'やま'---'やむ'로 이어진다.

1905 (오미나헤시)/ 피는 들에 나 있는/ 하얀 철쭉꽃/ 알지 못하는 일로/ 소문이 난 그대여

🌸 해설

　여랑화가 피어 있는 들판에 나 있는 하얀 철쭉꽃 같은 나. 그런데 관계도 없는, 알지 못하는 일로
인해 연인 사이로 소문이 나버린 그대여라는 내용이다.
　私注에서는, '실제로 특정한 사건이 있어서 지은 것이 아니라 언어의 기교를 즐긴 민요라고 생각된다'
고 하였다『萬葉集私注』 5, p.213].

1906 매화꽃을요/ 나는 지게 않겠네/ (아오니요시)/ 나라(奈良)에 있는 사람/ 다니면서 보도록

🌸 해설

　정원에 피어 있는 매화꽃을 나는 지게 하지 않겠네. 푸른 흙이 좋다고 하는 나라(奈良)에 있는 그
사람이 계속 다니면서 와서 볼 수 있도록이라는 내용이다.
　全集에서는, '자기 집의 매화를 매개로 해서 도회지에 있는 남성의 방문을 기다리는 노래'라고 하였다
[『萬葉集』 3, p.66].

1907 이럴 것 같으면/ 뭣 땜에 심었던가/ 황매화처럼/ 그칠 때도 없이요/ 그리운 것 생각하면

🌸 해설

　이렇게 보러 오지 않을 줄 알았더라면 무엇 때문에 황매화를 심었던 것인가. 차라리 심지 않았더라면
좋았을 것. 황매화라는 이름처럼 그칠 때도 없이 계속 그리운 것을 생각하면이라는 내용이다.
　황매화의 일본어 발음인 'やまぶき(야마부키)'의 '야마'가 '끝나다(止:야무)'의 발음과 유사한 데서 연상
하여 지은 작품이다.

寄霜[1]

1908   春去者　水草之上尒　置霜乃　消乍毛我者　戀度鴨

春されば　水草の[2]上に　置く霜の　消つつもわれは　戀ひ渡るかも

はるされば　みくさのうへに　おくしもの　けつつもわれは　こひわたるかも

寄霞

1909   春霞　山棚引　欝　妹乎相見　後戀毛

春霞　山にたなびき　おほほしく[3]　妹を相見て　後戀ひむかも

はるがすみ　やまにたなびき　おほほしく　いもをあひみて　のちこひむかも

---

1 **霜** : 봄에 내리는 서리이다. 春霜과 秋霜을 露霜이라고 했던가.
2 **水草の** : 물가의 풀이다. 연약함이 사라지기 쉬운 것과 호응한다.
3 **おほほしく** : 2449번가 참조. 어렴풋한 만남의 뒤는.

서리에 비유하였다

1908　봄이 되면요/ 물풀의 위에 내린/ 서리와 같이/ 꺼지면서 나는요/ 계속 그리워하네

✿ 해설

　　봄이 되면 물풀 위에 내린 서리가 사라지기 쉬운 것처럼, 몸도 마음도 쇠약해져서 사라질 것 같으면서
도 나는 계속 그리워하고 있네라는 내용이다.
　　그리움으로 인해 심신이 쇠약해진 상태이지만, 그래도 여전히 그리워하고 있다는 뜻이다.
　　이 작품과 비슷한 발상의 작품으로 1564번가가 있다.

안개에 비유하였다

1909　봄 안개가요/ 산에 걸리어 있어/ 어렴풋하듯/ 아내를 만나고는/ 후에 그리는 걸까

✿ 해설

　　봄 안개가 산에 걸리어 있으므로 어렴풋하듯이, 그렇게 어렴풋하게 아내를 만난 후에는 그립게 생각을
할 것인가라는 내용이다.
　　中西 進은 '妹'를 아내로 해석하였는데, 全集에서는 '처녀'로 해석을 하였다『萬葉集』 3, p.67]. 아내를
어렴풋하게 만났다는 내용은 어색하므로 '소녀'나 '처녀'로 보는 것이 좋을 듯하다.
　　권제11의 2449번가와 비슷하다.

1910 春霞　立尒之日従　至今日　吾戀不止　本之繁家波 [一云, 片念尒指天]

春霞　立ちにし[1]日より　今日までに　わが戀止まず　本の[2]繁けば [一は云はく, 片思ひにして]

はるがすみ　たちにしひより　けふまでに　わがこひやまず　もとのしげけば [あるはいはく, かたおもひにして]

1911 左丹頬経　妹乎念登　霞立　春日毛晩介　戀度可母

さにつらふ[3]　妹をおもふと　霞立つ　春日も暗に　戀ひ渡るかも

さにつらふ　いもをおもふと　かすみたつ　はるひもくれに　こひわたるかも

---

1 **立ちにし** : 멍한 마음 상태를 비유한 것이다.
2 **本の** : 겉이 아닌 마음속을 말한다.
3 **さにつらふ** : 'さ丹(に)連(つ)らぶ'는 붉은 빛을 띤 것이다. 홍안을 말한다.

1910　봄의 안개가/ 낀 그날로부터요/ 오늘까지도/ 내 사랑 그치잖네/ 사랑이 격하므로 [어떤 책에는 말하기를, 짝사랑이기 때문에]

　　봄 안개가 낀 그날로부터 오늘까지 나의 그리워하는 마음은 멈추지를 않네. 사랑하는 마음이 격렬하므로[어떤 책에는 말하기를, 짝사랑이기 때문에]라는 내용이다.
　　'本の繁けば'를 私注에서는, '봄에 초목이 무성하듯'이라는 뜻이 내포되어 있다'고 하였다[『萬葉集私注』 5, p.215].

1911　홍조 띤 얼굴/ 아내를 생각하면/ 안개가 끼는/ 봄날도 어둡도록/ 계속 그리워하네

　　홍조를 띤 아름다운 얼굴의 아내를 생각하고 있으면, 안개가 끼는 봄날도 어둡게 생각될 정도로 아내를 계속 그리워하네라는 내용이다.
　　아름다운 아내 생각에 봄날도 우울하게 생각된다는 내용이다. 제1, 2구와 제4구의 내용이 대조를 이루는데 다소 어색한 느낌이 있다.

1912　霊寸春　吾山之於尒　立霞　雖立雖座　君之随意

　　　たまきはる¹　わが山の上に　立つ²霞　立つとも坐³とも　君がまにまに

　　　たまきはる　わがやまのうへに　たつかすみ　たつともうとも　きみがまにまに

1913　見渡者　春日野邊尒　立霞　見巻之欲　君之容儀香

　　　見渡せば　春日の野邊に　立つ霞⁴　見まくの欲しき⁵　君が姿か

　　　みわたせば　かすがののへに　たつかすみ　みまくのほしき　きみがすがたか

1914　戀乍毛　今日者暮都　霞立　明日之春日乎　如何将晩

　　　戀ひつつも　今日は暮らしつ　霞立つ　明日の春日⁶を　いかに暮さむ

　　　こひつつも　けふはくらしつ　かすみたつ　あすのはるひを　いかにくらさむ

1　**たまきはる** : 보통 '命'을 수식하지만, 이 작품에서는 그것을 포함하여 갑자기 'わが'를 수식하고 있다. 'たらちね'가 '母'를 의미하는 것처럼. '吾'는 '그대의 뜻대로'라고 제4, 5구로 설명이 이어진다.
2　**立つ** : '霞 立つ'로 이어진다.
3　**坐** : 종지형이다. 앉는 것이다.
4　**立つ霞** : 보기에 좋은 안개.
5　**見まくの欲しき** : 보려고 하는 바람이 있다는 뜻으로, 만나고 싶다는 것이다. 584번가 참조.
6　**春日** : 지루한. 화창하지 않은 긴 하루.

1912 (타마키하루)/ 내가 사는 산 위에요/ 끼는 안갠 듯/ 일어서도 앉아도/ 그대의 마음대로

🌸 **해설**

영혼이 다하는 목숨을 가진 나, 내가 사는 산 위에 끼는 안개처럼 일어서더라도 앉더라도 내 목숨은 그대의 마음대로라는 내용이다.

'たまきはる'를 大系에서는, "たま"는 玉. 'きはる'는 깎는다(刻)는 뜻. 玉의 輪(釧)을 깎는다는 뜻으로 'わ'를 수식하게 된 것이 아닐까'라고 하였다[『萬葉集』 3, p.72].

이 작품은 안개가 끼다(立つ: 타츠)와 일어서다(立つ: 타츠)의 발음이 같은 데서 흥미를 느껴 지은 작품이다.

1913 바라다보면/ 카스가(春日)의 들판에/ 끼는 안개여/ 보고 싶다 생각네/ 그대의 모습이여

🌸 **해설**

바라보면 카스가(春日)의 들판 주위에 끼는 안개여. 그렇게 보고 싶다고 생각되는 그대의 모습이여라는 내용이다.

이 작품은 '霞(かすみ)'의 끝소리 'み'를 이용하여 '見(み)まく'의 見으로 이어나간 것이다.

'君が姿か'라고 하였으므로 여성의 입장에서 지은 노래로 볼 수 있다.

1914 그리워하며/ 오늘을 보내었네/ 안개가 끼는/ 내일의 긴 봄날을/ 어떻게 보낼 건가

🌸 **해설**

그리움에 마음이 타면서 오늘은 하루를 보내어버렸네. 안개가 끼는 내일의 긴 봄날은 또 어떻게 보낼까라는 내용이다.

이 작품과 비슷한 발상의 작품으로 2884번가가 있다.

寄雨

1915　吾背子介　戀而為便莫　春雨之　零別不知　出而來可聞

わが背子に　戀ひてすべなみ[1]　春雨の　降るわき[2]知らず　出でて來しかも

わがせこに　こひてすべなみ　はるさめの　ふるわきしらず　いでてこしかも

1916　今更　君者伊不徃　春雨之　情乎人之　不知有名國

今さらに　君はい行かじ　春雨の　情を人の　知らずあらなくに

いまさらに　きみはいゆかじ　はるさめの　こころをひとの　しらずあらなくに

1917　春雨介　衣甚　将通哉　七日四零者　七日不來哉

春雨に　衣はいたく　通らめや　七日[3]し降らば　七日來じとや

はるさめに　ころもはいたく　とほらめや　なぬかしふらば　なぬかこじとや

---

1 **すべなみ** : 방법이 없으므로.
2 **降るわき** : 'わき'는 구별. 비가 내린다면 비를 피하고, 내리지 않는다면 외출한다고 한다.
3 **七日** : 7일은 꼭 7일이 아니라 여러 날임을 말하는 것이다.

비에 비유하였다

1915 사랑하는 님/ 못 견디게 그리워/ 봄 가랑비가/ 오는 것도 모르고/ 나와 버린 것이네

🌸 해설

사랑하는 님이 못 견디게 그리워서 어떻게 할 수가 없었으므로, 봄비가 내리고 있는지 그렇지 않은지
도 모르고 정신없이 나와 버린 것이네라는 내용이다.

阿蘇瑞枝는, '이 작품도 여성의 진지한 사랑의 노래라기보다도 봄의 연회석에서의 남성들끼리의 인사
노래라고 보는 것이 좋을 듯하다'고 하였다『萬葉集全注』10, p.154].

1916 지금에서야/ 그댄 가지 않겠죠/ 봄 가랑비의/ 마음을 그대는요/ 모르지는 않을 것을

🌸 해설

이렇게 비가 내리는데 지금에서야 그대는 돌아가지는 않겠지요. 사람을 붙잡는다고 하는 봄비의 마음
을, 그대는 알지 못하는 것도 아닐 텐데요라는 내용이다.

이 작품은 돌아가려고 하는 남성을 비를 핑계로 하여 더 머물게 하려고 붙잡는 여성의 노래이다.

1917 봄비이므로/ 옷이 완전히 흠뻑/ 젖을 건가요/ 7일간 내린다면/ 7일간 못 오나요

🌸 해설

봄비인 걸요. 그러니 옷이 완전히 흠뻑 젖는 일이 있을 건가요. 그럴 일이 없겠지요. 그런데 오지
않는 것은 비가 7일간 계속 내린다면 7일간이나 못 온다고 하는 것인가요라는 내용이다.

비를 구실로 하여 오지 않는 남성을 책망하며, 와 주기를 바라는 작품이다.

中西 進은, '이 작품에서 남자는 비를 핑계로 하여 오지 않는다'고 하였다.

1918　梅花　令散春雨　多零　客尒也君之　廬入西留良武

梅の花　散らす春雨　いたく降る　旅にや君が　廬せる[1]らむ

うめのはな　ちらすはるさめ　いたくふる　たびにやきみが　いほりせるらむ

寄草

1919　國栖等之　春菜将採　司馬乃野之　数君麻　思比日

國栖[2]らが　春菜採むらむ　司馬[3]の野の　しばしば君を　思ふこのころ

くにすらが　はるなつむらむ　しまののの　しばしばきみを　おもふこのころ

1　廬せる : 'る'는 완료를 나타낸다.
2　國栖 : 吉野 國栖 사람이다. 다른 풍속의 사람으로 『일본서기』에 등장한다. 도회지 사람도 화제 거리로 알고 있었으므로 노래한다.
3　司馬 : 'ま'와 'ば'는 가끔 발음이 상통하여 'しま'---'しば'로 이어진다. 馬를 'ば(漢音)'로 사용한 예는 없다.

1918 매화꽃을요/ 지게 하는 봄비가/ 많이 내리는/ 여행에서 그대는/ 거처 만들었나요

 해설

매화꽃을 지게 하는 봄비가 내리는 여행에서, 그대는 머물 곳인 임시거처를 만들었나요라는 내용이다.
봄비가 내리자 여행 중에 있는 남성을 걱정한 노래이다.

풀에 비유하였다

1919 쿠니스(國栖)들이/ 봄나물 뜯는다는/ 시마(司馬) 들처럼/ 가끔씩 그대를요/ 생각하는 요
즈음

해설

요시노(吉野) 國栖 사람들이 봄나물을 뜯는다고 하는 시마(司馬) 들판은 아니지만 가끔씩 그대를 생각
하는 요즈음이네요라는 내용이다.
'司馬の野の'를 中西 進은, '司馬의 들판은 아니지만'으로 해석을 하였다. 그러나 大系·全集·私注·注
釋에서는 '司馬 들판의 이름처럼'으로 해석을 하였다.
이 작품은 '司馬(시마)'의 발음이 '가끔'의 일본어 발음 'しば(시바)'와 유사한 것을 이용한 것이다.
'司馬'를 私注·注釋에서는 中西 進과 마찬가지로 'しま(시마)'로 읽었다(『萬葉集私注』 5, p.219), (『萬
葉集注釋』 10, p.130)). 그러나 大系·全集에서는 'しば(시바)'로 읽었다.
'國栖ら'에 대해 大系에서는, '奈良縣 吉野郡의 吉野川 상류에 國樔村이 있었다(현재 吉野町의 일부).
그 주변에 살고 있던 사람들이다. 다른 풍속으로 알려져 있었다. 『일본서기』 應神천황조에 '무릇 國樔
사람들은 그 사람됨이 순박하였다. 늘 산의 과실을 따 먹고 또 개구리를 삶아서 맛있어 하였으므로
이름을 毛瀰라고 하였다. 그 토지는 京東南으로부터 산을 사이에 두고 吉野河 상류에 거주하였다. 봉우
리가 험하고 계곡이 깊고 도로는 좁다'고 하였다'고 하였다(『萬葉集』 3, p.73). 司馬를 全集에서는, '國栖
일대의 지명이겠지만 어디인지 알 수 없다'고 하였다(『萬葉集』 3, p.69).

1920   春草之　繁吾戀　大海　方徃浪之　千重積

　　　　春草の　繁きわが戀　大海の　邊にゆく波の　千重に積りぬ

　　　　はるくさの　しげきわがこひ　おほうみの　へにゆくなみの　ちへにつもりぬ

1921   不明　公乎相見而　菅根乃　長春日乎　孤悲渡鴨

　　　　おほほしく¹　君を相見て　菅の根の²　長き春日を　戀ひ渡るかも

　　　　おほほしく　きみをあひみて　すがのねの　ながきはるひを　こひわたるかも

寄松

1922   梅花　咲而落去者　吾妹乎　将來香不來香跡　吾待乃木曾

　　　　梅の花　咲きて散りなば　吾妹子を　來むか來じかと　わが松の木³そ

　　　　うめのはな　さきてちりなば　わぎもこを　こむかこじかと　わがまつのきそ

---

1 **おほほしく** : 어렴풋이.
2 **菅の根の** : 긴 것을 형용한 것이다. 580번가 참조.
3 **わが松の木** : 일본어로 '기다리다(待)'와 '소나무(松)'의 발음이 '마츠(まつ)'로 같기 때문이다.

1920 (하루쿠사노)/ 무성한 나의 사랑/ 넓은 바다의/ 치는 파도와 같이/ 천 겹으로 쌓였네

해설

봄풀이 무성한 것처럼 그렇게 무성한 나의 사랑은, 이제는 넓은 바다에서 해안으로 계속 밀려오는 파도처럼 천 겹으로 쌓였네라는 내용이다.

1921 어렴풋하게/ 그대와 만나고서/ (스가노네노)/ 길고 긴 봄날을요/ 그리워하고 있네

해설

정말 어렴풋이 잠시 그대를 만났을 뿐인데 마치 골풀뿌리인듯 길고 긴 봄날을 그리워하고 있네라는 내용이다.

'おほほしく 君を相見て'를 全集・私注에서는 中西 進과 마찬가지로, '어렴풋이 잠시 그대를 만났을 뿐인데'로 해석을 하였다. 大系에서는, '확실하게 그대를 만날 수가 없어서'라고 해석하였다『萬葉集』3, p.73. 같은 해석같이 보일 수도 있지만 차이가 있다고 생각된다. 전자의 해석은 처음으로 잠시 본 사람에게 마음이 끌리고 있다는 뜻이 되겠고, 후자의 해석은 이미 알고 있는 사람을 말한 것이라고도 볼 수 있기 때문이다.

소나무에 비유하였다

1922 매화꽃이요/ 져버리고 만다면/ 나의 그대가/ 올까 오지 않을까/ 기다리죠 솔인듯

해설

그대 집의 매화꽃이 져버리고 만다면 그대 집에 갈 방법이 없으므로 이제는 그대가 올까 오지 않을까 하고 내가 기다릴 뿐입니다. 마치 소나무처럼이라는 내용이다.

여성의 집의 매화꽃이 지면 꽃을 보러 오라고 초청받을 기회도, 방문할 핑계도 없어져 버리므로 이제는 여성이 방문해 주기를 기다릴 뿐이라는 뜻이다.

꽃이 지는 것을 '咲きて散りなば'로 표현을 하기도 한다.

中西 進은, '이 작품은 남성이 여성을 기다리는 점에 재미가 있다. 이상하게도 그렇게나 만날 방법이 없다는 뜻이다'고 하였다.

寄雲

1923　白檀弓　今春山尒　去雲之　逝哉将別　戀敷物乎

　　　白真弓[1]　いま春山に　行く雲の　行きや別れむ[2]　戀しきものを

　　　しらまゆみ　いまはるやまに　ゆくくもの　ゆきやわかれむ　こほしきものを

贈蘰[3]

1924　大夫之　伏居嘆而　造有　四垂柳之　蘰為吾妹

　　　大夫[4]が　伏し居嘆きて[5]　造りたる　垂り柳の　蘰せ吾妹

　　　ますらをが　ふしゐなげきて　つくりたる　しだりやなぎの　かづらせわぎも

---

1 **白真弓** : 참빗살나무로 만든 활이다.
2 **行きや別れむ** : 헤어져서 가는가.
3 **蘰** : 'かみ(髮)つ(連)ら'의 줄임. 식물을 머리에 감는 것이다. 이상으로 사물에 비유한 **寄物歌**가 끝나고 첨부한 부분이 된다.
4 **大夫** : 울지 않아야 하는 자로 노래 불리어진다.
5 **伏し居嘆きて** : 세 동작은 병렬이다.

구름에 비유하였다

1923 (시라마유미)/ 지금 당기는 봄 산/ 구름과 같이/ 헤어져서 가는가/ 그리운 것인데도

해설

　참빗살나무로 만든 멋진 활을 지금 당긴다고 하는 뜻을 이름으로 한 하루(봄) 산을 흘러가는 구름과
같이 헤어져서가는 것인가. 이렇게 그리운데도라는 내용이다.

　아내 곁을 떠나가는 남성의 노래이다.

　'白真弓'은, 활을 당기다는 뜻인 '張(は)る'가 봄(はる)과 발음이 같으므로 春을 상투적으로 수식하게
된 枕詞이다.

　이 작품에서 '寄何'의 형식에 의한 분류가 끝난다.

머리 장식을 보내었다

1924 대장부가요/ 누워 앉아 탄식해/ 만들었는요/ 수양버들의 장식/ 해주세요 그대여

해설

　씩씩한 사내대장부인 내가, 그대가 너무 그리운 나머지 엎드려서 탄식하고 앉아서 탄식하며 만든
수양버들의 머리 장식입니다. 그대 머리에 얹어서 주세요. 그대여라는 내용이다.

　직접 만든 수양버들 머리장식을 연인에게 보내면서 첨부한 노래이다.

　'大夫'를 全集에서는, '심신이 견고한 자를 칭찬해서 말하는 것이지만 가끔 그 이름에 어울리지 않는
자신의 상태를 자조하여 말한다'고 하였다『萬葉集』 3, p.70].

悲別

1925 朝戸出乃　君之儀乎　曲不見而　長春日乎　戀八九良三

　　　朝戸出[1]の　君が姿を　よく見ずて[2]　長き春日を　戀ひや暮さむ

　　　あさとでの　きみがすがたを　よくみずて　ながきはるひを　こひやくらさむ

問答[3]

1926 春山之　馬酔花之　不悪　公介波思恵也　所因友好

　　　春山の　馬酔木の花の　悪しからぬ　君[4]にはしゑや[5]　寄さゆ[6]ともよし

　　　はるやまの　あしびのはなの　あしからぬ　きみにはしゑや　よさゆともよし

---

1 **朝戸出** : 아침에 문을 나서는 것이다.
2 **よく見ずて** : 후회하는 마음이다.
3 **問答** : 이하 주로 2수로 이루어진 문답 형식이다. 문답이 아닌 것도 있다.
4 **悪しからぬ 君** : 훌륭한 그대. 'あし'는 때때로 主君에게 사용되며(4382번가), 이 작품을 보아도 다음 작품이 윗사람인 것을 알 수 있다. 'しゑや'의 口語調, 다음 노래가 윗사람임을 알 수 있다. 같은 소리가 이어진 예이다. 1428번가 참조.
5 **しゑや** : 감동사이다. 659번가 참조.
6 **寄さゆ** : '寄さ'는 사이가 관련시켜 말해진다는 뜻이다. 연인끼리의 사이를 소문낸다. 'ゆ'는 수동태.

이별을 슬퍼하였다

1925 아침 문 나선/ 그대의 모습을요/ 잘 보지 않아/ 길고 긴 봄날을요/ 그리며 보내는가

✿ 해설

  아침에 문을 나서서 돌아가는 그대의 모습을, 너무 슬퍼서 잘 보지 않았으므로 오히려 길고 긴 봄날을 그대를 그리워하며 보내어 버리는 것인가라는 내용이다.
  밤에 와서 잠을 자고 아침에 일찍이 문을 나서서 돌아가는 남성의 모습을, 슬퍼서 제대로 보지 못한 것을 후회하는 여성의 노래이다.

문답

1926 봄의 산의요/ 마취목의 꽃처럼/ 아름다우신/ 그대에게는 아아/ 소문이 나도 좋죠

✿ 해설

  봄 산에 핀 마취목의 꽃처럼 아름답고 훌륭한 그대에게는 아아, 사람들 사이에 나와 관계가 있다고 소문이 나도 좋지요라는 내용이다.
  훌륭한 사람이기에 그 사람과는 사람들 사이에 소문이 나도 좋다는 내용으로 상대방에게 구애를 하는 것이다.
  全集에서는, 'あしは 다양한 대상에 대해 본질적, 내면적인 나쁜 점을 말하는 것. 여기에서는 인품에 대해 말한 것이겠다'고 하였다[『萬葉集』 3, p.71].

1927　石上　振乃神杉　神備西　吾八更々　戀介相介家留

　　　　石上　布留[1]の神杉　神び[2]にし　われやさらさら[3]　戀に逢ひにける[4]

　　　　いそのかみ　ふるのかむすぎ　かむびにし　われやさらさら　こひにあひにける

　　　　左注　右一首, 不有春謌, 而猶以和, 故載於茲次.

1928　狭野方波　實介雖不成　花耳　開而所見社　戀之名草介

　　　　狭野方[5]は　實にならずとも　花のみに　咲きて見えこそ[6]　戀の慰に

　　　　さのかたは　みにならずとも　はなのみに　さきてみえこそ　こひのなぐさに

1　**石上　布留**：石上과 布留는 인접지를 가지고 연결된다.
2　**神び**：'神び'는 '神ぶ'. '神ぶ・神さぶ'는 인간과 동떨어져서 사랑과는 먼 상태를 말한다.
3　**さらさら**：더욱 새롭게.
4　**戀に逢ひにける**：앞의 노래의 역설적인 구애에 대한 쓴 웃음.
5　**狭野方**：무엇인지 알 수 없지만 덩굴풀. 으름덩굴인가.
6　**咲きて見えこそ**：'こそ'는 希求를 나타내는 조사이다.

1927 이소노카미(石上)/ 후루(布留)의 神杉처럼/ 나이가 들은/ 내가 새삼스럽게/ 사랑을 만난 것이네

🌸 해설

이소노카미(石上)의 후루(布留)의 神木인 삼나무처럼 나이가 들어 버린 내가 새삼스럽게 사랑을 만난 것이네라는 내용이다.

'石上 布留'를 大系에서는, 'ふる(天理市 布留)는 石上 속의 작은 지명이므로 이렇게 말했다'고 하였으며 布留의 石上神宮의 神杉은 유명했다고 하였다『萬葉集』 3, p.74).

좌주 위의 1수는 봄의 노래는 아니지만 역시 답가이므로 여기에 실었다.

1928 사노카타(狹野方)는/ 열매 맺지 않아도/ 꽃만이라도/ 피어서 보여주면/ 사랑 고통 위로로

🌸 해설

사노카타(狹野方)는 열매는 맺지 않는다고 해도 꽃만이라도 피어서 보여주면 좋겠네. 사랑 때문에 고통을 당하는 마음에 위로가 되도록이라는 내용이다.

결혼까지는 하지 않는다고 해도 만나만 주어도 좋겠다는 내용이다.

中西 進은, '이 작품은 결혼은 할 수 없더라도 모습만이라도 보고 싶다고 하는, 남의 아내에 대한 사랑을 노래한 것이다'고 하였다.

'狹野方'을 大系에서는, '지명이라고 하는 설과 식물이라고 하는 설이 있다. 지명으로 보는 설 중에는 그곳 출신의 여성이라고 하는 설도 있다. 지명설에서는 滋賀縣 坂田郡으로 추정한다. 식물로 보는 설에서는 으름덩굴로 보는 私注의 설이 상세하다'고 하였다『萬葉集』 3, p.75).

1929　狹野方波　實尒成西乎　今更　春雨零而　花将咲八方

狹野方は　實になりにしを　今さらに　春雨降りて　花咲かめやも

さのかたは　みになりにしを　いまさらに　はるさめふりて　はなさかめやも

1930　梓弓　引津邊有　莫告藻之　花咲及二　不會君毳

梓弓　引津の邊にある　莫告藻¹の　花咲くまでに²　逢はぬ君かも

あづさゆみ　ひきつのへにある　なのりその　はなさくまでに　あはぬきみかも

---

1 **莫告藻** : 모자반. 꽃은 피지 않는다.
2 **花咲くまでに** : 필 리가 없는 꽃이 필 때까지. 영원히.

1929 사노카타(狹野方)는/ 열매 맺었는 걸요/ 새삼스럽게/ 봄비가 내려서는/ 꽃이 필 것인가요

🌸 해설

　　사노카타(狹野方)는 이미 열매를 맺었는 걸요. 지금 새삼스럽게 봄비가 내린다고 해서 다시 꽃이 피는 일이 있을까요라는 내용이다.
　　이미 다른 사람의 아내가 되었으므로 새로운 사랑은 불가능하다는 뜻이다. 앞의 노래의 남성의 유혹을 거절한 노래이다.

1930 (아즈사유미)/ 히키츠(引津) 주변에 있는/ 모자반의요/ 꽃이 필 때까지요/ 못 만나는 그대여

🌸 해설

　　멋진 활을 당긴다고 하는 뜻을 이름으로 한 히키츠(引津) 주변에 있는 모자반의 꽃이 필 때까지 못 만나는 그대여라는 내용이다. 연인과 좀처럼 만날 수 없는 것을 탄식한 노래이다.
　　'あづさゆみ'는 가래나무로 만든 멋진 활인데, 활을 '당기다(引く)'의 발음이 '引津'의 '引'과 같으므로 '引'을 상투적으로 수식하게 된 枕詞이다. '引津'을 大系에서는, '福岡縣 絲島郡 志摩擬 入海. 可也山에 가까운 주변'이라고 하였다『萬葉集』 3, p.75].
　　私注에서는, '이 노래는 권제7의 1279번가에 旋頭歌 형식으로 '梓弓 引津のへなる なのりその花 つむまでに 會はざらめやも なのりその花'와 같이 人麿歌集 중에 보였다. 문답은 실제로 문과 답이 아니라 전승되던 형식이라고 생각되지만, 이 작품 등은 그 때문에 권제7의 작품을 취하고 短歌로 한 것인가. 다만 旋頭歌도 노래이므로 어느 것이 원형인지는 확실히 말할 수 없다'고 하였다『萬葉集私注』 5, p.228].
　　全集에서는, '만나주지 않는 남성에게 愚癡를 말한 노래'라고 하였다『萬葉集』 3, p.72]. 阿蘇瑞枝는, '노래 내용으로 보면 여성의 입장에서의 노래로 생각되지만, 답가인 다음 작품에 'わが背子'라고 부르고 있는 것을 보면 남성의 입장에서의 노래이다. 남녀 어느 쪽 입장에서도 다 불린 것이 아닐까'라고 하였다 [『萬葉集全注』 10, p.170].

1931 川上之　伊都藻之花乃　何時々々　來座吾背子　時自異目八方

　　　川の上の　いつ藻[1]の花の　何時も何時も　來ませ[2]わが背子　時じけめやも

　　　かはのうへの　いつものはなの　いつもいつも　きませわがせこ　ときじけめやも

1932 春雨之　不止零々　吾戀　人之目尚矣　不令相見

　　　春雨の　止まず降る降る[3]　わが戀ふる　人の目すらを　相見せ[4]なくに

　　　はるさめの　やまずふるふる　わがこふる　ひとのめすらを　あひみせなくに

1933 吾妹子介　戀乍居者　春雨之　彼毛知如　不止零乍

　　　我妹子に　戀ひつつ居れば　春雨の　それも知る如[5]　止まず降りつつ

　　　わぎもこに　こひつつをれば　はるさめの　それもしるごと　やまずふりつつ

1　**いつ藻** : 嚴藻. 성스러운 물풀이라는 뜻의 보통명사인가. 같은 발음으로 다음에 이어진다.
2　**來ませ** : 높임말이다.
3　**降る降る** : 현재의 어법은 '降り降り'이다. 당시는 종지형을 중복하였다. 2번가 참조.
4　**相見せ** : 눈을 서로 보게 한다는 것은 만나게 한다는 뜻이다.
5　**それも知る如** : 마음의 비와 함께. '知る'는 관계를 가진다는 뜻이며, 비에 의인적인 행위를 생각한 것은 아니다.

1931 강의 주변의요/ 물풀의 꽃과 같이/ 언제나 언제나/ 와 주세요 그대여/ 정해진 때 있나요

❁ 해설

강의 주변의 피어 있는 물풀의 꽃과 같이 언제든지 와 주세요. 그대여. 오는데 정해진 때가 있나요라는 내용이다.

'いつ藻'의 발음이 '何時も'와 같은 데서 흥미를 느낀 작품이다. 1930번가가 물풀을 노래하였으므로 물풀을 노래한 것인데 답가는 아니다. いつ藻는 어떤 것인지 잘 알 수 없다.

中西 進은, '이 작품은 491번가와 같다. 앞의 작품과 문답은 아니다'고 하였다.

1932 봄 가랑비가/ 쉬지 않고 내려서/ 내가 그리는/ 사람의 눈조차도/ 서로 보게 하잖네

❁ 해설

봄비가 쉬지 않고 계속 추적추적 내려서 내가 그리워하는 사랑하는 사람을 서로 만나게 하지 않네라는 내용이다.

비가 계속 내려서 연인이 얼굴을 보이지 않는다는 뜻이다. 여성의 노래가 된다.

1933 나의 그녀를/ 계속 그리워하면/ 봄 가랑비가/ 그것도 아는 듯이/ 쉬지 않고 내리네

❁ 해설

사랑하는 그녀를 계속 그리워하고 있으면 봄비가 마치 그것을 알고 기분을 맞추어 주려는 듯이 쉬지 않고 계속 내리네라는 내용이다.

大系에서는, 일부러 비가 계속 내려서 그녀의 집에 가지 못하게 한다고 해석하였다『萬葉集』 3, p.76].

1934　相不念　妹哉本名　菅根乃　長春日乎　念晩牟

相思はぬ[1]　妹をやもとな[2]　菅の根の[3]　長き春日を　思ひ暮さむ

あひおもはぬ　いもをやもとな　すがのねの　ながきはるひを　おもひくらさむ

1935　春去者　先鳴鳥乃　鶯之　事先立之　君乎之将待

春されば　まづ鳴く鳥の　鶯の[4]　言先立てし[5]　君をし待たむ[6]

はるされば　まづなくとりの　うぐひすの　ことさきだてし　きみをしまたむ

1936　相不念　将有児故　玉緒　長春日乎　念晩久

相思はず　あるらむ兒ゆゑ　玉の緒[7]の　長き春日を　思ひ暮さく[8]

あひおもはず　あるらむこゆゑ　たまのをの　ながきはるひを　おもひくらさく

1　相思はぬ : 이쪽에서만 생각한다.
2　妹をやもとな : 'もとな'는 'もとなし'의 부사형이다. 마지막 구에 걸린다. 불확실한 상태이다.
3　菅の根の : 긴 것을 표현한 것이다.
4　鶯の : 피꼬리를 '春告鳥'라고 한다.
5　言先立てし : 먼저 말하는 것이다.
6　君をし待たむ : 말을 증명한다, 다음의 행동을. 방문하는 것을 기다린다고 하면 뜻이 좁다. 앞의 작품의 첫 구에 대해 마음속을 전했다.
7　玉の緒 : 구슬을 꿴 끈이 길다.
8　暮さく : '暮さく'는 '暮す'의 명사형이다.

1934 생각해 주잖는/ 그녀를 막연하게/ (스가노네노)/ 긴긴 봄날 하루를/ 생각하며 보내나

해설

나를 생각해 주지 않는 그녀를 막연하게 혼자서, 마치 골풀뿌리와 같이 긴긴 봄날 하루를 그녀를 생각하며 보내는 것일까라는 내용이다.

짝사랑의 괴로움을 노래한 것이다. 1936번가와 발상이 비슷하다.

1935 봄이 되면요/ 제일 먼저 우는 새/ 꾀꼬리처럼/ 제일 먼저 말해온/ 그대 기다리지요

해설

봄이 되면 제일 먼저 우는 새인 꾀꼬리처럼, 그렇게 제일 먼저 나에게 말을 걸어온 그대를 나는 기다리지요라는 내용이다.

1934번가에서 작자가 일방적으로 여성을 사랑하는 것으로 노래한 것에 대해, 여성은 남성을 기다리고 있다고 답하였다.

1936 생각해 주잖는/ 그녀이기 때문에/ (타마노오노)/ 길고 긴 봄날을요/ 생각하며 보내나

해설

생각해 주지 않는 그녀이기 때문에 구슬을 꿴 끈이 긴 것같이 길고 긴 봄날 하루를 그녀를 생각하며 보내는 것일까라는 내용이다.

이 작품으로 문답은 끝났다.

中西 進은, '이 작품은 1934번가의 다른 전승이다'고 하였다.

夏雜歌

詠鳥

1937　大夫之　出立向　故郷之　神名備山尒　明來者　柘之左枝尒　暮去者　小松之若末尒　里人之　聞戀麻田　山彦乃　答響萬田　霍公鳥　都麻戀為良思　左夜中尒鳴

大夫の[1]　出で立ち向ふ[2]　故郷の[3]　神名備山[4]に　明け來れば　柘[5]のさ枝に　夕されば　小松が末に[6]　里人の[7]　聞き戀ふるまで　山彦の　相響むまで[8]　霍公鳥　妻戀すらし　さ夜中に鳴く[9]

ますらをの　いでたちむかふ　ふるさとの　かむなびやまに　あけくれば　つみのさえだに　ゆふされば　こまつがうれに　さとひとの　ききこふるまで　やまびこの　あひとよむまで　ほととぎす　つまこひすらし　さよなかになく

反謌

1938　客尒為而　妻戀為良思　霍公鳥　神名備山尒　左夜深而鳴

旅にして　妻戀すらし[10]　霍公鳥　神名備山に　さ夜更けて鳴く

たびにして　つまこひすらし　ほととぎす　かむなびやまに　さよふけてなく

> 左注　右, 古謌集中出[11].

---

　1 **大夫の** : 멋진 남성이다. 여기에서는 나라(奈良)의 관료를 말한다.
　2 **出で立ち向ふ** : 관청의 명령으로 옛 도읍을 여행한 것인가. 1557번가 등.
　3 **故郷の** : 옛 도읍 明日香이다.
　4 **神名備山** : 神의(な) 주변(び)의 산이다. 여기에서는 雷岳을 말한다.
　5 **柘** : 산뽕나무이다.
　6 **小松が末に** : 가지 끝이다.
　7 **里人の** : 明日香 마을 사람이다. 도시 사람에 대해 말한 것이다.
　8 **相響むまで** : 1602번가 참조.

여름 雜歌

새를 노래하였다

1937 대장부가요/ 출발해서 향하는/ 옛 도읍지의/ 카무나비(神名備)의 산에/ 아침이 되면/ 산뽕
나무가지에/ 저녁이 되면/ 작은 솔가지 끝에/ 마을 사람이/ 듣고 그리울 정도/ 메아리가요
/ 울릴 정도로까지/ 두견새는요/ 짝 그리워하나봐/ 한밤중에도 우네

✿ 해설

대장부가 출발해서 향해 가는, 옛 도읍지의 카무나비(神名備) 산에는 아침이 되면 산뽕나무 가지에서,
그리고 저녁이 되면 작은 소나무 가지 끝에서, 마을 사람들이 듣고 그리워할 정도로 메아리가 울릴
정도로 두견새는 짝을 그리워하나 보다. 한밤중에도 울고 있네라는 내용이다.
여행 중에 지은 작품이다.

反歌

1938 여행하면서/ 짝 그리는 거겠지/ 두견새가요/ 카무나비(神名備)의 산에/ 밤이 깊어서 우네

✿ 해설

두견새가 여행하면서 짝을 그리워하는 것이겠지. 두견새가 카무나비(神名備)의 산에 밤이 깊은데
울고 있네라는 내용이다.
자신의 감정을 두견새에 이입하였다. 阿蘇瑞枝는, '이 노래는 빨라도 奈良 천도 이후의 작품'이라고
하였다『萬葉集全注』 10, p.178].

> **좌주** 위의 작품은 옛 가집 속에 나온다.

---

9 さ夜中に鳴く : 이 구가 현실의 지금의 경험으로, 이것에 의해 정경을 연상했다.
10 妻戀すらし : 내 몸을 비교해서 듣는다.
11 古詞集中出 : 각 분류의 처음에 人麿 가집을 놓는 것과 마찬가지로, 여기에서는 옛 가집의 노래를 배치하였
다. 옛 가집과 古集은 다르다.

1939　霍公鳥　汝始音者　於吾欲得　五月之珠介　交而将貫

霍公鳥　汝が初聲は[1]　われにもが[2]　五月の珠に[3]　交へて貫かむ

ほととぎす　ながはつこゑは　われにもが　さつきのたまに　まじへてぬかむ

1940　朝霞　棚引野邊　足檜木乃　山霍公鳥　何時來将鳴

朝霞[4]　たなびく野邊に[5]　あしひきの[6]　山霍公鳥　いつか[7]來鳴かむ[8]

あさかすみ　たなびくのへに　あしひきの　やまほととぎす　いつかきなかむ

---

1 **汝が初聲は** : 기다리기 힘들었던, 가장 진귀한 소리이다.
2 **われにもが** : 'もが'는 원망을 나타낸다.
3 **五月の珠に** : 단오에 약초를 환으로 만들어 장수를 기원한 것을 말한다.
4 **朝霞** : 안개를 봄 풍경으로 하는 계절감의 고착은 약하다.
5 **たなびく野邊に** : 들에, 산의 새는.
6 **あしひきの** : 산을 수식하는 枕詞이다.
7 **いつか** : 산의 두견새가 드디어 마을에 온다.
8 **來鳴かむ** : 願望이 있다.

1939 두견새 그대/ 그대의 첫소리를/ 나에게 다오/ 오월의 옥추단에/ 섞어서 꿰어 보자

🌸 해설

두견새야. 기다리기 힘들었던 그대의 첫소리를 나에게 다오. 그대의 소리를 오월의 옥추단에 섞어서 꿰어 보자라는 내용이다.

두견새를 기다리는 마음을 노래한 것이다.

'五月の珠に'를 全集에서는 中西 進과 마찬가지로 단오의 '藥玉'으로 보았다(『萬葉集』 3, p.75]. 그러나 大系에서는, 꼭 단오와 관련 있는 것이 아니라 오월의 열매와 함께 꿰는 것으로 해석하였다(『萬葉集』 3, p.77].

1940 아침 안개가/ 끼어 있는 들 쪽에/ (아시히키노)/ 산에 사는 두견은/ 언제 와서 울려나

🌸 해설

아침 안개가 끼어 있는 들 쪽에, 산에 사는 두견새는 언제 와서 울 것인가라는 내용이다.

두견새를 기다리는 마음을 노래한 것이다.

1941 旦霞　八重山越而　喚孤鳥　吟八汝來　屋戸母不有九二

朝霞　八重山越えて　呼子鳥　鳴き¹や汝が來る　屋戸もあらなく²に

あさかすみ　やへやまこえて　よぶこどり　なきやながくる　やどもあらなくに

1942 霍公鳥　鳴音聞哉　宇能花乃　開落岳尒　田葛引嬢嬬

霍公鳥　鳴く聲聞くや　卯の花³の　咲き散る岳に　田葛引く⁴少女⁵

ほととぎす　なくこゑきくや　うのはなの　さきちるをかに　くずひくをとめ

1943 月夜吉　鳴霍公鳥　欲見　吾草取有　見人毛欲得

月夜よみ⁶　鳴く霍公鳥　見まく欲り　われ草取れり⁷　見む人もがも⁸

つくよよみ　なくほととぎす　みまくほり　われくさとれり　みむひともがも

---

1 **呼子鳥 鳴き** : '子를 부르면서(呼)' 울고.
2 **屋戸もあらなく** : 呼子鳥는 봄의 새라고 한다(1822번가 등). 이미 잠들 나무도 없다는 뜻이다.
3 **卯の花** : 초여름에 꽃이 핀다.
4 **田葛引く** : 갈 덩굴은 뜯는 것을 끈다고 한다. 여기에서는 시골의 동작으로 표현한 것이다.
5 **少女** : 시골의 소녀가 오히려 부럽다.
6 **月夜よみ** : 제3구에 걸린다. 달빛으로 모습까지 보인다.
7 **われ草取れり** : 앞의 작품 참조.
8 **見む人もがも** : 어떠합니까, 집착하는 이 모습은이라는 뜻이다.

1941   아침 안개가/ 겹겹한 산을 넘어/ 뻐꾸기새야/ 울면서 너가 오나/ 잠을 잘 곳도 없는데

해설

  아침 안개가 겹겹이 끼어 있는 산을 넘어서 뻐꾸기새야. 울면서 너는 오는가. 잠을 잘 곳도 없는데라는 내용이다.

  제5구의 '잠을 잘 곳도 없는데'는 요부코도리가 잠을 잘 곳도 없는데 오는 것으로 해석하는 경우와, 작자가 잘 곳이 없는 곳으로 해석하는 경우가 있다. 작자의 마음을 '요부코도리'에 감정 이입한 것으로 보면 되겠다.

1942   두견새가요/ 우는 소리 들었나/ 병꽃나무 꽃/ 피어 지는 언덕에/ 덩굴 뜯는 소녀는

해설

  두견새가 우는 소리를 들었을 것인가. 병꽃나무의 꽃이 피어서 지는 언덕에서 덩굴을 뜯고 있는 시골의 소녀는이라는 내용이다.

1943   달 아름다워/ 우는 두견새의요/ 모습 보고파/ 난 풀을 뜯고 있네/ 보는 사람 있다면

해설

  달이 아름다우므로 울면서 날고 있는 두견새의 모습을 보고 싶어서, 나는 들에서 풀을 뜯고 있네. 이러한 애착을 누군가 보아주었으면 좋겠네라는 내용이다.

  阿蘇瑞枝는, '두견새 모습을 보기 위해서 풀을 뜯고 있다고는 생각되지 않는다. 사실은 필요에 의해 풀을 뜯고 있는 낭자에게 장난삼아 노래로 말을 걸고, 낭자도 묻는 자의 勸農의 새에 대한 생각을 바로 받아들여서, 두견새를 보기 위해서 풀을 뜯고 있다고 하여 마찬가지로 기지를 발휘하여 답한 것일까. 연회석에서 즉흥적으로 주고받은 것으로도 볼 수 있다'고 하였다『萬葉集全注』 10, p.184].

1944　藤浪之　散巻惜　霍公鳥　今城岳䒭　鳴而越奈利

　　　　藤波の¹　散らまく²惜しみ　霍公鳥　今城³の岳を　鳴きて越ゆなり⁴

　　　　ふぢなみの　ちらまくをしみ　ほととぎす　いまきのをかを　なきてこゆなり

1945　旦霧　八重山越而　霍公鳥　宇能花邊柄　鳴越來

　　　　朝霧の　八重山越えて　霍公鳥　卯の花邊から　鳴きて越え來ぬ⁵

　　　　あさぎりの　やへやまこえて　ほととぎす　うのはなへから　なきてこえきぬ

1946　木高者　曾木不殖　霍公鳥　來鳴令響而　戀令益

　　　　木高くは　かつて⁶木植ゑじ　霍公鳥　來鳴き響めて⁷　戀益らしむ

　　　　こだかくは　かつてきうゑじ　ほととぎす　きなきとよめて　こひまさらしむ

　1　**藤波の** : 등나무. 물결 모양이므로 이렇게 말한 것이다.
　2　**散らまく** : '마く'는 'む'의 명사형이다.
　3　**今城** : 吉野 大淀町 지역이다.
　4　**鳴きて越ゆなり** : 넘어서 가는 것이다.
　5　**鳴きて越え來ぬ** : 1472번가와 비슷한 표현이다.
　6　**かつて** : 절대로. 부정의 내용과 호응한다.
　7　**來鳴き響めて** : 소리를 울리며.

1944　등나무 꽃이/ 지는 것이 아쉬워/ 두견새는요/ 이마키(今城)의 언덕을/ 울면서 넘어가네

🌸 **해설**

　등나무 꽃이 지는 것을 아쉬워해서 두견새는 이마키(今城)의 언덕을 울면서 넘어가고 있는 듯하네라는 내용이다.

1945　아침 안개가/ 겹겹한 산을 넘어/ 두견새는요/ 병나무꽃 쪽에서/ 울면서 넘어왔네

🌸 **해설**

　아침 안개가 겹겹이 끼어 있는 산을 넘어서 두견새는, 산 건너편 병나무꽃이 있는 쪽으로부터 울면서 넘어온 것이네라는 내용이다.

　'卯の花邊から'를 私注에서는 中西 進과 마찬가지로 '병나무꽃이 있는 쪽으로부터'로 해석하였다[『萬葉集私注』 5, p.235]. 그러나 大系·注釋·全集에서는 '병나무꽃이 있는 곳을 통과하여'로 해석하였다[大系 『萬葉集』 3, p.78), (『萬葉集注釋』 10, p.156), (全集 『萬葉集』 3, p.76)].

1946　키가 높게는/ 절대 나무 심잖아/ 두견새가요/ 울어 소리 울리면/ 더욱 그리울 테니

🌸 **해설**

　높이 자라도록 절대로 나무를 심지 않을 것이네. 그렇게 심는다면 두견새가 와서 우는 소리를 울리면 연인을 사랑하는 마음이 더욱 깊어질 테니까라는 내용이다.

1947　難相　君尓逢有夜　霍公鳥　他時従者　今社鳴目

逢ひ難き　君に逢へる夜　霍公鳥　他時ゆは[1]　今こそ鳴かめ[2]

あひがたき　きみにあへるよ　ほととぎす　あたしときゆは　いまこそなかめ

1948　木晩之　暮闇有尓 [一云, 有者] 霍公鳥　何處乎家登　鳴渡良武

木の晩の[3]　夕闇なるに[4] [一は云はく, なれば] 霍公鳥　何處を家[5]と　鳴き渡るらむ

このくれの　ゆふやみなるに [あるはいはく, なれば] ほととぎす　いづくをいへと　なき
わたるらむ

1949　霍公鳥　今朝之旦明尓　鳴都流波　君将聞可　朝宿疑将寐

霍公鳥　今朝の朝明[6]に　鳴きつるは　君[7]聞きけむか　朝寝か寝けむ

ほととぎす　けさのあさけに　なきつるは　きみききけむか　あさいかねけむ

1　**他時ゆは** : 'ゆ'는 '～로부터'이다.
2　**今こそ鳴かめ** : 'こそ'에서의 강조는 'め(む)'를 희망의 작용을 하게 한다.
3　**木の晩の** : 여름에 우거진 나무 아래. 어둡다.
4　**夕闇なるに** : 더구나 저녁이므로 어둡다.
5　**何處を家** : 가정. 건물은 아니다.
6　**今朝の朝明** : 아직 어두운 때.
7　**鳴きつるは 君** : 남성끼리의 높임말일 것이다.

1947 만나기 힘든/ 그분 만난 오늘 밤/ 두견새야 넌/ 다른 때보다는요/ 지금 울면 좋겠네

🌸 **해설**

좀처럼 만날 수 없는 그 사람을 만나고 있는 오늘 밤이네. 두견새야. 다른 때보다는 지금이야말로 울어주면 좋겠네라는 내용이다.

'君に逢へる夜'의 '君'을 中西 進은 연인으로 보았다. 그러나 大系·私注·注釋·全集에서는 두견새로 보았다. 阿蘇瑞枝는 친구 또는 아는 사람으로 보았다『萬葉集全注』 10, p.187].

1948 나무 그늘도/ 어두운 저녁인데 [어떤 책에는 말하기를, 이므로]/ 두견새는요/ 어디를 집으로 해/ 울며 가는 것일까

🌸 **해설**

나무 그늘도, 저녁이 되었으므로 더욱 어두워졌는데 [어떤 책에는 말하기를, 이므로] 두견새는 어디를 집으로 생각해서 울며 가고 있는 것일까라는 내용이다.

1949 두견새가요/ 오늘 아침 어둠에/ 울었는 것을/ 그대 들었을까요/ 아침잠 잤을까요

🌸 **해설**

두견새가 오늘 아침 아직 어두울 때 운 것을 그대는 들었을까요. 아니면 잠을 자고 있었을까요라는 내용이다.

텍스트에서는 1949번가가 1950번가 뒤에 실려 있다. 이 책에서는 번호 순서대로 실었다.

1950 霍公鳥　花橘之　枝尒居而　鳴響者　花波散乍

　　　霍公鳥　花橘の　枝に居て¹　鳴き響むれば　花は散りつつ²

　　　ほととぎす　はなたちばなの　えだにゐて　なきとよむれば　はなはちりつつ

1951 慨哉　四去霍公鳥　今社者　音之干蟹　來喧響目

　　　慨きや³　醜霍公鳥　今こそは⁴　聲の嗄るがに　來鳴き響めめ

　　　うれたきや　しこほととぎす　いまこそは　こゑのかるがに　きなきとよめめ

1952 今夜之　於保束無荷　霍公鳥　喧奈流聲之　音乃遙左

　　　今夜の　おぼつかなき⁵に　霍公鳥　鳴くなる⁶聲の　音の遙けさ

　　　こよひの　おぼつかなきに　ほととぎす　なくなるこゑの　おとのはるけさ

---

1 **枝に居て** : 머물다.
2 **花は散りつつ** : 'つづ'는 계속을 나타낸다.
3 **慨きや** : 한탄스러운. 1507번가 참조.
4 **今こそは** : 우는 소리에 그리운 마음이 일어나므로 듣고 싶지 않다고 하는 것에 의하면, 지금은 실연한 상태이다.
5 **おぼつかなき** : 달빛이 희미하다고 보는 설도 있다.
6 **鳴くなる** : 추정이다.

1950 두견새가요/ 홍귤의 나무의요/ 가지에 있어/ 울어 소리 울리니/ 꽃은 계속해 지고

🌸 **해설**

두견새가 홍귤나무 가지에 앉아서 울어 소리를 울리니 홍귤꽃은 계속해서 지고라는 내용이다.
두견새가 가지에 앉아서 울기 때문에 홍귤꽃이 계속 지는 것을 노래한 것이다.

1951 원망스러운/ 못난 두견새 놈아/ 지금은 정말/ 소리가 쉴 정도로/ 와서 울어 주게나

🌸 **해설**

마음에 들지 않는 원망스러운 못난 두견새 놈아. 지금이야말로 소리가 쉴 정도로 와서 울어 주면
좋겠네라는 내용이다.
보통 때는 시끄럽게 울어 대는데, 울어 주면 좋은 오늘밤은 울지 않으므로 마음에 들지 않는 것이다.
中西 進은 실연 상태에서 부른 것으로 보았는데 全集에서는 연인이나 친구 등이 와 있을 때 부른
것일 것으로 보았다『萬葉集』 3, p.77].

1952 오늘 밤에/ 안정되지 않는데/ 두견새가요/ 우는 듯한 소리가/ 아득히 울리네요

🌸 **해설**

오늘 밤에 마음이 안정되지 않는데 두견새가 우는 듯한 소리가 멀리 아득하게 울리네요라는 내용이다.
그렇지 않아도 마음이 안정되지 않은 상태인데, 두견새가 우는 듯한 소리까지 들려서 더욱 안정되지
않는다는 뜻이다.

1953　五月山　宇能花月夜　霍公鳥　雖聞不飽　又鳴鴨

五月山[1]　卯の花月夜　霍公鳥　聞けども飽かず　また鳴かぬかも[2]

さつきやま　うのはなつくよ　ほととぎす　きけどもあかず　またなかぬかも

1954　霍公鳥　來居裳鳴香　吾屋前乃　花橘乃　地二落六見牟

霍公鳥　來居[3]も鳴かぬか[4]　わが屋前の　花橘の　地に落ちむ見む[5]

ほととぎす　きゐもなかぬか　わがやどの　はなたちばなの　つちにおちむみむ

1955　霍公鳥　厭時無　菖蒲　蘰将為日　従此鳴度礼

霍公鳥　厭ふ時無し[6]　菖蒲　蘰[7]にせむ日　此ゆ[8]鳴き渡れ

ほととぎす　いとふときなし　あやめぐさ　かづらにせむひ　こゆなきわたれ

1　**五月山** : 1, 2구의 표현이 신선하다.
2　**鳴かぬかも** : 'ぬかも'는 원망을 나타낸다.
3　**來居** : 가지에 머물러 있다. 따라서 꽃이 진다.
4　**鳴かぬか** : 願望을 나타낸다.
5　**地に落ちむ見む** : 홍귤 꽃이 지는 것을 감상한다.
6　**時無し** : 없지만이라는 뜻으로 계속된다.
7　**蘰** : 창포. 단오에 머리 장식으로 한다.
8　**此ゆ** : 'ゆ'는 경과하는 지점을 나타낸다.

1953 오월의 산의/ 병꽃이 핀 달밤에/ 두견새야 넌/ 들어도 질리잖네/ 또 다시 울어 주렴

❁ 해설

오월의 산에 병꽃나무의 꽃이 피어 있고 달빛이 아름다운 밤에 두견새야. 너가 우는 소리를 아무리 들어도 질리지 않으니 또 다시 울어 주렴이라는 내용이다.

아름다운 달밤의 풍경을 시각적, 청각적으로 표현하였다.

1954 두견새야 넌/ 와 앉아 울잖는가/ 우리 정원의/ 홍귤나무의 꽃이/ 땅에 지는 것 보려네

❁ 해설

두견새야 너는 와서 가지에 앉아 울지 않는 것인가. 우리 집 정원의 홍귤나무의 꽃이 땅에 지는 것을 보고 싶네라는 내용이다.

두견새가 홍귤나무 가지에 앉아서 울어 주면 홍귤나무 꽃이 지는 광경을 볼 수 있어서 좋을 것인데라는 뜻이다.

1955 두견새를요/ 싫어하는 땐 없네/ 창포꽃을요/ 머리 장식할 날에/ 이곳 지나며 울게

❁ 해설

두견새를 싫다고 생각한 때는 없네. 언제 들어도 좋지만 어쨌든 창포꽃을 머리에 꽂아서 장식으로 하는 날에는 이곳을 지나가며 울어다오라는 내용이다.

권제18의 4035번가와 같다.

1956　山跡庭　啼而香将來　霍公鳥　汝鳴毎　無人所念

大和には　鳴きてか來らむ[1]　霍公鳥　汝が鳴く毎に[2]　亡き人思ほゆ[3]

やまとには　なきてかくらむ　ほととぎす　ながなくごとに　なきひとおもほゆ

1957　宇能花乃　散巻惜　霍公鳥　野出山入　來鳴令動

卯の花の　散らまく[4]惜しみ　霍公鳥　野に出山に入り[5]　來鳴き響す

うのはなの　ちらまくをしみ　ほととぎす　のにでやまにいり　きなきとよもす

1958　橘之　林乎殖　霍公鳥　常介冬及　住度金

橘の　林[6]を植ゑむ　霍公鳥　常に[7]冬まで　住み渡るがね[8]

たちばなの　はやしをうゑむ　ほととぎす　つねにふゆまで　すみわたるがね

---

1 **來らむ** : 야마토(大和)를 주로 한 표현이다. 70번가 참조.
2 **鳴く毎に** : 여기에서도 울고 있지만 그것을 들으면.
3 **亡き人思ほゆ** : 중국으로부터의 고사.
4 **散らまく** : 1944번가 참조.
5 **野に出山に入り** : 안정되지도 않고.
6 **林** : 숲을 이룰 정도로 많다.
7 **常に** : 변하지 않고.
8 **住み渡るがね** : 겨울까지 사는 것은 있을 수 없다.

1956 야마토(大和)에는/ 와서 우는 것일까/ 두견새야아/ 너가 울 때 마다요/ 죽은 사람 생각나네

🌸 해설

　　지금 야마토(大和)에는 죽은 자의 영혼을 운반해 와서 두견새가 울고 있는 것일까. 두견새야. 너가
울 때마다 저 세상으로 간 사람이 생각나네라는 내용이다.
　　全集에서는, '야마토(大和)에서 울고 난 후에 이쪽으로 온 것일까. 작자는 고향인 大和를 떠나 吉野,
아니면 難波 등에서 이 노래를 부른 것이겠다'고 하였다『萬葉集』 3, p.78].

1957 병꽃나무 꽃/ 지는 것이 아쉬워/ 두견새는요/ 들에 가 산에 들어가/ 울어 소리 울리네

🌸 해설

　　병꽃나무 꽃이 지는 것이 아쉬워서 두견새는 들에 나가서, 또 산에 들어가 울어서 소리 울리네라는
내용이다.

1958 홍귤나무를/ 숲이 되도록 심자/ 두견새가요/ 계속해 겨울까지/ 살 수 있게 말이죠

🌸 해설

　　숲을 이룰 정도로 홍귤나무를 많이 심지요. 그래서 두견새가 떠나지 않고 겨울까지 계속해서 살 수
있도록이라는 내용이다.
　　두견새가 계속 머물기를 원하는 노래이다.

1959　雨日齊之　雲尒副而　霍公鳥　指春日而　從此鳴度

雨晴れし¹　雲に副ひて　霍公鳥　春日を指して　此ゆ²鳴き渡る

あまはれし　くもにたぐひて　ほととぎす　かすがをさして　こゆなきわたる

1960　物念登　不宿旦開尒　霍公鳥　鳴而左度　為便無左右二

物思ふと　寐ね³ぬ朝明⁴に　霍公鳥　鳴きてさ渡る　すべなきまでに⁵

ものおもふと　いねぬあさけに　ほととぎす　なきてさわたる　すべなきまでに

1961　吾衣　於君令服与登　霍公鳥　吾乎領　袖尒來居管

わが衣　君に着せ⁶よと　霍公鳥　われを領す　袖に來居つつ⁷

わがころも　きみにきせよと　ほととぎす　われをうながす　そでにきゐつつ

---

1 **雨晴れし**：빠른 구름의 흐름에 두견새를 배치했다. 흘러가는 구름의 방향도 春日 쪽일 것이다.
2 **此ゆ**：'ゆ'는 경과 지점을 말한다.
3 **寐ね**：자는 것이다.
4 **朝明**：아침인 새벽.
5 **すべなきまでに**：제4구의 형용. 나를 어떻게 하면 좋을지 알 수 없을 정도로 하고.
6 **君に着せ**：연인끼리 옷을 바꾸는 풍속이 있었다.
7 **袖に來居つつ**：'つつ'는 계속을 나타낸다.

1959 비가 갠 뒤에/ 구름을 따라서요/ 두견새가요/ 카스가(春日)를 향하여/ 이곳 울며 지나네

🌸 **해설**

비가 갠 뒤에 구름이 하늘을 흘러가는 것을 따라서, 두견새가 카스가(春日) 쪽을 향하여 이곳에서 울며 지나가네라는 내용이다.

阿蘇瑞枝는, '작자는 春日 지역의 서쪽에 있었을 것이다'고 하였다『萬葉集全注』 10, p.197].

1960 생각하느라고/ 잠 못 든 새벽녘에/ 두견새는요/ 울면서 날아가네/ 방법 없을 정도로

🌸 **해설**

여러 생각을 하느라고 잠을 이루지 못하는 새벽녘에 두견새는 계속 울면서 날아가네. 그 애절함이 가슴에 울려 어떻게 할 방법을 알 수 없을 정도로라는 내용이다.

1961 나의 옷을요/ 그 분께 입히라고/ 두견새가요/ 나를 재촉하네요/ 소매에 멈추어서

🌸 **해설**

나의 옷을 그 사람에게 입히라고 두견새가 나를 재촉하네요. 소매를 당기듯이 와서 계속 머물면서라는 내용이다.

'君に着せよと'를 全集에서는, 고대의 속옷은 남녀 같은 형태였으며 때로는 서로 교환해서 입는 일이 있었던 것을 말한다'고 하였다『萬葉集』 3, p.79].

1962　本人　霍公鳥乎八　希将見　今哉汝來　戀乍居者

　　　本つ人[1]　霍公鳥をや[2]　希しみ　今か[3]汝[4]が來る　戀ひつつ居れば

　　　もとつひと　ほととぎすをや　めづらしみ　いまかながくる　こひつつをれば

1963　如是許　雨之零介　霍公鳥　宇乃花山介　猶香将鳴

　　　かくばかり　雨の降らく[5]に　霍公鳥　卯の花[6]山に　なほか鳴くらむ

　　　かくばかり　あめのふらくに　ほととぎす　うのはなやまに　なほかなくらむ

1　**本つ人** : 오래전부터 아는 사람. 3009번가 참조. 두견새가 懷舊의 정을 불러일으키므로, 두견새를 표현하는 말이다.
2　**霍公鳥をや** : 의문으로 생각해야 하지만 여기에서는 영탄이 강한 것인가.
3　**今か** : '가'는 의문이다.
4　**汝** : 두견새를 말한다.
5　**雨の降らく** : 비 때문에 울 수 없는 것은 아닌가 하고 생각한다.
6　**卯の花** : 두견새는 병꽃나무 꽃과 함께 운다고 생각되어졌다.

1962 옛사람을요/ 두견새를 말이죠/ 그리워하는/ 지금 그대가 올까/ 계속 그리워하면

🌸 **해설**

옛날부터 잘 아는 사람을 생각나게 하는 두견새를 그리워하는 지금이야말로 그대는 올 것인가. 그립게 생각하고 있으면이라는 내용이다.

'汝'를 私注·注釋에서는 中西 進과 마찬가지로 두견새로 보았다(『萬葉集私注』 5, p.243), (『萬葉集注釋』 10, p.173)]. 大系에서는, '(나를 만나고 싶지는 않아도) 예부터 익숙한 두견새의 소리를 듣고 싶어서 지금 그대는 올 것인가요. 내가 이렇게 그리워하고 있으면'으로 해석하였다[『萬葉集』 3, p.81]. '汝'를 두견새가 아닌 연인으로 본 것이다. 全集에서도, '상대방 남성을 가리키는 것일까'라고 하였다[『萬葉集』 3, p.79].

1963 이렇게까지/ 비 내리고 있어도/ 두견새는요/ 병꽃나무 꽃 산에/ 역시 울고 있을까

🌸 **해설**

이 정도로 비가 내리고 있어도 두견새는 병꽃나무 꽃이 핀 산에서 여전히 울고 있을까라는 내용이다.

이렇게 해석하면, 작자는 지금 두견새 소리를 듣고 있는 것은 아니다. 그러나 私注에서는, '빗속에 두견새가 우는 것을 듣고 있는 노래'라고 하였다[『萬葉集私注』 5, p.244]. 阿蘇瑞枝는, '병꽃나무 꽃이 아름답게 피어 있는 산에서 두견새가 울고 있는 것을 들은 인상이 강하여, 후에 빗속에, 지금도 그처럼 울고 있을까 하고 상상한 것'이라고 하였다[『萬葉集全注』 10, p.200].

작품 내용으로 보면 작자는 두견새 소리를 듣고 있는 것 같지 않다.

詠蟬

1964　黙然毛将有　時母鳴奈武　日晩乃　物念時介　鳴管本名

　　　黙然[1]もあらむ　時も鳴かなむ[2]　晩蟬[3]の　もの思ふ時に　鳴きつつもとな[4]

　　　もだもあらむ　ときもなかなむ　ひぐらしの　ものおもふときに　なきつつもとな

詠榛[5]

1965　思子之　衣将摺介　々保比与　嶋之榛原　秋不立友

　　　思ふ子[6]が　衣摺らむに　にほひ[7]こそ　島[8]の榛原　秋立たずとも

　　　おもふこが　ころもすらむに　にほひこそ　しまのはりはら　あきたたずとも

---

1 **黙然** : 잠잠히 있는 것이다. 입으로 불평하지 않고 있다.
2 **時も鳴かなむ** : 'なむ'는 남에게 부탁하는 것이다.
3 **晩蟬** : 쓰르라미.
4 **鳴きつつもとな** : 'もとな'는 'もとなし'의 어간이다. 마음의 상태를 말한다.
5 **榛** : 오리나무.
6 **思ふ子** : 내가 생각하는 여성이다.
7 **にほひ** : 본래 열매로 물들이지만, 여기에서는 잎에 옷이 비치는 것이다,
8 **島** : 明日香의 섬.

쓰르라미를 노래하였다

1964   불평 없이 있을/ 그때에 울어주렴/ 쓰르라미가/ 생각들이 많을 때에/ 울어대니 힘드네

해설

아무런 불평이 없이 가만히 있을 그때에 울어 주면 좋겠네. 이것저것 생각이 많은 때에 쓰르라미가
계속 울어대니 마음이 안정이 되지 않네라는 내용이다.

마음이 안정되지 않은 상태인데 쓰르라미가 우니 마음이 더 괴롭다는 뜻이겠다.

오리나무를 노래하였다

1965   귀여운 그녀/ 옷을 물들이는데/ 곱게 물들게/ 섬의 오리나무 들/ 가을이 아니라도

해설

사랑스러운 그녀가 옷을 물들이는데 아름답게 물이 들었으면 좋겠네. 섬의 오리나무가 많은 들이여.
비록 지금이 가을이 아니라고 하더라도라는 내용이다.

'思ふ子が 衣摺らむに'를 全集에서는 中西 進과 마찬가지로 '사랑스러운 그녀가 옷을 물들이는데'로
해석하였다『萬葉集』3, p.80]. 阿蘇瑞枝도 마찬가지로 해석하였다『萬葉集全注』10, p.203]. '思ふ子が'의
'が'를 주격으로 본 것이다. 그러나 私注·大系·注釋에서는 'が'를 소유격으로 보아 '사랑하는 사람의
옷을 물들이는데'로 해석하였다(『萬葉集私注』5, p.245), (『萬葉集』3, p.82), (『萬葉集注釋』10, p.176)].
'사랑하는 사람'이 남성이라면, 여성이 남성을 '子'로 부르는 것이 어색하다. '사랑하는 여성의 옷을 물들이
는데'로 해석하면 물을 들이는 것은 남성이 되므로 역시 좀 어색하다. 中西 進처럼 '사랑스러운 그녀가
옷을 물들이는데'로 해석하는 것이 좋을 듯하다.

詠花

1966　風散　花橘叩　袖受而　為君御跡　思鶴鴨

　　　風に散る　花橘を　袖に受けて　君が御跡と　思ひつるかも

　　　かぜにちる　はなたちばなを　そでにうけて　きみがみあとと　しのひつるかも

1967　香細寸　花橘乎　玉貫　将送妹者　三礼而毛有香

　　　かぐはしき[1]　花橘を　玉[2]に貫き　送らむ妹は　贏れ[3]てもあるか

　　　かぐはしき　はなたちばなを　たまにぬき　おくらむいもは　みつれてもあるか

1968　霍公鳥　來鳴響　橘之　花散庭乎　将見人八孰

　　　霍公鳥　來鳴きとよもす　橘の　花散る庭を　見む人[4]や誰

　　　ほととぎす　きなきとよもす　たちばなの　はなちるにはを　みむひとやたれ

---

1 **かぐはしき** : 홍귤나무 꽃은 향기가 좋다.
2 **玉** : 단오의 藥玉으로 사악한 기운을 없애는 도구이다.---결구.
3 **贏れ** : 719번가 참조. 나를 기다려서인가.
4 **見む人** : 남성이라도 여성이라도 괜찮다. 특정한 사람에게 보낸 연애가는 아니다.

꽃을 노래하였다

1966 바람에 지는/ 홍귤나무의 꽃을/ 소매에 받아서/ 그대의 흔적으로/ 그리워하고 있네

해설

바람에 지는 홍귤나무의 꽃을 소매에 받아서 떠나가 버린 그대라고 생각하고 그리워하고 있네라는
내용이다.

'君が御跡と'를 注釋과 全集에서는 中西 進과 마찬가지로 '그대의 추억으로'해석하였다(『萬葉集注釋』
10, p.177), (『萬葉集』3, p.80)]. 大系에서는 '君が御爲と'로 읽고, '그대에게 드리려고'로 해석하였다[『萬葉
集』3, p.82]. 私注에서는 'きみにきせむと'로 읽고, '꽃향기가 밴 옷을 그대에게 입히려고'로 해석하였다[『
萬葉集私注』5, p.245].

1967 향기가 좋은/ 홍귤나무의 꽃을/ 구슬로 꿰어/ 보내려는 아내는/ 기다리다 지쳤을까

해설

향기가 좋은 홍귤나무의 꽃을 약구슬로 꿰어서 보내려고 생각하는 아내는, 나를 기다리다가 지쳐
있을까라는 내용이다.

이 해석만으로는 홍귤을 약구슬로 꿰어서 보내는 사람이 아내인지 남편인지 확실하게 알 수 없다.
阿蘇瑞枝는, '사랑하는 아내에게 향기가 좋은 홍귤을 실에 꿰어 보내어 즐겁게 해주려고 생각하고 그렇게
해도 병으로 지친 아내의 몸이 걱정된다로 해석하고 싶다'고 하였다[『萬葉集全注』10, p.205].

1968 두견새가요/ 와서는 울어 대는/ 홍귤나무의/ 꽃이 지는 정원을/ 보는 사람 누굴까

해설

두견새가 와서 울어 대는, 홍귤나무 꽃이 지는 정원을 보는 사람은 누구일까. 누군가 왔으면 좋겠네라
는 내용이다.

大系에서는, '정원을 보는 사람은 그대임에 틀림없네'로 해석하였다[『萬葉集』3, p.82].
아마도 홍귤나무 꽃을, 생각하는 남성에게 보이고 싶은 여성의 노래인 듯하다.

1969 吾屋前之　花橘者　落尓家里　悔時尓　相在君鴨

わが屋前の　花橘は　散りにけり　悔しき時[1]に　逢へる君かも

わがやどの　はなたちばなは　ちりにけり　くやしきときに　あへるきみかも

1970 見渡者　向野邊乃　石竹之　落巻惜毛　雨莫零行年

見渡せば　向ひの野邊の　撫子の[2]　散らまく惜しも　雨な降りそね[3]

みわたせば　むかひののへの　なでしこの　ちらまくをしも　あめなふりそね

1971 雨間開而　國見毛将為乎　故郷之　花橘者　散家武可聞

雨間あけて[4]　國見[5]もせむを　故郷[6]の　花橘は　散りにけむかも

あままあけて　くにみもせむを　ふるさとの　はなたちばなは　ちりにけむかも

1972 野邊見者　瞿麥之花　咲家里　吾待秋者　近就良思母

野邊見れば[7]　撫子の花　咲きに[8]けり　わが待つ秋は　近づくらしも

のへみれば　なでしこのはな　さきにけり　わがまつあきは　ちかづくらしも

---

1 **悔しき時** : 꽃이 만개했다면 좋을 텐데 하고 안타까워하는 때.
2 **撫子の** : 패랭이꽃인가. 가을의 대표적인 일곱 식물의 하나이다.
3 **雨な降りそね** : 'な…そね'는 금지를 나타낸다.
4 **雨間あけて** : '雨間(비가 갠 사이)あげ'는 '朝(날이 샘)あげ'와 같은 구성이다.
5 **國見** : 높은 곳에서 국토를 바라본다.
6 **故郷** : 明日香.
7 **野邊見れば** : 이미 도회지 생활인의 모습이 있다.
8 **咲きに** : 완료를 나타낸다.

146　만엽집 8

1969 우리 정원의/ 홍귤나무의 꽃은/ 져버렸네요/ 유감스러운 때에/ 만난 그대인가요

> ✿ **해설**
>
> 우리 집 정원의 홍귤나무의 꽃은 져버리고 말았네요. 꽃이 져서 정말 안타깝고 유감스러운 때에 만난 그대인가요라는 내용이다.
> 꽃이 활짝 핀 것을 보여주지 못한 안타까움을 노래한 것이다.

1970 바라다보면/ 건너편의 들판에/ 패랭이꽃이/ 지는 것이 아쉽네/ 비야 내리지 말아

> ✿ **해설**
>
> 바라다보면 건너편의 들판에 패랭이꽃이 지는 것이 아쉽네. 그러니 비는 내리지 말라는 내용이다.
> 阿蘇瑞枝는, '권제8의 패랭이꽃 노래 7수 중에서 여름 항목에 2수, 가을에 4수, 봄에 1수 들어 있어 꽃의 계절과는 관계없다. 이 작품도 여름이라고 판단한 근거는 알 수 없다. 혹은 연회석에서의 노래로 여름의 작품인 것을 편찬자가 알고 있었던 것은 아닐까'라고 하였다[『萬葉集全注』 10, p.207].

1971 비가 개어서요/ 토지 볼 수 있지만/ 고향에 가도/ 홍귤나무의 꽃은/ 져버렸을 것인가

> ✿ **해설**
>
> 비가 개어서 토지의 모습도 볼 수 있지만, 고향에 가도 그곳의 홍귤나무의 꽃은 져버렸을 것인가라는 내용이다.
> 國見(쿠니미)은 높은 곳에 올라가 국토를 바라보는 것으로 원래 농경의 예축의례와 관련이 있는 것이다.
> '故鄕'을 全集에서는, '奈良천도 후의 飛鳥 옛 도읍을 말하는가'라고 하였다[『萬葉集』 3, p.81].

1972 들판을 보면/ 패랭이꽃들이요/ 피어 있네요/ 내 기다리는 가을/ 가까이 온 것 같네

> ✿ **해설**
>
> 들판을 보면 패랭이꽃이 피어 있네. 내가 기다리던 가을이 가까이 다가온 것 같네라는 내용이다.
> 가을이 온 것을 반기는 작품이다.

1973　吾妹子介　相市乃花波　落不過　今咲有如　有与奴香聞

　　　　吾妹子に　棟の[1]花は　散り過ぎず　今咲ける如　ありこせぬかも[2]

　　　　わぎもこに　あふちのはなは　ちりすぎず　いまさけるごと　ありこせぬかも

1974　春日野之　藤者散去而　何物鴨　御狩人之　折而将挿頭

　　　　春日野の　藤は散り[3]にて　何をかも　御狩の[4]人の　折りて挿頭さむ

　　　　かすがのの　ふぢはちりにて　なにをかも　みかりのひとの　をりてかざさむ

1975　不時　玉乎曾連有　宇能花乃　五月乎待者　可久有

　　　　時ならぬ[5]　玉をそ貫ける[6]　卯の花の　五月を待たば　久しくあるべみ[7]

　　　　ときならぬ　たまをそぬける　うのはなの　さつきをまたば　ひさしくあるべみ

1　棟の : 'あふ(아후)'의 발음으로 전후를 연결한다. 棟은 멀구슬나무이다.
2　ありこせぬかも : 'こせ'는 希求를 나타내는 보조동사이다. 'ぬかも'는 願望을 나타낸다.
3　藤は散り : 'り'는 완료 'ぬ'의 연용형이다.
4　御狩の : 5월 5일의 藥狩. 약초를 뜯고 사슴 뿔을 구하며 놀이도 겸했다.
5　時ならぬ : 보통 구슬로 꿰는 것은 5월이다.
6　玉をそ貫ける : 병꽃나무의 꽃이 둥근 모양으로 꽃이 피는 것을, 스스로 구슬로 꿴다고 본 것이다. 지금은 4월인가. 4066번가 참조.
7　久しくあるべみ : 'べし'가 'み'를 취한 형태.

1973 (와기모코니)/ 만난다는 멀구슬/ 다 지지 말고/ 지금 피어 있듯이/ 있어 주지 않을까

※ 해설

나의 사랑스러운 그녀를 만난다는 뜻을 이름으로 한 멀구슬나무의 꽃은 다 지지 말고 지금 피어 있듯이 그렇게 피어 있어 주지 않을까라는 내용이다.

'吾妹子に'는, '멀구슬(あふち)'이 연인을 '만나다(あふ)'와 발음이 같은 데서 'あふ'를 상투적으로 수식하게 된 枕詞이다. 阿蘇瑞枝는, '언제까지나 아내와 만나고 싶다는 마음도 담겨 있다'고 하였다[『萬葉集全注』 10, p.209].

1974 카스가(春日) 들의/ 등꽃은 져버리고/ 대체 무엇을/ 사냥하는 사람은/ 꺾어 머리에 꽂나

※ 해설

카스가(春日) 들판의 등꽃은 다 져버렸는데 사냥하는 사람은 도대체 무엇을 꺾어서 머리에 꽂아서 장식을 하는가라는 내용이다.

阿蘇瑞枝는, '등꽃은 (중략) 奈良 도읍을 상징하는 꽃이기도 하였다. 藤은 藤原氏와 관계가 있는 꽃이므로 등꽃을 감상하는 사람들의 의식에는 藤原氏에 대한 배려도 있었던 것을 생각할 수 있다'고 하였다[『萬葉集全注』 10, p.210].

1975 때도 아닌데/ 구슬을 꿰고 있네/ 병꽃나무 꽃/ 5월을 기다리면/ 많이 기다려야 되니

※ 해설

아직 구슬을 꿰는 시기도 아닌데 구슬을 꿰고 있네. 병꽃나무 꽃은 구슬을 꿰는 5월을 기다리면 너무 많이 기다려야 하므로 기다리기 힘들어서 그런가 보다라는 내용이다.

問答

1976　宇能花乃　咲落岳従　霍公鳥　鳴而沙度　公者聞津八

うの花の　咲き散る岳ゆ　霍公鳥　鳴きてさ渡る[1]　君[2]は聞きつや

うのはなの　さきちるをかゆ　ほととぎす　なきてさわたる　きみはききつや

1977　聞津八跡　君之問世流　霍公鳥　小竹野介所沾而　従此鳴綿類

聞きつやと　君が問はせる[3]　霍公鳥　しのの[4]に濡れて　此ゆ[5]鳴き渡る

ききつやと　きみがとはせる　ほととぎす　しののにぬれて　こゆなきわたる

---

1 **さ渡る** : 'さ'는 접두어이다.
2 **君** : 남성이 남성에게.
3 **問はせる** : 높임말.
4 **しのの** : 휘어지는 것처럼. 촉촉이. 5월의 비에 젖는다.
5 **此ゆ** : 'ゆ'는 경과를 나타낸다.

문답

1976　병꽃나무 꽃/ 피어 지는 언덕서/ 두견새가요/ 울면서 지나가네/ 그대 들었는가요

> **해설**
>
> 병꽃나무 꽃이 피어서 지는 언덕을 지나 두견새가 울면서 지나가네. 그대는 그 소리를 들었는가요라는
> 내용이다.
> 다음 작품 1977번가와 문답을 이룬다.

1977　들었는가고/ 그대가 물으셨던/ 두견새는요/ 촉촉하게 젖어서/ 여길 울며 지났죠

> **해설**
>
> 우는 소리를 들었는가 하고 그대가 물으셨던 두견새는 비에 촉촉하게 젖어서 이곳을 울면서 지나갔습
> 니다라는 내용이다.
> 1976번가에서는 '公', 1977번가에서는 '君'이라고 하였으므로 남성끼리 주고받은 작품임을 알 수 있다.
> '問はせる'를 全集에서는, '問ふ'의 높임말 '問はす'의 연용형에 'ある'가 붙은 형태'라고 하였다[『萬葉集』
> 3, p.82].

譬喩歌[1]

1978　橘　花落里尒　通名者　山霍公鳥　将令響鴨

　　　橘の　花散る里[2]に　通ひなば　山霍公鳥[3]　響さむか[4]も

　　　たちばなの　はなちるさとに　かよひなば　やまほととぎす　とよもさむかも

夏相聞

寄鳥

1979　春之在者　酢軽成野之　霍公鳥　保等穂跡妹尒　不相來尒家里

　　　春されば　蝶蠃なす[5]野の　霍公鳥　ほとほと[6]妹に　逢はず來にけり

　　　はるされば　すがるなすのの　ほととぎす　ほとほといもに　あはずきにけり

1　**譬喩歌** : 비유를 지닌 노래. 본래 사랑의 비유이기 때문에 相聞을 대신하는 분류명으로 보이지만, 여기에서
　　는 비유되는 景物을 주로 하여 雜歌에 들어간다.
2　**花散る里** : 실제로는 여성의 곁이다.
3　**山霍公鳥** : 실제로는 주위의 마을 사람이다.
4　**響さむか** : 실제로는 이것저것 말을 하는 것이다.
5　**蝶蠃なす** : 무엇이 蝶蠃 같은지 확실하지 않다.
6　**ほとほと** : 거의. 'ほととぎす(두견새)'의 'ほと'와 같은 발음으로 연결된 것이다.

비유가

1978　홍귤나무의/ 꽃이 지는 마을에/ 다닌다면요/ 산의 두견새가요/ 울어 소리 낼까요

🌸 해설

　홍귤나무의 꽃이 지는 마을에 다닌다면 산의 두견새가 큰 소리로 울어서 소리를 시끄럽게 낼까요라는 내용이다.
　작자가, 사랑하는 여성이 있는 마을에 다닌다면 마을 사람들이 시끄럽게 소문을 낼 것인가라는 뜻이다. 阿蘇瑞枝는, '연회석의 노래'라고 하였다『萬葉集全注』10, p.214].

여름 相聞

새에 비유하였다

1979　봄이 되면요/ 나나니벌 같은 들/ 두견새처럼/ 하마터면 그녀를/ 못 만나고 왔을 뻔

🌸 해설

　봄이 되면 일제히 나는 나나니벌 같은 들의 두견새, 그 이름처럼 거의 그녀를 만나지 못하고 올 뻔 했네라는 내용이다.
　운 좋게 만나고 올 수 있었다는 뜻이다. 'ほととぎす(두견새)'와 'ほとほと(거의)'의 발음이 같은 데서 흥미를 느낀 작품이다.

1980　五月山　花橘尒　霍公鳥　隠合時尒　逢有公鴨

五月山　花橘に　霍公鳥　隠らふ時[1]に　逢へる君かも

さつきやま　はなたちばなに　ほととぎす　こもらふときに　あへるきみかも

1981　霍公鳥　來鳴五月之　短夜毛　獨宿者　明不得毛

霍公鳥　來鳴く五月の　短夜も　獨りし寝れば[2]　明しかねつも

ほととぎす　きなくさつきの　みじかよも　ひとりしぬれば　あかしかねつも

---

1 **隠らふ時**: 두견새가 홍귤나무의 꽃을 떠나지 않을 때, 내가 집에 들어앉아 있을 때. 밖에 나갈 수 없는 사정이 있었던 것인가. 그래서 사랑이 성취되지 않을 때.
2 **獨りし寝れば**: 여름밤은 곧 날이 샐 것인데, 두견새가 사람을 생각나게 해서, 혼자 자는 잠은.

1980   5월의 산의/ 홍귤나무의 꽃에/ 두견새가요/ 계속 숨어 있듯이/ 그런 때 만난 그대

✿ 해설

　　5월의 산의 홍귤나무 꽃에 두견새가 계속 숨어 있듯이 그렇게 집에 숨어 있을 때에 만난 그대이네요라는 내용이다.

　　大系・注釋・全集에서는 中西 進과 마찬가지로 해석을 하였다. 그러나 私注에서는 '두견새가 홍귤나무의 꽃에 숨어 있는 때에 5월의 산에서 만나 그대를 영탄하고 있다'고 하였다〔『萬葉集私注』 5, p.255〕.

1981   두견새가요/ 와서 우는 5월의/ 짧은 밤도요/ 혼자 자고 있으면/ 새벽 기다려지네

✿ 해설

　　두견새가 와서 우는 5월의 짧은 밤도, 혼자 자고 있으면 날이 밝기를 기다리기가 힘든 것이었다는 내용이다.

　　곧 날이 밝을 짧은 여름 밤인데도, 혼자 잠을 자다 보니 두견새의 울음소리가 사랑하는 사람을 생각나게 해서 잠을 들지 못해, 날이 밝기를 기다리기가 힘들 정도로 길게 느껴졌다는 뜻이다.

寄蟬

1982　日倉足者　時常雖鳴　於戀　手弱女我者　不定哭

晩蟬[1]は　時と鳴けども　戀ふるにし　手弱女[2]われは　時わかず泣く

ひぐらしは　ときとなけども　こふるにし　たわやめわれは　ときわかずなく

寄草

1983　人言者　夏野乃草之　繁友　妹与吾師　携宿者

人言は　夏野の草の　繁くとも　妹とわれとし　携はり寝ば[3]

ひとごとは　なつののくさの　しげくとも　いもとわれとし　たづさはりねば

1　**晩蟬** : 쓰르라미.
2　**手弱女** : 나긋나긋한 여성이다.
3　**携はり寝ば** : 그 다음은 어떻게 되어도 좋다는 뜻이다.

쓰르라미에 비유하였다

1982   쓰르라미는/ 때를 정해 울지만/ 그리움으로/ 약한 여자인 나는/ 때 가리잖고 우네

✿ 해설

쓰르라미는 쓸쓸해서 운다고 해도 때를 정해서 울지만, 연약한 여자인 나는 그 사람이 그리워서 때를 구분하지 못하고 우네라는 내용이다.

시도 때도 없이 운다는 내용이다.

원문의 '於戀'을 全集·私注에서는 中西 進과 마찬가지로 '於戀'을 취했지만, 大系·注釋에서는 '獨戀'을 취하고 짝사랑으로 해석하였다(『萬葉集』 3, p.85), (『萬葉集注釋』 10, p.195)].

풀에 비유하였다

1983   사람들 소문/ 여름 들판 풀처럼/ 무성하지만/ 그녀와 내가/ 손을 잡고 잔다면

✿ 해설

사람들의 소문은 여름 들판에 나 있는 풀처럼 무성해도, 사랑스러운 그녀와 내가 손을 서로 맞잡고 잠을 잔다면이라는 내용이다.

사랑스러운 여인과 손을 맞잡고 잠을 잘 수만 있다면 소문이 아무리 시끄러워도 상관이 없다는 뜻이다.

1984 　洒者之　戀乃繁久　夏草乃　苅掃友　生布如

この頃の　戀の繁けく¹　夏草の　苅り掃へども　生ひしく²如し

このころの　こひのしげけく　なつくさの　かりはらへども　おひしくごとし

1985 　真田葛延　夏野之繁　如是戀者　信吾命　常有目八面

眞田葛延ふ³　夏野の繁く⁴　かく戀ひば　まことわが命　常ならめやも⁵

まくずはふ　なつののしげく　かくこひば　まことわがいのち　つねならめやも

1986 　吾耳哉　如是戀為良武　垣津旗　丹頬合妹者　如何将有

われのみや　かく戀すらむ　杜若⁶　丹つらふ⁷妹は　如何にかあるらむ

われのみや　かくこひすらむ　かきつはた　につらふいもは　いかにかあるらむ

---

1 **繁けく**：'繁し'의 명사형이다.
2 **生ひしく**：頻(し)く, 계속 자라다.
3 **眞田葛延ふ**：덩굴이 벋어가는 것이다.
4 **夏野の繁く**：울창하게 풀이 자라서 무성해지듯이. 그리운 마음을 비유한 것이다.
5 **常ならめやも**：'常'은 불변하는 것이다. 'やも'는 강한 부정을 동반한 의문이다.
6 **杜若**：보라색 꽃을 다음 구의 수식으로 한 것인가.
7 **丹つらふ**：어렴풋이 붉은 색을 띠었다. 'にほふ'와 마찬가지로 본래 붉은 색이지만, 빛나는 아름다움 전반을 말하는 것이겠다. 접두어 'さ'를 붙이는 경우도 있다.

1984   요즈음의요/ 그리움 심한 것은/ 여름의 풀이/ 베어 없애버려도/ 계속 자람과 같네

🌸 **해설**

요즈음 그리움의 정도가 매우 심한 것은, 마치 여름에 나는 풀을 베어 없애버려도 계속 자라나는 것과 같네라는 내용이다.

잊으려고 해도 계속 상대방 생각이 나는 것을 이렇게 표현하였다.

비슷한 내용이 권제11의 2769번가에 보인다.

1985   덩굴이 벋는/ 여름 들 무성하듯/ 그리워하면/ 정말로 나의 목숨은/ 얼마 못가겠지요

🌸 **해설**

덩굴이 벋어가서 여름 들판이 무성하듯이, 이렇게 사랑하는 마음이 심하면 정말로 나의 목숨은 어떻게 되어버리는 것은 아닐까라는 내용이다.

'眞田葛'의 '眞'은 접두어이며, 덩굴을 '田葛'로 표기한 것이다.

1986   나 혼자만이/ 이리 그리워하나/ 제비붓꽃의/ 아름다운 볼 그녀/ 어떻게 하고 있을까

🌸 **해설**

나 혼자만 이렇게 그리워하고 있는 것인가. 제비붓꽃처럼 아름다운 볼을 한 그녀는 어떻게 하고 있을 까라는 내용이다.

私注에서는, '특정한 상대가 있고, 혹은 그 사람에게 보낸 것 같지만, 본질은 역시 민요적일 것이다'고 하였다[『萬葉集私注』 5, p.259].

寄花

1987　片搓介　絲叩曾吾搓　吾背兒之　花橘乎　将貫跡母日手

片搓り[1]に　絲をそあが搓る　わが背子が　花橘を　貫かむと[2]思ひて

かたよりに　いとをそあがよる　わがせこが　はなたちばなを　ぬかむとおもひて

1988　鶯之　徃來垣根乃　宇能花之　厭事有哉　君之不來座

鶯の　通ふ垣根の　卯の花[3]の　厭き事あれや　君が來まさ[4]ぬ

うぐひすの　かよふかきねの　うのはなの　うきことあれや　きみがきまさぬ

1989　宇能花之　開登波無二　有人介　戀也将渡　獨念介指天

卯の花[5]の　咲くとは無しに　ある人に　戀ひや渡らむ　片思にして

うのはなの　さくとはなしに　あるひとに　こひやわたらむ　かたおもひにして

---

1 **片搓り** : 실은 두 가닥을 합쳐서 꼬아 만들지만, 한쪽만으로.
2 **貫かむと** : 약 구슬로 꿰려고. 그 사람과 연결되려고.
3 **卯の花** : '鶯'은 봄, 병꽃나무의 꽃은 여름에 주로 불리어지지만 엄밀한 구별은 없다.
4 **君が來まさ** : 'まさ'는 경어이다.
5 **卯の花** : 꽃이 피지 않는 憂(う)의 꽃인가.

꽃에 비유하였다

1987   한 가닥으로/ 실을요 나는 꼬네요/ 나의 님의 집/ 홍귤나무 열매를/ 꿰려고 생각을 해서

해설

  나 혼자만의 짝사랑으로, 일방적으로 한 가닥 실을 나는 꼬네. 그 사람의 집의 홍귤을 구슬로 꿰려고 생각을 해서라는 내용이다.
  이 작품과 비슷한 내용이 1340번가에 보인다.
  中西 進은, '이 작품은 1340번가의 변형이다'고 하였다.

1988   휘파람새가/ 다니는 울타리 밑/ 병꽃나무 꽃/ 싫은 일이 있는가/ 그 사람 오지 않네

해설

  휘파람새가 왔다갔다 하는 울타리의 아래쪽에 나 있는 병꽃나무 꽃처럼 싫은 일이 있는 것인가. 그 사람이 오지를 않네라는 내용이다.
  '병꽃나무 꽃처럼 싫은 일이 있는 것'은, '卯(う)の花'가 '厭(う)き'의 '(う)'와 발음이 같은 데서 연결된 것이다.
  이 작품과 비슷한 내용이 권제8의 1501번가에 보인다.

1989   병꽃나무 꽃/ 꽃이 피는 일 없는/ 그런 사람을/ 그리워해야 하나/ 짝사랑인 그대로요

해설

  병꽃나무 꽃이 피듯이 그렇게 꽃이 피는 일이 없는 그런 사람을 앞으로도 계속 그리워해야 하는 것일까. 짝사랑인 채로라는 내용이다.

1990 吾社葉　憎毛有目　吾屋前之　花橘乎　見介波不來鳥屋

われこそは　憎くもあらめ　わが屋前の　花橘を　見には來じとや[1]

われこそは　にくくもあらめ　わがやどの　はなたちばなを　みにはこじとや

1991 霍公鳥　來鳴動　岡邊有　藤波見者　君者不來登夜

霍公鳥　來鳴き響す　岡邊なる　藤波[2]見には　君は來じ[3]とや

ほととぎす　きなきとよもす　をかへなる　ふぢなみみには　きみはこじとや

1992 隠耳　戀者苦　瞿麥之　花介開出与　朝旦将見

隠りのみ[4]　戀ふれば苦し[5]　撫子の　花[6]に咲き出よ　朝な朝な[7]見む

こもりのみ　こふればくるし　なでしこの　はなにさきでよ　あさなさなみむ

1993 外耳　見筒戀牟　紅乃　末採花之　色不出友

外のみに　見つつ戀ひな[8]む　紅[9]の　末摘花の　色[10]に出でずとも

よそのみに　みつつこひなむ　くれなゐの　うれつむはなの　いろにいでずとも

---

1 **來じとや** : 'や'는 'いう'의 축약형. 보러 와도 되지 않는가. 결국은 방문해 달라는 뜻이다.
2 **藤波** : 이렇게 좋은 경치를. 藤波는 물결 모양을 이루는 등꽃이다.
3 **君は來じ** : 부정의 의지.
4 **隠りのみ** : 사람들의 눈을 피하는 것이다.
5 **戀ふれば苦し** : 마음대로 되지 않는다.
6 **撫子の 花** : 여성을 비유한 것이다.
7 **朝な朝な** : 'あさなあさな'인데 뒤의 'あ'가 생략된 것이다.
8 **戀ひな** : 'な'는 강조하는 뜻이다.
9 **紅** : 홍화(잇꽃). 꽃을 꺾어서 염료로 하였으므로 末摘花라고 한다. '末'은 성장하는 끝 쪽이다.
10 **色** : 표면을 말한다.

1990 나는 말이죠/ 싫다 생각을 해도/ 우리 집 정원/ 홍귤나무 꽃조차/ 보러 오잖는다니

🌸 **해설**

나를 싫다고 그대는 생각을 하겠지만, 그렇다고 해도 우리 집 정원의 홍귤나무 꽃조차 보러 오지 않는다고 말을 하는 것입니까라는 내용이다.

'憎し'를 全集에서는, '마음속으로는 사랑하면서 어떤 사정으로 의지의 소통이 없는 심리 상태를 말한다'고 하였다『萬葉集』 3, pp.85~86].

1991 두견새가요/ 와서는 지저귀는/ 언덕 주위의/ 등꽃 물결을 보러/ 그대 오잖는가요

🌸 **해설**

두견새가 와서 온통 울며 지저귀는 언덕 주위의 아름다운 등꽃 물결을 보러 오지 않는다고 그대는 말하는 것입니까라는 내용이다.

등꽃을 매개로 하여 상대방이 방문하기를 청하는 작품이다.

1992 가만히 숨어/ 그리워함 괴롭네/ 패랭이꽃이/ 피듯이 드러내죠/ 매일 아침 봅시다

🌸 **해설**

사람들 눈을 피하여 가만히 숨어서 만나지도 않고 그리워하고 있으면 괴롭지요. 패랭이꽃이 피듯이 그대는 숨기지 말고 밖으로 드러내지요. 그래서 드러내 놓고 매일 아침 만납시다라는 내용이다.

괴로워하지 말고 드러내어 놓고 만나자는 뜻이다.

'花に咲き出よ'를 全集에서는, '꽃이 되어서 우리 집 정원에 모습을 보이세요'로 해석하였다『萬葉集』 3, p.86].

1993 먼발치서만/ 보고 그리워하죠/ 홍화처럼요/ 끝이 잘린 꽃처럼/ 겉에 드러내잖아도

🌸 **해설**

먼발치서 바라보기만 하면서 그리워하고 있지요. 끝이 잘린 홍화처럼 겉으로 드러내지 않더라도라는 내용이다.

私注에서는, '앞의 노래에 답하는 뜻의 작품일 것이다. 밖으로 드러내지 않더라도 자신은 계속 생각하겠다는 가련한 여성의 노래로 보인다'고 하였다『萬葉集私注』 5, p.262].

寄露

1994　夏草乃　露別衣　不着尒　我衣手乃　干時毛名寸

　　　夏草の　露分衣[1]　着けなく[2]に　わが衣手[3]の　乾る時もなき[4]

　　　なつくさの　つゆわけごろも　つけなくに　わがころもでの　ふるときもなき

寄日[5]

1995　六月之　地副割而　照日尒毛　吾袖将乾哉　於君不相四手

　　　六月の　地さへ割けて[6]　照る日にも　わが袖乾めや[7]　君に逢はずして

　　　みなつきの　つちさへさけて　てるひにも　わがそでひめや　きみにあはずして

1　**露分衣** : 특정한 옷은 아니다.
2　**着けなく** : 'なく'는 부정의 명사형이다.
3　**衣手** : 소매와 같다. 소매는 옷의 손이다.
4　**乾る時もなき** : 영탄으로 종지한 것이다.
5　**日** : 태양.
6　**地さへ割けて** : 땅이 갈라지는 것이다.
7　**わが袖乾めや** : 눈물에 젖어서.

이슬에 비유하였다

1994　여름 풀잎을/ 헤치며 갈 때 옷을/ 안 입었는데/ 내 옷의 소매는요/ 마를 날도 없네요

❀ 해설

　　여름 들판의 풀의 이슬을 헤치며 갈 때 입는 옷을 입은 것도 아닌데 내 옷의 소매는, 그대를 그리워하며 흘리는 눈물 때문에 마를 날도 없네요라는 내용이다.

　　'露分衣'를 大系·私注에서는, 이슬 젖은 풀잎을 헤치며 갈 때 입는 옷이라고 하였다(『萬葉集』 3, p.87), (『萬葉集私注』 5, p.262)].

해에 비유하였다

1995　늦여름 6월/ 땅조차 가를 정도/ 쬐는 해에도/ 내 소매 마를까요/ 그대를 만나지 않고

❀ 해설

　　늦여름 6월의, 땅조차 갈라지게 할 정도로 뜨겁게 내리쬐는 태양에도 내 옷소매는 어떻게 말릴 것인가. 그대를 만나지 않고는이라는 내용이다.

　　상대방을 만나지 않고는, 땅까지 갈라지게 하는 그 뜨거운 태양에도 상대방을 그리워하여 흘리는 눈물 때문에 자신의 옷소매는 마르지 않는다고 한 것이다.

　　中西 進은, '이 작품의 후반은 2857번가와 유사하다'고 하였다.

秋雜謌

七夕[1]

1996 天漢　水底左閉而　照舟　竟舟人　妹等所見寸哉

天の川　水底さへに　照らす[2]舟　泊てし舟人[3]　妹[4]に見えきや

あまのかは　みなそこさへに　てらすふね　はてしふなひと　いもにみえきや

1997 久方之　天漢原丹　奴延鳥之　裏歎座都　乏諸手丹

ひさかたの　天の川原に　ぬえ鳥[5]の　うら嘆け[6]まし[7]つ　すべなき[8]までに

ひさかたの　あまのかはらに　ぬえとりの　うらなけましつ　すべなきまでに

---

1 **七夕** : 7월 7일 밤에 견우와 직녀가 만난다고 하는 중국의 전설이다. 奈良朝 문인들이 즐겼다.
2 **水底さへに 照らす** : 아름다운 배를 묘사한 것이다. 또 견우를 月人으로 본 경우도 있다(2010 · 2043).
3 **泊てし舟人** : 일본에서는 견우가 간다.
4 **妹** : 직녀.
5 **ぬえ鳥** : 호랑티티.
6 **うら嘆け** : 마음속으로 탄식한다.
7 **まし** : 직녀에 대한 경어이다.
8 **すべなき** : 방법이 없다.

가을 雜歌

칠석

1996 하늘 은하수/ 물 밑바닥까지도/ 비추는 배를/ 저어가 멈춘 견우/ 직녀에게 보였나

해설

하늘 은하수의 물 밑바닥까지도 비추는 아름다운 배를 노 저어가서 배를 정박시킨 견우는, 그 모습을 사랑하는 직녀에게 보였나라는 내용이다.

즉 아름다운 배를 타고 간 견우는 직녀와 만났을까라는 뜻이다.

원문 '天漢'을 全集에서는, '지상의 漢水가 흐르는 방향과 평행하게 은하수가 하늘에 걸려 있으므로 사용한 한자'라고 하였다[『萬葉集』 3, p.87].

1997 (히사카타노)/ 하늘 은하수에서/ 호랑티틴양/ 속으로 탄식했네/ 방법 없을 정도로

해설

아득히 먼 하늘의 은하수에서, 마치 슬프게 우는 호랑티티처럼 마음속으로 탄식했네. 어떻게 할 방법이 없을 정도로라는 내용이다.

직녀의 슬픈 사랑을 마음 아파한 노래이다. 阿蘇瑞枝는, '직녀의 모습을 노래 부른 것. 견우의 입장에서 부른 것으로도 볼 수 있지만, 앞의 작품에 이어 제삼자의 입장에서 부른 것일 것이다'고 하였다[『萬葉集全注』 10, p.236].

1998 吾戀　嬬者彌遠　徃船乃　過而應來哉　事毛告火

　　　わが戀ふる　妻はいや遠く　行く船[1]の　過ぎて來べし[2]や　言も告げなむ[3]

　　　わがこふる　つまはいやとほく　ゆくふねの　すぎてくべしや　こともつげなむ

1999 朱羅引　色妙子　數見者　人妻故　吾可戀奴

　　　あからひく[4]　しき妙[5]の子を　屢見れば　人妻ゆゑに[6]　われ戀ひぬべし[7]

　　　あからひく　しきたへのこを　しばみれば　ひとづまゆゑに　われこひぬべし

1　**行く船** : 강을 지나가는 다른 배이다.
2　**過ぎて來べし** : 아내의 곁을.
3　**なむ** : 'な'는 강조하는 뜻이다. 원문 '火'는 五行說에 의한다. 동남서북이 木火金水이다.
4　**あからひく** : 赤(ら는 접미어)引く. 'さ丹つらふ(붉은 빛을 띠다)'와 같은 내용이다.
5　**しき妙** : '敷栲'로 床·枕 등을 수식하는 것이므로 묘령의 여성을 표현한 것이다.
6　**人妻ゆゑに** : 역접이다.
7　**われ戀ひぬべし** : 'ぬべし'는 틀림없이 그렇게 되는 추정이다.

1998   내 사랑하는/ 아내와 더 멀어지며/ 가는 배는요/ 지나와도 좋은가/ 말을 전하고 싶네

해설

　나의 사랑하는 아내와 더 멀어지면서 떠나가는 배는 지나와도 좋은 것인가. 말을 전하고 싶네라는 내용이다.

　中西 進은 '行く船'을 '강을 지나가는 다른 배'라고 하였으므로 해석이 다소 명확하지 않다.

　私注에서는 中西 進과 마찬가지로 '嬬'를 '妻'로 보았으나, '彌遠'을 다른 이본의 '知彌(しるき)'를 취하고, '行く船'을 견우가 탄 배로 보아, '내가 사랑하는 아내인 직녀의 빛나는 모습이 확실하게 보이는데 지나가는 배처럼 그렇게 그냥 지나갈 것이 아니네. 이야기라도 하고 싶다'로 해석하였다『萬葉集私注』 5, p.264l. 이렇게 보면 견우 입장에서의 작품이 된다.

　全集에서는 '嬬'를 '夫'로, '行く船'을 견우가 탄 배로 보고 '나의 사랑을 남편은 알고 있을 것인데 그가 탄 배가 그냥 지나가는 것인가. 말이라도 전해주면'으로 해석하였다『萬葉集』 3, p. 88l. 大系・注釋에서도 그렇게 해석하였다(『萬葉集』 3, p.88), (『萬葉集注釋』 10, p.214)l. 이렇게 해석하면 직녀의 입장에서의 작품이 된다. 阿蘇瑞枝도 마찬가지로 직녀가 원망하며 부른 노래로 보았다『萬葉集全注』 10, p.237l. 원문의 '嬬'를 그대로 인정하면, 직녀와 헤어진 뒤 배를 타고 떠나오면서 견우가 아쉬워하는 마음으로 보는 것이 좋겠다.

1999   발그스레한/ 아름다운 직녀를/ 자주 보면요/ 남의 아내인데도/ 난 사랑할 것 같네

해설

　발그스레하게 빛나는 아름다운 직녀를 보면 그녀가 견우의 아내인데도 나는 사랑을 하게 될 것만 같네라는 내용이다.

　원문의 '色妙子'를 私注・全集에서는 中西 進과 마찬가지로 'しき妙の子'로 훈독하였다.

　注釋에서는 '色ぐはし子'로 읽고 미녀로 해석하였다『萬葉集注釋』 10, p.215l. 大系에서도 이를 따르고 있다『萬葉集』 3, p.88l.

　제삼자의 입장에서 부른 남성의 작품이다.

2000　天漢　安渡丹　船浮而　秋立待等　妹告与具

天の川　安の渡に¹　船浮けて　秋立ち待つと　妹に告げこそ²

あまのかは　やすのわたりに　ふねうけて　あきたちまつと　いもにつげこそ

2001　従蒼天　徃來吾等須良　汝故　天漢道　名積而叙來

大空ゆ³　通ふわれ⁴すら　汝がゆゑに　天の川路を　なづみ⁵てぞ來し

おほそらゆ　かよふわれすら　ながゆゑに　あまのかはぢを　なづみてぞこし

2002　八千戈　神自御世　乏孋　人知介來　告思者

八千戈の⁶　神の御世より　乏し⁷妻　人知りにけり　繼ぎてし思へば

やちほこの　かみのみよより　ともしづま　ひとしりにけり　つぎてしおもへば

---

1 **天の川 安の渡に** : 은하수를 高天原 신화의 '安の川'과 같다고 생각했다.
2 **告げこそ** : 'こそ'는 희구의 보조동사이다.
3 **大空ゆ** : 'ゆ'는 경유를 나타낸다.
4 **われ** : 견우. 汝는 직녀이다.
5 **なづみ** : なづ(漬)む. 힘들다는 뜻이다.
6 **八千戈の** : 이른바 出雲 신화의, 결혼 신화 주인공이므로 이렇게 말한 것인가.
7 **乏し** : 만나는 일이 드문.

2000   하늘 은하수/ 야수(安)의 선착장에/ 배를 띄우고/ 가을을 기다린다/ 아내에게 전해요

🌸 해설

　　하늘 은하수인 야수(安)의 선착장에다 배를 띄워 놓고, 가을이 되어 직녀를 만날 수 있는 칠석날이 오기를 기다린다고 아내에게 말을 전해주면 좋겠다는 내용이다.

　　배를 준비해 놓고 있다가 칠석이 되면 바로 직녀에게 갈 것이라는 것을 강 건너편의 직녀에게 전해 달라고 하는, 견우의 입장에서의 노래이다.

　　'安の渡に'를 注釋에서는, '『고사기』 上에 800만 신이 天安河之河原에 모였다고 하였고, 『일본서기』 神代 上에도 그때 80만 신이 天安河邊에 모였다고 하였으므로 일본 신화에서 高天原에 있는 安의 河原을 중국에서 전해진 칠석 전설의 은하수의 선착장의 이름으로 한 것이다'고 하였다『萬葉集注釋』 10, p.217].

2001   넓은 하늘을/ 다니는 나조차도/ 그대 위하여/ 하늘 은하수 길을/ 고생하며 왔다오

🌸 해설

　　넓은 하늘을 자유자재로 다니는 나조차도. 직녀 그대를 위하여 하늘의 은하수 길을 고생하며 왔다오라는 내용이다.

　　힘든 길을 마다하지 않고 직녀를 위해서 왔다는 견우의 입장에서의 노래이다.

2002   야치호코(八千戈)의/ 신의 시대 때부터/ 보기 힘든 처/ 사람들은 알았네/ 계속 그리워하므로

🌸 해설

　　야치호코(八千戈) 신의 시대 때부터 만나기가 힘든 아내라는 것은 사람들에게 잘 알려진 것이었다. 이 정도로 오랫동안 내가 계속 그리워하고 있으므로라는 내용이다.

　　大系에서는, '칠석 전설은 奈良시대 초기에 널리 전파된 것이겠는데, 그것을 신화시대인 八千戈神의 시대부터라고 말한 것이다'고 하였다『萬葉集』 3, p.89]. 阿蘇瑞枝는 견우의 입장에서의 노래로 보았다『萬葉集全注』 10, p.240]. 제삼자의 작품으로도 볼 수 있겠다.

2003 吾等戀　丹穂面　今夕母可　天漢原　石枕巻

わが戀ふる　丹の穂[1]の面　今夕もか　天の川原に　石枕[2]まく

わがこふる　にのほのおもわ　こよひもか　あまのかはらに　いはまくらまく

2004 己孃　乏子等者　竟津　荒礒巻而寐　君待難

己が夫[3]　ともしき子ら[4]は　泊てむ津の　荒礒枕きて寝　君待ちがてに[5]

おのがつま　ともしきこらは　はてむつの　ありそまきてぬ　きみまちがてに

2005 天地等　別之時従　自孃　然叙年而在　金待吾者

天地と[6]　別れし時ゆ[7]　己が妻　然ぞ年にある[8]　秋待つ我れは

あめつちと　わかれしときゆ　おのがつま　しかぞとしにある　あきまつわれは

---

1 **丹の穂** : 'にほう'와 같다.
2 **石枕** : 岩(바위)을 베개로 벤다고 하며, 石을 벤다고는 말하지 않는다.
3 **己が夫** : 견우.
4 **ともしき子ら** : 결코 만나지 못하고 찾는다.
5 **君待ちがてに** : 'がてに'는 할 수 없다는 뜻이다.
6 **天地と** : 하늘과 땅과. '天' 다음에 'と'가 생략된 것이다.
7 **別れし時ゆ** : 'ゆ'는 경유하는 것이다.
8 **年にある** : 만나는 것이 1년에 한 번이다. 'あり'는 말하는 것이다. '年'은 底本에 '手'로 되어 있다.

2003 　내 사랑하는/ 아름다운 얼굴은/ 오늘 저녁도/ 하늘 은하수에서/ 돌베개 하고 있나

해설

　　내가 그리워하는, 발그스레한 아름다운 얼굴을 한 아내는, 오늘 저녁에도 하늘 은하수에서 바위를 베개로 하여 혼자서 잠을 자고 있는 것일까라는 내용이다.

　　大系에서는, "いは(이하)'는 땅에 박혀 있는 바위, 'いそ(이소)'는 강이나 바다 또는 연못가의 돌, 'いし(이시)'는 작은 돌을 말한다'고 하였다[『萬葉集』 3, p.89].

　　직녀를 생각하는 견우의 입장에서 지은 노래이다.

　　'石'을 大系에서는 中西 進과 마찬가지로 'いは(이하)'로 훈독하였다. 그러나 注釋・私注・全集에서는 'いし(이시)'로 읽었다.

2004 　자기 남편과/ 만나려는 그녀는/ 배 맬 항구의/ 거친 돌 베고 자네/ 님 기다림 힘들어

해설

　　자기 남편인 견우와 좀처럼 만나기가 힘들지만 그래도 만나려고 하는 직녀 그녀는, 견우가 탄 배가 정박할 선착장의 거친 바위를 베고서는 잠을 자네. 남편을 기다리기가 힘들어서라는 내용이다.

　　직녀를 안타깝게 생각하는 제삼자의 입장에서 지은 노래이다.

2005 　하늘과 땅이/ 갈라진 때로부터/ 나의 아내는/ 일 년에 한 번 뿐이네/ 가을 기다리네 난

해설

　　하늘과 땅이 갈라진 때로부터 나의 아내는 이렇게 일 년에 한 번 칠석날만 만날 수 있을 뿐이네. 그러므로 직녀를 만날 수 있는 가을의 칠석날을 나는 기다리네라는 내용이다.

　　'然叙年而在'를 大系와 全集에서는 'しかぞとしにある'로 읽고 中西 進과 마찬가지로 해석하였다. 그러나 私注에서는 '年'을 底本의 '手'를 그대로 취하여 'しかぞてにある'로 읽고 '이처럼 손이 닿을 정도로 가까이에 있다'로 해석하였다[『萬葉集私注』 5, p.268].

　　견우의 입장에서의 작품이다.

2006　孫星　嘆須孃　事谷毛　告介叙來鶴　見者苦弥

彦星[1]は　嘆かす妻[2]に　言だに[3]も　告げにぞ來つる　見れば苦しみ

ひこぼしは　なげかすつまに　ことだにも　つげにぞきつる　みればくるしみ

2007　久方　天印等　水無川　隔而置之　神世之恨

ひさかたの　天つ印[4]と　水無し川[5]　隔てて置きし[6]　神代し恨めし

ひさかたの　あまつしるしと　みなしがは　へだてておきし　かむよしうらめし

---

1 **彦星** : 남성의 별. 견우를 말한다.
2 **嘆かす妻** : 직녀를 말한다.
3 **言だに** : 실제로 몸은 올 수 없으므로 말만이라도 전한다고 하는 공상이다.
4 **天つ印** : 표시. 신화를 응용한 것이다.
5 **水無し川** : 물이 없는 강(天上이므로). 다만 배로 건너는 것과 모순이다.
6 **隔てて置きし** : 칠석날 이외에는 건널 수 없다고 하였다.

2006 견우의 별은/ 탄식하는 처에게/ 말만이라도/ 전하려고 왔다네/ 보면 괴로우므로

해설

견우는, 자신을 그리워하며 탄식을 하고 있는 아내인 직녀에게 말만이라도 전하려고 왔다네. 탄식하고 있는 모습을 보고 있으면 괴로우므로라는 내용이다.

제삼자의 입장에서의 노래이다.

大系·注釋·私注·全集에서는 中西 進과 마찬가지로 해석을 하였다. 그러나 大系는 補注에서 '告げに'의 'に'를 'ず'로 볼 수 있다고 하고, "告げにぞ는 '告げずに'의 뜻으로 해석할 수 있다. 그 결과, '견우는 이별을 탄식하는 직녀에게 말이라도 걸지 않고 헤어져 왔네. 직녀를 보면 괴로우므로'라는 뜻이다. 하나의 시도로 적어둔다'고 하였다「萬葉集』 3, p.462]. 이렇게 해석하면 얼굴을 보는 것이 오히려 괴로워서 말을 하지 않고 왔다는 뜻이 된다.

2007 (히사카타노)/ 하늘의 표시로서/ 물 없는 강을/ 사이에 둬 갈라 논/ 神代가 원망스럽네

해설

아득히 먼 하늘의 표시로서 물이 없는 강을 정하여 견우와 직녀 사이에 두어, 두 사람 사이를 갈라 놓은 아득한 옛날인 神의 시대가 원망스럽네라는 내용이다.

은하수 때문에 만날 수 없는 견우와 직녀를 안타깝게 생각한 제삼자의 입장에서의 작품이다.

이 작품도 중국의 칠석 전설을 일본의 신화와 결합시킨 예이다.

2008　黒玉　宵霧隠　遠鞆　妹傳　速告与

　　　ぬばたまの　夜霧隠りて　遠けども¹　妹が傳は　早く告げこそ²

　　　ぬばたまの　よぎりこもりて　とほけども　いもがつたへは　はやくつげこそ

2009　汝戀　妹命者　飽足介　袖振所見都　及雲隠

　　　汝が戀ふる　妹の命は³　飽き足らに⁴　袖振る見えつ　雲隠るまで

　　　ながこふる　いものみことは　あきたらに　そでふるみえつ　くもがくるまで

---

1 **遠けども** : '遠くとも'보다 확정감이 강하다.
2 **早く告げこそ** : 'こそ'는 희구를 나타내는 보조동사이다.
3 **妹の命は** : '命'을 붙인 것은 '妹'를 높이기 위한 것이다. 보통 挽歌에 사용한다.
4 **飽き足らに** : 'に'는 부정을 나타낸다.

2008 (누바타마노)/ 밤안개에 가려서/ 멀지만서도/ 아내가 전하는 말/ 빨리 알려줬으면

해설

　칠흑같이 어두운 밤안개에 가려서 비록 멀지만, 아내가 전하는 말을 빨리 알려줬으면 좋겠네라는 내용이다.

　직녀를 직접 만날 수는 없지만 직녀의 말을 빨리 전해주는 전달자가 왔으면 좋겠다고 기다리는 견우의 입장에서 지은 작품이다.

2009 그대 그리는/ 아내 되는 사람은/ 만족 못 해서/ 소매 흔듦 보이네/ 구름 가릴 때까지

해설

　그대가 그리워하는 아내 되는 직녀는, 견우 그대와 헤어진 후에도 싫증을 내지 않고 옷소매를 계속 흔드는 것이 보이네. 그대가 구름에 가려질 때까지라는 내용이다.

　'飽き足らに'를 大系·注釋·全集에서는 中西 進과 마찬가지로 '충분히 만족하지 못해서'로 해석하였다. 그러나 私注에서는 '만족해서'로 해석하였다(『萬葉集私注』 5, p.270). 이렇게 해석하면 일 년을 기다려서 견우를 만난 뒤 헤어진 직녀의 안타까운 마음을 헤아리지 않은 해석이 되어 버린다. '만족하지 못해서'로 해석해야 할 것이다.

　견우와 직녀의 이별을 상상하며 안타까워하는 제삼자의 입장에서의 작품이다.

2010　夕星毛　徃來天道　及何時鹿　仰而将待　月人壯

夕星も[1]　通ふ天道を　何時までか　仰ぎて待たむ　月人壯子[2]

ゆふつつも　かよふあまぢを　いつまでか　あふぎてまたむ　つきひとをとこ

---

1 **夕星も**：<u>金星</u>.
2 **月人壯子**：이 작품에서는 견우를 달 사람(月人)인 남자라고 하였다. 보통은 달을 말한다.

2010 밤의 금성도/ 떠가는 하늘 길을/ 언제까지나/ 보며 기다리는가/ 달 사람인 남자여

해설

밤의 밝은 금성도 떠가는 하늘의 길을 올려다보면서 언제까지 때를 기다리고 있는 것인가. 달 사람인 남자여라는 내용이다.

이 작품은 여러 측면에서 해석되고 있다.

中西 進은 누가 누구를 기다리는지 분명히 밝히지 않았지만, '月人壯子'를 견우로 본 것으로 미루어 보면, 제삼자의 입장에서 견우가 언제까지 직녀성을 기다릴 것인지 묻는 내용으로 해석한 듯하다.

'夕星'을 大系・全集에서는 中西 進과 마찬가지로 明星으로 보았다. 大系에서는, '벌써 밤의 금성도 떠가고 있는 하늘 길을, 직녀인 나는 언제까지 바라보며 기다리는 것일까, 달이여'로 해석하였다『萬葉集』3, p.90]. 全集에서도 직녀가 견우성이 나타나는 것을 기다리는 내용으로 해석하였다『萬葉集』3, p.90]. 阿蘇瑞枝도 마찬가지로 해석하였다『萬葉集全注』10, p.247]. 이렇게 보면 견우를 하염없이 기다리는 직녀가 자신의 처지를 달에게 하소연하는 내용이 된다. 그러나 私注에서는, "ゆふつづ는 밤의 明星, 金星이지만, 여기에서는 별의 이름이 아니라, 저녁의 별이라는 뜻으로 견우를 가리킨 것으로 보인다'고 하고, '저녁별인 견우가 다니는 하늘 길을, 언제까지 바라보며 기다리고 있는 것일까. 달은'이라고 해석하고 그 뜻은, '견우는 직녀 곁에 하늘 길을 통해 간다고 하는데, 그대는 언제까지 기다리고 있는 것인가 하고, 만날 사람이 없는 달을 동정하는 인간의 마음일 것이다. 칠석의 노래 중에 있으므로 夕星은 칠석의 별, 즉 견우로 보아야만 한다'고 하였다『萬葉集私注』5, p.271]. 이렇게 보면 달이 기약없이 누군가를 기다리는 내용이 된다.

注釋에서는, '夕星'을 明星으로 보았지만, '금성도 떠가고 있는 하늘 길을 나는 언제까지 올려다보며 기다리는 것일까. 달은'이라고 해석을 하여 작자가 달을 기다리는 노래로 보았으며, '지금까지도 칠석의 작품이 아닌 것이 2수(1998・1999번가) 있었는데, 이 작품도 칠석의 작품이 아니라 달을 노래한 것이라고 보아야만 한다고 생각된다'고 하였다『萬葉集注釋』10, p.230].

이렇게 해석이 다양한 것은 주어가 분명하지 않은 데다 '月人壯子' 때문이다. 칠석의 작품이라고 보면 견우와 직녀의 기다림의 내용이 되어야 하는데 일본에서는 견우가 직녀 쪽으로 가므로 직녀가 견우를 기다리는 것으로 보아야 할 것이다. 그렇다면 '月人壯子'를 견우로, 또 만나러 갈 때를 기다리는 것으로 보아 中西 進처럼 해석을 해도 좋을 것이다. 아니면 '月人壯子'를 목적격으로 보고 '밤의 밝은 금성도 떠가는 하늘의 길을 올려다보면서 직녀는 언제까지 기다리고 있는 것인가. 견우를'으로 해석할 수도 있을 것 같다.

2011　天漢　已向立而　戀等介　事谷将告　孋言及者

天の川　い向ひ立ちて　戀しら[1]に　言だに告げむ　妻問ふまでは

あまのかは　いむかひたちて　こひしらに　ことだにつげむ　つまどふまでは

2012　水良玉　五百都集乎　解毛不見　吾者干可太奴　相日待介

白玉の　五百つ集ひを　解きも見ず　吾は離れ[2]かてぬ　逢はむ日待つに

しらたまの　いほつつどひを　ときもみず　わはかれかてぬ　あはむひまつに

---

1 **戀しら** : 'ら'는 접미어이다.
2 **吾は離れ** : 소원하게 되다.

2011 하늘의 강에/ 서로 마주 서서는/ 너무 그리워/ 말이라도 전하자/ 만나러 갈 때까진

🌸 해설

  하늘의 강인 은하수를 사이에 두고 서로 마주 서서, 너무 그리우니 적어도 말만이라도 전하자. 만나러 갈 때까지는이라는 내용이다.

  직접 만날 때까지 기다리기가 힘들기 때문에 은하수에 서로 마주 서서 말이라도 전하자는 뜻이다. 견우의 입장에서의 작품이다.

  '戀しらに'를 注釋에서는, 견우가 직녀를 그리워하는 것으로 보았다[『萬葉集注釋』 10, p.231]. 大系에서는 직녀가 견우를 그리워하는 것으로 보았다[『萬葉集』 3, p.90]. 어느 쪽으로도 해석을 할 수 있다. 아니면 두 사람 모두가 그리워하는 것으로도 해석할 수 있겠다.

2012 하얀 구슬을/ 아주 많이 꿴 장식/ 풀도 못하고/ 난 헤어질 수 없네/ 만날 날 기다리며

🌸 해설

  흰 구슬을 아주 많이 꿴 장식을 풀지도 못하고 나는 그대와 헤어질 수 없네요. 아무리 만날 수 없다고 해도, 만날 날을 기다리고 있는데라는 내용이다.

  '吾者干可太奴'를 私注에서는 中西 進과 마찬가지로 훈독을 하고 '나는 그대와 헤어질 수 없네'로 해석하였다[『萬葉集私注』 5, p.272]. 大系에서는 'あはしかてぬ'로 읽고, '(함께 잠을 자지 않고는)나는 눈물에 젖은 소매를 말릴 수가 없네. 그리운 사람을 만날 날을 기다리기가 힘들어서'로 해석을 하였다[『萬葉集』 3, p.91]. 注釋에서는 '吾者在可太奴'를 취하여 'わはありかてぬ'로 읽고, '(함께 잠을 자지 않고)나는 가만히 있을 수가 없네'로 해석을 하였다[『萬葉集注釋』 10, p.232]. 全集에서는 '吾者年可太奴'를 취하여 'われはねかてぬ'로 읽고, '(함께 잠을 자지 않고는)나는 잠을 잘 수가 없다'로 해석을 하였다[『萬葉集』 3, p.91]. 훈독과 해석이 다양하다.

  직녀의 입장에서의 작품이다.

2013　天漢　水陰草　金風　靡見者　時來之

天の川　水蔭草¹の　秋²風に　なびかふ見れば　時は來にけり

あまのかは　みづかげぐさの　あきかぜに　なびかふみれば　ときはきにけり

2014　吾等待之　白芽子開奴　今谷毛　尒寶比尒徃奈　越方人迩

わが待ちし　秋萩咲きぬ　今だにも³　にほひ⁴に行かな　遠方人⁵に

わがまちし　あきはぎさきぬ　いまだにも　にほひにゆかな　をちかたびとに

---

1 **水蔭草** : 물가의 풀이다.
2 **秋** : 가을은 오행설에서 金이 된다.
3 **今だにも** : 칠석 밤만이라도.
4 **にほひ** : 색깔과 향기가 그윽한 것. 사랑을 나누는 것도 된다.
5 **遠方人** : 직녀이다.

2013　하늘 은하수/ 물가에 나 있는 풀/ 가을바람에/ 흔들리는 것 보면/ 때가 왔는 것이네

🌸 해설

　　하늘 은하수의 물가에 나 있는 풀이 가을바람에 흔들리는 것을 보면 드디어 칠석, 만날 때가 온 것이네 라는 내용이다.

　　注釋에서는 '견우의 마음이라고도 볼 수 있지만, 직녀의 마음이라고 보아야만 할 것이다'고 하여 직녀의 입장에서의 작품으로 보았다『萬葉集注釋』10, p.235]. 大系에서는 견우의 입장에서의 작품으로 보았다『萬葉集』3, p.91]. 阿蘇瑞枝도 '견우의 입장인가'라고 하였다『萬葉集全注』10, p.251]. 私注에서는 견우의 입장에서의 작품이라고도 직녀의 입장에서의 작품이라고도 볼 수 있다고 하였다『萬葉集私注』5, p.273]. 어느 쪽으로도 볼 수 있지만 견우의 입장에서의 작품이라고 보고 싶다.

　　秋風을 원문에서 '金風'이라고 표기를 한 것은 오행설에 의한 것이다.

2014　내가 기다린/ 가을 싸리 피었네/ 지금이라도/ 물들이러 가지요/ 먼 곳의 그녀에게

🌸 해설

　　내가 기다리고 기다리던 가을 싸리꽃이 피었네. 그러니 지금 당장만이라도 아름답게 물들이러 갑시다. 먼 곳에 살고 있는 그녀의 곁으로라는 내용이다.

　　'越方人'을 注釋과 全集에서는 中西 進과 마찬가지로 직녀로 보았다(『萬葉集注釋』10, p.236), (『萬葉集』3, p.91)]. 이렇게 보면 견우의 입장에서의 작품이 된다. 私注에서는, '견우, 직녀 어느 쪽으로도 볼 수 있지만, 직녀의 입장일 것이다. 가을이 와서 싸리가 피었으므로 그것에 옷을 물들여서 먼 곳에 있는 남편에게 가려고 하는 마음'이라고 하였다『萬葉集私注』5, p.273]. 이렇게 보면 직녀의 입장에서의 작품이 된다.

2015　吾世子尓　裏戀居者　天漢　夜船滂動　梶音所聞

わが背子に　うら¹戀ひ居れば　天の川　夜船漕ぐなる²　楫の音聞ゆ

わがせこに　うらこひをれば　あまのかは　よふねこぐなる　かぢのおときこゆ

2016　真氣長　戀心自　白風　妹音所聴　紐解徃名

ま日³長く　戀ふる心ゆ⁴　秋⁵風に　妹が哭⁶聞ゆ　紐解き行かな⁷

まけながく　こふるこころゆ　あきかぜに　いもがねきこゆ　ひもときゆかな

---

1 **うら**：마음이다.
2 **夜船漕ぐなる**：傳聞 추정이다.
3 **ま日**：'ま'는 접두어이다.
4 **戀ふる心ゆ**：내 마음에 의해. 'ゆ'는 '～로부터'이다.
5 **秋**：원문에서는 오행설에 따라 '白'이라고 하였다.
6 **哭**：'ねを泣く'의 'ね'. 우는 소리이다.
7 **紐解き行かな**：'紐解き'는 함께 잠을 잘 준비를 말한다. 'な'는 願望을 나타낸다.

2015 나의 남편을/ 마음으로 그리면/ 하늘의 강에/ 밤 배를 젓는 듯한/ 노의 소리가 들리네

❀ 해설

사랑하는 남편을 마음으로 그리워하고 있으면 하늘의 강에 밤 배를 젓는 듯한 노의 소리가 들리네라는 내용이다.

직녀의 입장에서의 작품이다.

2016 오랜 날 동안/ 그리워한 마음에/ 가을바람에/ 아내 울음 들리네/ 끈을 풀고서 가자

❀ 해설

오랫동안 그리워한 마음에, 가을바람에 아내가 우는 소리가 들려오네. 끈을 풀고서 잠을 자러 가자라는 내용이다.

견우의 입장에서의 작품이다.

私注에서는, '견우의 입장이다. 은하수를 건너는 것은 견우라고도 직녀라고도 볼 수 있으나, (중략) 여기에서는 직녀가 가는 경우로 보인다. 가을바람에 직녀의 소리가 들리므로 견우가 급히 일어나 옷 끈을 풀고 맞이하러 가는 느낌이다'고 하였다[『萬葉集私注』 5, p.274]. 注釋·大系·全集에서도, '아내의 기척이 들려오네'로 해석하였으므로[(『萬葉集注釋』 10, p.237), (大系 『萬葉集』 3, p.91), (全集 『萬葉集』 3, p.92)]. 私注처럼 직녀를 맞이하러간 것으로 본 것 같다.

2017　戀敷者　氣長物乎　今谷　乏之牟可哉　可相夜谷

　　　戀しくは　日長きものを　今だにも　乏しむ¹べしや　逢ふべき夜だに

　　　こひしくは　けながきものを　いまだにも　ともしむべしや　あふべきよだに

2018　天漢　去歳渡代　遷閒者　河瀬於踏　夜深去來

　　　天の川　去年の渡りで²　遷ろへば　河瀬を踏むに　夜そ更けにける

　　　あまのかは　こぞのわたりで　うつろへば　かはせをふむに　よそふけにける

---

　1 **乏しむ** : 부족하다고 생각한다.
　2 **去年の渡りで** : 'で'는 길이가 긴 것을 말한다. 장소이다.

2017 그리워한 것/ 오랜 날들인 것을/ 지금조차도/ 잠시도 탄식할까/ 만날 오늘 밤조차

해설

그리워한 날들이 길었던 것을. 적어도 지금조차 잠시라도 탄식을 할 것인가. 만날 수 있는 오늘 밤조차도라는 내용이다.

만나는 오늘 밤만이라도 탄식을 하지 말자는 내용이다.

私注에서는, '직녀의 입장일 것이다. 오래 그리워하고 있었다. 만나게 될 오늘 밤은 쓸쓸해서는 안 된다고 스스로 위로하는 마음일 것이다'고 하였다[『萬葉集私注』 5, p.275].

全集에서는, '드디어 일 년 만에 만났는데 상대방이 바로 자려고 하지 않으므로 부족하다고 생각하여 부른 노래'라고 하였다[『萬葉集』 3, p.92]. 阿蘇瑞枝는, '직녀를 찾아간 견우에게, 직녀가 무관심한 태도를 보인데 대해, 마음을 열라고 견우가 설득하고 있는 노래'라고 하였다[『萬葉集全注』 10, p.255]. 이것은 견우와 직녀의 애틋한 마음을 무시한 해석으로 보인다.

2018 하늘 은하수/ 작년에 건넜던 곳/ 변했으므로/ 강여울을 밟는데/ 밤이 새어 버렸네

해설

작년에 건넜던 곳인 하늘 은하수가 변했으므로, 얕은 여울을 찾아서 건너느라고 밤이 새어 버렸네라는 내용이다.

방문 시간이 늦어진 것을 변명하는 견우의 입장에서의 작품이다. 일본에서는 은하수를 배로 건너는 것으로 표현되는데 이 작품에서는 여울을 걸어서 건너는 것으로 표현하였다.

2019　自古　舉而之服　不顧　天河津尒　年序経去來

古ゆ　舉げてし服[1]も　顧みず[2]　天の川津に　年ぞ經にける

いにしへゆ　あげてしはたも　かへりみず　あまのかはつに　としぞへにける

2020　天漢　夜船滂而　雖明　将相等念夜　袖易受将有

天の川　夜船を漕ぎて　明けぬとも　逢はむと思へや[3]　袖交へずあらむ

あまのかは　よふねをこぎて　あけぬとも　あはむとおもへや　そでかへずあらむ

---

1 **舉げてし服** : 베틀에 걸친 옷이다. 2064번가 참조. 직녀는 해마다 베를 짜고 있다.
2 **顧みず** : 견우에게 마음을 빼앗겨서.
3 **逢はむと思へや** : 생각하므로 소매를 교차하지 않고 있을 수 있겠는가. 그렇지 않으므로 소매를 교차하자라
는 뜻이다. 'や'는 강한 부정을 동반한 의문이다.

2019   옛날서부터/ 베틀에 걸어 논 베/ 내버려 두고/ 하늘의 강나루서/ 해를 지내 버렸네

🌸 **해설**

　　오래 전부터 베틀에 걸어 놓고 짜던 베를 짜지 않고 내버려둔 채, 직녀는 견우에게 마음이 쏠려서 하늘의 강나루에서 견우를 기다리며 한 해를 보내어 버리고 말았네라는 내용이다.
　　私注에서는, '직녀의 입장'이라고 하였는데『萬葉集私注』5, p.276], 제삼자의 입장에서 지은 것으로 볼 수 있겠다.

2020   하늘의 강에/ 밤 배를 저어가서/ 날이 새어도/ 만날 수가 있다면요/ 함께 안 자도 좋네요

🌸 **해설**

　　하늘의 강에 밤에 배를 저어가서 날이 새어 버리더라도 만날 수만 있다면, 지금 소매를 어긋하여 함께 자지 않더라도 참을 수가 있겠다는 내용이다.
　　견우의 입장에서의 작품이다.
　　'逢はむと思へや 袖交へずあらむ'를 注釋에서는, '만나려고 생각한다면 소매를 어긋하지 않고도 있겠지. (그렇게는 생각되지 않으므로, 소매를 어긋하지 않고는 안 되니 조금이라도 빨리 만나고 싶다고 생각하지 않고는 있을 수 없는 것이다)'고 하였다『萬葉集注釋』10, p.241].
　　大系・全集에서는, '만나려고 정한 밤은 소매를 어긋하지 않고 있겠는가'로 해석하였다(大系『萬葉集』 3, p.92), (全集『萬葉集』3, p.92)].

2021　遙嬹等　手枕易　寐夜　鷄音莫動　明者雖明

遠妻と　手枕交へて　さ寝る夜は　鷄が音な鳴き[1]　明けば明けぬとも

とほづまと　たまくらかへて　さぬるよは　とりがねななき　あけばあけぬとも

2022　相見久　猒雖不足　稲目　明去來理　舟出為牟嬢

相見らく[2]　飽き足らねども　いなのめ[3]の　明けさりにけり　船出せむ妻

あひみらく　あきだらねども　いなのめの　あけさりにけり　ふなでせむつま

2023　左尼始而　何太毛不在者　白栲　帶可乞哉　戀毛不過者

さ寝そめて　幾許もあらねば　白妙の[4]　帶乞ふべしや[5]　戀も過ぎねば

さねそめて　いくだもあらねば　しろたへの　おびこふべしや　こひもすぎねば

---

1 **な鳴き** : 'な'는 금지를 나타낸다.
2 **見らく** : '見る'의 명사형이다.
3 **いなのめ** : 'しののめ'와 같은 뜻인가. 'い寝(な)의 目이 明く'로 이어진다고 하는 설, 稲(이나 : 벼)의 目·篠의 目과 함께 동쪽의 창이라는 뜻으로 밝아지는 것, 동방, 또는 그 형용이라고 하는 설이 있다.
4 **白妙の** : 흰 천이다. 여기에서는 美稱이다.
5 **帶乞ふべしや** : 바지의 아랫자락을 묶는 것 등 남자의 치장을 여성이 하였다.

2021 먼 곳 아내와/ 팔베개 서로 하고/ 잠자는 밤은/ 닭이여 울지 말게/ 날이 새면 새더라도

> 🌸 **해설**
>
> 먼 곳에 헤어져 있던 아내와 모처럼 만나서 서로 팔베개를 하고 잠을 자는 오늘 밤에는 닭이여 울지를 말게. 비록 날이 새면 새더라도라는 내용이다.
> 직녀와 오래도록 함께 있기를 원하는 견우의 입장에서의 작품이다.

2022 서로 보는 건/ 충분하지 않지만/ (이나노메노)/ 날이 새어 버렸네/ 出船하죠 아내여

> 🌸 **해설**
>
> 서로 바라보는 것이 충분하지는 않지만 밤은 완전히 밝아서 날이 새어 버렸네. 그러니 이제 배를 출발시키지요. 아내여라는 내용이다.
> 날이 새었으므로 직녀와 헤어져서 하늘의 강의 건너편으로 돌아가야 하는 견우의 입장에서의 작품이다.

2023 잠자리 들어/ 잠시 지났을 뿐인데/ (시로타헤노)/ 끈을 매라 하나요/ 그리움 남았는데

> 🌸 **해설**
>
> 함께 잠자리에 들기 시작해서 아주 조금밖에 시간이 지나지 않았는데 출발하기 위해서 벌써 흰옷의 끈을 매라고 하는가요. 그리움이 아직 사라지지도 않았는데라는 내용이다.
> 떠날 채비를 하는 견우와 헤어지기 싫어하는 직녀의 입장에서의 작품이다.

2024　萬世　携手居而　相見鞆　念可過　戀尒有莫國

萬代に　携はり居て　相見とも　思ひ過ぐべき　戀にあらなくに

よろづよに　たづさはりゐて　あひみとも　おもひすぐべき　こひにあらなくに

2025　萬世　可照月毛　雲隠　苦物叙　将相登雖念

萬代に　照るべき月も　雲隠り　苦しきものぞ　逢はむと思へど[1]

よろづよに　てるべきつきも　くもがくり　くるしきものぞ　あはむとおもへど

2026　白雲　五百遍隠　雖遠　夜不去将見　妹當者

白雲の　五百重隠りて　遠けども　夜去らず見む[2]　妹が邊は

しらくもの　いほへがくりて　とほけども　よるさらずみむ　いもがあたりは

---

1 **逢はむと思へど** : 달이 마음대로 되지 않는 것처럼 우리도 뜻대로 만날 수 없다.
2 **夜去らず見む** : 견우의 입장에서 나는.

2024 만년 동안도/ 손을 잡고 있으며/ 서로 보아도/ 그리움이 없어질/ 사랑은 아닌 것을요

해설

만년 동안이라도 손을 잡고 있으며 서로 얼굴을 마주하고 본다고 해도 그리움이 없어질 그런 사랑은 아닌 것을요라는 내용이다.

영원히 함께 있는다고 해도 여전히 그리움은 남는다는 뜻이다.

私注에서는 직녀의 마음을 읊은 작품으로 보았다『萬葉集私注』 5, p.278].

阿蘇瑞枝는, '견우를 돌려보내지 않으려고 하는 앞의 직녀의 노래에 대해 언제까지나 이것으로 충분하다는 상태는 없다고 하며, 달래면서 돌아가려고 하는 노래이다'고 하였다『萬葉集全注』 10, p.262]. 견우의 입장에서의 작품으로 본 것이다.

2025 만대까지도/ 비출 것인 달까지/ 구름에 가려/ 괴로운 것이지요/ 만나려고 생각해도

해설

만대까지도 영원히 비출 것 같은 달도 구름에 가려서 마음대로 볼 수 없어 괴로운 때가 있는 것이지요. 우리도 항상 만나려고 생각하지만 뜻대로 만날 수가 없어 괴롭네요라는 내용이다.

大系·注釋·全集에서는 中西 進과 마찬가지로 해석하였다. 그러나 私注에서는, '만대까지 비출 달도, 오늘밤은 하필 구름에 가려 아내가 있는 곳이 보이지 않는 것은 괴로운 일이네. 결국은 만날 것이라고 생각하지만'으로 해석하였다『萬葉集私注』 5, p.279]. 2026번가를 보면 私注처럼 해석할 수도 있겠다. 阿蘇瑞枝는, '견우, 직녀의 모두의 작품으로도 볼 수 있지만 '逢はむと思へど'라는 의지적, 능동적인 면으로 보면 견우의 입장으로 볼 수 있을까'라고 하였다『萬葉集全注』 10, pp.262~263]. 견우의 입장에서의 작품으로 보인다.

2026 하얀 구름이/ 겹겹이 가리므로/ 멀지만서도/ 나는 매일 밤 보자/ 아내가 있는 곳을

해설

흰구름이 겹겹이 끼어 있으므로 그 속에 가려져서 비록 멀게 느껴지지만, 그래도 나는 매일 밤마다 보자. 아내인 직녀가 있는 곳을이라는 내용이다.

직녀에 대한 견우의 지속적인 사랑을 표현한 노래이다.

2027 　為我登　織女之　其屋戸尒　織白布　織弖兼鴨

　　　　わが¹ためと　織女の　その屋戸に　織る白栲は　織りてけむかも

　　　　わがためと　たなばたつめの　そのやどに　おるしろたへは　おりてけむかも

2028 　君不相　久時　織服　白栲衣　垢附麻弖尒

　　　　君に逢はず　久しき時ゆ　織る服の²　白栲衣　垢づく³までに

　　　　きみにあはず　ひさしきときゆ　おるはたの　しろたへごろも　あかづくまでに

2029 　天漢　梶音聞　孫星　与織女　今夕相霜

　　　　天の川　楫の音聞ゆ　彦星⁴と　織女と　今夕逢ふらしも

　　　　あまのかは　かぢのおときこゆ　ひこぼしと　たなばたつめと　こよひあふらしも

---

1 わが：견우. 여성은 사랑하는 남성을 위하여 베를 짜고 옷을 만든다. 1281번가 참조.
2 織る服の：'織る服(き)たる'라는 설이 있지만, 제2구는 역시 '織る'를 수식하는 것이 맞다. 'の'는 동격이다.
3 垢づく：옷을 입어서 낡아졌다는 뜻의 관용 표현을 변용한 것이다.
4 彦星：견우성을 말한다. 男星(남자별)이라는 뜻이다.

2027　나를 위하여/ 아내인 직녀별이/ 그 집에서요/ 짜고 있던 흰 천은/ 이미 다 짰을까요

해설

나를 위하여 아내인 직녀가 그 집에서 짜고 있던 흰 천은 과연 이미 다 짰을까요라는 내용이다.
견우의 작품으로, 다음 작품과 문답형식을 이루고 있다.

2028　그대 못 만나고/ 오랫동안 계속해/ 짜고 있었던/ 희디 흰색의 옷은/ 손때가 묻을 정도

해설

그대를 만나지 못하고 오랫동안 계속해서 짜고 있었던 흰옷은 손때가 묻을 정도가 되어버렸네요라는
내용이다.
오랫동안 만나지 못하고 있었다는 뜻이다.
2027번가에 답한, 직녀의 입장에서의 작품이다.

2029　하늘의 강에/ 노 젓는 소리 들리네/ 견우의 별과/ 직녀의 별이 함께/ 오늘 밤 만나는 듯해

해설

하늘의 은하수에서 노를 젓는 소리가 들려오네. 견우와 직녀가 오늘 밤 서로 만나는 듯하네라는
내용이다.
제삼자의 입장에서의 작품이다.
大系에서는, '彦星--fösi(星)는 조선어 pyöl과 같은 어원'이라고 하였다[『萬葉集』 3, p.93].

2030　秋去者　川霧立　天川　河向居而　戀夜多

秋されば　川霧立[1]てる　天の川　川に向き居て　戀ふる夜そ多き

あきされば　かはきりたてる　あまのかは　かはにむきゐて　こふるよそおほき

2031　吉哉　雛不直　奴延鳥　浦嘆居　告子鴨

よしゑやし[2]　直ならずとも　ぬえ鳥[3]の　うら嘆け[4]居りと　告げむ子もがも[5]

よしゑやし　ただならずとも　ぬえとりの　うらなけをりと　つげむこもがも

2032　一年迩　七夕耳　相人之　戀毛不過者　夜深徃久毛 [一云, 不盡者　佐宵曾明尓來]

一年に　七日の夜のみ[6]　逢ふ人の　戀も過ぎねば[7]　夜は更けゆくも [一は云はく, 尽きねば　さ夜そ明けにける]

ひととせに　なぬかのよのみ　あふひとの　こひもすぎねば　よはふけゆくも [あるはいはく, つきねば　さよそあけにける]

1　**川霧立** : 底本에는 '立'이 없다.
2　**よしゑやし** : 'よし'는 비유, 'ゑやし'는 감동. 자포자기하는 기분을 나타낸다.
3　**ぬえ鳥** : 호랑지빠귀, 호랑티티.
4　**うら嘆け** : 'うら'는 마음이다. '嘆げ'는 탄식하다의 자동사 下二段.
5　**告げむ子もがも** : '告げむ子'는 심부름을 하는 아이. 'もがも'는 願望을 나타낸다.
6　**七日の夜のみ** : 이미 七夕이라는 글자가 고정되어 있었으므로 七日의 밤이라고 하면 7월 7일을 말하는 것이었다. 다만 'たなばた(타나바타)'는 'たなばたつめ(타나바타츠메)'를 줄인 것으로 직녀를 말한다. 七夕을 'たなばた(타나바타)'라고 하는 관습은 없다.
7　**戀も過ぎねば** : 'ねば'는 역접을 나타낸다.

2030 가을이 되어/ 강 안개 끼어 있는/ 하늘의 강아/ 강에 향하여 서서/ 그리워하는 밤 많네

🌸 **해설**

가을이 되었으므로 강 안개가 끼어 있는 하늘의 강이여. 강에서 건너편을 향하여 서서 건너편을 그리워하는 밤이 많네라는 내용이다.

가을이 되어 칠석이 가까워오자 상대방을 더욱 그리워하게 된다는 뜻이다. 견우, 직녀 어느 쪽의 작품으로도 볼 수 있겠다.

私注에서는, '직녀가 견우를 기다리며 그리워하는 밤이 계속되는 느낌이다'고 하였다『萬葉集私注』 5, p.282].

2031 그래 좋아요/ 지금 곧 아니라도/ (누에토리노)/ 몰래 울고 있다고/ 전해줄 애 있다면

🌸 **해설**

그래 좋아요. 지금 곧 만날 수 없다고 하더라도, 그 사람이 그리워서 호랑지빠귀처럼 몰래 슬프게 울고 있다고 그 사람에게 전해줄, 심부름을 하는 아이라도 있다면 좋겠네라는 내용이다.

阿蘇瑞枝는, '견우 입장에서 직녀에 대한 자신의 연정을 전하고 싶다고 노래한 것'이라고 하였다『萬葉集全注』 10, p.267]. '告げむ子'를 私注에서는 童女로 보았고『萬葉集私注』 5, p.282], 전집에서는 소년으로 보았다『萬葉集』 3, p.95]. 어느 쪽이든 문제될 것이 없으므로 원문대로 '아이'로 보면 될 것이다. 직녀의 입장에서의 작품이다.

2032 일 년 동안에/ 칠석날 밤에만이/ 만나는 사람/ 사랑도 그대론데/ 밤은 이슥해지네[어떤 책에는 말하기를, 그대론데/ 날이 새어버렸네요]

🌸 **해설**

일 년 동안에 7월 7일 칠석날의 밤밖에 만날 수 없는 사람의 그리워하는 마음이, 충분히 만족해서 없어진 것도 아닌데 벌써 밤은 이슥해지네[어떤 책에는 말하기를, 다하지 않았는데 밤이 지나고 날이 새어버렸네요]라는 내용이다.

견우와 직녀가 충분히 사랑을 나누지도 못했는데 벌써 날이 새는 것을 안타까워한 제삼자의 입장에서의 노래이다.

2033　天漢　安川原　定而　神競者　磨待無

天の川　安の川原　定まり[1]て　神競へ[2]ば　磨ぎて[3]待たなく

あまのかは　やすのかはらの　さだまりて　こころきほへば　とぎてまたなく

左注　此謌一首庚辰年[4]作之.
右[5], 柿本朝臣人麿之謌集出.

2034　棚機之　五百機立而　織布之　秋去衣　孰取見

織女の[6]　五百[7]機立てて　織る布の　秋さり衣[8]　誰か取り見む

たなばたの　いほはたたてて　おるぬのの　あきさりごろも　たれかとりみむ

---

1 **定まり** : 신화에 의해 하늘의 강이 가르는 경계로 정해져서(2007번가), 이것은 신화의 '安의 川'으로도 생각되었다(2000번가).
2 **神競へ** : 만나고 싶다고 생각하는 마음이 다투므로. 'きほふ'는 다른 것과 겨루며 나아가는 것이다.
3 **磨ぎて** : 마음이 저미는 듯하다.
4 **庚辰年** : 天武 9년(680), 아니면 天平 12년(740). 무언가 특별한 행사가 있었을 때 지은 것이라는 뜻이다. 人麿 자신이 지은 것이라면 天武 9년(680)의 작품이 된다. 어느 쪽이든 옛 작품을 첨부한 것이다---903번가.
5 **右** : 이상 38수를 말한다.
6 **織女の** : 'たなばた(타나바타)'는 직녀를 말한다.
7 **五百** : 많다는 뜻이다.
8 **秋さり衣** : 가을이 되어서 입는 옷이다.

2033   하늘의 강인/ 야스(安) 강이 말이죠/ 정해진 후로/ 마음이 긴장되니/ 기다릴 수가 없네

해설

하늘의 강인 야스(安) 강이 둘 사이를 가르는 경계로 정해진 후로부터 만나고 싶다는 마음이 격해지니, 마음이 저미는 듯하고 긴장되어서 기다릴 수가 없네라는 내용이다.

견우와 직녀 사이를 가로막는 강이 정해진 후로 만나고 싶다는 마음이 강해져서 칠석날을 기다릴 수 없다는 뜻이다. 견우의 입장에서의 작품이다.

'神競者 磨待無'는 『만엽집』의 난해한 구 중의 하나이다. 大系와 全集에서는 해석을 하지 않았다. 注釋에서는 '神競者'를 한자 뜻 그대로 '신들이 (배로) 경쟁한다'로 보고, '磨待無'의 '磨'를 '때'로 보아 '때를 기다리지 말고'로 해석하였다. 그리하여 전체 내용을 '하늘의 강인 야스(安) 강도 정해져서 팔백만 신들이 모여서 회의를 하고 배로 경기를 하므로, 자신도 때를 기다리지 말고 배를 출발시키자'로 해석하였다[『萬葉集注釋』 10, p.255]. 견우의 입장에서의 노래로 보았다. 私注에서는 '定而'를 '靜まりて'로 읽고, '하늘의 강이 야스(安) 강과 함께 잠잠해져서 마음이 걷잡을 수 없으므로 때를 기다리는 것도 하지 않는다'로 해석하였다[『萬葉集私注』 5, p.283]. 강 물결이 잠잠해서 배를 출발시키기 좋으니 직녀가 보고 싶은 마음에 때를 기다리지 않고 견우가 배를 내어서 출발을 할 것이라는 뜻으로 해석한 것이라 생각된다.

좌주   이 노래 1수는 庚辰年에 지어졌다.
위의 작품들은 카키노모토노 아소미 히토마로(柿本朝臣人麿)의 가집에 나온다.

2034   직녀별이요/ 많은 베틀 세워서/ 짜는 천으로/ 만든 가을의 옷을/ 누가 잡고 볼 건가

해설

직녀가 많은 베틀을 세워서 짜고 있는 천으로 만든, 가을에 입는 옷을 견우 이외에 과연 누가 손에 잡고 볼 수 있을 것인가라는 내용이다.

'誰か取り見む'를 大系와 私注에서는 中西 進과 마찬가지로 해석하였다. 注釋에서는, '누가 손에 들고 입을 것인가'로 해석하였다[『萬葉集注釋』 10, p.258]. 견우만 입을 것이라는 뜻이다.

이렇게 해석하면 동작의 주체는 견우가 된다.

그런데 全集에서는, '직녀 자신 외에 누가 그 옷을 손에 들고 견우에게 입히고 하는 시중을 들 것인가'로 해석하였다[『萬葉集』 3, p.95]. 직녀만이 손에 들고 견우에게 입힐 것이라는 뜻으로 보았다. 이렇게 해석하면 동작의 주체는 직녀가 된다. 제삼자의 입장에서의 작품이다.

2035　年有而　今香将巻　烏玉之　夜霧隠　遠妻手乎

年にありて[1]　今か纏くらむ　ぬばたまの　夜霧隠りに[2]　遠妻の手を

としにありて　いまかまくらむ　ぬばたまの　よぎりごもりに　とほづまのてを

2036　吾待之　秋者來沼　妹与吾　何事在曾　紐不解在牟

わが待ちし　秋は來りぬ　妹とわれ　何事あれそ[3]　紐解かざらむ[4]

わがまちし　あきはきたりぬ　いもとわれ　なにごとあれそ　ひもとかざらむ

2037　年之戀　今夜盡而　明日従者　如常哉　吾戀居牟

年の戀[5]　今夜盡して　明日よりは　常の如くや[6]　わが戀ひ居らむ

としのこひ　こよひつくして　あすよりは　つねのごとくや　わがこひをらむ

1　**年にありて** : 일 년에 한번이므로.
2　**夜霧隠りに** : 『고사기』神代의 결혼 노래와 같은 느낌이다.
3　**何事あれそ** : 무슨 일이 있으면.
4　**紐解かざらむ** : 무슨 일이 있더라도 옷 끈을 푼다.
5　**年の戀** : 일 년에 걸친 사랑이다.
6　**常の如くや** : 'や'는 의문을 나타낸다.

2035　만 일년 만에요/ 지금 베개 베겠지/ (누바타마노)/ 밤안개에 가려져/ 먼 곳 아내의 팔을

해설

일년 만에 직녀를 만나서 견우는 지금쯤 어두운 밤안개 속에서, 서로 멀리 헤어져 있던 아내인 직녀의 팔을 베개로 하여 베고 있겠지라는 내용이다.

제삼자의 입장에서의 작품이다.

2036　내 기다리던/ 가을은 찾아왔네/ 아내와 내가/ 무슨 일이 있어도/ 옷 끈 풀지 않을까

해설

내가 기다리던 가을이 드디어 왔네. 아내와 내가 무슨 일이 있어도 옷 끈을 풀지 않는 일이 있을 수가 있을까라는 내용이다.

반드시 옷 끈을 풀 것이라는 뜻이다.

가을이 되었으니 칠석날 직녀를 만나서 반드시 사랑을 나누겠다는 견우의 입장에서의 작품이다.

2037　일 년간 사랑/ 오늘 밤 다하고서/ 내일부터는/ 다시 여느 때처럼/ 난 그리워하겠지

해설

일 년 동안 그리워하던 사랑을 오늘 밤 만나서 다 하고, 내일부터는 다시 여느 때처럼 나는 그리움에 고통스러워할 것인가라는 내용이다.

私注에서는 이 작품을, '견우의 입장으로도 직녀의 입장으로도 볼 수 있지만 직녀라고 하는 편이 자연스럽다'고 하였다[『萬葉集私注』 5, p.286]. 阿蘇瑞枝는, '견우 입장에서의 작품으로 보는 것이 좋다'고 하였다[『萬葉集全注』 10, p.274]. 견우, 직녀 어느 쪽의 입장으로 보아도 무방하다.

2038　不合者　氣長物乎　天漢　隔又哉　吾戀将居

逢はなくは¹　日長きものを²　天の川　隔ててまたや　わが戀ひ居らむ

あはなくは　けながきものを　あまのかは　へだててまたや　わがこひをらむ

2039　戀家口　氣長物乎　可合有　夕谷君之　不來益有良武

戀しけく³　日長きものを　逢ふべくある　夕だ⁴に君が　來まさ⁵ずあるらむ

こひしけく　けながきものを　あふべくある　よひだにきみが　きまさずあるらむ

2040　牽牛　与織女　今夜相　天漢門尒　浪立勿謹

彦星と　織女と　今夜逢ふ　天の川門⁶に　波立つなゆめ⁷

ひこぼしと　たなばたつめと　こよひあふ　あまのかはとに　なみたつなゆめ

---

1 **逢はなくは** : 헤어진 후는. 'なく'는 부정의 명사형이다.
2 **日長きものを** : 2017번가에도 같은 표현이 보인다.
3 **戀しけく** : '戀し'의 명사형이다.
4 **夕だ** : 칠석 밤이다.
5 **來まさ** : 'さ'는 敬稱이다.
6 **天の川門** : 강이 좁게 된 곳이다. 건너는 곳이다.
7 **波立つなゆめ** : 'なゆめ'는 '절대로 하지 말라'는 뜻으로 금지를 나타낸다.

2038 만나잖은 것/ 오래 되었는 것을/ 하늘의 강을/ 사이에 두고 다시/ 나는 그리워하나

해설

　서로 만나지 않고 지낸 날들이 오래 된 것을. 그런데 하늘의 강을 사이에 두고 다시 나는 그리워하는 것인가라는 내용이다.

　私注에서는 이 작품을, 직녀의 마음을 말한 것이라고 보았다『萬葉集私注』 5, p.287].

2039 그리워한 것/ 오래 되었는 것을/ 만날 수가 있는/ 밤까지도 그대는/ 오시지 않을 건가요

해설

　그리워한 것이 오래 된 것인데. 그런데도 만날 수가 있는 칠석 밤까지도 그대는 오지 않을 것인가요라는 내용이다.

　칠석날 밤인데도 혹시나 견우가 오지 않으면 어쩌나 하고 걱정하는 직녀의 입장에서의 작품이다.

2040 견우별과요/ 직녀의 별이 함께/ 이 밤 만나는/ 하늘 강 건널목에/ 물결 일지 마 절대

해설

　견우와 직녀가 오늘 밤 만나는 하늘 강의 좁은 곳인 건널목에는 견우가 잘 건널 수 있도록 물결은 절대로 일지 말라는 내용이다.

　제삼자의 입장에서의 작품이다.

2041　秋風　吹漂蕩　白雲者　織女之　天津領巾霆

　　　秋風の　吹きただよはす　白雲は　織女の　天つ領巾[1]かも

　　　あきかぜの　ふきただよはす　しらくもは　たなばたつめの　あまつひれかも

2042　数裳　相不見君矣　天漢　舟出速為　夜不深間

　　　しばしばも　相見ぬ[2]君を　天の川　舟出早せよ　夜の更けぬ間に

　　　しばしばも　あひみぬきみを　あまのかは　ふなではやせよ　よのふけぬまに

2043　秋風之　清夕　天漢　舟滂度　月人壯子

　　　秋風の　清けき[3]ゆふへ　天の川　舟漕ぎ渡る　月人壯士[4]

　　　あきかぜの　さやけきゆふへ　あまのかは　ふねこぎわたる　つきひとをとこ

---

1 **天つ領巾** : 天女라고 생각해서 '天つ'라고 했다. 領巾은 여성이 목에 걸치는 긴 너울이다. 원래 주술적 도구였으나 후에 장식품이 되었다. 구름을 '天つ領巾'이라고 하는 착상은 210번가에 의한 것인가.

2 **相見ぬ** : 일 년에 한 번밖에 만날 수가 없다.

3 **清けき** : '清けき'는 청각적으로나 시각적으로 명료한 상태이다. 바람소리를 'さやけし', 'きよし'라고 한 예는 없는데, 새로운 作風이다.

4 **月人壯士** : 견우를 가리킨다.

2041 가을바람이/ 불어서 일게 하는/ 흰구름은요/ 직녀별이 걸쳤던/ 하늘 너울인가봐

해설

가을바람이 불어서 일어나게 하는 흰구름은 아마도, 직녀가 목에 걸쳤던 하늘의 너울인가 보다라는 내용이다.

흰구름을 보고 직녀의 너울을 연상한, 제삼자의 입장에서의 작품이다.

阿蘇瑞枝는, '칠석 연회석에서의 노래'라고 하였다『萬葉集全注』10, p.277].

2042 여러 번이나/ 만날 수 없는 그댈/ 하늘의 강에/ 배를 빨리 내세요/ 밤이 깊기 전에요

해설

여러 번이나 자주 만날 수 있는 그대가 아니니 하늘의 강에다 배를 빨리 내세요. 밤이 깊기 전에요라는 내용이다.

견우가 하늘의 강인 은하수에 빨리 배를 내어서 타고 만나러 오라고 하는, 직녀의 입장에서의 작품이다.

2043 가을바람이/ 상쾌하게 부는 밤/ 하늘의 강에/ 배를 저어 건너는/ 달의 사람 남자여

해설

가을바람이 상쾌하게 부는 밤에 하늘의 강인 은하수에서 배를 노 저어 건너가는 달의 사람인 남자여라는 내용이다.

직녀를 만나기 위해서 배로 하늘의 강을 건너는 견우를 상상하며 지은 제삼자의 입장에서의 작품이다.

'月人壯士'를 中西 進은 견우로 보았는데, 大系·注釋·全集·私注에서는 달로 보았다.

私注에서는, '두 별과 직접 관계는 없지만, 역시 칠석의 한 정경으로 하늘 강을 지나는 달을 노래한 것이다. 한문학의 칠석 시에도 달을 함께 노래하는 것은 일반적이지만, 短歌에서는 양자를 1수로 부르는 것이 불편하므로 이렇게 달만을 노래한 것도 생겨났을 것이다. 혹은 赤人集이나 神田本의 訓처럼 제4구를 'ふねよきわたせ'로 읽고 달에게, 견우가 하늘 강을 건너게 하라고 명령하는 것으로 보는 것도 하나의 시도일 것이다'고 하였다『萬葉集私注』5, p.289].

2044　天漢　霧立度　牽牛之　機音所聞　夜深往

　　　天の川　霧立ち[1]渡り　彦星の　楫の音聞ゆ[2]　夜の更けゆけば

　　　あまのかは　きりたちわたり　ひこぼしの　かぢのおときこゆ　よのふけゆけば

2045　君舟　今滂來良之　天漢　霧立度　此川瀬

　　　君が舟　今漕ぎ來らし[3]　天の川　霧立ち渡る　この川の瀬に[4]

　　　きみがふね　いまこぎくらし　あまのかは　きりたちわたる　このかはのせに

2046　秋風介　河浪起　暫　八十舟津　三舟停

　　　秋風に　川波立ちぬ　暫くは　八十の舟津[5]に　御舟[6]とどめよ

　　　あきかぜに　かはなみたちぬ　しまらくは　やそのふなつに　みふねとどめよ

---

1 **霧立ち**：노를 저을 때 생긴 물보라로 강 안개가 끼었다고 한다. 자연의 풍경이라고 하는 설은 下句와 맞지 않다.

2 **楫の音聞ゆ**：上句가 시각적인데 비해 이 구는 청각적이다.

3 **漕ぎ來らし**：제4구를 근거로 하는 추량이다. 앞의 작품 참조.

4 **この川の瀬に**：앞에서 하늘의 강 전체를 지정하고, 마지막 구에서 안개가 끼는 장소를 한정하였다.

5 **八十の舟津**：지상의 풍경을 투영한 것이다. 그 어딘가에. 津은 나루를 말한다.

6 **御舟**：견우의 배.

2044 하늘의 강에/ 안개가 끼어 있고/ 견우별의요/ 노 젓는 소리 들리네/ 밤이 이슥해 가니

🌸 해설

하늘의 강에, 견우가 노를 저을 때 생긴 물보라로 안개가 끼어 있고 견우가 배를 젓는 노 소리가 들려오네. 밤이 이슥해져 가니라는 내용이다.

하늘의 강인 은하수에 안개가 끼어 있는 것을, 견우가 직녀를 만나러 가려고 하늘의 강을 노를 저을 때 생긴 물보라라고 생각한, 제삼자의 입장에서의 작품이다.

2045 그대의 배는/ 지금 저어 오는 듯/ 하늘의 강은/ 안개가 끼어 있네/ 이 강의 여울에요

🌸 해설

견우 그대의 배는 지금 노를 저어서 오는 듯하네요. 하늘의 강은 안개가 끼어 있네요. 이 강의 여울에요라는 내용이다.

하늘의 강에 안개가 끼어 있는 것을, 견우가 직녀를 만나기 위해 배를 노 저을 때 생기는 물보라라고 생각한 것이다. 그래서 자신을 만나기 위해 견우가 배를 노 저어서 오는 것이라고 한, 직녀의 입장에서의 작품이다.

2046 가을바람에/ 강 물결이 일었네/ 잠시 동안은/ 그 어느 선착장에/ 배를 세워 두세요

🌸 해설

가을바람에 강 물결이 일었네. 위험하니 잠시 동안은 많은 선착장 중 어느 한곳에 배를 정박시켜서 물결이 잠잠해지기를 기다리세요라는 내용이다.

私注에서는, '강 물결을 핑계로 견우를 잡아두려고 하는 직녀의 마음을 그 입장에서 노래한 것이다'고 하였다『萬葉集私注』 5, p.290]. 阿蘇瑞枝는, '견우의 배가 무사하기를 기원하는 직녀의 입장'으로 보았다 [『萬葉集全注』 10, p.281].

2047　天漢　河聲清之　牽牛之　秋漕船之　浪跡香

　　　　天の川　川音清けし[1]　彦星の　秋[2]漕ぐ船の　波のさわきか

　　　　あまのかは　かはとさやけし　ひこぼしの　あきこぐふねの　なみのさわきか

2048　天漢　河門立　吾戀之　君來奈理　紐解待 [一云, 天河　川向立]

　　　　天の川　川門に立ちて　わが戀ひし　君來ますなり　紐解き[3]待たむ [一は云はく, 天の川
　　　　川に向き立ち]

　　　　あまのかは　かはとにたちて　わがこひし　きみきますなり　ひもときまたむ [あるはいは
　　　　く, あまのかは　かはにむきたち]

2049　天漢　河門座而　年月　戀來君　今夜會可母

　　　　天の川　川門に居り[4]て　年月[5]を　戀ひ來し君に　今夜逢へるかも

　　　　あまのかは　かはとにをりて　としつきを　こひこしきみに　こよひあへるかも

---

1 **川音清けし**：下句의 의문을 근거로 하여 '사야케시'라고 읽는다.
2 **秋**：만나야 할 칠석의 계절. '秋漕ぐ船'은 표현이 새롭다.
3 **紐解き**：함께 잠을 잘 것을 준비하는 것이다.
4 **居り**：원문의 '座'는 敬語에도 사용하지만 여기에서는 'をる'이다. 2931번가 참조.
5 **年月**：정확하게는 일 년 이상 건너가는 경우이다. 여기에서는 길다는 뜻이다.

2047 하늘의 강은/ 강물 소리 들리네/ 견우별이요/ 가을에 젓는 배가/ 물결 가르는 건가

해설

　　하늘의 강은 강물 소리가 확실하게 들려오네. 견우가, 가을이 되어서 노를 젓는 배가 물결을 헤치며 가는 소리인가라는 내용이다.
　　제삼자의 입장에서의 작품이다.

2048 하늘의 강의/ 선착장에 서서요/ 내가 그리는/ 그대는 올 것 같네/ 끈 풀고 기다리재어떤
　　　책에는 말하기를, 하늘의 강의/ 강을 향하여 서서]

해설

　　하늘의 강의 선착장에 서서 내가 그리워하는 그대는 곧 올 것 같네. 그러니 옷 끈을 풀고 잠잘 준비를 하고 기다리재어떤 책에는 말하기를, 하늘의 강을 향하여 서서라는 내용이다.
　　직녀의 입장에서의 작품이다.
　　권제8의 1518번가와 유사하다.

2049 하늘의 강의/ 선착장에 있으며/ 오랜 기간을/ 그리워해 온 그대/ 오늘 밤 만난 것이죠

해설

　　하늘의 강의 선착장에 있으면서, 언제면 만날까 하고 오랜 기간을 기다리며 그리워해 온 견우 그대를 오늘밤 만난 것이지요라는 내용이다.
　　견우를 만난 기쁨을 직녀의 입장에서 노래한 작품이다.

2050 明日從者　吾玉床乎　打拂　公常不宿　孤可母寐

明日[1]よりは　わが玉床[2]を　うち拂ひ　君と寝もねず[3]　獨かも寝む[4]

あすよりは　わがたまどこを　うちはらひ　きみといもねず　ひとりかもねむ

2051 天原　徃射跡　白檀　挽而隱在　月人壯子

天の原[5]　い行きて[6]射むと　白真弓[7]　ひきて隱せる[8]　月人壯士[9]

あまのはら　いゆきていむと　しらまゆみ　ひきてかくせる　つきひとをとこ

2052 此夕　零來雨者　男星之　早漕船之　賀伊乃散鴨

この[10]夕　降り來る雨は　彦星の　早漕ぐ船の　櫂の散[11]かも

このゆふへ　ふりくるあめは　ひこぼしの　はやこぐふねの　かいのちりかも

---

1 **明日** : 헤어진 다음 날이다.
2 **わが玉床** : 남편을 맞이하는, 장식을 한 침상이다.
3 **君と寝もねず** : 'い'는 자는 것이다. 'いもぬ', 'いおぬ'가 慣用.
4 **獨かも寝む** : 제4구와 중복된다.
5 **天の原** : 글자 '原'에서 사냥하는 황야를 연상한 것이다.
6 **い行きて** : 'い'는 접두어이다.
7 **白真弓** : 白檀으로 만든 활이다. 弦月을 말한 것이다.
8 **ひきて隱せる** : 산 끝에 상현달이 걸려 있다는 느낌이다.
9 **月人壯士** : 견우. '白真弓'이 달이므로 이것을 달이라고 하면 모순된다.
10 **この** : 7월 7일이다.
11 **櫂の散** : 물보라이다.

2050 내일부터는/ 내 멋진 잠자리를/ 치워 버리고/ 그대와 자지 않고/ 혼자서 잘 것인가

해설

내일부터는 나의 이 아름다운 잠자리를 치워 버리고, 그대와 함께 잠을 자는 일도 없이 혼자서 잘 것인가라는 내용이다.

견우와 헤어진 다음날부터 독수공방해야 할 것을 생각하며, 이별을 걱정하는 직녀의 입장에서의 작품이다.

'玉床'의 '玉'은 美稱이다.

2051 하늘 들판에/ 가서 쏘려고 하여/ 멋진 활을요/ 당기고 숨어 있는/ 달의 사람 남자여

해설

하늘 들판에 사냥을 가서 짐승을 쏘려고 하여 박달나무로 만든 멋진 활을 당긴 채로 숨어 있는 견우여라는 내용이다.

제삼자의 입장에서의 작품이다. 직녀에 대한 마음이 나타나 있지 않고 사냥을 말한 것이 특이하다.

'月人壯士'를 中西 進은 견우로 보았다. 그러나 大系・私注・注釋・全集에서는 달로 보았다.

私注에서는, '칠석날 밤, 견우가 직녀에게 가는 것을 달이 질투하여, 산그늘에 숨어 있으면서 쏘려고 하여 활을 당기고 숨어서 기다리고 있다고 하는 뜻일 것이다'고 하였다『萬葉集私注』 5, p.29]. 全集에서도, '달이, 견우와 직녀가 만나는 것을 질투하여 방해한다고 하는 전설이 있었던 것인가'라고 하였다『萬葉集』 3, p.99].

2052 칠석날 밤에/ 내려서 오는 비는/ 견우별이요/ 서둘러 젓는 배의/ 노의 물보라인가

해설

7월 7일 칠석날 밤에 내리는 비는, 견우가 직녀를 만나러 가기 위해 타고 가는 배의 노를 빨리 저어서 생기는 물보라인가라는 내용이다.

제삼자의 입장에서의 작품이다.

2053 天漢　八十瀬霧合　男星之　時待船　今滂良之

天の川　八十瀬霧らへり[1]　彦星の　時[2]待つ船は　今し漕ぐらし

あまのかは　やそせきらへり　ひこぼしの　ときまつふねは　いましこぐらし

2054 風吹而　河浪起　引船丹　度裳來　夜不降間介

風吹きて　川波立ちぬ　引船に[3]　渡りも來れ[4]　夜の更けぬ間に

かぜふきて　かはなみたちぬ　ひきふねに　わたりもきたれ　よのふけぬまに

2055 天河　遠渡者　無友　公之舟出者　年介社候

天の川　遠き渡[5]は　無けれども　君が舟出は　年にこそ待て[6]

あまのかは　とほきわたりは　なけれども　きみがふなでは　としにこそまて

---

1 **霧らへり**：배의 물보라로 안개가 낀다.
2 **時**：칠석날 밤을 가리킨다.
3 **引船に**：해안에서 밧줄로 끄는 배를 말한다.
4 **來れ**：'來れ'는 'きたる'의 명령형이다.
5 **遠き渡**：일 년이나 걸리는 먼 도항이다.
6 **年にこそ待て**：일 년 만에.

2053 하늘의 강의/ 여울마다 안개네/ 견우별이요/ 때를 기다리는 배/ 지금 노 젓는가 봐

🌼 해설

　　하늘의 강의 많은 여울마다 안개가 끼어 있네. 칠석날 밤을 기다려서 견우의 배는 지금 노를 젓고 있는 듯하네라는 내용이다.
　　제삼자의 입장에서의 작품이다.

2054 바람이 불어/ 강 물결이 일었네/ 끄는 배로요/ 건너와 주시지요/ 밤이 깊기 전에요

🌼 해설

　　바람이 불어서 강에 물결이 일었네요. 그러니 힘들게 노를 젓지 말고 해안에서 밧줄로 끄는 배로 빨리 건너와 주시지요. 밤이 깊기 전에요라는 내용이다.
　　바람이 불어서 노를 젓기가 힘들 것이니, 견우가 안전하게 빨리 오라고 하는 직녀의 입장에서의 작품이다.

2055 하늘의 강에/ 멀리 건너는 곳은/ 없지만서도/ 그대 배를 내는 것/ 일 년을 기다려서

🌼 해설

　　하늘의 강은 폭이 좁기 때문에 시간이 오래 걸리는 곳도 아니며 멀리 건너야 하는 곳은 없지만, 그대가 배를 내어서 찾아오는 것은 일 년에 한 번으로 하고 있으니 기다리고 있습니다라는 내용이다.
　　견우가 일 년에 한 번 찾아오는 것을 안타까워하는 직녀의 입장에서의 작품이다.

2056　　天漢　打橋度　妹之家道　不止通　時不待友

天の川　打橋[1]渡せ　妹が家路　止まず通はむ　時待たずとも

あまのかは　うちはしわたせ　いもがいへぢ　やまずかよはむ　ときまたずとも

2057　　月累　吾思妹　會夜者　今之七夕　續巨勢奴鴨

月かさね　わが思ふ妹に　逢へる夜は　今し七夜[2]を　續ぎこせぬかも[3]

つきかさね　わがおもふいもに　あへるよは　いましななよを　つぎこせぬかも

2058　　年丹裝　吾舟滂　天河　風者吹友　浪立勿忌

年に艤ふ[4]　わが舟漕がむ　天の川　風は吹くとも[5]　波立つなゆめ

としによそふ　わがふねこがむ　あまのかは　かぜはふくとも　なみたつなゆめ

---

1 **打橋**：걸쳐 놓은 다리. 말뚝을 박고 판자를 걸친다. 高橋와 대조된다. 신화에 '安の川'에 판자다리를 만들었다
고 한 것에 의한 것이다. 기다리는 마음에서 '판자다리라도'라고 한 것이다.
2 **今し七夜**：7일은 많은 날을 의미하는데 그것에 흥미를 느꼈다.
3 **續ぎこせぬかも**：'こせ'는 希求의 보조동사. 'ぬかも'는 願望을 나타낸다.
4 **年に艤ふ**：배를 장식하는 것을 '船よそひ'라고 한다.
5 **風は吹くとも**：가을이므로 어쩔 수 없지만.

2056 하늘의 강에/ 판자 다리 놓아요/ 아내 집 가는 길/ 끊임없이 다니자/ 때 기다리잖아도

🌸 **해설**

하늘의 강에 판자 다리라도 놓아 주세요. 그러면 아내 집으로 가는 길을 항상 다닐 수 있지요. 배를 내는 것이 허락된 때인 칠석날 밤을 기다리지 않더라도라는 내용이다.

은하수에 판자로 다리를 놓으면 언제든지 직녀를 만나러 갈 수 있다는 뜻이다.

직녀를 늘 만나러 가고 싶어하는 견우의 입장에서의 작품이다.

2057 여러 달 동안/ 내가 그리던 아내를/ 만난 오늘 밤/ 지금 또 칠일 밤을/ 이어주지 않는가

🌸 **해설**

여러 달 동안 내가 그리워하던 아내를 만난 칠석인 오늘 밤은, 지금 다시 또 칠일 밤을 이어주면 좋겠네라는 내용이다.

칠석 하룻밤만으로는 짧으니 여러 날을 더 이어지게 해주면 좋겠다고 하는 견우의 입장에서의 작품이다.

2058 해마다 꾸미는/ 내 배를 저어가자/ 하늘의 강에/ 바람은 불더라도/ 물결 일지 마 결코

🌸 **해설**

일 년에 한 번만 장식해서 나가는 배를 나는 저으려고 하고 있네. 그러니 하늘의 강에 바람은 불더라도 어쩔 수가 없지만 물결은 절대로 일지 말라는 내용이다.

물결이 일면 배를 저어가기 힘들므로 물결이 절대로 일지 말라는 뜻이다.

직녀를 만나는데 장애가 없기를 바라는 견우의 입장에서의 작품이다.

2059 天河　浪者立友　吾舟者　率滂出　夜之不深間介

　　　天の川　波は立つとも　わが舟は　いざ漕ぎ出でむ　夜の更けぬ間に

　　　あまのかは　なみはたつとも　わがふねは　いざこぎいでむ　よのふけぬまに

2060 直今夜　相有兒等介　事問母　未為而　左夜曾明二來

　　　ただ¹今夜　逢ひたる兒らに　言どひ²も　いまだせずして　さ夜そ明けにける

　　　ただこよひ　あひたるこらに　ことどひも　いまだせずして　さよそあけにける

2061 天河　白浪高　吾戀　公之舟出者　今為下

　　　天の川　白波高し　わが戀ふる　君が舟出は　今し³爲らしも⁴

　　　あまのかは　しらなみたかし　わがこふる　きみがふなでは　いましすらしも

---

　1 ただ : 바로 지금 이 밤. 단지 오늘 밤만이라든가, 곧 다가오는 오늘 밤이라는 뜻이 아니다.
　2 言どひ : '問ふ'는 말을 거는 것이다. '妻問(구혼)'과 같다.
　3 今し : 'し'는 강조를 나타낸다.
　4 爲らしも : 흰 물결이 높은 것을 보니 그렇게 생각된다는 것이다.

2059　하늘의 강은/ 물결이 일더라도/ 나의 배는요/ 자아 저어 나가자/ 밤이 더 깊기 전에

🌸 **해설**

　하늘의 강은 비록 물결이 일어나더라도 나의 배는 노를 저어서 나가자. 밤이 더 깊어가기 전에라는 내용이다.

　직녀를 만나기 위해서 강에 물결이 일어도 배를 저어 나가려는 견우의 입장에서의 작품이다.

2060　바로 오늘 밤/ 만난 그녀에게요/ 말 거는 것도/ 아직 안 했는데도/ 밤은 새어 버렸네요

🌸 **해설**

　바로 오늘 밤 만난 그녀에게 말을 거는 것도 아직 하지 않았는데 밤은 이미 새어 버렸네요라는 내용이다.

　직녀와 만난 밤이 너무 짧은 것을 아쉬워한 견우의 입장에서의 작품이다.

　'直今夜'를 大系·注釋·私注에서는, '다만 오늘 밤만'으로 해석하였다(『萬葉集』 3, p.98), (『萬葉集注釋』 10, p.277), (『萬葉集私注』 5, p.297)]. 全集에서도 '오늘 밤만'으로 해석하였다[『萬葉集』 3, p.101].

2061　하늘의 강의/ 흰 물결이 높네요/ 내 사랑하는/ 그대가 배 내는 것/ 지금 하는 듯하네

🌸 **해설**

　하늘의 강의 흰 물결이 높네요. 그것을 보니 내가 사랑하는 그대가 배를 출발시키는 것을 지금 하는 듯하네라는 내용이다.

　흰 물결의 높은 것은 견우가 노를 저어서 그런 것이라고 본 직녀의 입장에서의 노래이다.

　中西 進은, '이 작품과 비슷한 내용이 1529번가에 보인다. 底本에는 이하 2076번가까지의 16수가 없고 卷末에 後人이 보충하였다'고 하였다.

2062　機　蹋木持徃而　天漢　打橋度　公之來為

　　　機[1]の　蹋木[2]持ち行きて　天の川　打橋[3]わたす　君が來むため

　　　はたものの　まねきもちゆきて　あまのかは　うちはしわたす　きみがこむため

2063　天漢　霧立上　棚幡乃　雲衣能　飄袖鴨

　　　天の川　霧[4]立ち上る　織女の　雲の衣[5]の　飄る袖かも

　　　あまのかは　きりたちのぼる　たなばたの　くものころもの　かへるそでかも

2064　古　織義之八多乎　此暮　衣縫而　君待吾乎

　　　古[6]ゆ　織りてし[7]機を　この夕　衣に縫ひて　君待つわれを[8]

　　　いにしへゆ　おりてしはたを　このゆふへ　ころもにぬひて　きみまつわれを

---

　1 **機** : 베를 짜는 도구이다. 베틀.
　2 **蹋木** : 발로 밟아서 씨실과 날실을 교차시키는 나무이다.
　3 **打橋** : 간단한 다리이다.
　4 **霧** : 견우가 노를 젓는 배의 물보라로 자주 노래된다.
　5 **雲の衣** : 하늘 사람의 옷이라는 뜻이다. 구름을 하늘의 너울이라고 한 노래(2041)는 전통적인 발상이다.
　6 **古** : 2019번가와 마찬가지라고 보아 'ゆ'를 넣어 읽었다. 2028번가도 마찬가지이다.
　7 **織りてし** : 'てし'의 원문 '義之'는 중국의 서예가 왕희지를 글씨 잘 쓰는 사람인 '手師(てし)'라 하여 이렇게
　　 표기한 것이다.
　8 **君待つわれを** : 'を'는 영탄을 나타낸다.

2062　베짜는 베틀/ 베틀다리 가지고 가/ 하늘의 강에/ 나무다리 놓아요/ 그대 오게 하려고

해설

베틀의 밟는 나무인 베틀다리를 가지고 가서 하늘의 강에 걸쳐서 나무다리를 놓아요. 그대가 그것을 밟고 건너서 오게 하려고요라는 내용이다.

직녀의 입장에서의 노래이다.

2063　하늘의 강에/ 안개가 일어나네/ 직녀별이요/ 입고 있는 구름 옷/ 나부끼는 소맨가

해설

하늘의 강에 안개가 일어나고 있네. 직녀가 입고 있는 구름 옷의 소매가 나부끼는 것인가라는 내용이다.

'하늘의 강에 일어나는 안개'는 대체로 견우가 배를 저을 때 생기는 물보라로 인식되었는데, 이 작품에서는 견우의 구름 소맷자락으로 표현되었다.

제삼자의 입장에서의 작품이다.

2064　이전서부터/ 짜고 있던 천을요/ 오늘 밤에는/ 옷으로 만들어서/ 님을 기다리는 나

해설

전부터 짜고 있던 천을 오늘 밤에는 옷으로 만들어서 남편인 견우를 기다리는 나인 것인가라는 내용이다.

직녀의 입장에서의 작품이다.

2065 足玉母　手珠毛由良介　織旗乎　公之御衣介　縫将堪可聞

　　　 足玉も　手珠¹もゆら²に　織る機を　君が御衣³に　縫ひ堪へ⁴むかも

　　　 あしだまも　ただまもゆらに　おるはたを　きみがみけしに　ぬひあへむかも

2066 擇月日　逢義之有者　別乃　惜有君者　明日副裳欲得

　　　 月日擇り　逢ひてしあれば　別れさ⁵の　惜しかる君は　明日さへ⁶もがも⁷

　　　 つきひえり　あひてしあれば　わかれさの　をしかるきみは　あすさへもがも

2067 天漢　渡瀬深弥　泛船而　棹來君之　機音所聞

　　　 天の川　渡瀬⁸深み　船浮けて　漕ぎ來る君が　楫の音聞ゆ

　　　 あまのかは　わたりせふかみ　ふねうけて　こぎくるきみが　かぢのおときこゆ

---

1 **手珠** : 손발에 장식하는 구슬이다.
2 **ゆら** : 의성어이다.
3 **君が御衣** : '御衣(みけし)'의 'けし'는 敬語 동사 'けす'의 명사형이다.
4 **縫ひ堪へ** : '堪へ'는 할 수 있다는 뜻이다.
5 **別れさ** : 'い別れの'로 읽는 경우도, '別れむの'로 읽는 경우도 있다.
6 **明日さへ** : 오늘뿐만 아니라 내일도.
7 **もがも** : 원망을 나타낸다.
8 **渡瀬** : 본래는 걸어서 건너는 얕은 여울이다.

2065 발의 구슬도/ 손 구슬도 울리며/ 짜는 천을요/ 그대 입을 옷으로/ 만들 수가 있을까

❀ 해설

　장식으로 발에 단 구슬도 손 구슬도 딸랑딸랑 울릴 정도로 열심히 손발을 움직여서 짠 이 천을, 그대가 입을 옷으로 만들 수가 있을까라는 내용이다.

　직녀의 입장에서의 작품이다.

　'足玉も 手珠も'를 私注에서는, '『일본서기』仁德천황조에 雌鳥황녀가 足玉手玉을 달고 있었던 것이 보인다. 장신구이다. (중략) 『일본서기』神代에는 木花開耶姫 등이 손에 단 구슬도 딸랑거리며 베를 짜고 있었던 모습이 보인다'고 하였대『萬葉集私注』5, p.299].

2066 날과 달 골라/ 만나는 것이므로/ 헤어지는 것/ 안타까운 그대는/ 내일도 있었으면

❀ 해설

　날과 달을 선택해서 7월 7일밖에 만날 수 없는 것이므로, 헤어지는 것이 안타까운 그대는 내일도 있었으면 좋겠네요라는 내용이다.

　일 년에 7월 7일 하루만 견우와 만나야 하는 것을 안타까워 한 직녀의 입장에서의 노래이다.

2067 하늘의 강의/ 건너는 곳 깊어서/ 배를 띄워서/ 저어 오는 그대의/ 노 소리가 들려오네

❀ 해설

　하늘 강의 건너는 곳이 깊어서 걸어서 건널 수 없으므로, 배를 띄우고 노를 저어서 오는 그대의 노 소리가 들려오네라는 내용이다.

　직녀의 입장에서의 노래이다.

2068　天原　振放見者　天漢　霧立渡　公者來良志

　　　　天の原　ふり放け見れば　天の川　霧立ち渡る[1]　君は來ぬ[2]らし

　　　　あまのはら　ふりさけみれば　あまのかは　きりたちわたる　きみはきぬらし

2069　天漢　瀬毎　幣奉　情者君乎　幸來座跡

　　　　天の川　川の瀬ごとに　幣[3]奉る　こころは君を　幸く來ませと[4]

　　　　あまのかは　かはせのごとに　ぬさまつる　こころはきみを　さきくきませと

2070　久堅之　天河津介　舟泛而　君待夜等者　不明毛有寐鹿

　　　　ひさかたの[5]　天の川津[6]に　舟浮けて　君待つ夜ら[7]は　明けずもあらぬか[8]

　　　　ひさかたの　あまのかはつに　ふねうけて　きみまつよらは　あけずもあらぬか

---

1 **霧立ち渡る** : 노를 저으므로 생기는 물보라이다.
2 **君は來ぬ** : 'ぬ'는 완료를 나타낸다.
3 **幣** : 강여울의 신에게 바치는 목면, 마 등의 공물이다.
4 **幸く來ませと** : 무사히 오게 하라고 생각하는 마음이다.
5 **ひさかたの** : 먼 곳의 하늘.
6 **天の川津** : '津'은 선착장이다.
7 **君待つ夜ら** : 'ら'는 접미어이다.
8 **明けずもあらぬか** : 'ぬか'는 願望을 나타낸다.

2068 넓은 하늘을/ 멀리 바라다보면/ 하늘의 강에/ 안개가 일고 있네/ 그대 온 듯하네요

해설

넓은 하늘을 멀리 바라보면 하늘의 강에 안개가 일어나고 있네. 아마도 견우 그대가 온 듯하네요라는 내용이다.

직녀의 입장에서의 노래이다.

2069 하늘의 강의/ 강여울 마다에요/ 공물 바치는/ 마음속은 그대를/ 무사히 오게 하려

해설

하늘의 강의 강여울마다 그곳 신에게 공물을 바치는 마음속은, 견우 그대를 무사히 보내어 달라고 비는 것 뿐입니다라는 내용이다.

견우가 무사히 강을 건너게 해 달라고 강여울의 신에게 비는 직녀의 입장에서의 노래이다.

2070 (히사카타노)/ 하늘의 강나루에/ 배를 띄워서/ 그대 기다리는 밤/ 새지 않고 안 되는가

해설

먼 곳 하늘의 강나루에 배를 띄워서 그대를 기다리는 밤은, 새지 말고 그대로 있었으면 좋겠네라는 내용이다.

견우를 일 년에 한 번 만나는 밤은 이별을 하지 않아도 되도록 새지 말았으면 좋겠다는 뜻이다.

직녀의 입장에서의 작품이다.

견우가 배를 띄워서 오는 것이 일반적인데, 직녀가 배를 띄우고 기다린다는 것은 다소 독특하다. 이것에 대해 私注에서는, '직녀가 견우의 배를 맞이하는 배를 띄운 경우를 상정한 것이다'고 하였대『萬葉集私注』5, p.301].

2071　天河　足沾渡　君之手毛　未枕者　夜之深去良久

天の川　なづさひ[1]渡る　君が手も　いまだ枕かねば[2]　夜の更けぬらく[3]

あまのかは　なづさひわたる　きみがても　いまだまかねば　よのふけぬらく

---

1 **なづさひ** : 'なづ(漬)む'와 같은 말로 힘들다는 뜻이다.
2 **いまだ枕かねば** : 'ねば'는 역접이다.
3 **夜の更けぬらく** : 'ぬ'는 완료를 나타낸다. 'らく'는 명사형이다. 餘情을 표현한 것이다.

2071　하늘의 강을/ 고생해서 건너온/ 그대의 손도/ 아직 베잖았는데/ 밤이 깊어 버렸네

해설

　　하늘의 강을 고생해서 건너온 그대의 팔을 아직 베개로 베지도 않았는데 벌써 밤이 깊어 버렸네라는 내용이다.

　　'足沾渡'를 注釋에서는 中西 進과 마찬가지로 'なづさひ渡る'로 읽고, "わたり'로 읽으면 견우의 작품이 되어 '君が手'가 직녀의 손이 된다. 천상의 일이므로 직녀를 君이라고 했다고도 생각할 수 없는 것도 아니지만, 전후의 작품을 보더라도 '君'은 견우라고 보아야 할 것이다. (중략) 직녀가 견우를 기다리기 힘들어하고 있는 작품이라고 보아야 한다'고 하였다『萬葉集注釋』10, pp.286~287]. 阿蘇瑞枝는, "なづさひ渡る'가 君을 수식하는 것으로 해석하면 직녀의 입장에서의 작품이 된다'고 하였다『萬葉集全注』10, p.302]. '足沾渡'를 私注에서는 'なづさひ渡り'로 읽고 주어는 견우라고 하고, '君'은 직녀를 가리키는 것으로 보아, '하늘의 강을 발이 젖으며 건너, 직녀 그대 손을 팔베개로 하지도 않았는데 밤은 이슥해졌네'로 해석하였다『萬葉集私注』5, p.301]. 全集에서는 私注와 마찬가지로 'なづさひ渡り'로 읽었지만 주어는 직녀라고 하고 '君'은 견우를 가리키는 것으로 본 뒤, '중국의 칠석 전설은 여자가 남자 곁으로 찾아가는 것으로 되어 있는데『만엽집』에서도 그렇게 볼 수 있는 노래가 있다(2081). 이 작품도 그런 한 예이다. 다만 'なづさひ渡る'로 읽고 지금 막 찾아온 견우의 손이라고 본 설도 있다. 또 '君'을 예외적으로 여성에 사용한 것으로 해석하여 견우의 입장에서 부른 노래라고도 생각할 수 있다'고 하였다『萬葉集』3, p.103]. 大系에서는 'なづさひ渡り'로 읽고, '하늘의 강을 발을 적시면서 건너와서, 그대의 팔을 베개를 하여 잠을 자지도 않았는데 벌써 밤이 이슥해져 버렸다'고 해석하였다『萬葉集』3, p.100]. 大系에서는 그 이상 별다른 설명을 하지 않았지만 해석으로 보면 견우가 강을 건넌 것이고 '君'을 직녀로 본 듯하다.

　　이처럼 이 작품은 강을 건너는 주체를 견우로 보는 경우와 직녀로 보는 경우가 있으며, 따라서 '君'도 견우로 보는 경우와 직녀로 보는 경우로 나뉘고 있다. 일본 작품이므로, 또 발이 젖고 힘들게 찾아간다고 하였으므로 견우가 직녀를 찾아간다고 보는 것이 좋을 듯하다. 그리고 '君'도 남성으로 보아야 할 것이다. 그러면 '그렇게 힘들게 찾아온 그대 견우의 팔을 베개로 하여 잠을 자지도 않았는데 벌써 밤이 이슥해져 버렸다'고 안타까워하는 직녀의 입장에서의 작품이 되어 무리가 없을 것 같다.

2072　渡守　船度世乎跡　呼音之　不至者疑　梶聲之不為

　　　　渡守[1]　船渡せを[2]と　呼ぶ聲の　至らねば[3]かも　楫の音のせぬ

　　　　わたしもり　ふねわたせをと　よぶこゑの　いたらねばかも　かぢのおとのせぬ

2073　真氣長　河向立　有之袖　今夜巻跡　念之吉沙

　　　　ま日[4]長く　川に向き立ち　ありし袖　今夜纏かむと　思へるがよさ

　　　　まけながく　かはにむきたち　ありしそで　こよひまかむと　おもへるがよさ

2074　天河　渡湍毎　思乍　來之雲知師　逢有久念者

　　　　天の川　渡瀬ごとに　思ひつつ　來しく[5]もしるし[6]　逢へらく思へば

　　　　あまのかは　わたりせごとに　しのひつつ　こしくもしるし　あへらくおもへば

1　**渡守**：船頭이다. 견우의 배를 건네준다고 한다.
2　**船渡せを**：'を'는 영탄을 나타낸다.
3　**至らねば**：이쪽 해안의 내 소리가.
4　**ま日**：'ま'는 접두어이다.
5　**來しく**：'く'는 제5구의 'らく'와 마찬가지로 명사화의 어법이다.
6　**しるし**：효과가 크다.

2072 뱃사공이여/ 배를 보내 달라고/ 외치는 소리/ 들리지 않았는가/ 노의 소리 나지 않네

해설

뱃사공이여 배를 보내어 달라고 이쪽에서 외치는 소리가 그쪽에 들리지 않았는가. 노 젓는 소리가 들리지 않네라는 내용이다.

私注에서는, '견우가 선착장에 서서 뱃사공을 부르는 경우를 상정한 것이다. 견우 입장에서의 작품이다'고 하였다『萬葉集私注』 5, p.302]. 全集에서도, '견우가 뱃사람을 고용해서 하늘의 강을 건너려고 노래 부르고 있다'고 하였다『萬葉集』 3, p.103]. 阿蘇瑞枝도 견우의 입장에서의 작품으로 보았다『萬葉集全注』 10, p.303].

2073 오랜 날 동안/ 강을 향하여 서서/ 있던 소매를/ 오늘 밤에 베려고/ 생각하는 것 좋아

해설

나를 기다리며 오랜 기간을 강을 향하여 서 있던 아내의 옷소매를 오늘 밤에 베개로 하려고 생각하는 것이 무척 멋지네라는 내용이다.

직녀와 만날 것을 즐겁게 생각하는 견우의 입장에서의 작품이다.

2074 하늘의 강의/ 여울을 하나하나/ 생각하면서/ 온 보람이 크네요/ 만난 것을 생각하면

해설

하늘의 강의 건너는 여울을 하나씩 하나씩, 아내를 그리워하면서 건너온 보람이 무척 크네요. 이렇게 만날 수 있은 것을 생각하면이라는 내용이다.

견우의 입장에서 직녀와 만난 기쁨을 노래한 것이다.

2075　人左倍也　見不継将有　牽牛之　嬬喚舟之　近附徃乎 [一云, 見乍有良武]

人さへ[1]や　見繼がずあらむ　彦星の　妻よぶ舟[2]の　近づき行くを [一は云はく, 見つつある
らむ]

ひとさへや　みつがずあらむ　ひこぼしの　つまよぶふねの　ちかづきゆくを [あるはいは
く, みつつあるらむ]

2076　天漢　瀬乎早鴨　烏珠之　夜者開尒乍　不合牽牛

天の川　瀬を早みかも　ぬばたまの　夜は明けにつつ　逢はぬ彦星

あまのかは　せをはやみかも　ぬばたまの　よはあけにつつ　あはぬひこぼし

2077　渡守　舟早渡世　一年尒　二遍徃來　君尒有勿久尒

渡守[3]　舟はや渡せ　一年に　二たび通ふ　君にあらなくに[4]

わたしもり　ふねはやわたせ　ひととせに　ふたたびかよふ　きみにあらなくに

---

1 **人さへ**：나(직녀)는 물론, 그 위에 다른 사람까지도. 사람은 다른 사람이라는 뜻이다.
2 **妻よぶ舟**：아내를 방문하는 배이다.
3 **渡守**：배를 건네주는 사람이다.
4 **君にあらなくに**：'なく'부정의 명사형이다. 'に'는 역접의 영탄을 나타낸다.

2075 남들까지도/ 보잖을 수 있을까/ 견우별이요/ 구혼하러 가는 배/ 다가가는 것을요[어떤 책에는 말하기를, 계속 보고 있겠지]

✿ 해설

   직녀는 물론 다른 사람들까지도 어떻게 계속 보지 않고 있을 수가 있겠는가. 견우가 구혼하러 가는 배가 가까이 다가가는 것을[어떤 책에는 말하기를, 계속 보고 있겠지]이라는 내용이다.
   제삼자의 입장에서의 작품이다. 阿蘇瑞枝는 칠석 연회에서의 작품으로 보았다[『萬葉集全注』 10, p.305].

2076 하늘의 강은/ 물살이 빠른 건가/ (누바타마노)/ 날이 새고 있는데/ 못 만나는 견우여

✿ 해설

   하늘의 강은 물살이 빠른 것인가. 칠흑같이 어두운 밤도 깊어져 날이 새려고 하고 있는데도 만날 수가 없는 견우여라는 내용이다.
   제삼자의 입장에서의 노래이다. 私注에서는, '밤이 깊어도 전설처럼, 견우와 직녀가 아직 만나지 않으므로 그것을 탄식하여, 하늘의 강이 빠르기 때문인 것인가 하고 노래한 것이다. 물론 견우도 직녀도 恆星이므로 실제는 칠석에 서로 만난다든가 가까이 다가간다든가 하는 것은 아니다. 전설과 사실이 맞지 않는 것을 안 사람이 지은 것일까'라고 하였다[『萬葉集私注』 5, p.304].

2077 뱃사공이여/ 배 빨리 건네 다오/ 만 일 년에요/ 두 번씩이나 오는/ 남편이 아닌 것인데

✿ 해설

   뱃사공이여 남편을 태운 배를 빨리 보내어 다오. 일 년에 두 번 오는 남편도 아니니라는 내용이다.
   뱃사공에게 견우를 태우고 빨리 오라고 하는, 직녀의 입장에서의 작품이다.

2078　玉葛　不絶物可良　佐宿者　年之度介　直一夜耳

　　　玉葛[1]　絶えぬものから[2]　さ寝らく[3]は　年の渡に[4]　ただ一夜のみ

　　　たまかづら　たえぬものから　さぬらくは　としのわたりに　ただひとよのみ

2079　戀日者　食長物乎　今夜谷　令乏應哉　可相物乎

　　　戀ふる日は　日長きものを　今夜だに　乏む[5]べしや　逢ふべきものを

　　　こふるひは　けながきものを　こよひだに　ともしむべしや　あふべきものを

2080　織女之　今夜相奈婆　如常　明日乎阻而　年者将長

　　　織女の　今夜逢ひなば　常のごと　明日を隔てて[6]　年は長けむ

　　　たなばたの　こよひあひなば　つねのごと　あすをへだてて　としはながけむ

---

1 **玉葛** : '玉'은 美稱이다. 덩굴이 길므로 '絶えぬ'를 수식한다.
2 **絶えぬものから** : 'から'는 역접이다.
3 **寝らく** : '寝る'의 명사형이다.
4 **年の渡に** : 일 년이 경과하였다.
5 **乏む** : 부족하다고 생각한다. 조금밖에 없어서 마음이 끌리는 것이다. 더 만나고 싶다고 생각한다.
6 **明日を隔てて** : 내일을 오늘과 구별하여, 이후로는.

2078　(타마카즈라)/ 끊어지진 않지만/ 함께 자는 건/ 일 년 지나는 동안/ 오로지 하룻밤뿐

🌸 해설

　　아름다운 덩굴이 계속 이어지는 것처럼 인연은 끊어지지 않지만, 둘이서 함께 잠을 자는 것은 일
년에 오로지 하룻밤뿐이라는 내용이다.
　　견우와 직녀의 인연은 끊어진 것이 아니지만, 일 년에 하룻밤만 만나서 함께 잠을 자는 것을 안타까워
한 작품이다. 견우의 작품으로도 직녀의 작품으로도, 제삼자의 작품으로도 볼 수 있다.

2079　그리는 날은/ 오랜 날들인 것을/ 오늘 밤만은/ 부족하다 않겠네/ 만날 수 있는 것을

🌸 해설

　　그리워하면서 괴로워한 날은 아주 많았던 것이지요. 그러나 적어도 오늘 밤만은 애절함을 탄식하지
않겠어요. 오늘 밤은 만날 수 있는 것이니까라는 내용이다.
　　직녀의 입장에서의 작품이다. 阿蘇瑞枝는, '견우의 작품으로도 직녀의 작품으로도 볼 수 있지만 견우
의 작품인가'라고 하였다『萬葉集全注』 10, p.309].

2080　직녀별이요/ 오늘 밤 만난다면/ 언제나처럼/ 내일을 경계로 해/ 일 년은 길겠지요

🌸 해설

　　직녀가 오늘 밤 견우를 만난다면, 언제나처럼 내일을 경계로 해서, 그 다음 칠석에 다시 만날 때까지
만날 수가 없으므로 일 년은 무척 길겠지요라는 내용이다.
　　견우와 헤어지면 다시 일 년을 기다려야하는 직녀를 안타깝게 생각한 제삼자의 입장에서의 작품이다.

2081　天漢　棚橋渡　織女之　伊渡左牟介　棚橋渡

　　　　天の川　棚橋[1]わたせ　織女の　い渡らさむ[2]に　棚橋わたせ

　　　　あまのかは　たなはしわたせ　たなばたの　いわたらさむに　たなはしわたせ

2082　天漢　河門八十有　何介可　君之三船乎　吾待将居

　　　　天の川　川門[3]八十[4]あり　何處にか　君がみ船を　わが待ち居らむ

　　　　あまのかは　かはとやそあり　いづくにか　きみがみふねを　わがまちをらむ

2083　秋風乃　吹西日従　天漢　瀬介出立　待登告許曾

　　　　秋風の　吹きにし[5]日より　天の川　瀬に出で立ちて　待つと告げこそ[6]

　　　　あきかぜの　ふきにしひより　あまのかは　せにいでたちて　まつとつげこそ

---

1 **棚橋** : 선반처럼 판자를 걸친 다리이다. 打橋(2056번가)에 가깝고, 큰 다리라고 하는 구조를 가지지 않은 것일 것이다. 2361번가 참조.
2 **い渡らさむ** : 직녀가 건넌다고 하는 중국 본래의 유형이다.
3 **川門** : 강의 폭이 좁은 곳이며, 건너는 곳이 된다.
4 **八十** : 수가 많은 것을 말한다.
5 **吹きにし** : 완료와 과거를 나타낸다.
6 **告げこそ** : 'こそ'는 希求의 보조동사이다.

2081   하늘의 강에/ 널판 다리를 놓자/ 직녀별이요/ 건널 수가 있도록/ 널판 다리를 놓자

✿ 해설

　　하늘의 강에 널판 다리를 놓자. 그러면 직녀별이 다리를 밟고 건너가서 견우를 만날 수 있으므로 널판 다리를 놓자라는 내용이다.
　　제삼자의 입장에서의 작품이다. 이 작품에서는 특이하게 직녀가 은하수를 건너서 견우를 만나러 가는 것으로 되어 있다.

2082   하늘의 강엔/ 좁은 여울 많네요/ 어느 곳에서/ 그대의 멋진 배를/ 기다리고 있을까

✿ 해설

　　하늘의 강에는 강의 폭이 좁아서 건널 만한 곳이 많이 있네요. 어느 곳에서 그대가 타고 오는 멋진 배를 나는 기다리고 있을까요라는 내용이다.
　　직녀의 입장에서의 노래이다.

2083   가을바람이/ 불기 시작한 후로/ 하늘의 강의/ 여울에 나가 서서/ 기다린다 전해줘

✿ 해설

　　가을바람이 불기 시작한 날부터 하늘의 강의 여울에 나가 서서 기다리고 있다고 견우에게 전해주면 좋겠네라는 내용이다.
　　가을바람이 불면 곧 칠석이 되므로 견우를 더욱 기다리는 직녀의 입장에서의 작품이다.

2084　天漢　去年之渡瀬　有二家里　君之将來　道乃不知久

　　　　天の川　去年の渡瀬　荒れにけり　君が來まさ[1]む　道の知らなく[2]

　　　　あまのかは　こぞのわたりせ　あれにけり　きみがきまさむ　みちのしらなく

2085　天漢　湍瀬尒白浪　雖高　直渡來沼　時者苦三

　　　　天の川　湍瀬に白波　高け[3]ども　ただ[4]渡り來ぬ　待たば苦しみ[5]

　　　　あまのかは　せぜにしらなみ　たかけども　ただわたりきぬ　またばくるしみ

2086　牽牛之　嬬喚舟之　引綱乃　将絶跡君乎　吾之念勿國

　　　　彦星の　妻呼ぶ舟[6]の　引綱[7]の　絶えむと君[8]を　わが思はなくに[9]

　　　　ひこぼしの　つまよぶふねの　ひきつなの　たえむときみを　わがおもはなくに

---

1 **君が來まさ** : 'まさ'는 敬語이다.
2 **道の知らなく** : 'なく'는 영탄 종지이다.
3 **高け** : 파도가 높은 만큼 흰 물결이 된다.
4 **ただ** : 오로지.
5 **待たば苦しみ** : 기다리는 것은 힘들다.
6 **妻呼ぶ舟** : 아내에게 구혼하러 가는 배이다. 2075번가 참조.
7 **引綱** : 배를 끄는 밧줄. 2054번가 참조. 이하 전체의 비유이다.
8 **絶えむと君** : 칠석에 부치는 사랑의 노래로, '君', 'わが'는 칠석의 주인공과는 다른 사람이다.
9 **わが思はなくに** : 3507번가 참조.

2084 하늘의 강의/ 작년에 건넜던 곳/ 황폐해져 버렸네/ 그대가 오실 것인/ 길을 알 수 없네요

🌸 **해설**

하늘의 강의, 그대가 작년에 건너온 곳은 지금 황폐해져 버렸네요. 그러므로 이번에 그대가 오실 길을 알 수가 없네요라는 내용이다.

일 년에 한 번밖에 오지 않으므로 길이 황폐해졌다고 함으로써, 일 년 동안 기다린 외로움을 노래한 것이다.

직녀의 입장에서의 작품이다.

2085 하늘의 강은/ 여울마다 흰 물결/ 높지만서도/ 오로지 건너왔네/ 기다리면 힘들어

🌸 **해설**

하늘의 강은 여울마다 흰 물결이 비록 높지만 오로지 힘을 다해 건너온 것이네. 파도가 잠잠해지기를 기다리고 있으면 힘이 들기 때문에라는 내용이다.

직녀를 빨리 만나기 위해 위험을 무릅쓰고 강을 건넌 견우의 입장에서의 작품이다.

2086 견우별이요/ 구혼하러 가는 배/ 끌 밧줄처럼/ 끊어지려고 그럴/ 나는 생각하지 않네

🌸 **해설**

견우가 직녀를 만나러 가는 배를 끄는 밧줄처럼 끊어지려고는 나는 생각하지 않네라는 내용이다.

견우가 직녀를 만나러 가는 배를 끄는 밧줄이 끊어지지 않는 것처럼, 그대와의 인연이 끊어지는 일이 없다고 나는 생각하는데라는 뜻이다. 견우와 직녀의 일로 작자 자신의 사랑을 노래한 것이다. 阿蘇瑞枝 는, '칠석 연회에서 불리어진 것일 것이다'고 하였다[『萬葉集全注』 10, p.315].

2087　渡守　舟出為将出　今夜耳　相見而後者　不相物可毛

　　　　渡守　舟出し出でむ[1]　今夜のみ　相見て後は　逢はじものかも[2]

　　　　わたしもり　ふなでしいでむ　こよひのみ　あひみてのちは　あはじものかも

2088　吾隠有　檝棹無而　渡守　舟将借八方　須臾者有待

　　　　わが隠せる　楫棹無くて　渡守　舟貸さ[3]めやも[4]　須臾はあり待て

　　　　わがかくせる　かぢさをなくて　わたしもり　ふねかさめやも　しましはありまて

---

1 **舟出し出でむ** : 돌아가자.
2 **逢はじものかも** : 'かも'는 강한 부정을 동반한 의문이다.
3 **舟貸さ** : 견우를 배에 태우는 것이다.
4 **舟貸さめやも** : 'やも'는 강한 부정을 동반한 의문이다.

2087　뱃사공이여/ 배를 내어 가지요/ 오늘 밤에만/ 만나고 난 후에는/ 만날 수 없을 건가

해설

　　뱃사공이여 배를 출발시켜서 돌아가지요. 오늘 밤에만 만나고 그 후에는 만날 수 없는 것도 아니니라는 내용이다.

　　내년에도 다시 만날 수 있으니 너무 아쉬워하지 말고 돌아가자는, 견우의 입장에서의 노래이다.

2088　내가 숨겨 놓은/ 노도 삿대도 없인/ 뱃사공도요/ 배에 태울 건가요/ 좀 더 기다려 주세요

해설

　　내가 숨겨 놓은 노도 삿대도 없이는 뱃사공도 배를 저어갈 수가 없으므로 견우를 배에 태울 수가 있겠나요. 그러니 견우 그대여 좀 더 기다려 주세요라는 내용이다.

　　견우를 조금이라도 더 붙잡아 두려고 하는 직녀의 입장에서의 작품이다.

2089　乾坤之　初時従　天漢　射向居而　一年丹　兩遍不遭　妻戀介　物念人　天漢　安乃川原乃　有通　出乃渡丹　其穂船乃　艫丹裳舳丹裳　船装　真梶繁抜　旗芒　本葉裳其世丹　秋風乃　吹來夕丹　天河　白浪凌　落沸　速湍渉　稚草乃　妻手枕迹　大舟乃　思憑而　滂來等六　其夫乃子我　荒珠乃　年緒長　思來之　戀將盡　七月　七日之夕者　吾毛悲焉

天地の　初めの時ゆ[1]　天の川　い向ひ居りて[2]　一年に　二度逢はぬ[3]　妻戀に　もの思ふ人[4]　天の川　安の川原の　あり通ふ[5]　出の渡に[6]　そほ[7]船の　艫[8]にも舳にも　船餝ひ[9]　眞楫繁貫き[10]　旗薄[11]　本葉[12]もそよに　秋風の　吹き來る夕に　天の川　白波しのぎ[13]　落ち激つ　早瀬渡りて　若草の[14]　妻が手枕くと　大船の　思ひ憑みて　漕ぎ來らむ　その夫の子[15]が　あらたまの[16]　年の緒[17]長く　思ひ來し　戀を盡さむ　七月の　七日の夕は　われも悲しも

あめつちの　はじめのときゆ　あまのかは　いむかひをりて　ひととせに　ふたたびあはぬ　つまごひに　ものおもふひと　あまのかは　やすのかはらの　ありがよふ　いでのわたりに　そほぶねの　ともにもへにも　ふなよそひ　まかぢしじぬき　はたすすき　もとはもそよに　あきかぜの　ふきくるよひに　あまのかは　しらなみしのぎ　おちたぎつ　はやせわたりて　わかくさの　つまがてまくと　おほふねの　おもひたのみて　こぎくらむ　そのつまのこが　あらたまの　としのをながく　おもひこし　こひをつくさむ　ふみつきの　なぬかのよひは　われもかなしも

---

1 **初めの時ゆ**：연애 이야기를 신화로 하는 생각. 2005번가 참조.
2 **い向ひ居りて**：2011번가의 'い向ひ立ちて'와 같다.
3 **二度逢はぬ**：여기까지 주제를 제시한다. 2092번가와 거의 같다.
4 **もの思ふ人**：견우. 주인공을 다시 상세하게 설명하는 것이다.
5 **あり通ふ**：'あり'는 '계속～하다'는 뜻이다. 견우가 그렇게 하는 것이다.
6 **出の渡に**：떠나는 선착장이다.
7 **そほ**：붉은 흙이다. 당시에 官船은 붉게 칠하였다.
8 **艫**：배의 꼬리 부분이다. 舳은 배의 앞부분이다.
9 **船餝ひ**：배의 장식이다. 2059번가 참조.
10 **眞楫繁貫き**：배 양쪽 현의 노를 'ま楫'이라 한다. 366·368번가 참조.
11 **旗薄**：깃발처럼 나부끼는 참억새.
12 **本葉**：이삭에 대해 本이라고 한다.
13 **白波しのぎ**：흰 파도를 억누르고.
14 **若草の**：싱그러운 풀과 같은 아내(직녀). 남편도 수식한다.
15 **その夫の子**：'つま'는 상대방이라는 뜻으로 남편과 아내 모두 말한다. '子'는 愛稱이다. 견우를 말한다.
16 **あらたまの**：年을 수식한다.
17 **年の緒**：긴 것을 '緒'라고 한다.

2089　하늘과 땅이/ 시작된 때로부터/ 하늘의 강을/ 향하여 있으면서/ 일 년 동안엔/ 두 번도 못 만나는/ 아내 사랑에/ 그리워하는 사람/ 하늘의 강인/ 야스(安)의 강에서요/ 항상 다니는/ 배를 내는 나루에/ 붉은 칠한 배/ 뒤쪽에도 앞에도/ 배를 꾸미고/ 양쪽에 노를 달아/ 참억새풀의/ 줄기 쪽 잎 흔들며/ 가을바람이/ 불어오는 밤에요/ 하늘의 강의/ 흰 물결을 넘어서/ 급한 물살의/ 빠른 여울 건너서/ (와카쿠사노)/ 아내 팔을 베려고/ (오호후네노)/ 의지로 생각하고/ 저어서 오는/ 그 남편인 사람이/ (아라타마노)/ 해와 달 오랫동안/ 생각하여 온/ 사랑을 다할 것인/ 음력 7월의/ 7일 칠석 밤은요/ 나도 슬픈 것이네

🌸 해설

　　하늘과 땅이 시작된 때부터 하늘의 강을 향하여 있으면서 사랑하는 아내인 직녀를 일 년에 두 번도 만나지 못하고 그립게 생각하는 사람인 견우여. 하늘의 강인 야스(安)의 강의, 항상 다니던 배를 내는 나루에, 붉은 칠을 한 배 뒤쪽에도 앞에도 멋지게 장식을 하여서 꾸미고, 멋진 노를 배의 양쪽 현에 달고, 깃발 같이 흔들리는 참억새풀의 뿌리 근처 쪽에서 나온 잎도 살랑거리도록 가을바람이 불어오는 밤에, 하늘의 강의 흰 물결을 넘고, 물살이 빠른 여울을 건너서, 싱싱한 풀과 같은 아내인 직녀의 팔을 베고 잠을 자려고, 큰 배처럼 의지가 된다고 생각하고 노를 저어서 오는 그 남편인 견우가 오랜 세월동안 생각하여 온 사랑을 마음껏 나눌 것인 7월 7일의 밤은, 나도 슬프네라는 내용이다.

　　제삼자의 입장에서의 노래이다.

反歌

2090　狛錦　紐解易之　天人乃　妻問夕叙　吾嘗将偲

　　　高麗錦[1]　紐解き交し　天人[2]の　妻問ふ夕ぞ　われも思はむ[3]

　　　こまにしき　ひもときかはし　あまひとの　つまどふよひぞ　われもしのはむ

2091　彦星之　河瀬渡　左小舟乃　得行而将泊　河津石所念

　　　彦星の　川瀬を渡る　さ小舟の[4]　え行きて[5]泊てむ　川津[6]し思ほゆ

　　　ひこぼしの　かはせをわたる　さをぶねの　えゆきてはてむ　かはつしおもほゆ

---

1 **高麗錦** : 고구려에서 전해진 비단이다. 天人이므로 상상한 것이다.
2 **天人** : 견우를 가리킨다.
3 **われも思はむ** : 그 모습을 그리워하자. '시노부'는 멀리서 생각하고 찬양하는 것이다.
4 **さ小舟の** : 'さ'는 접두어이다.
5 **え行きて** : 갈 수 있어서.
6 **川津** : 직녀와 만나는 장소이다.

反歌

2090 고구려 비단/ 끈을 서로 풀고서/ 하늘 남자가/ 아내와 자는 밤에/ 나도 그리워하자

해설

고구려 비단으로 만든 멋진 끈을 서로 풀고서 하늘 남자인 견우가 아내인 직녀와 함께 자는 밤이네. 나도 그 모습을 생각하고 그리워하자라는 내용이다.

제삼자의 입장에서의 작품이다.

2091 견우별이요/ 강여울을 건너는/ 작은 배가요/ 잘 가서 멈추게 될/ 선착장이 생각나네

해설

강여울을 건너는 견우의 작은 배가 강을 잘 건너가서 정박하여 직녀와 만나게 될 선착장이 생각나네라는 내용이다.

제삼자의 입장에서의 노래이다.

全集에서는 'え行きて'의 'え'에 대해, '가능을 나타내는 부사. 부정과 호응하는 경우가 많지만, 고대어에서는 부정을 동반하지 않고 '잘, 멋지게'라는 뜻으로 사용되는 예가 있다. 여기에서도 그런 예'라고 하였다『萬葉集』3, p.108l.

2092 天地跡　別之時従　久方乃　天験常　定大王　天之河原介　璞　月累而　妹介相　時候跡
立待介　吾衣手介　秋風之　吹反者　立座　多土伎乎不知　村肝　心不欲　解衣　思亂而
何時跡　吾待今夜　此川　行長　有得鴨

天地と　別れし時ゆ[1]　ひさかたの　天つしるしと[2]　定めてし　天の川原に[3]　あらたまの[4]
月を累ねて　妹に逢ふ　時候ふと[5]　立ち待つに　わが衣手に　秋風の　吹き反らへば[6]
立ちて坐て　たどき[7]を知らに　群肝の[8]　心いさよひ[9]　解衣の[10]　思ひ亂れて　何時しかと[11]
わが待つ今夜　この川の　行きて長く[12]も　ありこせぬかも[13]

あめつちと　わかれしときゆ　ひさかたの　あまつしるしと　さだめてし　あまのかはらに
あらたまの　つきをかさねて　いもにあふ　ときさもらふと　たちまつに　わがころもでに
あきかぜの　ふきかへらへば　たちてゐて　たどきをしらに　むらぎもの　こころいさよひ
ときぎぬの　おもひみだれて　いつしかと　わがまつこよひ　このかはの　ゆきてながくも
ありこせぬかも

---

1 **別れし時ゆ** : 'ゆ'는 경유하는 것이다.
2 **天つしるしと** : 'しるし'는 표시이다. 신화를 응용한 것이다. 2007번가 참조.
3 **天の川原に** : 여기까지 2089번가와 같은 유형으로 시작하고 있다.
4 **あらたまの** : 新靈으로 원래는 '年'을 수식한다.
5 **時候ふと** : 상태를 살핀다. 특히 뱃길에 많이 사용한다.
6 **吹き反らへば** : 자동사.
7 **たどき** : 수단이다.
8 **群肝の** : 많은 내장의. 마음을 표현한다.
9 **心いさよひ** : 원문의 '不欲'은 'ためらう'라는 뜻의 意字이다.
10 **解衣の** : 실밥을 뜯은 옷이다. 흐트러진 모습이다.
11 **何時しかと** : 언젠가. 빨리.
12 **行きて長く** : 강의 흐름이 먼 것과 밤이 긴 것을 겹쳐서 말한 것이다.
13 **ありこせぬかも** : 원문의 '得'은 'こせ(希求의 보조동사)'를 표기한 것인데 'ぬ'를 덧붙여 읽었다. 'ぬかも'는
　　願望을 나타낸다.

2092 하늘과 땅이/ 시작된 때로부터/ (히사카타노)/ 하늘의 표시로서/ 정해져서 온/ 하늘의 강의요/ (아라타마노)/ 달을 계속하여서/ 아내를 만날/ 때를 살피느라고/ 서 기다리면/ 나의 옷의 소매에/ 가을바람이/ 계속 불어오므로/ 서도 앉아도/ 어찌할지 모르고/ (무라기모노)/ 마음이 어지럽고/ (토키기누노)/ 생각 혼란스러워/ 언제일까고/ 내 기다린 오늘밤/ 이 하늘 강이/ 흐름이 긴 것처럼/ 있어 주지 않는가

해설

하늘과 땅이 시작된 아득한 옛날부터, 먼 곳인 하늘의 표시로 정해져서 온 하늘의 강에, 몇 달이고 몇 달이고 여러 달을 중복하여 계속해서 아내인 직녀를 만날 때를 살피느라고 서서 기다리고 있으면 나의 옷소매에 가을바람이 계속 불어오므로, 서 있어도 앉아 있어도 어찌할 바를 모르고 많은 내장이 있는 마음도, 실밥을 다 뜯어서 풀어헤쳐서 씻은 옷처럼 생각도 혼란스러워서 언제나 칠석이 될까, 빨리 왔으면 좋겠다고 내가 기다리던 7월 7일 오늘 밤은, 이 하늘 강의 흐름이 끝도 없이 긴 것처럼 그렇게 길게 있어 주었으면 좋겠네라는 내용이다.

직녀와 만나는 칠석 밤이 길었으면 좋겠다고 생각하는 견우의 입장에서의 작품이다.

反歌

2093 妹尒相　時片待跡　久方乃　天之漢原尒　月叙経來

　　　妹に逢ふ　時片待つと[1]　ひさかたの　天の川原に　月ぞ經にける

　　　いもにあふ　ときかたまつと　ひさかたの　あまのかはらに　つきぞへにける

詠花

2094 竿志鹿之　心相念　秋芽子之　鍾礼零丹　落僧惜毛

　　　さ雄鹿の　心相思ふ[2]　秋萩の　時雨[3]の降るに　散らく[4]し惜しも

　　　さをしかの　こころあひおもふ　あきはぎの　しぐれのふるに　ちらくしをしも

---

1 **時片待つと** : 'かた'는 '반쯤'이라는 뜻이다. 다만 '時片待づ'는 관용구이다.
2 **心相思ふ** : 싸리는 사슴의 아내로 생각되어지고 있었다. 1541번가 참조. '相(あひ)'은 양자 간에 행해지는 동작에 붙는 것이지만 여기에서는 서로의 뜻이 아니다.
3 **時雨** : 늦가을과 초겨울에 내리는 차가운 비이다. 'しぐれ'가 내리기 때문에 말한 것이다.
4 **散らく** : '散る'의 명사형이다.

反歌

2093 아내를 만날/ 때를 기다리면서/ (히사카타노)/ 하늘 강 은하수에/ 몇 달인가 지났네

> ### 해설
> 사랑하는 아내인 직녀를 만날 때를 기다리면서 먼 하늘의 강인 은하수에서 몇 달인가를 지냈다는 내용이다.
> 은하수에서 직녀를 만날 때를 몇 달이고 기다리고 있었다는 견우의 입장에서의 작품이다.

꽃을 노래하였다

2094 수사슴이요/ 맘으로 그리워하는/ 가을 싸리가/ 찬비가 내리므로/ 지는 것이 아쉽네

> ### 해설
> 수사슴이 자기의 아내로 생각하고 마음으로 그리워하는 가을 싸리꽃이, 계절이 추워져서 찬비가 내리므로 지는 것이 아쉽네라는 내용이다.
> 『만엽집』에서는 싸리꽃을 수사슴의 아내로 보고 많이 노래하였다. 그리고 싸리꽃은 가을의 대표적인 꽃으로 노래 불리어졌다.
> 'さ雄鹿の'의 'さ'는 접두어이다. '散らくし'의 'し'는 강세를 나타낸다.
> 私注에서는, '人麿 가집의 노래이지만 그렇게 느끼는 것도 오히려 시대가 새로운 것을 생각하게 한다'고 하였다[『萬葉集私注』 5, p.315].

2095　夕去　野邊秋芽子　末若　露枯　金待難

夕されば　野邊の秋萩　末[1]若み　露にそ枯るる　秋待ちかてに[2]

ゆふされば　のへのあきはぎ　うれわかみ　つゆにそかるる　あきまちかてに

右二首, 柿本朝臣人麿之詞集出.

2096　真葛原　名引秋風　毎吹　阿太乃大野之　芽子花散

真葛原　なびく[3]秋風　吹くごとに　阿太[4]の大野の　萩の花散る

まくずはら　なびくあきかぜ　ふくごとに　あだのおほのの　はぎのはなちる

2097　鴈鳴之　來喧牟日及　見乍将有　此芽子原尒　雨勿零根

雁がね[5]の　來鳴かむ日まで　見つつあらむ　この萩原に　雨な降りそね[6]

かりがねの　きなかむひまで　みつつあらむ　このはぎはらに　あめなふりそね

---

1 秋萩 末：벋어나간 약한 끝부분. 그것이 시든 것을 노래한 것은 발견의 섬세함을 나타낸다.
2 秋待ちかてに：'かて'는 할 수 있다는 뜻이다. 'に'는 부정을 나타낸다.
3 なびく：덩굴의 잎. 뒤쪽은 희어서 눈에 띈다. 먼 풍경이다. 싸리꽃이 지는 것은 가까운 경치인가.
4 阿太：吉野川 강변. 阿太人이 살았다.
5 雁がね：원래는 '雁(기러기)의 ね(소리)'. 나중에 기러기 자체를 말하게 되었다.
6 雨な降りそね：'な…そね'는 금지를 나타낸다.

2095 저녁이 되면/ 들판의 가을 싸리/ 끝이 어려서/ 이슬에 시드네요/ 가을 못 기다리고

해설

저녁 무렵이 되면 들판의 가을 싸리는 가지 끝 쪽 부분이 어려서 이슬을 맞아서 시들어 버리네요. 가을을 기다릴 수 없는 것처럼이라는 내용이다.

大系에서는, 가을을 원문에서 '金'으로 표기한 것은 오행설에 의한 것이라고 하였다[『萬葉集』 3, p.105]. 私注에서는, '마찬가지로 人麿 가집의 노래이지만 3, 4구 등은 새로운 歌風이라고 할 만하다'고 하였다 [『萬葉集私注』 5, p.316].

좌주 위의 2수는, 카키노모토노 아소미 히토마로(柿本朝臣人麿)의 가집에 나온다.

2096 덩굴의 잎을/ 뒤집는 가을바람/ 불 때마다요/ 아다(阿太)의 큰 들판의/ 싸리꽃이 지네요

해설

덩굴의 잎을 뒤집으며 가을바람이 불 때마다 아다(阿太)의 큰 들판의 싸리꽃이 지네요라는 내용이다. '阿太の大野'를 大系에서는, '阿太(奈良縣 五條市 東阿田・南阿田 부근)의 넓은 들'이라고 하였다[『萬葉集』 3, p.106]. 私注에서는, '阿太는 大和 吉野郡과 宇智郡의 경계 부근의 오래된 지명이다. 지금은 五條市일 것이다. 大野라고 해도 그리 넓은 평야가 있을 리가 없다'고 하였다[『萬葉集私注』 5, p.316]. 全集에서는 大野를, '사람이 살고 있지 않는 황량한 들판'이라고 하였다[『萬葉集』 3, p.110]. '真葛'의 '真(ま)'은 접두어이다.

2097 기러기가요/ 와서 우는 날까지/ 보면서 있지요/ 이 싸리 들판에는/ 비야 내리지 말아

해설

기러기가 와서 우는 날까지 싸리꽃을 계속 보면서 있고 싶네. 그러니 싸리꽃이 피어 있는 이 들판에 비야 내리지 말아라는 내용이다.

싸리꽃을 계속 보고 싶으니 비가 내려서 싸리꽃을 지게 하는 일이 없었으면 좋겠다는 뜻이다.

2098 　奥山介　　住云男鹿之　　初夜不去　　妻問芽子乃　　散久惜裳

奥山に　　住むとふ[1]鹿の　　初夜さらず[2]　妻問ふ萩の　　散らまく惜しも

おくやまに　　すむとふしかの　　よひさらず　　つまどふはぎの　　ちらまくをしも

2099 　白露乃　　置巻惜　　秋芽子乎　　折耳折而　　置哉枯

白露の　　置かまく惜しみ　　秋萩を　　折りのみ[3]折りて　　置きや枯らさむ[4]

しらつゆの　　おかまくをしみ　　あきはぎを　　をりのみをりて　　おきやからさむ

2100 　秋田苅　　借廬之宿　　丹穂経及　　咲有秋芽子　　雖見不飽香聞

秋田苅る　　假廬[5]の宿の　　にほふまで[6]　咲ける秋萩　　見れど飽かぬかも

あきたかる　　かりほのやどの　　にほふまで　　さけるあきはぎ　　みれどあかぬかも

---

1 **住むとふ**：싸리만 눈앞의 풍경이다. 사슴이 온다고 듣고 전했다.
2 **初夜さらず**：'よひ(어둠)'를 피하지 않고, 항상. 初夜는 初更의 뜻이다.
3 **折りのみ**：꺾어서 이슬을 피하게 하는 것만은 할 수 있지만.
4 **置きや枯らさむ**：어떻게 하든 시들어 버린다는 탄식이다.
5 **假廬**：수확을 위해서 밭에 짓는다. 1556번가 참조.
6 **にほふまで**：숙소까지 빛난다.

2098　깊은 산속에/ 산다고 하는 사슴/ 초저녁에 늘/ 구혼하는 싸리꽃/ 지는 것이 아쉽네

❀ 해설

깊은 산속에 산다고 하는 사슴이 초저녁마다 항상 구혼을 하러오는 그 아름다운 싸리꽃이 지는 것이 아쉽네라는 내용이다.

2099　흰 이슬이요/ 내리는 것 아쉬워/ 가을 싸리를/ 꺾을 만큼 꺾어서/ 두어 시들게 하나

❀ 해설

흰 이슬이 내려서 꽃에 닿으면 곧 시들어 버릴 것이 아쉬워서 가을 싸리꽃을 꺾을 만큼 많이 꺾어서 그대로 두고서는 시들게 한 것일까라는 내용이다.

꽃을 이슬에 시들지 않게 하려고 꺾었지만 역시 시들어 버렸다는 뜻이다. 大系에서는, '寓意가 있는 것일까'라고 하였대『萬葉集』 3, p.106]. '置きや枯らさむ'를 全集에서는 'おく'는 꺾은 채로 방치하는 뜻이라고 하고는, '아직 꺾지 않았지만 꺾었다고 가정해서 말하는 것으로도, 꺾고 난 후에 후회하고 있는 것으로도 해석할 수 있다'고 하였대『萬葉集』 3, p.110].

2100　가을 밭 베려/ 지은 임시 거처도/ 물들일 정도/ 피는 가을 싸리꽃/ 봐도 싫증나지 않네

❀ 해설

가을 밭의 작물을 베어 수확하기 위하여 거처하려고 지은 임시 거처까지도 비추며 물들일 정도로 아름답게 피는 가을의 싸리꽃은 아무리 보아도 싫증이 나지 않네라는 내용이다.

2101 　吾衣　揩有者不在　高松之　野邊行之者　芽子之揩類曾

　　　　わが衣　摺れる[1]にはあらず　高松[2]の　野邊行きしかば　萩の摺れるそ[3]

　　　　わがころも　すれるにはあらず　たかまとの　のへゆきしかば　はぎのすれるそ

2102 　此暮　秋風吹奴　白露介　荒争芽子之　明日将咲見

　　　　この夕　秋風吹きぬ[4]　白露に　あらそふ[5]萩の　明日咲かむ見む

　　　　このゆふへ　あきかぜふきぬ　しらつゆに　あらそふはぎの　あすさかむみむ

2103 　秋風　冷成奴　馬並而　去來於野行奈　芽子花見介

　　　　秋風は　涼しくなりぬ　馬竝めて[6]　いざ[7]野に行かな[8]　萩の花見に

　　　　あきかぜは　すずしくなりぬ　うまなめて　いざのにゆかな　はぎのはなみに

---

　1 **衣 摺れる** : 문질러서 염색하는 것이다.
　2 **高松** : 高圓과 같은 것인가. 1866번가 참조.
　3 **萩の摺れるそ** : 물론 꽃의 즙이 물드는 것은 아니다.
　4 **秋風吹きぬ** : 가을바람이 불어오는데 따른 싸리꽃에 대한 기대를 말한다.
　5 **あらそふ** : 흰 이슬과 아름다움을 겨루는 싸리꽃. 꽃이 피는 것을 재촉하는 이슬에 저항하고 있었다고 보는
　　 설도 있다.
　6 **馬竝めて** : 관료들이.
　7 **いざ** : 권유하는 말이다.
　8 **野に行かな** : 'な'는 願望을 나타내는 조사이다.

2101 나의 옷은요/ 염색한 것이 아니네/ 타카마토(高松)의/ 들을 지났으므로/ 싸리꽃 물들였네

해설

나의 옷은 내가 꽃을 문질러서 염색한 것이 아니네. 타카마토(高松)의 들판을 지났으므로 싸리꽃이 문질러서 물을 들여준 것이네라는 내용이다.

타카마토(高松)의 들판을 지났으므로 싸리꽃이 문질러서 옷을 물들여준 것이라는 것은, 타카마토(高松) 들판의 싸리꽃이 무척 아름답다는 뜻이다.

2102 오늘 저녁에/ 가을바람 불었네/ 흰 이슬과요/ 겨루면서 싸리꽃/ 내일 피는 것 보자

해설

오늘 저녁에 가을바람이 드디어 불었네. 흰 이슬과 아름다움을 겨루면서 싸리꽃이 내일 피는 것을 보자라는 내용이다.

'あらそふ'를 大系에서는 '저항하다'로 보고, '오늘 저녁에 가을바람이 불고 있네. 꽃을 피우려고 내리는 이슬에 저항하고 있는 싸리꽃이 내일 피는 것을 보자'로 해석하였다(『萬葉集』 3, p.107]. 注釋・全集에서도 大系와 마찬가지로 저항한다는 뜻으로 보았다((『萬葉集注釋』 10, p.317), (『萬葉集』 3, p.111)]. 阿蘇瑞枝는, 全註釋의 '남자가 여자를 유혹할 때의 상태로 생각을 한 것 같다'는 설에 동조하고 있다(『萬葉集全注』 10, p.338].

2103 가을바람이/ 시원하게 되었네/ 말 나란히 해/ 자아 들로 갑시다/ 싸리꽃을 보러요

해설

가을바람이 드디어 시원하게 불기 시작했네요. 말을 나란히 해서 타고 자아 들판으로 갑시다. 싸리꽃을 보러요라는 내용이다.

가을바람이 불어 가을이 되었으니, 관료들끼리 가을꽃인 싸리꽃이 핀 것을 보러 가자는 뜻이다.

2104　朝果　朝露負　咲雖云　暮陰社　咲益家礼

朝顔[1]は　朝露負ひて[2]　咲くといへど　夕影[3]にこそ　咲きまさりけれ

あさがほは　あさつゆおひて　さくといへど　ゆふかげにこそ　さきまさりけれ

2105　春去者　霞隠　不所見有師　秋芽子咲　折而将挿頭

春されば　霞隠りて　見えざりし[4]　秋萩咲きぬ　折りて挿頭さむ[5]

はるされば　かすみがくりて　みえざりし　あきはぎさきぬ　をりてかざさむ

2106　紗額田乃　野邊乃秋芽子　時有者　今盛有　折而将挿頭

沙額田[6]の　野邊の秋萩　時なれば　今盛りなり　折りて挿頭さむ

さぬかたの　のへのあきはぎ　ときなれば　いまさかりなり　をりてかざさむ

---

1 **朝顔** : 도라지인가.
2 **朝露負ひて** : '負ひて'는 '～에 의해서'라는 뜻이다.
3 **夕影** : '影(かげ)'은 빛이다. 594번가에 夕影草가 보인다.
4 **見えざりし** : 마른 가지만 있는 모습을 이렇게 말한 것인가.
5 **折りて挿頭さむ** : 머리에 꽂는 것이다. 본래 주술적 행위인데 여기에서는 장식하는 것을 말한다.
6 **沙額田** : 'さ(沙)'는 접두어이다. '額田'은 奈良縣 大和郡 山市의 지명이다.

2104   도라지꽃은/ 아침 이슬을 맞고/ 핀다고 하지만/ 저녁 빛에서 정말/ 더 예쁘게 피네요

✿ 해설

　　사람들은 일반적으로 도라지꽃은 아침에 이슬을 맞고 핀다고 하지만, 저녁 빛에서야말로 도라지꽃은
정말 더 아름답게 피네요라는 내용이다.
　　'朝顔'을 注釋에서는 中西 進과 마찬가지로 도라지로 보았다『萬葉集注釋』10, p. 318]. 全集에서는
'나팔꽃인가'라고 하였다『萬葉集』3, p.111].

2105   봄이 되면요/ 안개에 숨어선가/ 보이지 않던/ 가을 싸리 피었네/ 꺾어 머리에 꽂자

✿ 해설

　　봄이 되면 마치 봄 안개에 숨기라도 한 것처럼 보이지 않던 가을 싸리꽃이 지금 피었네. 그러니 꺾어서
머리에 꽂고 장식을 하자라는 내용이다.

2106   사누카타(沙額田)의/ 들판의 가을 싸리/ 제철이므로/ 지금이 한창이네/ 꺾어 머리에 꽂자

✿ 해설

　　사누카타(沙額田) 들판의 가을 싸리꽃이 제철이 되어 지금이 한창이네. 그러니 싸리꽃을 꺾어서 머리
에 꽂아서 장식을 하자라는 내용이다.

2107　事更介　衣者不揩　佳人部為　咲野之芽子介　丹穂日而将居

　　　ことさらに　衣は摺らじ　女郎花　咲く¹野の萩に　にほひ²て居らむ

　　　ことさらに　ころもはすらじ　をみなへし　さくののはぎに　にほひてをらむ

2108　秋風者　急々吹來　芽子花　落巻惜三　競立見

　　　秋風は　疾くとく吹き來　萩の花　散らまく惜しみ　競ひ立つ³見む

　　　あきかぜは　とくとくふきこ　はぎのはな　ちらまくをしみ　きほひたつみむ

2109　我屋前之　芽子之若末長　秋風之　吹南時介　将開跡思手

　　　わが屋前の　萩の末長し⁴　秋風の　吹きなむ時に　咲かむと思ひて

　　　わがやどの　はぎのうれながし　あきかぜの　ふきなむときに　さかむとおもひて

---

1 **咲く**：'咲き'→佐紀野라고 하는 설이 있다. 이 경우의 식물은 눈앞의 싸리뿐이다. 두 종류의 식물의 번잡함을 피할 수 있다.

2 **にほひ**：2101번가 참조

3 **競ひ立つ**：'…立づ'는 뜻을 강조하는 것이다. 바람에 흔들리면서 피어서 뽐내는 모습을 보자.

4 **萩の末長し**：꽃이 피는 것을 준비해서 기다리며 길게 벋어 있다고 생각했다.

2107 새삼스럽게/ 옷 물들이잖겠네/ 여랑화가요/ 피는 들 싸리꽃에/ 물들이며 있지요

해설

새삼스럽게 꽃을 옷에 문질러서 물을 들이지는 않겠네. 여랑화가 피는 들판의 싸리꽃에 비추어 물들이며 있지요라는 내용이다.

'女郞花'를 大系에서는 中西 進과 마찬가지로, '여랑화'로 보되, '女郞花 咲く野の萩に'를, '여랑화가 피어 있는 들판의 가을 싸리꽃 속에'로 해석하였다『萬葉集』 3, p.107]. 注釋에서는, '女郞花'는 '咲(さ)き'와 '佐紀'의 발음이 같으므로 '佐紀野'를 수식하는 枕詞로 보고, '佐紀野 들판의 싸리에'로 해석하였다『萬葉集注釋』 10, p.320]. 全集에서도 注釋과 마찬가지로 해석하였다『萬葉集』 3, p.112]. 私注에서도 注釋처럼 해석하고, '佐紀는 平城京의 서북부. 지금의 奈良市 佐紀町 및 그 부근'이라고 하였다『萬葉集私注』 5, p.321].

2108 가을바람은/ 빨리 불어서 오게/ 가을 싸리꽃/ 지는 것이 아쉬워/ 겨루는 모습 보자

해설

가을바람은 빨리 불어 왔으면 좋겠네. 가을 싸리꽃이 지는 것을 아쉬워해서 바람에 흔들리면서 피어서 자태를 뽐내며 겨루는 모습을 보자라는 내용이다.

注釋・大系・全集에서는 中西 進과 마찬가지로 '바람이 불어오라'고 해석하였다. 바람이 불어오면 보고 싶다고 미래에 대해 노래한 것이다. 그러나 私注에서는 '가을바람이 빨리 불어 왔네'로 해석하였다『萬葉集私注』 5, p.321]. 현재 가을 싸리꽃이 흔들리고 있다는 뜻으로 본 것이다.

阿蘇瑞枝는, '싸리꽃을 감상하는 연회석에서 불리어진 노래일 것이다'고 하였다『萬葉集全注』 10, p.344].

2109 우리 집의요/ 싸리 끝 길게 자랐네/ 가을바람이/ 불어오는 그 때에/ 피려고 생각을 해서

해설

우리 집의 싸리는 끝이 길게 충분히 자라 있네. 가을바람이 불기 시작하면 피려고 생각을 해서라는 내용이다.

阿蘇瑞枝는, '입추가 가까이 다가온 무렵의 작품일 것이다'고 하였다『萬葉集全注』 10, p.345].

2110　人皆者　芽子乎秋云　縱吾等者　乎花之末乎　秋跡者将言

　　　人皆は　萩を秋と云ふ　縱し[1]われは　尾花が末[2]を　秋とは言はむ

　　　ひとみなは　はぎをあきといふ　よしわれは　をばながうれを　あきとはいはむ

2111　玉梓　公之使乃　手折來有　此秋芽子者　雖見不飽鹿裳

　　　玉梓[3]の　君が使の　手折りける[4]　この秋萩は　見れど飽かぬかも

　　　たまづさの　きみがつかひの　たをりける　このあきはぎは　みれどあかぬかも

2112　吾屋前尓　開有秋芽子　常有者　我待人尓　令見猿物乎

　　　わが屋前に　咲ける秋萩　常に[5]あらば　わが待つ人[6]に　見せまし[7]ものを

　　　わがやどに　さけるあきはぎ　つねにあらば　わがまつひとに　みせましものを

1　縱し : 그래. 좋아.
2　末 : 자란 끝부분이다. 가지 끝, 잎의 끝 등이다.
3　玉梓 : 심부름꾼을 수식한다. 멋진 지팡이를 가졌다는 뜻인가.
4　手折りける : 전하는 말과 함께 가지고 왔다.
5　常に : 'つね'는 변하지 않는 것(とこ는 영원)이다.
6　わが待つ人 : 찾아오기를 기다리는 사람이다.
7　見せまし : 현실에 반하여 가정하는 것이다. 불변하는 것이 아니므로 보일 수 없다.

2110 사람들 모두/ 싸릴 가을이라 하네/ 좋아 나는요/ 참억새꽃 끝 쪽을/ 가을이라고 하자

🌸 해설

　　사람들은 모두 싸리꽃을 가을의 가장 좋은 대표적인 꽃이라고 하네. 좋아. 그건 상관이 없네. 그렇다고
해도 나는 참억새꽃의 끝 쪽을 가을의 최고의 좋은 꽃이라고 생각하네라는 내용이다.

　　大系에서는, "縱し'는 방임한다는 뜻. 상대방이 말하는 것은 그대로 상관없다는 뜻'이라고 하였다[『萬葉集』
3, p.108]. 全集에서는, "よし'는 방임·허용을 나타낸다. 원문의 '縱'자는 허용한다는 뜻'이라고 하고, '가을에
대한 세속적인 생각을 뒤집고 새로운 참억새꽃의 아름다움을 강조한다'고 하였다[『萬葉集』 3, p.113].

2111 (타마즈사노)/ 그대 심부름꾼이/ 꺾어 가져온/ 이 가을 싸리꽃은/ 봐도 싫증나지 않네

🌸 해설

　　멋진 지팡이를 가진, 그대가 보낸 심부름꾼이 꺾어서 가져온 이 가을 싸리꽃은 아무리 보아도 싫증이
나지를 않네라는 내용이다.

　　'玉梓の'를 大系에서는, '枕詞. 使를 수식한다. 고대에는 심부름하는 사람은 편지를 梓·松 등에 묶어서
가지고 갔으므로 그렇게 말하는 것이다'고 하였다[『萬葉集』 3, p.109].

　　阿蘇瑞枝는, '작자는 여성일 것이다'고 하였다[『萬葉集全注』 10, p.347]. 원문의 '公之使'로 보면 작자는
여성임을 알 수 있다.

2112 우리 집에요/ 핀 가을 싸리꽃이/ 변치 않는다면/ 내 기다리는 분께/ 보이고 싶은 것을

🌸 해설

　　우리 집에 핀 가을 싸리꽃이 만약 변하지 않고 있는 것이라면, 내가 기다리고 있는 사람에게 보이고
싶은 것을이라는 내용이다.

　　私注에서는, '기다리는 사람이 오는 것이 드문 것을 탄식하는 마음도 담은 것으로 보인다'고 하였다[『萬
葉集私注』 5, p.323].

2113　手寸十名相　殖之毛知久　出見者　屋前之早芽子　咲介家類香聞

　　　手もすまに[1]　植ゑしも著く　出で見れば　屋前の早萩　咲きにけるかも

　　　てもすまに　うゑしもしるく　いでみれば　やどのはつはぎ　さきにけるかも

2114　吾屋外介　殖生有　秋芽子乎　誰標刺　吾介不所知

　　　わが屋外に　植ゑ生したる　秋萩を　誰か標刺す　われに知らえず

　　　わがやどに　うゑおほしたる　あきはぎを　たれかしめさす　われにしらえず

2115　手取者　袖并丹覆　美人部師　此白露介　散巻惜

　　　手に取れば　袖さへ[2]にほふ　女郎花　この白露に[3]　散らまく[4]惜しも

　　　てにとれば　そでさへにほふ　をみなへし　このしらつゆに　ちらまくをしも

---

1 **手もすまに** : 古訓에 의한다. 원문 '十名相'을 '마に'라고 읽는 근거는 알 수 없다. 도교의 주술로 조선어인가.
底本에 '十'은 없고 오른쪽에 작은 글씨로 적어 넣었다.
2 **袖さへ** : 손은 물론 소매까지라는 뜻이다.
3 **この白露に** : 이슬에 의해 시든다.
4 **散らまく** : 'まく'는 'む'의 명사형이다.

2113　손도 쉬잖고/ 심은 보람이 커서/ 나가서 보면/ 우리 집의 첫 싸리/ 피었는 것이라네

🌸 해설

　　손도 쉬지 않고 부지런히 심은 보람이 있어서, 뜰에 나가보면 우리 집의 첫 싸리는 피었는 것이라네라는 내용이다. 부지런히 심은 싸리꽃이 처음 핀 것을 보고 기뻐하는 노래이다.

　　'手寸十名相'은 난해한 구인데 私注에서는 中西 進과 마찬가지로 읽고, '손도 바쁘게'로 해석하였다『萬葉集私注』5, p.324]. 大系에서는 'たきそなへ'로 읽고, '손을 움직여서 잘 준비하여'로 해석하였다『萬葉集』3, p.109]. 注釋에서는 'たきそなひ'로 읽고 大系와 마찬가지로 해석하였다『萬葉集注釋』10, p.325]. 全集에서는 해석을 하지 않았다.

2114　우리 집에다/ 심어서 키어왔던/ 가을 싸리를/ 누가 표시할 건가/ 내가 알지 못하게

🌸 해설

　　우리 집에다 심어서 정성스레 키어왔던 가을 싸리꽃을 누가 표시를 하는 일이 있을 것인가. 내가 알지 못하도록 내게 알리지도 않고라는 내용이다.

　　中西 進은 가을 싸리에 여성의 寓意가 있는가라고 하였다. 私注에서도, '비유하는 곳이 있는 노래일 것이다. 예를 들면 몰래 딸에게 구혼을 하고 딸에게 다니는 남성에 대한, 부모의 입장 같은 것'이라고 하였다『萬葉集私注』5, p.325].

2115　손에 잡으면/ 소매까지 물드는/ 여랑화인데/ 흰 이슬로 인해서/ 지는 것이 아쉽네

🌸 해설

　　손에 잡으면 소매까지 물이 들어버리는 여랑화인데 흰 이슬로 인해서 지는 것이 아쉽네라는 내용이다.

　　여랑화를 노래한 것이다. 私注에서는, '이 작품도 여랑화의 이름에서 미인을 상상하여 비유의 뜻이 들어 있는지도 모른다'고 하였다『萬葉集私注』5, p.325].

2116　白露尒　荒争金手　咲芽子　散惜兼　雨莫零根

　　　白露[1]に　争ひかねて[2]　咲ける萩　散らば惜しけむ　雨[3]な降りそね

　　　しらつゆに　あらそひかねて　さけるはぎ　ちらばをしけむ　あめなふりそね

2117　嬬嬬等尒　行相乃速稲乎　苅時　成來下　芽子花咲

　　　少女らに　行逢の[4]早稲を　苅る時に　成りにけ[5]らしも　萩の花咲く

　　　をとめらに　ゆきあひのわせを　かるときに　なりにけらしも　はぎのはなさく

2118　朝霧之　棚引小野之　芽子花　今哉散濫　未猒尒

　　　朝霧の　たなびく小野の　萩の花　今か散るらむ　いまだ飽かなくに

　　　あさぎりの　たなびくをのの　はぎのはな　いまかちるらむ　いまだあかなくに

---

1 **白露**：흰 이슬은 꽃을 피게 하는 것으로도 지게 하는 것으로도 생각되어졌다. 여기에서는 피게 하는 것이다.
2 **争ひかねて**：재촉하는데 저항할 수 없어서.
3 **雨**：늦가을에서 초겨울에 내리는 비이다.
4 **行逢の**：가서 만나는 비탈(1752번가) 근처이다. 보통명사. 여름과 가을이 만나는 무렵의 올벼라는 설도 있다.
5 **成りにけ**：'け'는 'ける'의 축약형이다.

2116 흰 이슬을요/ 저항할 수 없어서/ 핀 싸리꽃아/ 진다면 아쉽겠지/ 비야 내리지 말게

해설

　내리는 흰 이슬을 저항할 수 없어서 드디어 핀 싸리꽃이여. 만약에 너가 진다면 얼마나 아쉬울 것인가. 그러니 싸리꽃이 지지 않도록 비야 내리지 말게라는 내용이다.
　행여나 비가 내려 싸리꽃이 질까 봐 걱정하며 지은 노래이다.

2117 소녀들에게/ 가서 만나는 올벼를/ 베는 때가요/ 되었는 것 같네요/ 싸리꽃이 피네요

해설

　소녀들에게 가서 만나는 비탈 근처의 올벼를 베는 때가 된 것 같네요. 싸리꽃이 피네요라는 내용이다.
　'少女らに'를 大系·私注·注釋·全集에서는 'ゆきあひ'를 상투적으로 수식하는 枕詞로 보았다. 全集에서는, "ら'는 복수를 나타내지 않는다. 길을 갈 때 우연히 소녀를 만났다라는 뜻에서 수식했다'고 하였다『萬葉集』3, p.114]. '行相'을 大系에서는, '미상. 가서 만난다고 하는 뜻으로 길·往還이라고 하는 설, 여름과 가을이 만나는 무렵의 올벼라고 하는 설, 지명이라고 하는 설 등이 있다'고 하였다『萬葉集』3, p.109]. 全集에서는, '봄과 여름, 여름과 가을 등 사계절의 바뀌는 때를 말한다. 여기서는 가을의 시작 무렵을 가리키고'라고 하였다『萬葉集』3, p.114]. 私注에서는, '처녀들에게 빨리 가서 만났으면 하고 바라는 마음'을 노래한 것인지 모른다고 하였다『萬葉集私注』5, p.326].

2118 아침 안개가/ 끼어 있는 작은 들/ 싸리꽃은요/ 지금 지고 있을까/ 아직 싫증 안 나는데

해설

　아침 안개가 끼어 있는 작은 들판의 싸리꽃은 지금쯤 지고 있을까. 아직 충분히 보지 않아서 보아도 싫증이 나지 않는데라는 내용이다.
　'小野'를 全集에서는, '사람이 개간해서 거주하고 있는, 혹은 거주하기가 쉬운 땅'이라고 하였다『萬葉集』3, p.114].

2119　戀久者　形見尒為与登　吾背子我　殖之秋芽子　花咲尒家里

戀しくは¹　形見にせよと　わが背子が　植ゑし秋萩　花咲きにけり

こひしくは　かたみにせよと　わがせこが　うゑしあきはぎ　はなさきにけり

2120　秋芽子　戀不盡跡　雖念　思惠也安多良思　又将相八方

秋萩に　戀ひ盡さじと²　思へども　しゑや³惜し　またも逢は⁴めやも

あきはぎに　こひつくさじと　おもへども　しゑやあたらし　またもあはめやも

2121　秋風者　日異吹奴　高圓之　野邊之秋芽子　散巻惜裳

秋風は　日にけに⁵吹きぬ　高圓の　野邊の秋萩　散らまく惜し⁶も

あきかぜは　ひにけにふきぬ　たかまとの　のへのあきはぎ　ちらまくをしも

---

1 **戀しくは** : 그리워서 기념으로 하고 싶다고 생각할 때는 그렇게 하라는 뜻으로, 가정 조건에 가까운 표현이다.
2 **戀ひ盡さじと** : 그리운 마음을 다 한다. 여러가지로 그리워한다는 뜻이다.
3 **しゑや** : 그래. 감동사.
4 **またも逢は** : 다시 꽃이 피는.
5 **日にけに** : 'けに'는 한층.
6 **惜し** : 안타깝다.

2119 그리워지면/ 보며 생각하라고/ 나의 님이요/ 심은 가을 싸리는/ 꽃이 핀 것이네요

❋ 해설

　그리울 때면 보면서 "나를 보는 듯 생각하고 마음을 달래라"고 하며, 남편이 심은 가을 싸리는 꽃이 핀 것이네요라는 내용이다.

2120 가을 싸리를/ 그리워 말아야지/ 생각하지만/ 역시 안타깝네요/ 또다시 만날 것인가

❋ 해설

　가을 싸리를 그리워해서 이것저것 생각을 하지 말아야지 하고 생각하지만, 역시 꽃이 지는 것은 안타깝네요. 꽃이 져 버리고 나면 다시 이렇게 아름다운 꽃을 보는 일이 어떻게 있을 수 있을 것인가라는 내용이다.

2121 가을바람은/ 날로 한층 더 부네/ 타카마토(高圓)의/ 들 가의 가을 싸리/ 지는 것이 아쉽네

❋ 해설

　가을바람은 날마다 한층 더 심하게 부네. 타카마토(高圓) 들판 주변에 피어 있는 가을 싸리꽃이 질 것이 아쉽게 생각되네라는 내용이다.
　大系에서는 高圓을, '奈良市 동쪽 春日山의 남쪽'이라고 하였다『萬葉集』 3, p.110].

2122   大夫之　心者無而　秋芽子之　戀耳八方　奈積而有南

　　　　大夫の　心は無しに　秋萩の　戀のみにやも[1]　なづみ[2]てありなむ

　　　　ますらをの　こころはなしに　あきはぎの　こひのみにやも　なづみてありなむ

2123   吾待之　秋者來奴　雖然　芽子之花曾毛　未開家類

　　　　わが待ちし　秋は來りぬ　然れども　萩の花そも[3]　いまだ[4]咲かずける

　　　　わがまちし　あきはきたりぬ　しかれども　はぎのはなそも　いまださかずける

2124   欲見　吾待戀之　秋芽子者　枝毛思美三荷　花開二家里

　　　　見まく欲り[5]　わが待ち戀ひし　秋萩は　枝もしみみに[6]　花咲きにけり

　　　　みまくほり　わがまちこひし　あきはぎは　えだもしみみに　はなさきにけり

---

1 **戀のみにやも** : ‘やも’는 강한 부정을 동반한 의문이다. 다만 여기에서는 후에, 역시 빠져버린다는 뜻이 있다.
2 **なづみ** : 원래는 물에 담그는 것이다.
3 **萩の花そも** : ‘そも’는 강조를 나타낸다.
4 **いまだ** : 당시. ‘まだ’라는 말이 사용된 예가 없다.
5 **見まく欲り** : 보기를 원하여.
6 **枝もしみみに** : 빽빽하게. ‘しみみ’는 ‘しみ’의 첩어이다.

2122   멋진 남자의/ 마음도 사라지고/ 가을 싸리를/ 그리는 마음에만/ 빠져 있을 것인가요

해설

멋진 남자의 사내대장부다운 마음도 사라지고, 가을 싸리를 그립게 생각하는 마음에만 빠져 있어서 될 것인가라는 내용이다.

남성이 가을 싸리꽃에만 그렇게 얽매여 있을 수 없다는 뜻이다.

'なづみ'를 全集에서는, '여기서는 쓸데없는 일에 구애되어 다른 일이 진행되지 않는 것을 말한다'고 하였다『萬葉集』3, p.115]. 私注에서는, '남성의 마음과 싸리꽃에 대한 마음을 대비시킨 것은 奈良의 궁중 관료라고 해도 묘한 생활 태도이지만, 이러한 것을 文雅라고 생각한 풍조도 노래 등을 즐기는 자들 사이에 일부 있었다고 보인다'고 하였다『萬葉集私注』5, p.328]. 阿蘇瑞枝는, '이 작품도 가을 싸리꽃을 즐기는 사람들이 모인 연회석에서 불리어진 노래일 것이다'고 하였다『萬葉集全注』10, p.362].

2123   내 기다리던/ 가을이 찾아왔네/ 그렇지만은/ 가을의 싸리꽃은/ 아직 피지를 않네요

해설

내가 기다리던 가을이 드디어 왔네요. 그렇지만 내가 기다리는 가을의 싸리꽃은 아직 피지 않고 있네요라는 내용이다.

가을이 되자 빨리 싸리꽃이 피기를 기다리는 마음을 노래한 것이다.

2124   보기 원하여/ 내 기다리며 그린/ 가을 싸리는/ 가지에 온통 많이/ 꽃이 핀 것이네요

해설

보고 싶다고 원하면서 내가 그리워하며 기다리던 가을 싸리는 지금이야말로 가지에 온통 꽃이 많이 핀 것이네요라는 내용이다.

기다리던 가을 싸리꽃이 많이 핀 것을 기뻐한 노래이다.

2125　春日野之　芽子落者　朝東　風介副而　此間介落來根

　　　春日野の　萩は散りなば　朝東風の　風¹に副ひて　此處に散り來ね²

　　　かすがのの　はぎはちりなば　あさこちの　かぜにたぐひて　ここにちりこね

2126　秋芽子者　於鴈不相常　言有者香 [一云, 言有可聞] 音乎聞而者　花介散去流

　　　秋萩は　雁に逢はず³と　言へればか [一は云はく, 言へれか⁴も] 聲を聞きては　花に⁵散りぬる

　　　あきはぎは　かりにあはずと　いへればか [あるはいはく, いへれかも] こゑをききては
　　　はなにちりぬる

2127　秋去者　妹令視跡　殖之芽子　露霜負而　散來毳

　　　秋さらば　妹に見せむと　植ゑし萩　露霜⁶負ひて⁷　散りにけるかも

　　　あきさらば　いもにみせむと　うゑしはぎ　つゆしもおひて　ちりにけるかも

---

1 **東風の 風** : 東風을 'こちのかぜ'로 표기한 것이라 생각된다.
2 **散り來ね** : 'こ'는 명령형이다. 'ね'는 希求를 나타낸다.
3 **逢はず** : 'あはじ'로 읽고, 싸리가 말했다고 보는 설도 있다.
4 **言へれか** : 'ば'를 사용하지 않은 어법이다.
5 **花に** : 꽃의 상태로.
6 **露霜** : 이슬과 서리. 이슬이라고 하는 설도 있다.
7 **負ひて** : 이슬과 서리에 져서.

2125 카스가(春日) 들판/ 싸리꽃이 진다면/ 아침의 동쪽/ 바람을 타고서는/ 이쪽에 져서 오면

해설

카스가(春日) 들판의 싸리가 꽃을 흩뜨려서 진다면, 아침에 동쪽에서 불어오는 바람을 타고 이쪽으로 져서 오면 좋겠네라는 내용이다.

全集에서는, '春日野의 서쪽 平城京'에서 읊은 것이겠다'고 하였다『萬葉集』3, p.116].

2126 가을 싸리는/ 기러기 안 만난다/ 말해져선개[어떤 책에는 말하기를, 말을 해선개/ 소리를 듣고서는/ 꽃인 채로 지네요

해설

가을 싸리꽃은 기러기와는 만나지 않는다고 세상 사람들이 말하기 때문에 그런개[어떤 책에는 말하기를, 말을 해선개. 기러기 소리를 듣자 꽃인 채로 지네요라는 내용이다.

일본 고대에 '가을 싸리꽃은 기러기와는 만나지 않는다'는 속담이 있었던 듯하다.

2127 가을이 오면/ 아내에게 보이려/ 심은 싸리는/ 이슬 서리 못 이겨/ 져 버린 것이네요

해설

가을이 오면 아내에게 보여주려고 심은 싸리꽃은 이슬과 서리를 이기지 못하여 져 버린 것이네요라는 내용이다.

싸리꽃이 빨리 져 버린 것을 아쉬워한 노래이다. 아내가 사망한 것으로 본 해석도 있다.

詠鴈

2128　秋風尓　山跡部越　鴈鳴者　射矢遠放　雲隠筒

秋風に　大和へ越ゆる¹　雁がね²は　いや遠さかる　雲隠りつつ³

あきかぜに　やまとへこゆる　かりがねは　いやとほさかる　くもがくりつつ

2129　明闇之　朝霧隠　鳴而去　鴈者吾戀　於妹告社

明け闇⁴の　朝霧隠り　鳴きて行く　雁はわが⁵戀　妹に告げこそ⁶

あけぐれの　あさぎりこもり　なきてゆく　かりはわがこひ　いもにつげこそ

2130　吾屋戸尓　鳴之鴈哭　雲上尓　今夜喧成　國方可聞遊群

わが屋戸に　鳴きし雁がね　雲の上に　今夜鳴くなり　國へかも行く

わがやどに　なきしかりがね　くものうへに　こよひなくなり　くにへかもゆく

---

1 **大和へ越ゆる** : 산을 넘는다.
2 **雁がね** : 기러기. 원래는 기러기 소리이다.
3 **雲隠りつつ** : 'つつ'는 계속을 나타낸다.
4 **明け闇** : 새벽의 어두운 시각.
5 **わが** : 원문의 '吾'는 底本에는 '言'으로 되어 있다.
6 **妹に告げこそ** : 希求를 나타낸다.

기러기를 노래하였다

2128　가을바람에/ 야마토(大和) 넘어가는/ 기러기는요/ 점점 멀어지네요/ 구름에 숨으면서

해설

　　가을바람 속에 야마토(大和)로 넘어가는 기러기는 점점 멀어져 가네요. 구름 속에 숨으면서라는 내용이다.

　　私注에서는, '야마토(大和) 이외의 지역에 있으면서 고향을 생각하는 마음을 기러기에게 의탁한 것일 것이다'고 하였다[『萬葉集私注』 5, p.330]. 비슷한 내용이 2136번가에 보인다.

2129　새벽 어둠 속/ 아침 안개에 싸여/ 울면서 가는/ 기러기 내 사랑을/ 아내에게 전해줘

해설

　　새벽 어두운 때에 아침 안개에 싸여 울면서 날아가는 기러기는 내가 사랑으로 인해 당하는 고통을 아내에게 전해주면 좋겠네라는 내용이다.

　　'於妹告社'의 '社'에 대해 全集에서는, '社의 뜻인 'こそ'는 조선어로 추정하기도 한다'고 하였다[『萬葉集』 3, p.116].

2130　우리 집에서/ 울던 기러기는요/ 구름의 위에서/ 오늘 밤 울고 있네/ 고향으로 가는가

해설

　　우리 집에서 울던 기러기는 구름 위에서 오늘 밤 울고 있는 것처럼 들리네. 아마도 고향 쪽으로 울며 가는 것인가라는 내용이다.

　　'國'을 大系에서는 中西 進과 마찬가지로 '기러기의 나라'로 보았다[『萬葉集』 3, p.111].

　　그러나 注釋에서는 작자의 고향으로 보았다[『萬葉集注釋』 10. p.338]. 私注에서는, '이것도 여행 중에 고향을 생각한 작품일 것이다. 고향집에서 자주 울던 기러기가 오늘 밤은 구름 위에서 울고 있으므로 마치 내가 고향 쪽으로 가고 있는 것인가 하는 감개이다. '國'은 작자의 고향이며 기러기의 고향은 아니다'라고 하였다[『萬葉集私注』 5, p.332]. 全集에서도, '여행 중의 작품으로 작자는 임무 때문에 고향보다 북쪽에서 생활하고 있었을 것이다'라고 하였다[『萬葉集』 3, p.117].

2131　左小壯鹿之　妻問時介　月乎吉三　切木四之泣所聞　今時來等霜

さ男鹿の　妻どふ時に　月をよみ^1　雁が音^{2}聞ゆ　今し來らしも

さをしかの　つまどふときに　つきをよみ　かりがねきこゆ　いましくらしも

2132　天雲之　外鴈鳴　従聞之　薄垂霜零　寒此夜者 [一云, 弥益々介　戀許曾增焉]

天雲の　外に雁が音　聞きしより　はだれ^{3}霜降り　寒しこの夜は [一は云はく, いやますますに　戀こそまされ^4]

あまくもの　よそにかりがね　ききしより　はだれしもふり　さむしこのよは [あるはいはく, いやますますに　こひこそまされ]

2133　秋田　吾苅婆可能　過去者　鴈之喧所聞　冬方設而

秋の田の　わが苅りばか^{5}の　過ぎぬれば　雁が音聞ゆ　冬片設けて^6

あきのたの　わがかりばかの　すぎぬれば　かりがねきこゆ　ふゆかたまけて

---

1 **月をよみ** : 달이 좋다고 기러기가 운다는 뜻이다.
2 **雁が音** : 원문의 '切木四'는 네 개의 나무 조각을 사용하는, '카리'라고 부르는 조선의 놀이에 의한 것이다.
3 **はだれ** : '호どろ' 등과 같다.
4 **戀こそまされ** : 4・5구의 다른 전승. 오히려 上句가 같은 다른 노래이다.
5 **わが苅りばか** : 'はか'는 양이다.
6 **冬片設けて** : '設く'는 준비한다는 뜻으로 기다리는 것이다. '片まく'는 '時'에 연결되어 사용되며 때가 가까워 온다는 뜻을 나타낸다.

2131   수사슴이요/ 짝을 찾아 우는 때/ 달 좋아 우는/ 기럭 소리 들리네/ 지금 온 것 같으네

해설

수사슴이 짝을 찾느라고 우는 때, 달이 아름다우므로 우는 기러기 소리가 들리네. 마침 지금 기러기가 온 것 같네라는 내용이다.

阿蘇瑞枝는, '작자는, 가을이 된 이후 흥취를 돋우는 기러기 소리를 기다리고 있었을 것이다. 가을의 경물로서의 수사슴 소리와 기러기 소리를 동시에 듣는 기쁨이 느껴진다'고 하였다『萬葉集全注』10, p.372l.

2132   하늘 구름의/ 밖의 기러기 소리/ 들은 때부터/ 엷게 서리가 내려/ 춥네요 오늘 밤읜어떤
       책에는 말하기를, 한층 더욱 더욱 더/ 그리움 더해지네l

해설

하늘 구름의 밖, 저 먼 곳에서 기러기 소리를 들은 때부터 엷게 서리가 내려서 춥네요. 오늘 밤읜어떤 책에는 말하기를, 한층 더욱 더 그리움이 더해지네l이라는 내용이다.

'はだれ霜'을 大系에서는, '팔랑팔랑 엷게 보이는 서리'라고 하였다『萬葉集』3, p.112l. 注釋에서도 '팔랑팔랑 내리는 서리'라고 하였다『萬葉集注釋』10, p.340l. 全集에서는, '엷게 내린 서리'라고 하였다『萬葉集』3, p.117l. 私注에서는, '약한 서리일까. 아니면 흰 서리라는 뜻으로 서리가 많은 것을 말하는 것일까. 이쪽이 結句에는 어울린다'고 하였다『萬葉集私注』5, p.332l.

2133   가을의 밭의/ 내가 베던 수확이/ 끝난 무렵에/ 기럭 소리 들리네/ 겨울 가까워져서

해설

가을 밭의, 내가 수확물을 다 베고 난 이 무렵에, 기러기 소리가 들려오네. 점차 겨울도 가까워지므로라는 내용이다.

'苅りばか'를 全集에서는, '벼나 새 등을 벨 때 할당된 노동의 양이라고 하였다『萬葉集』3, p.118l. 이 작품의 작자에 대해서는 농부라고 보는 설과, 'わが苅りばか'는 다만 소재로 취한 것일 뿐이라는 설이 있다. 阿蘇瑞枝는, '관료라도 공무를 보는 한편 농사 작업에 종사한 사람도 있었다고 추측된다. 이 노래의 경우, 4, 5구는 순수한 농민의 작품으로는 생각되지 않으므로 밭에서 수확을 체험한 사람이 실감한 계절 감이 배경에 있다고 보고 싶다'고 하였다『萬葉集全注』10, p.375l.

2134　葦邊在　荻之葉左夜藝　秋風之　吹來苗丹　鴈鳴渡 [一云, 秋風介　鴈音所聞　今四來霜]

葦邊なる　荻の葉さやぎ[1]　秋風の　吹き來るなへに[2]　雁鳴き渡る [一は云はく[3], 秋風に　雁が音聞ゆ　今し來らしも]

あしへなる　をぎのはさやぎ　あきかぜの　ふきくるなへに　かりなきわたる [あるはいはく, あきかぜに　かりがねきこゆ　いましくらしも]

2135　押照　難波穿江之　葦邊者　鴈宿有疑　霜乃零介

おし照る[4]　難波堀江[5]の　葦邊には　雁寝たるかも　霜の降らくに

おしてる　なにはほりえの　あしへには　かりねたるかも　しものふらくに

2136　秋風介　山飛越　鴈鳴之　聲遠離　雲隠良思

秋風に　山飛び越ゆる　雁がねの　聲遠さかる　雲隠るらし

あきかぜに　やまとびこゆる　かりがねの　こゑとほさかる　くもがくるらし

2137　朝介徃　鴈之鳴音者　如吾　物念可毛　聲之悲

朝に行く　雁の鳴く音は　わが如く　もの思へかも[6]　聲の悲しき

あさにゆく　かりのなくねは　わがごとく　ものおもへかも　こゑのかなしき

---

1 荻の葉さやぎ : 가을바람에 와삭와삭 소리를 낸다.
2 吹き來るなへに : 'なへに'는 '～와 함께'라는 뜻이다.
3 一は云はく : 3구 이하가 다른 전승이다. 다만 上句가 같은 다른 노래이다.
4 おし照る : 해가 빛나며 건너는 難波(도 밤은 서리가 내리는데).
5 難波堀江 : 仁德천황 때에 開穿.
6 思へかも : '思へばかも'. 'ば'가 생략된 것이다.

2134 갈대 주변의/ 물억새 잎 소리 내/ 가을바람이/ 불어오는 때마다/ 기러기 울며 가네[어떤
책에는 말하기를, 가을바람에/ 기럭 소리 들리네/ 지금 온 것 같으네]

해설

갈대 주변의 물억새 잎이 와삭와삭 소리를 내고, 가을바람이 불어올 때마다 기러기가 울면서 날아가네[어
떤 책에는 말하기를, 가을바람에 기러기 소리가 들리네. 기러기가 마침 지금 온 것 같으네]라는 내용이다.

2135 (오시테루)/ 나니하(難波) 호리에(堀江)의/ 갈대 근처에/ 기러기는 잤을까/ 서리가 내리는데

해설

해가 빛나는 나니하(難波) 호리에(堀江)의 갈대 근처에서 기러기는 밤에 잠을 잤을까. 서리가 내리는
데라는 내용이다.

'雁寢たるかも'를 全集에서는 中西 進과 마찬가지로 '잠을 잤을까'로 해석하였다[『萬葉集』 3, p.118].
그러나 大系·私注·注釋에서는, '자고 있을까'로 해석하였다.

2136 가을바람에/ 산을 날아서 넘는/ 기러기의요/ 소리 멀어져 가네/ 구름에 숨으면서

해설

가을바람에 산을 날아서 넘어가는 기러기의 소리가 점점 멀어져 가네요. 구름에 숨으면서라는 내용
이다.

2128번가도 비슷한 내용이다.

2137 아침에 가는/ 기러기 우는 소리/ 나와 같이도/ 생각 많아서인가/ 소리가 슬프네요

해설

아침에 하늘을 날아가는 기러기의 우는 소리는, 나와 마찬가지로 생각이 많기 때문인가. 소리가 슬프
네요라는 내용이다.

2138　多頭我鳴乃　今朝鳴奈倍介　鴈鳴者　何處指香　雲隠良武

鶴がねの　今朝鳴くなへに[1]　雁がねは　何處指してか　雲隠るらむ[2]

たづがねの　けさなくなへに　かりがねは　いづくさしてか　くもがくるらむ

2139　野干玉之　夜渡鴈者　欝　幾夜乎歴而鹿　己名乎告

ぬばたまの　夜渡る雁は　おほほしく[3]　幾夜を經てか　己が名[4]を告る

ぬばたまの　よわたるかりは　おほほしく　いくよをへてか　おのがなをのる

2140　璞　年之経徃者　阿跡念登　夜渡吾乎　問人哉誰

あらたまの[5]　年の經行けば[6]　あどもふ[7]と　夜渡るわれを　問ふ人[8]や誰

あらたまの　としのへゆけば　あどもふと　よわたるわれを　とふひとやたれ

1　**今朝鳴くなへに** : 'なへ'는 '～와 함께'라는 뜻이다.
2　**雲隠るらむ** : 학을 따라 기러기가 어딘가로 가려고 한다고 생각한다. 그 뜻으로는 마지막 단어 'らむ'보다 'む'가 정확하다.
3　**おほほしく** : 어렴풋한 상태. 쓸쓸하므로 내 이야기를 하려고 생각했다.
4　**己が名** : 'かり'라는 이름은 우는 소리에 의한 것이다.
5　**あらたまの** : 새로운 靈을 가진 해의.
6　**年の經行けば** : 앞의 노래의 '己が名を告る'를 사랑의 동작으로 보고, 분위기를 바꾸어 기러기를 남자의 입장으로 하여 앞의 노래에 장난삼아 답하였다. 몇 년이나 사랑하여 왔으므로.
7　**あどもふ** : 내 곁에 데리고 간다.
8　**問ふ人** : 내 이름을 누구냐고 의아하게 묻는 사람을 여성으로 보았다.

2138　학이 말이죠/ 오늘 아침 울 때에/ 기러기는요/ 어디를 향하여서/ 구름 속에 숨었나

해설

학이 오늘 아침에 우는 것과 동시에 기러기는 어디를 향하여서 가려고 구름 속에 숨어 있는 것일까라는 내용이다.

2139　(누바타마노)/ 밤에 가는 기러기/ 불안해선가/ 몇날 밤에 걸쳐서/ 제 이름을 말하네

해설

칠흑같이 어두운 밤하늘을 날아가는 기러기는, 마음도 쓸쓸하고 불안해서 그런 것인가. 몇날 밤이나 계속하여 자기 이름을 말하며 '카리카리'하고 울고 있네라는 내용이다.

大系에서는 'おほほしく'를 '어렴풋하게'로 보고, '밤에 날아가는 기러기는 어째서 자기의 이름도 확실하게 말하지 않고 몇날 밤이나 몇날 밤이나 우는 것일까'라고 해석하고는 '상대방을 기러기에 비유하고 보낸 노래인가'라고 하였다『萬葉集』 3, p.113]. 私注 · 注釋 · 全集에서는, '기러기는 확실하게 하지 않고 몇날 밤이나 반복해서 자기 이름을 말하는 것일까'로 해석하였다.

2140　(아라타마노)/ 해가 지났으므로/ 데려가려고/ 밤에 다니는 나를/ 묻는 사람은 누구

해설

사랑한 지 여러 해가 지났으므로 데려가려고 생각을 해서 몇 날 밤이나 다니고 있는 나를, 새삼스럽게 누구냐고 묻는 사람은 도대체 누구일까라는 내용이다.

'年の經行けば'를 私注에서는 中西 進과 마찬가지로 '여러 해가 지나가는 것'으로 보았다『萬葉集私注』 5, p.336]. 그러나 全集에서는 '한 해가 지나가는 것'으로 보았다『萬葉集』 3, p.119]. 私注에서는 'あどもふと'를 '어떻게 생각할까'로 해석하였다『萬葉集私注』 5, p.336]. 大系에서는, '소리를 맞추어 대오를 정렬한다'로 해석하고, '해와 달이 지났으므로 친구와 함께 돌아가려고 소리를 맞추어서 날아가고 있는 나에게 묻는 것은 도대체 누구입니까'로 해석하였다『萬葉集』 3, p.113]. 大系 · 私注 · 全集에서는 앞의 노래에 대해 기러기가 답한 노래라고 보았다. 阿蘇瑞枝는 '새의 입장이 된 인물이 그것에 대해 답하는 노래가 연회석에서 서로 불리어지고 있었을 것이다'고 하였다『萬葉集全注』 10, p.383].

詠鹿鳴

2141　比日之　秋朝開尓　霧隱　妻呼雄鹿之　音之亮左

この頃の[1]　秋の朝明[2]に　霧隱り　妻呼ぶ雄鹿の　聲のさやけさ[3]

このころの　あきのあさけに　きりがくり　つまよぶしかの　こゑのさやけさ

2142　左男壯鹿之　妻整登　鳴音之　将至極　靡芽子原

さ男鹿の　妻ととのふと[4]　鳴く聲の　至らむ[5]極　なびけ[6]萩原

さをしかの　つまととのふと　なくこゑの　いたらむきはみ　なびけはぎはら

2143　於君戀　裏觸居者　敷野之　秋芽子凌　左小牡鹿鳴裳

君に戀ひ　うらぶれ居れば　敷の野[7]の　秋萩凌ぎ　さ男鹿鳴くも

きみにこひ　うらぶれをれば　しきののの　あきはぎしのぎ　さをしかなくも

---

1 **この頃の** : 몇 날 아침인가 귀에 들으면.
2 **秋の朝明** : 아침인 새벽녘이다.
3 **聲のさやけさ** : 확실하게 낭랑하게 들린다.
4 **妻ととのふと** : 암사슴은 와서 나란히 서는 습성이 있다고 한다.
5 **至らむ** : 그처럼 멀리까지. 암사슴이 오기 위해서 비키라고 하는 것은 아니다.
6 **なびけ** : 가을바람에.
7 **敷の野** : 어디인지 알 수 없다.

사슴이 우는 것을 노래하였다

2141   이 근래의요/ 가을 아침 새벽에/ 안개에 숨어/ 짝 찾는 수사슴의/ 소리가 시원하네

🌸 해설

　　요즈음 가을 아침 새벽에 안개 속에 숨어서 짝을 찾으며 우는 수사슴의 소리가 시원스럽게 뚜렷하게
올리네라는 내용이다.

2142   수사슴이요/ 암사슴 부른다고/ 우는 소리가/ 이르는 끝까지도/ 비키게 싸리 들판

🌸 해설

　　수사슴이 암사슴을 옆으로 부르려고 우는 소리가 울려 퍼지는 끝까지도, 비키게 싸리 들판이여라는
내용이다.
　　수사슴이 암사슴을 만나기를 바라는 마음을 노래한 것이다.

2143   그대 그리워/ 울적해져 있으면/ 시키(敷) 들의요/ 가을 싸리 헤치고/ 수사슴이 우네요

🌸 해설

　　그대를 그리워해서 마음이 울적해져 있으면 시키(敷) 들판의 가을 싸리를 밟고 헤치며 수사슴이 우네
요라는 내용이다.
　　'敷の野'를 私注에서는, '大和 磯城郡의 들이라고 생각된다'고 하였다『萬葉集私注』5, p.338]. 그러나
大系에서는, '敷siki와 磯城sikï는 소리가 다르다'고 하였다『萬葉集』3, p.114].

2144　鴈來　芽子者散跡　左小壯鹿之　鳴成音毛　裏觸丹來

雁來れば[1]　萩は散りぬと　さ男鹿の　鳴くなる[2]聲も　うらぶれにけり

かりくれば　はぎはちりぬと　さをしかの　なくなるこゑも　うらぶれにけり

2145　秋芽子之　戀裳不盡者　左壯鹿之　聲伊續伊継　戀許增益焉

秋萩の　戀[3]も盡きねば　さ男鹿の　聲い續ぎ[4]い續ぎ　戀こそ益れ

あきはぎの　こひもつきねば　さをしかの　こゑいつぎいつぎ　こひこそまされ

2146　山近　家哉可居　左小壯鹿乃　音乎聞乍　宿不勝鴨

山近く　家や居るべき[5]　さ男鹿の　聲を聞きつつ　寢ねかてぬ[6]かも

やまちかく　いへやをるべき　さをしかの　こゑをききつつ　いねかてぬかも

1　雁來れば：기러기와 싸리의 한창 때를 구별한다.
2　鳴くなる：傳聞 추량이다.
3　秋萩の 戀：가을 싸리에 대한 그리움이다. 마지막 구는 사슴에 대한 그리움이다.
4　聲い續ぎ：'い'는 접두어이다.
5　家や居るべき：佐保와 佐紀 산속에 귀족의 별장이 있었다. 久邇京의 작품에도 비슷한 노래가 있다.
6　寢ねかてぬ：'いぬ'는 잠을 자는 것. 'かて'는 할 수 있다. 'ぬ'는 부정을 나타낸다.

2144　기러기 와서/ 싸리 져 버렸다고/ 수사슴이요/ 우는 듯한 소리도/ 쓸쓸하게 되었네

해설

　　기러기가 왔으므로 싸리가 져 버려서 싸리의 계절이 끝났다고 수사슴이 우는 듯한 소리도 쓸쓸하게
풀이 죽었네라는 내용이다.
　　추운 계절이 되어 싸리가 져 버리자, 싸리를 아내로 생각하는 수사슴의 울음소리도 쓸쓸하게 들리는
듯하다는 뜻이다.

2145　가을 싸리를/ 사랑 다 못했는데/ 수사슴의요/ 소리 계속 계속해서/ 그리움 더해지네

해설

　　가을 싸리를 사랑하는 마음도 아직 끝나지 않았는데 수사슴의 소리가 계속 계속해서 울려와서 가을의
그리움은 더욱 심해지네라는 내용이다.
　　'戀こそ益れ'를 中西 進은 수사슴에 대한 생각이라고 하였는데, 大系에서는, '수사슴의 우는 소리를
듣고 아내에 대한 그리움이 더 커진다'는 뜻으로 보았다「萬葉集』 3, p.114]. 全集에서도, '연인에 대한
생각'으로 보았다「萬葉集』 3, p.120].

2146　산 가까이의/ 집에 있어야 하나/ 수사슴의요/ 소리 계속 들으니/ 잠을 잘 수가 없네

해설

　　산 가까이에 있는 집에 있어야만 할 것인가. 수사슴이 우는 소리를 계속 듣고 있으니 잠을 잘 수가
없네라는 내용이다.
　　산 가까이의 집에 있으면 사슴 소리 때문에 아내에 대한 그리움이 커져서 잠이 오지 않으니 산 가까이
에 살 것은 아니라는 뜻이다.

2147　山邊介　射去薩雄者　雖大有　山介文野介文　沙小壯鹿鳴母

山の邊に　い行く獵夫[1]は　多かれど[2]　山にも野にも　さ男鹿鳴くも

やまのへに　いゆくさつをは　おほかれど　やまにものにも　さをしかなくも

2148　足日木笶　山従來世波　左小壯鹿之　妻呼音　聞益物乎

あしひきの　山より來せば[3]　さ男鹿の　妻呼ぶ聲を　聞かましものを

あしひきの　やまよりきせば　さをしかの　つまよぶこゑを　きかましものを

2149　山邊庭　薩雄乃祢良比　恐跡　小壯鹿鳴成　妻之眼乎欲焉

山邊には　獵夫[4]のねらひ　恐けど　男鹿鳴くなり[5]　妻が眼を欲り[6]

やまへには　さつをのねらひ　かしこけど　をしかなくなり　つまがめをほり

1　**い行く獵夫** : 사냥감을 찾는 남자를 말한다.
2　**多かれど** : 그 위험 이상으로 아내를 찾아서.
3　**來せば** : 'せば…まし'의 형태로 사실에 반대되는 가정을 한다. 산길을 통해서 오지 않았던 것을 유감스러워하는 노래이다.
4　**獵夫** : 사냥감을 찾는 남자이다.
5　**男鹿鳴くなり** : 'なり'는 傳聞 추량을 나타낸다.
6　**妻が眼を欲り** : 사슴에 의해 妻라고 한다.

2147 산 가까이에/ 사냥하는 남자는/ 많은데도요/ 산에도 들에도요/ 수사슴이 우네요

해설

　산 가까이에는 짐승을 잡으려고 노리는 사냥꾼들이 많은데도 여전히 짝을 찾아서 산에도 들에도 수사슴이 울고 있네요라는 내용이다.

　사냥꾼이 잡으려고 노리고 있으므로 위험한데도 수사슴은 그것을 아랑곳하지 않고 짝을 찾아서 울고 있다는 뜻이다.

　全集에서는, "さつ는 사냥 도구로 활과 화살, 또는 잡은 짐승을 나타내는 말 'さち'의 교체형. 또는 화살을 조선어로 'さつ'라고 하는 것과 관계가 있을 것이다'고 하였다『萬葉集』 3, p.121].

2148 (아시히키노)/ 산을 통해 왔다면/ 수사슴의요/ 짝을 찾는 소리를/ 들었을 것인 것을

해설

　걷기가 힘이 드는 산길을 통해서 왔다면 수사슴이 짝을 찾느라고 우는 소리를 들었을 것인데라는 내용이다.

　산길로 오지 않아서 수사슴이 짝을 찾는 소리를 듣지 못한 것이 아쉽다는 뜻이다.

2149 산 근처에는/ 사냥꾼이 노려서/ 무섭지만은/ 수사슴 우는 듯해/ 짝을 만나고 싶어

해설

　산 근처에는 사냥꾼이 사냥감을 노리고 있으므로 무섭지만 수사슴은 우는 듯하네. 짝을 만나고 싶다고 생각해서라는 내용이다.

2150　秋芽子之　散去見　欝三　妻戀為良思　棹壯鹿鳴母

　　　秋萩の　散りゆく見れば　おほほしみ[1]　妻戀すらし　さ男鹿鳴くも

　　　あきはぎの　ちりゆくみれば　おほほしみ　つまこひすらし　さをしかなくも

2151　山遠　京介之有者　狹小壯鹿之　妻呼音者　乏毛有香

　　　山遠き　都[2]にしあれば　さ男鹿の　妻呼ぶ聲は　乏しく[3]もあるか

　　　やまとほき　みやこにしあれば　さをしかの　つまよぶこゑは　ともしくもあるか

2152　秋芽子之　散過去者　左小壯鹿者　和備鳴将為名　不見者乏焉

　　　秋萩の　散り過ぎ[4]ゆかば　さ男鹿は　わび鳴きせむな[5]　見ずは乏しみ[6]

　　　あきはぎの　ちりすぎゆかば　さをしかは　わびなきせむな　みずはともしみ

---

1 **おほほしみ** : 'おほほし'가 'み'를 동반한다. '~하므로'. 꽃이 지는 적료함에 아내를 찾는다고 한다.
2 **山遠き　都** : 難波의 도읍인가.
3 **乏しく** : 없으므로 계속 바란다는 뜻이다.
4 **散り過ぎ** : 없어지는 것을 말한다.
5 **わび鳴きせむな** : 'な'는 영탄을 나타낸다.
6 **見ずは乏しみ** : 보지 않아서 보고 싶으므로.

2150　가을 싸리가/ 지는 것을 보면요/ 울적해져서/ 짝을 생각하나 봐/ 수사슴이 우네요

해설

　가을 싸리가 지는 것을 보면 마음이 쓸쓸해져서 짝을 그립게 생각하고 수사슴이 우는 것인가 보다라는 내용이다.

2151　산에서는 먼/ 도시이기 때문에요/ 수사슴이요/ 짝 부르는 소리는/ 전연 들을 수가 없네

해설

　산에서는 먼 도시이다 보니까 수사슴이 짝을 부르는 소리는 전연 들을 수가 없네. 듣고 싶네라는 내용이다.
　大系에서는 '都'를 奈良으로 보았다『萬葉集』 3, p.115]. 全集에서는, '平城京이라고 해석해도 좋다. 飛鳥古京 등에 비해 산이 멀기 때문이다'고 하였다『萬葉集』 3, p.121]. '都にしあれば'의 'し'는 강조를 나타낸다.

2152　가을 싸리가/ 져서 없어지면요/ 수사슴은요/ 쓸쓸하게 울겠지/ 볼 수 없어 그리며

해설

　가을 싸리꽃이 다 져서 없어지게 되면 수사슴은 쓸쓸하게 울겠지요. 볼 수 없는 싸리꽃을 계속 그리워해서 찾으며라는 내용이다.
　싸리꽃은 수사슴의 아내라고 생각한 작품들이 『만엽집』에 많이 보인다. 싸리꽃이 지는 것은 수사슴의 아내가 사라지는 것이므로 수사슴은 쓸쓸해지는 것이다.
　大系에서는, '가을 싸리꽃이 다 져서 없어지게 되면 수사슴은 힘이 빠져 울겠지요. 보지 않으면 마음이 충족되지 않아서'로 해석하였다『萬葉集』 3, p.115]. '見ずは乏しみ'를 私注・注釋・全集에서도, '마음이 쓸쓸해서'로 해석하였다.

2153　秋芽子之　咲有野邊者　左小壮鹿曾　露乎別乍　嬬問四家類

秋萩の　咲きたる野邊は　さ男鹿そ　露を分けつつ　妻問しける¹

あきはぎの　さきたるのへは　さをしかそ　つゆをわけつつ　つまどひしける

2154　奈何壮鹿之　和備鳴為成　蓋毛　秋野之芽子也　繁将落

何そ²鹿の　わび鳴きすなる³　けだしくも⁴　秋野の萩⁵や　繁く散るらむ

なそしかの　わびなきすなる　けだしくも　あきののはぎや　しげくちるらむ

2155　秋芽子之　開有野邊　左壮鹿者　落巻惜見　鳴去物乎

秋萩の　咲きたる野邊に　さ男鹿は　散らまく⁶惜しみ⁷　鳴きゆく⁸ものを⁹

あきはぎの　さきたるのへに　さをしかは　ちらまくをしみ　なきゆくものを

---

1 **妻問しける** : 싸리꽃을 사슴의 아내로 보는 생각에 의한 것이다.
2 **何そ** : 'なにそ'의 축약형이다.
3 **わび鳴きすなる** : 傳聞 추량이다.
4 **けだしくも** : 만약, 비록 등에 의한 강한 추정이다.
5 **秋野の萩** : 사슴의 신부인 싸리꽃인가.
6 **散らまく** : 아직 지고 있지 않다. 꽃이 지는 것을 예측한 것이다.
7 **惜しみ** : 애석해서.
8 **鳴きゆく** : 들에 간다.
9 **ものを** : 영탄적 역접을 나타낸다. 그러므로 꽃이여. 지지를 말라는 뜻이다.

2153   가을 싸리꽃/ 피어 있는 들에는/ 수사슴이요/ 이슬 밟고 헤치며/ 짝을 찾고 있네요

해설
　가을 싸리꽃이 많이 피어 있는 들판에는 수사슴이 이슬을 밟고 헤치고 또 밟고 헤치며 짝을 찾고 있네요라는 내용이다.

2154   어찌 사슴은/ 쓸쓸히 우는 걸까/ 생각하건대/ 가을들 싸리꽃이/ 계속 지고 있나 봐

해설
　어찌하여 사슴은 쓸쓸하게 울고 있는 것일까. 아마도 가을 들판의 싸리꽃이 계속 지고 있는가 보다라는 내용이다.

2155   가을 싸리가/ 피어 있는 들판을/ 수사슴은요/ 지는 것이 아쉬워/ 울면서 가는 것을

해설
　가을 싸리꽃이 피어 있는 들판을, 수사슴은 싸리꽃이 지는 것이 아쉬워서 울면서 가는 것을―. 그러니 싸리꽃이여. 지지를 말아 달라고 하는 내용이다.
　'野邊に さ男鹿は'를, 大系·私注·注釋에서는 '들판에서 수사슴은'으로 해석하였다. 全集에서는, '들판의 수사슴'으로 해석하였다『萬葉集』3, p.122].

2156　足日木乃　山之跡陰尒　鳴鹿之　聲聞為八方　山田守酢兒

あしひきの　山の常蔭に[1]　鳴く鹿の　聲聞かす[2]やも　山田守らす兒[3]

あしひきの　やまのとかげに　なくしかの　こゑきかすやも　やまだもらすこ

詠蟬

2157　暮影　來鳴日晩之　幾許　毎日聞跡　不足音可聞

夕影に　來鳴くひぐらし[4]　幾許[5]も　日毎に聞けど　飽かぬ聲[6]かも

ゆふかげに　きなくひぐらし　ここだくも　ひごとにきけど　あかぬこゑかも

---

1 **山の常蔭に**：울창하게 나무가 우거진 그늘이다.
2 **聲聞かす**：'兒'에 대한 경어. 친애를 나타낸다.
3 **山田守らす兒**：임시 거처에 살면서 농장을 지키고 있는 여성이다.
4 **來鳴くひぐらし**：늦여름이 되어서 우는 쓰르라미.
5 **幾許**：많이. 'ここだ', 'こきだく'와 같다.
6 **飽かぬ聲**：마음을 아프게 하는 것으로 듣는 일도 많다.

2156 (아시히키노)/ 산의 깊은 그늘에/ 우는 사슴의/ 소리 들었는가요/ 산 밭 지키는 그대

해설

걷기가 힘든 산의, 울창하여 항상 그늘이 진 나무 아래에서 우는 사슴의 소리를 들었는가요. 산에 있는 밭을 지키는 그대여라는 내용이다.

大系에서는, '구애의 마음이 있는가'라고 하였다[『萬葉集』 3, p.116]. 私注에서는, '비유하는 곳이 있을 지도 모른다. 사슴 소리에, 연정을 나타내는 남성의 소리를 나타낸 것으로도 보인다. (중략) 뒷는 남자라도 좋다'고 하였다[『萬葉集私注』 5, p.343].

쓰르라미를 노래하였다

2157 저녁 해 속에/ 와 우는 쓰르라미/ 계속하여서/ 날마다 듣지만도/ 싫지 않은 소리네

해설

저녁 석양에 와서 우는 쓰르라미여. 계속하여서 날마다 듣는데도 싫증이 나지 않는 소리네라는 내용이다.

詠蟋蟀[1]

2158　秋風之　寒吹奈倍　吾屋前之　淺茅之本介　蟋蟀鳴毛

秋風の　寒く吹くなへ[2]　わが屋前の　淺茅[3]がもとに　蟋蟀鳴くも

あきかぜの　さむくふくなへ　わがやどの　あさぢがもとに　こほろぎなくも

2159　影草乃　生有屋外之　暮陰介　鳴蟋蟀者　雖聞不足可聞

影草[4]の　生ひたる屋前の　夕影[5]に　鳴く蟋蟀は　聞けど飽かぬかも

かげくさの　おひたるやどの　ゆふかげに　なくこほろぎは　きけどあかぬかも

2160　庭草介　村雨落而　蟋蟀之　鳴音聞者　秋付介家里

庭草に　村雨[6]ふりて　蟋蟀の　鳴く聲聞けば　秋づきにけり

にはくさに　むらさめふりて　こほろぎの　なくこゑきけば　あきづきにけり

---

1 **蟋蟀** : '蟀' 한 글자를 쓰는 경우도 있지만, 이후로 모두 '蟋蟀'로 표기. 가을 곤충의 총칭인가.
2 **寒く吹くなへ** : 'なへ'는 '〜하는 것과 함께'라는 뜻이다.
3 **淺茅** : 높이가 낮은 띠풀을 말한다.
4 **影草** : 바위나 물가의 그늘에서 자라는 풀인가.
5 **夕影** : 저녁 햇빛. 그것을 받고 있는 풀이 夕影草이다.
6 **村雨** : 쏟아져 내리는 비. 가을 소나기이다.

귀뚜라미를 노래하였다

2158 가을바람이/ 차갑게 불어오니/ 우리 집의요/ 낮은 띠풀 속에서/ 귀뚜라미 우네요

해설

가을바람이 차갑게 불어오는 것과 더불어 우리 집의 낮은 띠풀 속에서 귀뚜라미가 우네요라는 내용
이다.

2159 그늘 쪽 풀이/ 자라난 우리 집의/ 저녁 햇빛에/ 우는 귀뚜라미는/ 들어도 싫증나잖네

해설

그늘진 쪽의 풀이 무성히 자라난 우리 집의, 저녁 햇빛 속에 우는 귀뚜라미 소리는 아무리 들어도
싫증이 나지 않네라는 내용이다.

2160 정원의 풀에/ 소나기가 내리고/ 귀뚜라미가/ 우는 소리 들으면/ 가을이 된 것 같네

해설

정원에 나 있는 풀에 가을 소나기가 내리고, 귀뚜라미가 우는 소리를 들으면 아아 이제 가을이 된
것 같네라는 내용이다.

詠蝦[1]

2161　三吉野乃　石本不避　鳴川津　諾文鳴來　河乎淨

み吉野の　石本さらず[2]　鳴く河蝦[3]　うべも[4]鳴きけり　川を淸け[5]み

みよしのの　いはもとさらず　なくかはづ　うべもなきけり　かはをさやけみ

2162　神名火之　山下動　去水丹　川津鳴成　秋登將云鳥屋

神名火[6]の　山下響み　行く水[7]に　河蝦鳴くなり　秋といはむとや[8]

かむなびの　やましたとよみ　ゆくみづに　かはづなくなり　あきといはむとや

---

1 蝦 : 개구리 종류의 총칭이다. '蝦'는 '蝦蟇'를 줄인 것으로 두꺼비이다. 이하 모두 기생개구리를 말한다.
2 石本さらず : 떠나지 않고.
3 鳴く河蝦 : 여기서도 기생개구리인가.
4 うべも : 더할 나위 없이 좋은 것으로.
5 川を淸け : 눈과 귀에 현저한 것. 때묻지 않고 깨끗함을 말한다.
6 神名火 : 신이 있는 산. 여기에서는 雷岳인가.
7 行く水 : 신성한 神名火川. 여기에서는 飛鳥川인가.
8 秋といはむとや : 개구리가 가을이라고 말하는 것인가. 일종의 도치법이다.

개구리를 노래하였다

2161 요시노(吉野)의요/ 바위 밑 떠나잖고/ 우는 개구리/ 정말 잘도 우네요/ 강이 깨끗하므로

🌸 **해설**

요시노(吉野)의 바위 밑을 떠나지 않고 항상 거기에서 우는 개구리는 정말 잘도 우네요. 강이 깨끗하므로라는 내용이다.
'み吉野の'의 'み'는 접두어이다. 全集에서는 '우는 것도 道理이다'로 해석하였다『萬葉集』3, p.124].

2162 카무나비(神名火)의/ 산기슭에 울리며/ 흘러가는 물/ 개구리가 우네요/ 가을이라 말하
려나

🌸 **해설**

카무나비(神名火)의 산기슭에서 소리를 내며 흘러가는 개울에는 개구리가 우는 것 같네요. 벌써 가을이라고 말하려고 해서인가라는 내용이다.
'神名火の 山下響み 行く水に'를 大系에서는 '카무나비(神名火)의 산기슭을 울리며 소리를 내며 흘러가는 개울에서'로 해석하였다『萬葉集』3, p.117]. 私注·注釋·全集에서도 그렇게 해석하였다.

2163　草枕　客尒物念　吾聞者　夕片設而　鳴川津可聞

草枕　旅に物思ひ¹　わが聞けば　夕片設けて²　鳴く河蝦かも

くさまくら　たびにものおもひ　わがきけば　ゆふかたまけて　なくかはづかも

2164　瀬呼速見　落當知足　白浪尒　河津鳴奈里　朝夕毎

瀬を速み　落ち激ちたる　白波に³　河蝦鳴くなり⁴　朝夕ごとに

せをはやみ　おちたぎちたる　しらなみに　かはづなくなり　あさよひごとに

2165　上瀬尒　河津妻呼　暮去者　衣手寒三　妻将枕跡香

上つ瀬に　河蝦妻呼ぶ　夕されば⁵　衣手寒み⁶　妻枕かむとか⁷

かみつせに　かはづつまよぶ　ゆふされば　ころもでさむみ　つままかむとか

---

1 旅に物思ひ : 여수.
2 夕片設けて : 반쯤 준비한다는 뜻으로 그 때가 가까워오는 것이다.
3 白波に : 시각에 더해 청각까지.
4 河蝦鳴くなり : 소리에 의한 추정이다.
5 夕されば : 'さる'는 이동을 나타낸다.
6 衣手寒み : 개구리가 그렇다는 것이다. 'を…み(〜가 〜하므로)'의 용법이다.
7 妻枕かむとか : 그래서 운다고 생각한 것이다.

2163 (쿠사마쿠라)/ 여행에 쓸쓸해져서/ 내가 들으면/ 날이 저물어지자/ 우는 개구리인가

　　풀을 베개로 베고 자는 힘든 여행에 마음이 쓸쓸해져서 내가 듣고 있으면, 날이 저물어지자 우는 개구리여라는 내용이다.
　　私注에서는 '旅'를, '오늘날 우리가 생각하는 여행만이 아니라, 수확을 위해서 집을 떠나 밭에 있는 것도 말한다고 생각된다. 여기에서는 그러한 경우일 것이다. 'たび'의 어원은 田邊(たび)이 아닐까 하고 생각되는 용례가 이외에도 적지 않다'고 하였다『萬葉集私注』5, p.346].

2164 물살이 빨라/ 힘차게 떨어지는/ 흰 물결에다/ 개구리가 우네요/ 아침저녁 때마다

　　물살이 빨라서 힘차게 떨어지는 흰 물결에 더해서 개구리가 우는 듯하네요. 아침저녁 때마다라는 내용이다.

2165 위쪽 여울에/ 개구리 짝 부르네/ 저녁이 되면/ 소매가 차가워서/ 짝의 손 베려하나

　　개울 위쪽의 여울에서 개구리가 짝을 부르며 울고 있네. 저녁이 되면 옷소매가 차가워서 추우므로 짝의 팔을 베개로 베고 자려고 해서 그런가라는 내용이다.
　　여행지에서 개구리의 울음소리에, 작자 자신이 아내를 그리워하는 감정을 이입한 것이다.

詠鳥

2166　妹手呼　取石池之　浪間従　鳥音異鳴　秋過良之

　　　妹が手を　取石の池[1]の　波の間ゆ　鳥が音異に鳴く[2]　秋過ぎぬらし

　　　いもがてを　とろしのいけの　なみのまゆ　とりがねけになく　あきすぎぬらし

2167　秋野之　草花我末　鳴百舌鳥　音聞濫香　片聞吾妹

　　　秋の野の　尾花が末[3]に　鳴く百舌鳥の　聲[4]聞きけむか　片聞く吾妹[5]

　　　あきののの　をばながうれに　なくもずの　こゑききけむか　かたきくわぎも

---

1 **取石の池**：大阪府 高石市.
2 **鳥が音異に鳴く**：'音', '鳴く'가 중복되어 의문. 새는 학인가.
3 **尾花が末**：참억새의 끝 쪽. 자라서 벋은 제일 끝 쪽을 'うれ(末)'라고 한다.
4 **聲**：시끄러운 소리이다.
5 **片聞く吾妹**：내 말을 그다지 잘 듣지 않는 아내이다.

새를 노래하였다

2166 (이모가테오)/ 토로시(取石)의 연못의/ 물결 사이로/ 새소리 다르게 우네/ 가을 지난 듯
하네

해설

아내의 손을 잡는다고 하는 뜻을 이름으로 한 토로시(取石)의 연못의 물결 사이로, 새소리가 보통
때와 다르게 들려오네. 벌써 가을은 지난 듯하네라는 내용이다.

阿蘇瑞枝는, '보통 때와 다른 새소리를 듣고 구분하고 있는 것을 보면, 지나가는 여행객이라고는 생각
되지 않으므로 이 지방에 머물고 있던 관료의 작품일까'라고 하였다[『萬葉集全注』 10, p.411].

2167 가을 들판의/ 참억새꽃 끝에서/ 우는 때까치/ 소리 들었을까요/ 반만 듣는 그대여

해설

가을 들판의 참억새꽃 끝에서 울고 있는 때까치의 소리를 들었을까요. 내 말을 잘 듣지 않고 반쯤만
듣는 나의 아내여라는 내용이다.

제5구의 '片聞く吾妹'에 대해서는 해석이 다양하다. 大系에서는, '혼자서 듣고 있다'로[『萬葉集』 3,
p.118], 私注에서는, '내 소문을 그대로 듣고 싶어하는 그녀는 가을 들판의 참억새꽃 끝에서 울고 있는
때까치의 소리도 듣고 있겠지라고 하는 마음에는, 때까치처럼 시끄러운 세상의 소문을 귀로 듣고 있겠지
하는 뜻이 있는 것으로 보인다'고 하였다[『萬葉集私注』 5, p.348]. 注釋·全集에서는, '잘 들어요 그대여'로
해석하였다(『萬葉集注釋』 10, p.364), (『萬葉』 3, p.125)].

詠露

2168   冷芽子丹   置白露   朝々   珠年曾見流   置白路

      秋萩に   置ける白露[1]   朝な朝な   珠としそ見る   置ける白露[2]

      あきはぎに   おけるしらつゆ   あさなさな   たまとしそみる   おけるしらつゆ

2169   暮立之   雨落毎 [一云, 打零者] 春日野之   尾花之上乃   白露所念

      夕立[3]の   雨降るごとに [一は云はく, うち降れば] 春日野の   尾花が上の   白露思ほゆ

      ゆふだちの   あめふるごとに [あるはいはく, うちふれば] かすがのの   をばながうへの
      しらつゆおもほゆ

2170   秋芽子之   枝毛十尾丹   露霜置   寒毛時者   成尒家類可聞

      秋萩の   枝もとををに[4]   露霜[5]置き   寒くも時は   なりにけるかも

      あきはぎの   えだもとををに   つゆしもおき   さむくもときは   なりにけるかも

---

1 **置ける白露** : 마지막 구를 반복한 것으로 보아 종지형으로 한다.
2 **置ける白露** : 반복. 전승된 옛날 노래인가. 다음 작품 참조.
3 **夕立** : 저녁 무렵에 내리는 초가을(음력으로는 여름)의 소나기이다.
4 **とをを** : 撓(たわ)가 어근이다.
5 **露霜** : 이슬과 서리. 이슬의 雅語라고도 한다.

이슬을 노래하였다

2168 가을 싸리에/ 내린 흰 이슬이여/ 매 아침마다/ 구슬처럼 본다네/ 내린 흰 이슬이여

해설

가을 싸리 위에 내린 흰 이슬이여. 매일 아침마다 나는 너를 아름다운 구슬처럼 본다네. 내린 흰 이슬이여라는 내용이다.

2169 저녁 무렵에/ 비가 내릴 때마대어떤 책에는 말하기를, 살짝 내리면/ 카스가(春日) 들의/ 참억새꽃의 위의/ 흰 이슬이 생각나네

해설

저녁 무렵에 가을 소나기가 내릴 때마대어떤 책에는 말하기를, 살짝 내리면 카스가(春日) 들의 참억새꽃 위의 흰 이슬이 생각나서 견딜 수가 없네라는 내용이다.
全集에서는 'うち降れば'의 'うち'는 접두어라고 하였다『萬葉集』 3, p.125].

2170 가을 싸리의/ 가지도 휠 정도로/ 흰 이슬이 내려/ 차가운 계절이요/ 되었는 것이네요

해설

가을 싸리의 가지도 휠 정도로 흰 이슬이 많이 내려서 날씨가 추운 계절이 된 것이네요라는 내용이다.

2171　白露与　秋芽子者　戀亂　別事難　吾情可聞

　　　白露と　秋の萩とは[1]　戀ひ亂れ　別くこと難き[2]　わが情かも

　　　しらつゆと　あきのはぎとは　こひみだれ　わくことかたき　わがこころかも

2172　吾屋戸之　麻花押靡　置露介　手觸吾妹兒　落巻毛将見

　　　わが屋戸の　尾花おし靡べ　置く露に　手觸れ吾妹子[3]　散らまくも[4]見む

　　　わがやどの　をばなおしなべ　おくつゆに　てふれわぎもこ　ちらまくもみむ

2173　白露乎　取者可消　去來子等　露介争而　芽子之遊将為

　　　白露を　取らば消ぬべし　いざ子ども　露に競ひて[5]　萩の遊[6]せむ

　　　しらつゆを　とらばけぬべし　いざこども　つゆにきほひて　はぎのあそびせむ

---

　1 **白露と 秋の萩とは** : 'は는 주제를 제시한다. 흰 이슬과 가을 싸리는 꽃이 피는 것에도 지는 것에도 밀접하게
　　　관련되며, 더구나 대립하는 것으로도 불리어진다.
　2 **別くこと難き** : 비슷한 내용이 826번가에 보인다.
　3 **手觸れ吾妹子** : 가장 소중한 것을 사랑하는 사람에게 해주고 싶다고 생각하는 詩情. '觸れ'는 명령형. 'よ'는
　　　붙이지 않는다.
　4 **散らまくも** : 날아 흩어지는 이슬의 아름다운 모습이다.
　5 **露に競ひて** : 꺼지려고 하는 이슬과 겨루어. 꺼지게 하지 말고.
　6 **萩の遊** : 이슬을 손에 들고 감상하는 것은 아니며 싸리꽃을 감상하는 것이다.

2171 흰 이슬과요/ 가을의 싸리는요/ 모두 좋아서/ 구별하기 어려운/ 나의 마음이네요

✿ 해설

흰 이슬과 가을의 싸리는, 양쪽 모두 좋아서 마음이 흔들리므로 어느 쪽이 좋다고 구별하기 어려운 나의 마음이네요라는 내용이다.

'戀ひ亂れ'를 大系・注釋・全集에서는 中西 進과 마찬가지로 작자가 흰 이슬과 가을 싸리를 다 좋아하는 것으로 보았다. 그러나 私注에서는, '흰 이슬과 가을의 싸리는, 둘이 서로 좋아하여 긴밀하게 연결되어 있으므로 어느 것을 어느 것이라고 구별할 수 없다. 내가 마음을 가지고 있어도'로 해석하였다『萬葉集私注』 5, p.350]. 그러면서도 '秋の萩とは'를, 'あきはぎとには로 읽으면 내 마음이 둘에게 끌린다고 해석해야 할지 모르겠다. 노래는 그쪽이 재미있다'고 하였다『萬葉集私注』 5, p.350].

2172 우리 집의요/ 참억새꽃 누르며/ 내린 이슬에/ 손 대봐요 그대여/ 흩어지는 것 보자

✿ 해설

우리 집 뜰의 참억새꽃이 기울어질 정도로 누르며 많이 내린 이슬에 손을 대어 봐요 그대여. 이슬이 구슬처럼 흩어지는 아름다운 모양을 보고 싶네라는 내용이다.

2173 하얀 이슬을/ 잡으면 꺼지겠지/ 자아 여러분/ 이슬과 겨루면서/ 싸리꽃을 즐기지요

✿ 해설

흰 이슬을 손으로 잡으면 꺼져 버리겠지. 자아 여러분. 이슬을 그대로 두고, 이슬이 내려 있는 싸리꽃을 보며 감상하며 즐깁시다라는 내용이다.

'露に競ひて'를 大系에서는, '이슬이 있는 동안에'로 해석하였다『萬葉集』 3, p.119]. '萩の遊せむ'을 全集에서는, '싸리꽃을 보면서 주연을 베푼 것을 말하는가'라고 하였다『萬葉集』 3, p.126].

2174　秋田苅　借廬乎作　吾居者　衣手寒　露置尓家留

秋田苅る　假廬¹を作り　わが居れば　衣手寒く　露そ置きにける

あきたかる　かりほをつくり　わがをれば　ころもでさむく　つゆそおきにける

2175　日來之　秋風寒　芽子之花　令散白露　置尓來下

このころ²の　秋風寒し　萩の花　散らす白露　置きにけらし³も

このころの　あきかぜさむし　はぎのはな　ちらすしらつゆ　おきにけらしも

2176　秋田苅　苦手搖奈利　白露志　置穂田無跡　告尓來良思 [一云, 告尓來良思母]

秋田苅る　苦手⁴搖くなり⁵　白露し　置く穂田⁶なしと　告げに來ぬらし⁷ [一は云はく, 告げに來らしも]

あきたかる　とまてうごくなり　しらつゆし　おくほだなしと　つげにきぬらし [あるはいはく, つげにくらしも]

---

1 **假廬** : 수확하기 위해서 얼마 동안 머물기 위해 지은 작은 집이다.
2 **このころ** : 원문의 '日來'는 '比日·比來'라고도 쓴다.
3 **置きにけらし** : 'けらし'는 'けるらし'의 축약형이다.
4 **苫手** : 임시 거처의 이엉이다. 苫은 菅(골풀)·茅(띠) 등으로 지붕을 덮는 것이다. 그 처진 앞부분이 苫手이다.
5 **搖くなり** : 소리에 의한 추정이다.
6 **置く穂田** : 싹이 나온 밭이다.
7 **告げに來ぬらし** : 바람소리를 이렇게 들었다.

2174　가을 밭 베는/ 임시 거처 만들어/ 내가 있으면/ 옷소매에 차갑게/ 이슬이요 내렸네요

> **해설**
>
> 　가을 밭의 농작물을 베기 위하여 머물려고 임시로 작은 집을 만들어 거기에서 내가 자고 있으면 옷소매에 차갑게 밤이슬이 내렸네요라는 내용이다.
> 　全集에서는, '天智천황의 작품으로『後撰集』에 수록된 '秋の田の かりほのいほの 苫をあらみ わが衣手は露にぬれつつ'는 이 작품을 개작한 것일 것이다'고 하였다[『萬葉集』 3, pp.126~127].

2175　이 근래의요/ 가을바람 차갑네/ 싸리의 꽃을/ 지게 하는 흰 이슬/ 내린 것이겠지요

> **해설**
>
> 　이 근래의 가을바람이 차갑게 느껴지네. 싸리꽃을 지게 하는 흰 이슬도 내린 것이겠지요라는 내용이다.
> 　흰 이슬이 내려 가을바람이 차가워진 계절 감각을 노래한 것이다.

2176　가을 밭 베는/ 집 이엉이 흔들리네/ 흰 이슬이요/ 내릴 이삭 없다고/ 말하러 온 듯하네

> **해설**
>
> 　가을 밭의 농작물을 베기 위하여 머물려고 임시로 지은 작은 집의 이엉의 처진 부분이 바람에 흔들리는 듯하네. 흰 이슬이, 가을 수확을 다 해 버려서 자신이 내릴 이삭이 난 밭이 없다고 말하러 온 듯하네라는 내용이다.
> 　'白露し'의 'し'는 강세 조사이다.

詠山

2177　春者毛要　夏者緑丹　紅之　綵色尓所見　秋山可聞

春は萌え[1]　夏は緑に　紅の　綵色[2]に見ゆる　秋の山かも

はるはもえ　なつはみどりに　くれなゐの　まだらにみゆる　あきのやまかも

詠黄葉

2178　妻隠　矢野神山　露霜尓　々寳比始　散巻惜

妻隠る[3]　矢野の神山[4]　露霜に　にほひそめたり[5]　散らまく惜しも

つまごもる　やののかむやま　つゆしもに　にほひそめたり　ちらまくをしも

---

1 **春は萌え** : 이하 잎의 변화를 말한다.
2 **綵色** : 녹색, 황색, 홍색 등 울긋불긋한 색 모양. 紅葉은 예가 적다.
3 **妻隠る** : 神山으로 신의 아내가 숨는 것(결혼해서 신방에 들어가는 것)도 생각한 것일까.
4 **矢野の神山** : 곳곳에 있는데 어느 곳인지 알 수 없다.
5 **にほひそめたり** : 神山 예찬도 있다.

산을 노래하였다

2177   봄엔 싹트고/ 여름은 녹색으로/ 붉은 색으로/ 울긋불긋 보이는/ 가을 산인가 보다

❀ 해설

　봄에는 싹이 트고, 여름은 녹색이 되고 그리고 지금은 붉은 색으로 물들어 울긋불긋 아름답게 보이는
가을 산인가 보다라는 내용이다.
　'夏'를 大系에서는, 'natu(夏)는 조선어 nyŏrem(夏)과 같은 어원. 이 말은 알타이어 중에도 대응어가
있고 봄의 의미로 되어 있는 것도 있다'고 하였다『萬葉集』 3, p.119].

단풍을 노래하였다

2178   아내와 숨는/ 야노(矢野)의 神山은요/ 이슬 서리에/ 물들기 시작했네/ 지는 것이 아쉽네

❀ 해설

　아내와 함께 숨는 집인 야노(矢野)의 神山은 이슬 서리에 물이 들기 시작했네. 나뭇잎이 지는 것이
아쉽네라는 내용이다.
　아름답게 물든 단풍잎이 지는 것을 아쉬워한 노래이다.

2179　朝露介　染始　秋山介　鍾礼莫零　在渡金

　　　　朝露[1]に　にほひそめたる　秋山に　時雨な降りそ[2]　あり渡るがね[3]

　　　　あさつゆに　にほひそめたる　あきやまに　しぐれなふりそ　ありわたるがね

　　　左注　右二首, 柿本朝臣人麿之謌集出.

2180　九月乃　鍾[4]礼乃雨丹　沾通　春日之山者　色付丹來

　　　　九月の　時雨[5]の雨に　濡れとほり　春日の山は　色づきにけり

　　　　ながつきの　しぐれのあめに　ぬれとほり　かすがのやまは　いろづきにけり

2181　鴈鳴之　寒朝開之　露有之　春日山乎　令黄物者

　　　　雁が音の　寒き朝明[6]の　露ならし[7]　春日の山を　黄葉たす[8]ものは

　　　　かりがねの　さむきあさけの　つゆならし　かすがのやまを　もみたすものは

---

　　1 **朝露** : 새벽 무렵의 이슬이다.
　　2 **時雨な降りそ** : 'な…そ'는 금지를 나타낸다. 비로 지게 하지 말라는 뜻이다.
　　3 **あり渡るがね** : 'がね'는 목적, 희구 등을 나타낸다.
　　4 **鍾** : 底本에는 '鐘'으로 되어 있다.
　　5 **時雨** : 늦가을에서 초겨울에 걸쳐 한 때 내리는 비이다.
　　6 **朝明** : 'あさあけ'의 축약형이다. 새벽.
　　7 **露ならし** : 'ならし'는 'なるらし'의 축약형이다.
　　8 **黄葉たす** : 'もみつ(단풍이 들다)'에 사역의 'す'가 더해진 타동사이다.

2179   아침 이슬에/ 물이 들기 시작한/ 가을의 산에/ 비는 내리지 말게/ 이대로 지나도록

해설

　　아침 이슬에 아름답게 물이 들기 시작한 가을 산에 비는 내리지 말게. 이대로 계속 있을 수 있도록이라는 내용이다.

　　아름답게 물든 단풍잎이 지지 않고 그대로 계속 있을 수 있도록 비가 내리지 말라는 뜻이다.

　　좌주　위의 2수는, 카키노모토노 아소미 히토마로(柿本朝臣人麿)의 가집에 나온다.

2180   늦가을 9월/ 한때 내리는 비에/ 완전히 젖어/ 카스가(春日)의 산은요/ 단풍이 들었네요

해설

　　늦가을 9월의, 한때 내리는 비에 완전히 젖어서 카스가(春日)의 산은 단풍이 아름답게 물들었네요라는 내용이다.

　　阿蘇瑞枝는, '奈良 천도 이후의 노래이다'고 하였다『萬葉集全注』10, p.429].

2181   기러기 소리/ 차가운 새벽녘의/ 이슬 같네요/ 카스가(春日)의 산을요/ 물을 들이는 것은

해설

　　기러기 소리가 차갑게 들리는 새벽녘의 이슬 같네. 카스가(春日) 산을 아름답게 단풍들게 하는 것은이라는 내용이다.

　　가을 단풍이 아름답게 물든 것을 노래한 것이다.

2182　比日之　曉露丹　吾屋前之　芽子乃下葉者　色付介家里

この頃の　曉[1]露に　わが屋前の　萩の下葉は[2]　色づきにけり

このころの　あかときつゆに　わがやどの　はぎのしたばは　いろづきにけり

2183　鴈音者　今者來鳴沼　吾待之　黄葉早継　待者辛苦母

雁がねは　今は來鳴きぬ　わが待ちし　黄葉はや繼げ[3]　待てば[4]苦しも

かりがねは　いまはきなきぬ　わがまちし　もみちはやつげ　まてばくるしも

2184　秋山乎　謹人懸勿　忘西　其黄葉乃　所思君

秋山を　ゆめ[5]人懸くな[6]　忘れにし　そのもみち葉の　思ほゆらく[7]に

あきやまを　ゆめひとかくな　わすれにし　そのもみちばの　おもほゆらくに

---

1 曉：새벽 이전의 시각을 가리킨다.
2 萩の下葉は：아래쪽의 잎부터 물이 든다.
3 黄葉はや繼げ：기러기에게.
4 待てば：가정형으로 말하는 것이 많지만(3682번가), 기다리는 것을 가정하는 뜻이 아니고, 恒時 조건. 항상 A의 결과가 B라는 뜻이다.
5 ゆめ：금지를 나타내는 부사이다.
6 人懸くな：입에 올리는 것이다.
7 思ほゆらく：'思ほゆらく'는 '思ほゆ'의 명사형이다.

2182 이 근래의요/ 날 샐 무렵 이슬에/ 우리 집 정원/ 싸리 아래쪽 잎은/ 물이 든 것이네요

해설

이 근래의 날 샐 무렵에 내리는 이슬에, 우리 집 정원의 싸리 아래쪽 잎은 완전히 물이 든 것이네요라는 내용이다.

비슷한 내용이 2213번가에 보인다.

2183 기러기는요/ 지금 와서 울었네/ 내 기다리던/ 단풍아 빨리 잇게/ 기다리면 힘드네

해설

기러기는 지금 와서 울었네. 그러니 내가 기다리고 있는 단풍이여. 빨리 기러기 소리를 뒤 이어서 곱게 물이 들어라. 더 기다리면 힘이 드니까라는 내용이다.

2184 가을의 산을/ 사람들 말 말아요/ 잊어버렸던/ 그 단풍이 든 잎이/ 생각이 나는 것을

해설

가을 산의 아름다움을 사람들은 절대로 입에 올려서 말을 하지 마세요. 모처럼 잊고 있던 그 단풍이 생각이 나니까요라는 내용이다.

단풍 이야기를 하면 단풍이 생각나서 힘드니까 이야기를 하지 말라는 뜻이다.

'思ほゆらくに'를 全集에서는, "く'어법+격조사に의 형태는 일반적으로 역접을 나타내지만 수식하는 것이 금지와 명령인 경우, 순접으로 해석할 수 있다. 이것도 그러한 예이다'고 하였다[『萬葉集』 3, p.129].

2185　大坂乎　吾越來者　二上介　黄葉流　志具礼零乍

　　　　大坂¹を　わが越え來れば　二上に　黄葉流る²　時雨ふりつつ³

　　　　おほさかを　わがこえくれば　ふたかみに　もみちばながる　しぐれふりつつ

2186　秋去者　置白露介　吾門乃　淺茅何浦葉　色付介家里

　　　　秋されば⁴　置く白露に　わが門の⁵　淺茅が末葉⁶　色づきにけり

　　　　あきされば　おくしらつゆに　わがかどの　あさぢがうらば　いろづきにけり

2187　妹之袖　巻來乃山之　朝露介　仁寶布黄葉之　散巻惜裳

　　　　妹が袖　巻來の山⁷の　朝露に　にほふ黄葉の　散らまく惜しも⁸

　　　　いもがそで　まききのやまの　あさつゆに　にほふもみちの　ちらまくをしも

---

1 **大坂** : 二上山을 북으로 돌아 넘는 비탈이다. 남쪽이라고 하는 설도 있다.
2 **黄葉流る** : 낙엽이라고 하는 설도 있지만 '流る'가 부자연스럽다.
3 **時雨ふりつつ** : 'つづ'는 계속을 나타낸다.
4 **秋されば** : 'ば는 반드시 그렇게 된다는 뜻이다.
5 **わが門の** : '문 안쪽의'라는 뜻으로, 이미 집이라는 뜻에 가깝다.
6 **淺茅が末葉** : 낮은 띠의 끝 쪽 잎을 말한다.
7 **巻來の山** : 소매를 베개로 베는 'まき'로 이어진다. 어디에 있는지 알 수 없다. '城の山'이라고 하는 설은 假名이 다르다.
8 **散らまく惜しも** : 애석하다.

2185 오호사카(大阪)를/ 내가 넘어서 오면/ 후타카미(二上)에/ 단풍이 흘러가네/ 비가 계속 내리며

해설

오호사카(大阪)를 내가 넘어서 오면, 후타카미(二上)에서는 개울에 단풍잎이 흘러가네. 비가 계속 내리면서라는 내용이다.

'黃葉流る'를 私注에서는, '붉은 잎이 지고 있다'로 해석하였다[『萬葉集私注』 5, p.356]. 注釋에서도 '流る'를, 권제1의 59번가와 마찬가지로 '지다'라는 뜻이라고 하고 '단풍이 지고 있다'고 하였다[『萬葉集注釋』 10, p.378]. 大系에서는 '流る'를 그대로 해석하여, '단풍이 흘러가는 것처럼 지고 있다'로 해석하였다[『萬葉集』 3, p.121]. 全集에서는, '붉은 잎이 하늘에 흘러가고 있네'로 해석하였다[『萬葉集』 3, p.129]. 제5구에 '비가 계속 내리면서'라고 하였으므로, 비와 함께 단풍이 지는 것을, 마치 단풍이 강물에 흘러가는 것처럼 느낀 표현이라 생각된다.

2186 가을이 되면/ 내리는 흰 이슬에/ 우리 집의요/ 낮은 띠의 끝 쪽 잎/ 물이 든 것이네요

해설

가을이 되면 내리는 흰 이슬에 우리 집의 낮은 띠의 끝 쪽 잎은 이미 물이 들었네요라는 내용이다.

'わが門の'를 中西 進은 '우리 집의'로 해석하였다. 大系에서는, '우리 집 문 근처'라고 하였다[『萬葉集』 3, p.121]. 私注와 全集에서는, '우리 집 문의'로 해석하였다([『萬葉集私注』 5, p.357), (『萬葉集』 3, p.129)]. 注釋에서는, '우리 집의 문 앞'으로 해석하였다[『萬葉集注釋』 10, p.379].

2187 아내 소매를/ 베는 마키키(卷來) 산의/ 아침 이슬에/ 물이 든 단풍잎이/ 지는 것이 아쉽네

해설

아내의 옷소매를 베개로 벤다고 하는 뜻을 이름으로 한 마키키(卷來) 산의, 아침 이슬에 아름답게 물이 든 단풍잎이 지는 것이 아쉽네라는 내용이다.

'아내의 옷소매를 베개로 벤다(枕く)'와 '卷來の山'의 '卷'의 발음이 같은 'まき'인 것을 이용한 노래이다.

2188　黄葉之　丹穂日者繁　然鞆　妻梨木乎　手折可佐寒

　　　黄葉の　にほひは繁し　然れども　妻梨¹の木を　手折り²挿頭さむ

　　　もみちばの　にほひはしげし　しかれども　つまなしのきを　たをりかざさむ

2189　露霜乃　寒夕之　秋風丹　黄葉介來毛　妻梨之木者

　　　露霜の　寒き夕の　秋風に³　もみちにけりも⁴　妻梨の木は

　　　つゆしもの　さむきゆふへの　あきかぜに　もみちにけりも　つまなしのきは

---

1 **妻梨** : '梨'의 'なし'를 '成し' 의미로 나타내었다.
2 **手折り** : 여자를 얻는 비유이다.
3 **秋風に** : 혼자 몸인 고독을 담았는가.
4 **もみちにけりも** : 다른 예가 없으며, 'もみちにけらじ'의 훈독도 있다.

2188 단풍잎이요/ 물을 들였네 많이/ 그렇지만요/ 아내 되는 배나무/ 꺾어서 머리 꽂자

해설

　단풍잎이 많은 나무들을 물들이고 있네. 그렇지만 나는 아내가 되는 배나무를 꺾어서 머리에 꽂아 장식을 하자라는 내용이다.

　私注에서는, '梨の木에 'つま'를 무엇 때문에 앞에 붙여서 'つまなし'라고 한 것인가. 梨의 紅葉은 꺾을 정도의 것은 아니다. 단순한 말장난으로 한 것이므로, 아름다운 紅葉같은 여자는 많이 있지만 나는 'つま', 즉 남편이 없는 여자를 손에 넣으려고 한다는 寓意인 것은 아닐까'라고 하였다『萬葉集私注』 5, p.358]. '妻'를 남편으로 보고 '梨(なし)'를 '無(な)し'의 뜻으로 본 것이다. 注釋에서는, '아내가 없다고 하는 妻梨의 나무를'로 해석하였다『萬葉集注釋』 10, p.380]. 大系에서는 "つまなし'라고 하는 나무는 없지만 'つま'가 없다는 뜻으로 말한 것인가' 하고는, '단풍잎 색이 아름다운 것은 많이 우거져 있지만, 나는 그다지 아름답지 않은 梨木 단풍을 꺾어서 장식하자'로 해석하였다『萬葉集』 3, p.121].

2189 이슬 서리가/ 차가운 저녁 무렵/ 가을바람에/ 물이 든 것 같네요/ 아내 되는 배나무

해설

　이슬과 서리가 차갑게 느껴지는 저녁 무렵의 가을바람에 의해 아름답게 물이 들었네요. 아내가 되는 배나무는이라는 내용이다.

　中西 進은 이 작품을 앞의 작품과 연작이라고 하였다. 私注에서는, '앞의 노래에 답한 것일 것이다. 추운 저녁 무렵의 가을바람에 대단한 梨木도 물이 들었다고 하는 것은 지금까지 남자 없이 쓸쓸하게 지냈던 나도, 가을바람 같은 그대의 권유에 마음이 움직인다고 하는 寓意가 아닐까. 물론 실제적인 개인 경험은 아니고 남편 없는 여자에 대해 민요적으로 부른 것이라고 보아야만 할 것이다'고 하였다『萬葉集私注』 5, pp.358~359]. 阿蘇瑞枝는, '아내가 없는 배나무는, 가을바람의 차가움이 몸에 스며들어 단풍이 든 것이라고 하는 기분일 것이다'고 하였다『萬葉集全注』 10, p.439].

2190　吾門之　淺茅色就　吉魚張能　浪柴乃野之　黄葉散良新

わが門の[1]　淺茅色づく　吉隱の　浪柴の野の[2]　黄葉散るらし

わがかどの　あさぢいろづく　よなばりの　なみしばののの　もみちちるらし

2191　鴈之鳴乎　聞鶴奈倍尒　高松之　野上乃草曾　色付尒家留

雁が音を　聞きつるなへに[3]　高松[4]の　野の上の草そ　色づきにける

かりがねを　ききつるなへに　たかまとの　ののへのくさそ　いろづきにける

2192　吾背兒我　白細衣　徃觸者　應染毛　黄變山可聞

わが背子[5]が　白細衣[6]　行き觸れば　にほひぬべくも　もみつ山かも

わがせこが　しろたへごろも　ゆきふれば　にほひぬべくも　もみつやまかも

---

1 **わが門の**：'문 안쪽의'라는 뜻으로, 이미 집이라는 뜻에 가깝다.
2 **浪柴の野の**：泊瀨路. 曾遊의 땅인가. 농장이 있었던 곳인가. 野는 산의 경사면으로, 도시보다 계절이 빠르다.
3 **聞きつるなへに**：듣는 대로 주의해 보면.
4 **高松**：高圓(타카마토)과 같다.
5 **わが背子**：사랑하는 남성이다. 그 흰옷에 물이 드는 것을 공상한다.
6 **白細衣**：'たへ'는 천이다. 흰옷이다.

2190 우리 집의요/ 낮은 띠 물들었네/ 요나바리(吉隱)의/ 나미시바(浪柴)의 들의/ 단풍 지고
    있을까

　　우리 집의 낮은 띠는 물이 들었네. 요나바리(吉隱)의 나미시바(浪柴)의 들의 단풍은 이미 지고 있을까
라는 내용이다.
　　'わが門の'를 中西 進은 '우리 집의'로 해석하였다. 大系에서는, '우리 집 문 앞'이라고 하였다[『萬葉集』
3, p.122]. 私注와 全集에서는, '우리 집 문의'로 해석하였다[(『萬葉集私注』 5, p.359), (『萬葉集』 3, p.130)].
注釋에서는, '우리 집 문 앞'으로 해석하였다[『萬葉集注釋』 10, p.382]. 요나바리(吉隱)를 大系에서는, '奈
良縣 磯城郡 初瀬町 吉隱'이라고 하였고, '浪柴の野'는 '吉隱의 小地名일 것인데 확실하지 않다'고 하였다
[『萬葉集』 3, p.122].

2191 기러기 소리/ 들으며 생각하니/ 타카마토(高松)의/ 들 주변의 풀은요/ 온통 물이 들었네

　　기러기 소리를 들으며 생각해 보니 타카마토(高松)의 들 주변의 풀은 온통 아름답게 물이 들었네라는
내용이다.
　　기러기 소리를 듣고 보니 들 주변의 풀이 온통 물들어서 가을은 깊어졌다는 뜻이다.

2192 나의 남편의/ 새하이얀 옷이요/ 가다 닿으면/ 반드시 물들 것인/ 단풍이 든 산이여

　　나의 사랑하는 남편이 그곳을 지나다가 흰옷이 단풍에 닿으면 물이 들어버릴 것이 틀림없다고 생각될
정도로 아름답게 단풍이 든 산이여라는 내용이다.
　　阿蘇瑞枝는, "わが背子'라고 부른 것은 연회석에서 남성 사이에 말해진 것일 것이다. 단풍을 즐기는
연회에서의 노래일 것이다'고 하였다[『萬葉集全注』 10, p.443].

2193　秋風之　日異吹者　水茎能　岡之木葉毛　色付介家里

　　　秋風の　日にけに¹吹けば　水茎の²　岡の木の葉も　色づき³にけり

　　　あきかぜの　ひにけにふけば　みづくきの　をかのこのはも　いろづきにけり

2194　鴈鳴乃　來鳴之共　韓衣　裁田之山者　黄始有

　　　雁がねの　來鳴きしなへに　韓衣⁴　龍田の山は　もみち始めたり

　　　かりがねの　きなきしなへに　からころも　たつたのやまは　もみちそめたり

2195　鴈之鳴　聲聞苗荷　明日従者　借香能山者　黄始南

　　　雁がね⁵の　聲聞くなへに　明日よりは⁶　春日の山は　もみち始めなむ⁷

　　　かりがねの　こゑきくなへに　あすよりは　かすがのやまは　もみちそめなむ

---

1 **日にけに** : 날마다 더욱.
2 **水茎の** : 싱그러움이 下句의 물이 드는 것과 대응한다.
3 **色づき** : 단풍이 드는 것이다.
4 **韓衣** : 韓은 조선을 가리키기도 하고 중국을 가리키기도 한다. 옷을 재단하는 것은 韓衣에 한정되지 않지만, 특히 도래한 服部(하토리베)의 기술을 표현한 것인가.
5 **雁がね** : 원래는 기러기 소리. 넓게는 기러기를 가리킨다.
6 **明日よりは** : 들은 것은 밤일 것이다.
7 **もみち始めなむ** : '나'는 강조를 나타낸다.

2193 가을바람이/ 날로날로 불므로/ (미즈쿠키노)/ 언덕의 나뭇잎도/ 물이 들어 버렸네

해설

　　가을바람이 날마다 계속 불어오니 싱그러운 줄기가 난 언덕의 나뭇잎까지도 곱게 물이 들어 버렸네라는 내용이다.

　　'岡'을 지명으로 보는 설도 있으나 注釋에서는, '권제7의 1231번가에서는 지명이었는데, 여기에서는 (중략) 佐佐木 박사는 '水莖の岡'을 '작자가 살고 있는 大和 어느 곳의 지명으로 보는 것이 좋겠다'고 하고 있지만, 新考에 '岡은 지명이 아니다'고 한 것을 따라야 할 것이다'고 하였다『萬葉集注釋』10, p.384]. 私注에서는, "をが'도 권제7의 지명이 아니라, 보통명사로 사용된 것일 것이다. 다만 2197번가에 筑前大城山으로 보이는 작품이 있는 것으로 보면, 혹은 洞海의 'をが'로 지명일지도 모른다'고 하였다『萬葉集私注』5, pp.360~361].

　　中西 進은 이 작품을 2204번가와 2208번가를 합친 형식이라고 하였다.

2194 기러기들이/ 와서 움과 동시에/ (카라코로모)/ 타츠타(立田山)의 산은요/ 물들기 시작했네

해설

　　기러기들이 와서 우는 것과 동시에 한국의 좋은 품질의 옷을 재단한다고 하는 뜻을 이름으로 한 타츠타(立田山)의 산은 아름답게 물이 들기 시작했네라는 내용이다.

　　'韓衣'를 全集에서는, '지명 龍田의 'たつ'를 수식하는 枕詞. 'から'는 원래 조선반도 남부의 나라 이름이었으나, 후에 조선반도 전체, 중국 본토도 가리키는 것으로 되었다. 여기에서는 韓衣를 'たつ(재단하다, 재봉하다)'의 뜻으로 수식하였다'고 하였다『萬葉集』3, p.131]. '龍田の山'을 大系에서는, '奈良縣 生駒郡 三鄕村 立野의 서쪽 산'이라고 하였다『萬葉集』3, p.122].

2195 기러기의요/ 소리 들음과 함께/ 내일부터는/ 카스가(春日)의 산은요/ 물들 것이겠지요

해설

　　기러기의 우는 소리를 들음과 동시에, 내일부터는 카스가(春日) 산은 틀림없이 물이 들기 시작하겠지라는 내용이다.

2196　四具礼能雨　無間之零者　真木葉毛　争不勝而　色付尓家里

時雨[1]の雨　間無くし降れば　真木[2]の葉も　あらそひかねて　色づきにけり

しぐれのあめ　まなくしふれば　まきのはも　あらそひかねて　いろづきにけり

2197　灼然　四具礼乃雨者　零勿國　大城山者　色付尓家里 [謂大城者, 在筑前國御笠郡之大野山頂. 号曰大城者也]

いちしろく[3]　時雨の雨は　降らなくに[4]　大城[5]の山は　色づきにけり [大城と謂へるは, 筑前國御笠郡の大野山の頂にあり. 号けて大城と曰へるなり]

いちしろく　しぐれのあめは　ふらなくに　おほきのやまは　いろづきにけり [おほきといへるは, つくしのみちのくちのくに みかさのこほりのおほのやまのいただきにあり. なづけておほきといへるなり]

---

1 **時雨** : 늦가을에 한차례 내리는 비이다. 단풍을 재촉하는 것으로 여겨졌다.
2 **真木** : 常緑의 나무도. 眞木은 멋진 나무라는 뜻이다. 杉・檜 등을 가리킨다.
3 **いちしろく** : 늦가을비가 내리는 것 같지 않게 가늘게 내리는 모습을 'いちしろく…なく'로 표현하였다.
4 **降らなくに** : 'なく'는 부정의 명사형이다.
5 **大城** : 大宰府의 쌓은 성.

2196 늦가을의 비가/ 쉬지 않고 내리니/ 좋은 나무 잎/ 저항할 수 없어서/ 물들기 시작했네

🌸 해설

늦가을에 내리는 비가 쉬지 않고 내리니 멋진 좋은 나무들의 잎도 계절을 저항할 수 없어서 물이 들기 시작했네라는 내용이다.

'眞木'을 大系에서는, '檜·杉·松 등. 眞木은 상록수이므로 보통 단풍이 들지 않는다. 말라 떨어지기 전의 색을 말하는가'라고 하였다『萬葉集』 3, p.122). 全集에서는, '檜·杉 등의 침엽수'라고 하고, '爭ひかねて'를, '늦가을에 내리는 비가 낙엽수뿐만이 아니라 상록수까지 물들이려고 하는 것에 대해 眞木이 저항했지만 저항할 수 없어서 그 나름으로 붉은 색을 띠었다고 본 것. 겨울철 침엽수라도 매우 두드러지게 붉은 빛을 띠는 것이 있는 것에 착안하여 부른 노래'라고 하였다『萬葉集』 3, p.131).

2197 두드러지게/ 늦가을의 비는요/ 내리잖는데/ 오호키(大城)의 산은요/ 물이 들어 버렸네[大城이라고 하는 것은, 큰 성이 筑前의 國御笠郡의 大野山 산꼭대기에 있다. 따라서 산을 이름 붙여 大城이라고 하는 것이다]

🌸 해설

늦가을의 비는 눈에 띄게 내리는 것도 아닌데, 오는 것 같지 않게 보슬보슬 내리는 늦가을의 비에 오호키(大城)의 산은 아름답게 물이 들었네[大城이라고 하는 것은, 큰 성이 筑前의 國御笠郡의 大野山 산꼭대기에 있다. 따라서 산을 이름 붙여 大城이라고 하는 것이다]라는 내용이다. 阿蘇瑞枝는 이 작품의 작자를, '大宰府의 관료에 의한 작품일 것이다. (중략) 이 노래도 歸京한 후에 발표되었을 것이다'고 하였다『萬葉集全注』 10, p.449).

2198　風吹者　黄葉散乍　小雲　吾松原　清在莫國

風吹けば　黄葉散りつつ　すくなくも¹　吾の松原　清からなくに²

かぜふけば　もみちちりつつ　すくなくも　あがのまつばら　きよからなくに

2199　物念　隠座而　今日見者　春日山者　色就尓家里

もの思ふと　隠らひ³居りて　今日見れば　春日の山は　色づきにけり⁴

ものもふと　こもらひをりて　けふみれば　かすがのやまは　いろづきにけり

2200　九月　白露負而　足日木乃　山之将黄變　見幕下吉

九月⁵の　白露負ひて　あしひきの　山の黄葉たむ⁶　見まく⁷しも良し⁸

ながつきの　しらつゆおひて　あしひきの　やまのもみたむ　みまくしもよし

---

1 **すくなくも** : 다음의 부정과 함께 '조금…그런 것은 아닌데'로 사용된다.
2 **清からなくに** : 'なくに'는 역접의 영탄이다.
3 **隠らひ** : 'ひ'는 계속을 나타낸다.
4 **色づきにけり** : 알게 되었다는 뜻이다.
5 **九月** : 늦가을이다.
6 **山の黄葉たむ** : 'もみづ'는 물이 든다는 자동사이다.
7 **見まく** : 'まく'는 'む(완곡)'의 명사형이다. 본다고 말한 것이다.
8 **しも良し** : 뛰어난 것이다. 'しも'는 강조를 나타낸다.

2198　바람이 불면/ 단풍이 계속 져서/ 조금밖에만/ 우리 마츠바라(松原)는/ 멋진 것이 아니네

🌸 해설

　바람이 불면 단풍이 계속 져서 우리 마츠바라(松原)는 조금만 아름다운 것이 아니고 매우 아름답네라는 내용이다.

　'すくなくも'를 大系에서는 中西 進과 마찬가지로 '조금만 그런 것은 아니다'로 해석하고, '다음에 오는 句'를 수식하는 부사. 부정 표현과 호응한다. 조금만 그런 것은 아니다고 하는 것은 매우라든가 많이라든가의 뜻이 된다. 여기에서는 '淸からなくに'와 호응하여 매우 아름답다의 뜻이 된다'고 하여, '바람이 불어 단풍이 계속 져서 우리 마츠바라(松原)는 조금 아름다운 것이 아니네(매우 아름답네)'로 해석하였다『萬葉集』3, p.123]. 注釋과 全集에서도 그렇게 해석하였다(『萬葉集注釋』10, p.386), (『萬葉集』3, p.132)]. 私注에서는 '잠시도'로 보고, '바람이 불면 단풍이 계속 져서 잠시도 마츠바라(松原)를 깨끗하게 두지 않네'로 해석하였다『萬葉集私注』5, p.7]. 단풍잎이 항상 깔려 있는 것을 보고 감탄한 내용으로 본 것이다.

2199　생각하느라/ 집안에만 있다가/ 오늘 보면요/ 카스가(春日)의 산은요/ 단풍이 들었네요

🌸 해설

　이런 저런 생각을 하느라고 집안에만 틀어박혀 있다가, 오늘 밖에 나가서 보니 카스가(春日)의 산은 온통 단풍이 아름답게 물이 들어 있네요라는 내용이다.

　비슷한 내용이 1568번가에 보인다.

2200　9월에 오는/ 흰 이슬을 맞아서/ (아시히키노)/ 산에 단풍드는 것/ 보는 것이 즐겁네

🌸 해설

　9월 늦가을에 내리는 흰 이슬을 맞아서 산에 단풍이 아름답게 물이 드는 것을 보는 것이 즐겁네라는 내용이다.

　'黃葉たむ 見まくし'를 大系에서는 中西 進과 마찬가지로 현재 시제로 보았다『萬葉集』3, p.123]. 그러나 全集에서는 미래형으로 보았다『萬葉集』3, p.132]. 阿蘇瑞枝도, "もみたむ', '見まくし' 모두 미래의 일로 불리어지고 있는 것은, 연회석에서 관념적으로 불리어진 것을 나타내고 있다'고 하였다『萬葉集全注』10, p.452].

2201　妹許跡　馬鞍置而　射駒山　撃越來者　紅葉散筒

妹がりと　馬に鞍置きて[1]　生駒山　うち越え來れば[2]　黃葉[3]散りつつ

いもがりと　うまにくらおきて　いこまやま　うちこえくれば　もみちちりつつ

2202　黃葉爲　時尒成良之　月人　楓枝乃　色付見者

黃葉する　時になるらし　月人[4]の　楓[5]の枝の　色づく見れば

もみちする　ときになるらし　つきひとの　かつらのえだの　いろづくみれば

2203　里異　霜者置良之　高松　野山司之　色付見者

里[6]ゆ異に　霜は置くらし　高松[7]の　野山つかさ[8]の　色づく[9]見れば

さとゆけに　しもはおくらし　たかまとの　のやまつかさの　いろづくみれば

---

1 **馬に鞍置きて** : 여기까지를 '生駒'에 이어지는 수식으로 보는 설도 있다.
2 **うち越え來れば** : 難波京에서 大和로 돌아오는가.
3 **黃葉** : 원문의 紅葉은 이 한 예뿐이다.
4 **月人** : 달을 말하지만 下句로 미루어 보아, 달 속의 사람으로 노래 부른 것인가.
5 **楓** : 달 속에 계수나무가 있다고 하는 중국의 전설이 있다.
6 **里** : 市中.
7 **高松** : 高圓(타카마토)과 같다.
8 **野山つかさ** : 높은 곳이다.
9 **色づく** : 달이 빛나는 것을 단풍 때문이라고 보았다.

2201 아내 곁으로/ 말에 안장을 얹어서/ 이코마(生駒) 산을/ 넘어서 오면은요/ 단풍이 계속
지네

🌸 해설

아내 곁으로 가려고 말에 안장을 얹어서 이코마(生駒) 산을 넘어서 오면 아름다운 단풍이 계속 지고
있네라는 내용이다.

阿蘇瑞枝는, '難波에서 공적인 업무 중간에 시간을 얻어 아내를 방문하려고 하는 관료의 작품일 것이
다'고 하였다『萬葉集全注』 10, p.453].

'妹がり'의 'がり'는 '~곁으로'라는 뜻이다.

'鞍'을 大系에서는, 'kura(鞍)는 조선어 kirama(鞍)와 같은 어원'이라고 하였다『萬葉集』 3, p.123].

2202 단풍이 드는/ 때가 된 듯하네요/ 달 속 사람의/ 계수나무 가지가/ 물이 든 것 보면요

🌸 해설

나무들이 아름답게 단풍이 드는 때가 된 듯하네요. 달 속의 남자가 장식하고 있는 계수나무 가지가
물이 든 것을 보면이라는 내용이다.

大系·私注·注釋·全集에서는 '月人'을 달의 의인화로 보고, '지상세계의 나무들이 아름답게 단풍이
드는 때가 된 듯하네요. 달 속의 계수나무 가지가 물이 든 것을 보면'이라고 해석하였다.

阿蘇瑞枝는, '한시문에 능통한 사람의 작품'이라고 하였다『萬葉集全注』 10, p.454].

2203 마을과 달리/ 서리 내리는가 봐/ 타카마토(高松)의/ 노야마(野山)의 높은 곳/ 단풍 드는
것 보면

🌸 해설

마을보다 한층 심하게 서리가 내리는 것 같네. 타카마토(高松)의 노야마(野山)의 높은 곳이 단풍이
이미 드는 것을 보면이라는 내용이다.

'里異'를 全集에서는 中西 進과 마찬가지로 'さとゆけに'로 읽고 '마을보다 각별히'로 해석하였다『萬葉
集』 3, p.133]. 大系에서는 '里ごとに'로 읽고 '어느 마을이냐'로 해석하였다『萬葉集』 3, p.124]. 注釋에서는
'さとにけに'로 읽고 '마을에도 특히'로 해석하였다『萬葉集注釋』 10, p.390]. 私注에서는 注釋처럼 'さとに
けに'로 읽었지만 '京中과 달리'로 해석하고, 奈良京에서 조망한 것이라고 하였다『萬葉集私注』 5, p.365].

2204　秋風之　日異吹者　露重　芽子之下葉者　色付來

秋風の　日に異に[1]吹けば　露しげみ[2]　萩の下葉は　色づきにけり

あきかぜの　ひにけにふけば　つゆしげみ　はぎのしたばは　いろづきにけり

2205　秋芽子乃　下葉赤　荒玉乃　月之歴去者　風疾鴨

秋萩の　下葉黄葉ちぬ[3]　あらたまの[4]　月の經ゆけば　風を疾みかも

あきはぎの　したばもみちぬ　あらたまの　つきのへゆけば　かぜをいたみかも

2206　真十鏡　見名淵山者　今日鴨　白露置而　黄葉将散

眞澄鏡[5]　南淵山[6]は　今日もかも　白露置きて　黄葉散るらむ

まそかがみ　みなふちやまは　けふもかも　しらつゆおきて　もみちちるらむ

---

1 **日に異に**：날로 더 한층.
2 **露しげみ**：서리가 많이 내리므로.
3 **下葉黄葉ちぬ**：원문의 '赤'은 이 작품 외에 2232번가에만 보인다.
4 **あらたまの**：새로운 영혼의 年, 月로 이어진다.
5 **眞澄鏡**：아름답게 맑은 거울로. 거울의 美稱이다. 거울을 보는 'みなふち'로 이어진다.
6 **南淵山**：飛鳥의 남쪽을 바라보는 산으로, 奈良 관료들의 고향 생각인가.

2204　가을바람이/ 날마다 세게 불어/ 서리 많으니/ 싸리 아래쪽 잎은/ 물이 든 것이네요

해설

　　가을바람이 날마다 강하게 불어오므로 서리가 많이 내리니, 싸리의 아래쪽 잎은 물이 든 것이네요라는 내용이다.

　　'露重'을 大系・私注・注釋에서는 中西 進과 마찬가지로 'つゆしげみ'로 읽고 서리가 많이 내리는 것으로 해석하였다. 그러나 全集에서는 'つゆをおもみ'로 읽고, '서리가 무거우므로'로 해석하였다[『萬葉集』 3, p.133].

2205　가을 싸리의/ 아래 잎 물들었네/ (아라타마노)/ 달이 경과하면요/ 바람 심해져서인가

해설

　　가을 싸리의 아래 부분의 잎은 벌써 물이 들었네. 달이 지나감에 따라 바람이 심해지므로 추워져서 그런 것인가라는 내용이다.

2206　(마소카가미)/ 미나후치(南淵)의 산은/ 오늘도 아마/ 흰 이슬이 내려서/ 단풍 지고 있을까

해설

　　아름답게 맑은 거울을 본다는 뜻을 이름으로 한 미나후치(南淵) 산은 오늘도 흰 이슬이 내려서 단풍이 지고 있을까라는 내용이다.

2207　吾屋戸之　淺茅色付　吉魚張之　夏身之上介　四具礼零疑

わが屋戸の　淺茅色づく　吉隠の　夏身[1]の上に　時雨降るらし[2]

わがやどの　あさぢいろづく　よなばりの　なつみのうへに　しぐれふるらし

2208　鴈鳴之　寒鳴従　水茎之　岡乃葛葉者　色付介來

雁がね[3]の　寒く鳴きしゆ　水茎の[4]　岡の葛葉[5]は　色づきにけり

かりがねの　さむくなきしゆ　みづくきの　をかのくずばは　いろづきにけり

2209　秋芽子之　下葉乃黄葉　於花継　時過去者　後将戀鴨

秋萩の　下葉の黄葉　花に繼ぎ[6]　時過ぎ行かば[7]　後戀ひむかも

あきはぎの　したばのもみち　はなにつぎ　ときすぎゆかば　のちこひむかも

---

1 **夏身** : 어디인지 알 수 없다.
2 **時雨降るらし** : 'らむ'가 노래 뜻에 맞지만 2190번가의 개작이기 때문인가.
3 **雁がね** : 원래는 기러기 소리이다.
4 **水茎の** : 싱그러운 줄기가 난 '岡'으로 연결된다.
5 **岡の葛葉** : 크게 바람에 흔들려 눈에 띤다.
6 **花に繼ぎ** : 단풍의 아름다움이 꽃의 뒤를 잇고 있다. 이어서. 꽃은 개화기.
7 **時過ぎ行かば** : 단풍 때가 끝나면.

2207 우리 집의요/ 낮은 띠 물들었네/ 요나바리(吉隱)의/ 나츠미(夏身)의 주변에/ 가을비 내리
      겠지

해설

　우리 집의 낮은 띠가 물이 들었네. 요나바리(吉隱)의 나츠미(夏身)의 주변에는 늦가을 비가 내리고
있을까라는 내용이다.
　'夏身'을 私注에서는, '요나바리(吉隱) 중의 小地名일 것이다. 伊賀 名張郡에 夏見鄕이 있으므로 伊賀堺
의 땅인지도 모른다'고 하였다[『萬葉集私注』 5, p.366]. 大系에서는, '和名抄의 伊賀國 名張郡에 夏身鄕(현
재 三重縣 名張市에 夏見이 있다)이라고 하는 설이 있으나, 吉隱과 상당히 떨어져 있다. 吉野의 菜摘이라
고 보는 설도 있다'고 하였다[『萬葉集』 3, p.124].
　2190번가와 비슷한 내용이다.

2208 기러기가요/ 차갑게 울고부터/ (미즈쿠키노)/ 언덕의 덩굴 잎은/ 물이 든 것이네요

해설

　기러기가 차갑게 울며 날아 온 이후로, 언덕의 덩굴 잎은 물이 계속 들었네라는 내용이다.
　기러기가 날아오고 날씨가 추워지자 언덕의 덩굴 잎도 물이 들었다는 뜻이다.

2209 가을 싸리의/ 아래 잎 단풍 들어/ 꽃을 뒤 잇고/ 때가 지나가면요/ 후에 그리울 건가

해설

　가을 싸리의 아래쪽의 잎이 물이 들어 싸리꽃의 뒤를 이어서 아름답네. 드디어 단풍의 때도 지나가면
후에 그리워할 것인가라는 내용이다.

2210　明日香河　黄葉流　葛木　山之木葉者　今之落疑

明日香川[1]　黄葉流る　葛城の　山[2]の木の葉は　今し散るらむ

あすかがは　もみちばながる　かづらきの　やまのこのはは　いましちるらむ

2211　妹之紐　解登結而　立田山　今許曾黄葉　始而有家礼

妹が紐　解くと結びて[3]　立田山　今こそ黄葉　はじめてありけれ[4]

いもがひも　とくとむすびて　たつたやま　いまこそもみち　はじめてありけれ

2212　鴈鳴之　喧之従　春日有　三笠山者　色付丹家里

雁がねの　騒き鳴きしゆ　春日なる　三笠の山[5]は　色づきにけり

かりがねの　さわきなきしゆ　かすがなる　みかさのやまは　いろづきにけり

---

1 **明日香川** : 河內의 明日香川. 葛城의 二上에서 시작한다. 大和의 明日香川으로는 보기 힘들다.
2 **葛城の 山** : 二上을 북쪽 끝으로 하는, 남북으로 이어진 봉우리이다.
3 **解くと結びて** : 묶고 아내의 곁을 떠난다.
4 **はじめてありけれ** : '그めてありける'로 훈독하기도 한다.
5 **三笠の山** : 春日(카스가) 안.

2210 아스카(明日香) 강에/ 단풍잎 흘러가네/ 카즈라키(葛城)의/ 산의 나무의 잎은/ 지금쯤 지고 있나

아스카(明日香) 강에 단풍잎이 흘러가네. 카즈라키(葛城) 산의 나뭇잎은 지금쯤 지고 있겠지라는 내용이다.

2211 아내의 옷 끈/ 풀려고 묶고 오는/ 타츠타(立田) 산은/ 지금이야 단풍이/ 들기 시작한 것 같네

다시 풀려고 생각하면서, 아내의 옷 끈을 묶고 출발해서 온다고 하는 뜻을 이름으로 한 타츠타(立田) 산은 지금이야말로 단풍이 들기 시작한 것 같네라는 내용이다.

'출발하다(立つ)'와 '타츠타(立田) 산의 '타츠'가 발음이 같은 것을 이용한 노래이다.

'妹が紐 解くと結びて'를 注釋에서는, '아내의 옷 끈을 풀어서 묶고 간다고 하는'으로 해석하였다『萬葉集注釋』 10, p.397].

2212 기러기 소리/ 많이 울고부터요/ 카스가(春日) 안의/ 미카사(三笠)의 산은요/ 물들기 시작했네

기러기가 와서 소리도 시끄럽게 울고부터 카스가(春日)의 미카사(三笠) 산은 단풍이 들기 시작했네라는 내용이다.

2213　比者之　五更露尓　吾屋戸乃　秋之芽子原　色付尓家里

　　　　このころの　暁露に　わが屋戸の　秋の萩原[1]　色づきにけり

　　　　このころの　あかときつゆに　わがやどの　あきのはぎはら　いろづきにけり

2214　夕去者　鴈之越徃　龍田山　四具礼尓競　色付丹家里

　　　　夕されば　雁[2]の越えゆく　龍田山　時雨に競ひ[3]　色づきにけり

　　　　ゆふされば　かりのこえゆく　たつたやま　しぐれにきほひ　いろづきにけり

2215　左夜深而　四具礼勿零　秋芽子之　本葉之黄葉　落巻惜裳

　　　　さ夜ふけて　時雨な降りそ[4]　秋萩の　本葉[5]の黄葉　散らまく[6]惜しも[7]

　　　　さよふけて　しぐれなふりそ　あきはぎの　もとばのもみち　ちらまくをしも

---

1 **秋の萩原** : 이 부분만 2182번가와 다르다. '야도'에 萩原이 부자연스러운 것도 개작에 의한 것인가.
2 **雁** : 기러기도 늦가을 비·단풍과 함께 가을의 대표적인 景物이다.
3 **時雨に競ひ** : 늦가을 비에 지지 않으려고.
4 **時雨な降りそ** : 'な…そ'는 금지를 나타낸다.
5 **本葉** : 뿌리 쪽의 잎이다.
6 **散らまく** : 'まく'는 'む'의 명사형이다.
7 **惜しも** : 애석하다.

2213 이 근래의요/ 새벽녘의 이슬에/ 우리 집 뜰의/ 가을의 싸리는요/ 물들기 시작했네

🌸 해설

이 근래의 새벽녘에 내리는 차가운 이슬에 우리 집 뜰의 가을의 싸리는 물이 들기 시작했네라는 내용이다.

阿蘇瑞枝는, 2182번가를 일부 고쳐서 만든 작품일 것인데 2182번가가 더 낫다'고 하였다[『萬葉集全注』10, p.468].

2214 저녁이 되면/ 기러기 넘어가는/ 타츠타(立田) 산은/ 가을비와 겨루며/ 단풍이 들었네요

🌸 해설

저녁 무렵이 되면 기러기가 날아서 넘어가는 타츠타(立田) 산은 늦가을 비와 앞을 다투며 단풍이 들었네요라는 내용이다.

全集에서는, '보통 단풍은 늦가을 비를 만나면 지는 것으로 노래 불리어지고 있지만, 여기에서는 늦가을 비를 맞으면서도 반듯하게 서 있는 모습을 노래하고 있다'고 하였다[『萬葉集』 3, p.135]. 阿蘇瑞枝는, '여행 중이든가, 아니면 여행 중에 있는 사람을 생각하는 마음을 나타낸 것이라고 보아도 좋을 것이다'고 하였다 [『萬葉集全注』 10, p.469].

2215 밤 깊고 나서/ 가을비 내리지 마/ 가을 싸리의/ 아래 잎의 단풍이/ 지는 것이 아쉽네

🌸 해설

밤이 깊어지고 나서 늦가을 비는 내리지 말게. 가을 싸리의 아래쪽 잎의 단풍이 지는 것이 아쉽네라는 내용이다.

2216　古郷之　始黄葉乎　手折以　今日曾吾來　不見人之爲

　　　故郷の[1]　初黄葉を　手折り持ち[2]　今日そわが來し　見ぬ人のため

　　　ふるさとの　はつもみちばを　たをりもち　けふそわがこし　みぬひとのため

2217　君之家乃　黄葉早者　落　四具礼乃雨介　所沾良之母

　　　君が家の　黄葉今朝は　散りにけり　時雨の雨に　濡れにけらしも

　　　きみがいへの　もみちばけさは　ちりにけり　しぐれのあめに　ぬれにけらしも

2218　一年　二遍不行　秋山乎　情介不飽　過之鶴鴨

　　　一年に　ふたたび行かぬ[3]　秋山を　情に飽かず[4]　過しつるかも

　　　ひととせに　ふたたびゆかぬ　あきやまを　こころにあかず　すぐしつるかも

---

1 **故郷の** : 明日香을 말한다.
2 **手折り持ち** : 연회 자리에. 연회 때의 인사 노래로 생각된다.
3 **ふたたび行かぬ** : 年月의 경과를 '行く'라고 한다.
4 **情に飽かず** : 단풍을 충분히 만족하지 않고.

2216 고향 카스가(明日香)/ 빨리 물든 단풍을/ 꺾어 가지고/ 오늘 나는 왔다네/ 못 본 사람 위하여

🌸 해설

고향 카스가(明日香)의 빨리 물든 단풍 가지를 꺾어 가지고 오늘 나는 왔다네. 고향의 단풍을 못 본 사람에게 보여주기 위하여라는 내용이다.

私注에서는, '明日香에 머물며 살고 있는 사람이 그곳의 빨리 물든 단풍을, 나라(奈良)에 가서 살며 고향의 단풍을 볼 수 없는 사람을 위하여 꺾어 온 것이라고 하는 것이겠다'고 하였다『萬葉集私注』 5, p.370]. 全集에서도 옛 도읍인 아스카(飛鳥)의 단풍을, 그것을 본 적이 없는, 奈良에 사는 사람에게 보여주기 위하여 꺾어 온 것이라고 하였다『萬葉集』 3, p.135].

2217 그대의 집의요/ 단풍은 오늘 아침/ 진 것 같네요/ 늦가을 내린 비에/ 젖어버린 듯하네

🌸 해설

그대 집의 아름답게 물든 단풍은 오늘 아침에 진 것 같네요. 늦가을에 내리는 비에 젖어버린 듯하네라는 내용이다.

제2구의 원문 '黃葉旱者'를 注釋에서는 中西 進과 마찬가지로 'もみちばけさば'로 읽고 '오늘 아침'으로 해석하였다. 그러나 전체 원문을 '君之家乃 □之黃葉 旱者落 四具礼乃雨尒 所沾良之母'로 띄어 읽고 '그대 집의 □ 단풍잎은 오늘 새벽 무렵에 내린 늦가을 비에 젖어버렸네'로 해석하였다『萬葉集注釋』 10, p.401]. 私注에서는 '旱者'를 'あした'로 읽고, 원문을 '君之家乃 黃葉 旱者落 四具礼乃雨尒 所沾良之母'로 띄어 읽고, '그대 집의 단풍든 나뭇잎은 오늘 아침에 내린 늦가을 비에 젖어버린 것으로 보이네'로 해석하였다『萬葉集私注』 5, p.371]. 그러나 '旱者'를 大系·全集에서는 'はやく'로 읽고, '그대 집의 단풍잎은 빨리 졌네'로 해석하였다.

이 작품을 全集에서는, '친구 집을 방문하여 그 집 정원의 단풍이 빨리 진 것을 보고 부른 노래일 것이다'고 하였다『萬葉集』 3, p.136]. 阿蘇瑞枝는, '남자가 방문한 곳에서 부른 것이겠다. 연회에 초대된 사람이었을 가능성이 높다'고 하였다『萬葉集全注』 10, p.474].

2218 일 년 동안에/ 두 번도 오지 않는/ 가을 산인데/ 만족하지 못하고/ 지나버린 것이네

🌸 해설

일 년에 두 번도 오지 않는 가을 산이므로 일 년에 한 번만 볼 수 있는 가을 산인데도 그 아름다움을 충분히 만족할 정도로 감상하지도 못하고 지나버린 것이네라는 내용이다.

단풍이 든 아름다운 가을 산을 충분히 감상하지 못한 아쉬움을 노래한 것이다.

詠水田[1]

2219 足曳之　山田佃子　不秀友　繩谷延与　守登知金

あしひきの　山田作る[2]子　秀で[3]ずとも　繩[4]だに延へよ　守ると知るがね

あしひきの　やまだつくるこ　ひでずとも　なはだにはへよ　もるとしるがね

2220 左小壯鹿之　妻喚山之　岳邊在　早田者不苅　霜者雖零

さ男鹿の　妻呼ぶ山の　嶽邊なる　早田[5]は苅らじ[6]　霜は降るとも

さをしかの　つまよぶやまの　をかへなる　わさだはからじ　しもはふるとも

2221 我門介　禁田乎見者　沙穗内之　秋芽子爲酢寸　所念鴨

わが門に[7]　禁る[8]田を見れば　佐保の内[9]の　秋萩薄　思ほゆるかも

わがかどに　もるたをみれば　さほのうちの　あきはぎすすき　おもほゆるかも

---

1 **水田** : 和名抄에 '코나타'라고 하였다.
2 **山田作る** : 원문의 '佃'은 'つくりだ'.
3 **秀で** : 'ひづ는 무엇이든 나오는 것을 말한다.
4 **繩** : 내 밭이라고 표시하는 줄. 사랑의 비유가 있는가.
5 **早田** : 초가을 7월에는 수확하여 서리는 맞지 않는다.
6 **苅らじ** : 사슴을 위하여. 다만 멧돼지는 벼 이삭을 먹어도 사슴은 먹지 않는다.
7 **わが門に** : 농장에서 지은 것이라 생각된다. 문은 집 정도의 뜻이다. 門田도 마찬가지이다.
8 **禁る** : 수확 때에 지킨다.
9 **佐保の内** : 佐保 안의 마을이라는 뜻이다. 작자가 사는 곳이다.

논을 노래하였다

2219 (아시히키노)/ 산의 밭 가는 사람/ 나오잖아도/ 새끼줄은 치세요/ 지킨다고 알겠죠

해설

걷기가 힘든 산에서 밭을 갈고 있는 사람이여. 아직 싹이 나오지 않았다고 하더라도 새끼줄만이라도 쳐두는 것이 좋아요. 지키는 사람이 있다는 것을 사람들이 알 수 있도록이라는 내용이다.

私注에서는, '寓意가 있는 노래 같다. 寓意라고 하면 마음에 정해 놓았지만 아직 결혼하지 않은 여성을 가진 남자에게 말하는 느낌이다'고 하였다[『萬葉集私注』 5, p.372]. 大系에서도 그렇게 해석하고, '젊은 여자를 생각하고 있는 남자에 대한 충고. 권제7의 1353번가와 비슷하다'라고 하였다[『萬葉集』 3, p.127]. '山田作る子'를 全集에서는, '남녀 구별 없이 젊은 사람을 말하는 것일까'라고 하였다[『萬葉集』 3, p.136].

2220 수사슴이요/ 짝을 부르는 산의/ 언덕 근처의/ 올벼 베지 않겠네/ 서리 내리더라도

해설

수사슴이 짝을 부르며 우는 산의, 언덕 근처의 올벼 논은 베지 않겠네. 비록 서리가 내리더라도라는 내용이다.

阿蘇瑞枝는, '가을 연회 자리에서 창작한, 도시 사람의 노래일 것으로 생각된다'고 하였다[『萬葉集全注』 10, p.478].

2221 우리 집 문서/ 지키며 밭을 보면/ 사호(佐保)의 마을의/ 가을싸리 참억새/ 생각이 나는군요

해설

우리 집 문 앞에서 지키며 밭을 보고 있으니, 내가 사는 마을인 사호(佐保) 마을의 가을 싸리와 참억새가 생각이 나는군요라는 내용이다.

농장에서 수확하는 시기에 임시 거처로 작은 집을 짓고, 동물들이 오지 못하도록 울타리를 한 밭을 보고 있으니 원래 살던 곳이 생각난다는 뜻이다. 수확을 위해 작자는 집을 떠나 밭에 임시 처소를 짓고 있는 것이다. 그러나 阿蘇瑞枝는, '가을 수확 시기에 도읍을 떠나 고향으로 돌아간 사람이, 집 앞의 벼가 익은 것을 보고 佐保의 아름다운 싸리와 참억새 생각이 난다는 노래이다'고 하였다[『萬葉集全注』 10, p.478]. 이렇게 보면 작자는 고향 집에 잠시 돌아가 있는 것이 된다. 임시 거처를 'わが門'이라고 했을 것인지 의문이고, 원문을 보면 阿蘇瑞枝의 해석이 더 나은 것 같다.

詠河

2222 暮不去　河蝦鳴成　三和河之　清瀬音乎　聞師吉毛

夕さらず[1]　河蝦[2]鳴くなる　三輪川[3]の　清き瀬の音を　聞かくし良しも[4]

ゆふさらず　かはづなくなる　みわがはの　きよきせのとを　きかくしよしも

詠月

2223 天海　月船浮　桂梶　懸而滂所見　月人壯子

天の海に　月の船[5]浮け　桂楫[6]　かけて[7]漕ぐ見ゆ　月人壯子[8]

あまのうみに　つきのふねうけ　かつらかぢ　かけてこぐみゆ　つきひとをとこ

---

1 **夕さらず** : 빠지지 않고. 항상.
2 **河蝦** : 기생개구리일 것이다.
3 **三輪川** : 泊瀬川의 三輪 부근을 가리킨다.
4 **聞かくし良しも** : '聞かく'는 듣는 것이다. '良し'는 칭찬하는 마음이다.
5 **月の船** : 달을 말한다. 하늘을 떠가므로 그렇게 표현한 것이다.
6 **桂楫** : 달 속에 계수나무가 있다고 하는 중국 전설에 의한 것이다.
7 **かけて** : 배에 매어서.
8 **月人壯子** : 달을 사람에 비유한 것이지만, 여기에서는 달 속의 사람이다.

강을 노래하였다

2222   저녁때마다/ 기생개구리 우는/ 미와(三輪)의 강의/ 상쾌한 여울 소리/ 듣는 것이 좋구나

해설

　　매일 저녁때마다 기생개구리가 우는 미와(三輪) 강의, 상쾌한 여울물이 흘러가는 소리를 듣는 것은
좋은 것이다는 내용이다.

　　'聞かくし'의 'し'는 강세를 나타낸다. '三輪川'을 大系에서는, '初瀬川의 三輪 근처를 흘러가는 부분의
명칭. 初瀬川은 奈良縣 櫻井市의 舊上之鄕村 지역에서 시작하여 初瀬町・大三輪町을 거쳐 서북으로
향하여, 佐保川과 합류하여 大和川으로 흘러간다'고 하였다『萬葉集』3, p.127].

달을 노래하였다

2223   하늘의 바다에/ 달의 배를 띄워서/ 월계수 노를/ 달아 젓는 것 보네/ 달 속 사람 남자가

해설

　　하늘 위의 바다에 초승달 배를 띄워서, 달 속의 월계수 나무로 만든 노를 달아서 저어가는 것이 보이네.
달 속에 있는 남자가라는 내용이다.

　　1068번가와 비슷한 내용이다.

2224　此夜等者　沙夜深去良之　鴈鳴乃　所聞空従　月立度

この夜ら¹は　さ夜²更けぬらし　雁が音の　聞ゆる空ゆ³　月立ち渡る⁴

このよらは　さよふけぬらし　かりがねの　きこゆるそらゆ　つきたちわたる

2225　吾背子之　挿頭之芽子尒　置露乎　清見世跡　月者照良思

わが背子が　挿頭の萩⁵に　置く露を　さやかに見よと　月は照るらし

わがせこが　かざしのはぎに　おくつゆを　さやかにみよと　つきはてるらし

2226　無心　秋月夜之　物念跡　寐不所宿　照乍本名

心なき⁶　秋の月夜⁷の　もの思ふと　寝の寝らえ⁸ぬに　照りつつ⁹もとな¹⁰

こころなき　あきのつくよの　ものおもふと　いのねらえぬに　てりつつもとな

---

1 **この夜ら** : 'ら'는 접미어이다.
2 **さ夜** : 'さ'는 접두어이다.
3 **聞ゆる空ゆ** : 'ゆ'는 경과를 나타낸다.
4 **月立ち渡る** : 달이 기우는 것이다.
5 **挿頭の萩** : 머리에 꽂은 싸리. 정원의 풍경으로 머리에 꽂는 장식용의 싸리라고도 볼 수 있지만, 실제로 머리에 꽂은 싸리로 보고, 내릴 리가 없는 이슬로 하는 것이 풍류가 있다. 연회석에서의 노래이다.
6 **心なき** : 배려해주는 것이 없다.
7 **秋の月夜** : 여기에서는 달을 말한다.
8 **寝の寝らえ** : 'らえ'는 가능을 나타낸다.
9 **照りつつ** : 'つつ'는 계속을 나타낸다.
10 **もとな** : 'もとなし'의 부사어. 흐릿하게. 마음의 상태이다.

2224   오늘 밤도요/ 이미 깊은 것 같네/ 기러기 소리/ 들려오는 하늘을/ 달은 떠서 가네요

해설

오늘 밤도 이미 이슥해진 것 같네. 기러기 소리가 들려오는 하늘을, 달은 기울어 가네라는 내용이다. 권제9의 1701번가와 비슷하다.

2225   나의 님의요/ 머리에 꽂은 싸리/ 내린 이슬을/ 또렷하게 보라고/ 달 비추는 것 같네

해설

내 님의 머리에 꽂은 싸리에 내린 구슬같이 아름다운 이슬을, 또렷하게 잘 보라고 아마도 달이 비추고 있는 것 같네라는 내용이다.

2226   무정하게도/ 가을밤의 달은요/ 생각이 많아서/ 잠을 들 수 없는데/ 계속 비추고 있네

해설

무정한 가을밤의 달은, 내가 생각이 많아서 잠을 이룰 수가 없는데도, 계속 비추고 있네라는 내용이다. 달의 밝음과 작자의 어두운 마음 상태를 대비하면서 달이 무심하다고 원망하는 노래이다.

2227　不念介　四具礼乃雨者　零有跡　天雲霽而　月夜清焉

　　　　思はずに¹　時雨の雨は　降りたれど　天雲²霽れて　月夜さやけし³

　　　　おもはずに　しぐれのあめは　ふりたれど　あまくもはれて　つくよさやけし

2228　芽子之花　開乃乎乎再入緒　見代跡可聞　月夜之清　戀益良國

　　　　萩の花　咲きのををり⁴を　見よとかも　月夜の清き　戀⁵益らく⁶に

　　　　はぎのはな　さきのををりを　みよとかも　つくよのきよき　こひまさらくに

2229　白露乎　玉作有　九月　在明之月夜　雖見不飽可聞

　　　　白露を　玉になしたる　九月の　有明の⁷月夜⁸　見れど飽かぬかも

　　　　しらつゆを　たまになしたる　ながつきの　ありあけのつくよ　みれどあかぬかも

---

1 **思はずに** : 뜻하지 않게. 바라지 않은 상태로.
2 **天雲** : 하늘 위의 구름이다.
3 **月夜さやけし** : 또렷하고 아름답다.
4 **咲きのををり** : 'ををる'의 명사형이다. 휘어지는 것이다.
5 **戀** : 싸리를 그리워하는 괴로움이다.
6 **益らく** : '益る'의 명사형이다.
7 **有明の** : 달이 하늘에 있으면서 날이 샐 무렵이다. 음력 16일 이후로 이것은 한밤중의 풍경이다.
8 **月夜** : 달이 있는 밤이다.

2227 뜻하지 않게/ 가을의 소낙비는/ 내렸지만요/ 하늘 구름 개어서/ 달밤이 상쾌하네

해설

바라지도 않던 가을 소낙비가 뜻하지 않게 내렸네. 그렇지만 하늘의 구름이 개어서 오히려 달밤이 상쾌하네라는 내용이다.

'月夜'를 中西 進은 '달밤'으로 해석하였는데, 大系·私注·注釋·全集에서는 '달'로 해석하였다. 阿蘇瑞枝는, '달을 감상하는 연회에서의 작품이라 생각된다'고 하였다[『萬葉集全注』 10, p.485].

2228 싸리꽃이요/ 흐드러져 핀 것을/ 보라는 건가/ 달이 밝게 빛나네/ 그리움 더해지네

해설

싸리꽃이 가지가 휘어질 정도로 만개한 것을 보라고 달은 밝게 빛나는 것인가. 보면 싸리꽃에 대한 그리움은 한층 더 깊어지네라는 내용이다.

2229 흰 이슬을요/ 구슬로 보게 하는/ 9월달의요/ 날이 샐 무렵의 달은/ 봐도 싫증나지 않네

해설

흰 이슬이 구슬처럼 생각되는, 9월달의 날이 샐 무렵의 달은 아무리 보아도 싫증이 나지 않네라는 내용이다.

'玉になし'를 全集에서는 '이 'なす'는 그렇지 않은 것을 그렇게 보이게 한다는 뜻'이라고 하였다[『萬葉集』 3, p.138].

詠風[1]

2230　戀乍裳　稻葉搔別　家居者　乏不有　秋之暮風

戀ひつつも[2]　稻葉かき分け　家[3]居れば　乏しくも[4]あらず　秋の夕風

こひつつも　いなばかきわけ　いへをれば　ともしくもあらず　あきのゆふかぜ

2231　芽子花　咲有野邊　日晩之乃　鳴奈流共　秋風吹

萩の花　咲きたる野邊に　ひぐらしの[5]　鳴くなるなへに　秋の風吹く[6]

はぎのはな　さきたるのへに　ひぐらしの　なくなるなへに　あきのかぜふく

2232　秋山之　木葉文未　赤者　今旦吹風者　霜毛置應久

秋山の　木の葉もいまだ　赤たねば[7]　今朝吹く風は　霜も置きぬべく[8]

あきやまの　このはもいまだ　もみたねば　けさふくかぜは　しももおきぬべく

---

1 **詠風** : 가을에만 보인다. 이미 가을바람의 정서가 있는 것이 된다.
2 **戀ひつつも** : 고향에 마음이 끌리는 한편.
3 **家** : 수확 시기에 임시 거처로 짓는 작은 집이다.
4 **乏しくも** : 신기하게 마음이 끌린다.
5 **ひぐらしの** : 쓰르라미. 여름에도 노래 불리어진다.
6 **秋の風吹く** : 후세에는 '秋風ぞ吹く'로 바뀐다.
7 **赤たねば** : 'もみつ'는 '단풍이 들다'는 동사이다.
8 **置きぬべく** : 연용형으로 종지한 특이한 예이다.

바람을 노래하였다

2230　그리면서도/ 짚을 주위에 깔고/ 집에 있으면/ 부족한 것도 없네요/ 가을의 저녁 바람

해설

　　가족을 그리워하면서도 짚을 깔고 임시로 지은 작은 집에 살고 있으면 부족한 것도 없고 충분히 만족스럽네요. 가을의 저녁 바람이 좋아서라는 내용이다.

　　'乏しくもあらず 秋の夕風'을 大系에서는, '가을의 저녁 바람이 계속 불어온다'로 해석하였다[『萬葉集』 3, p.129]. 全集에서도 그렇게 해석하였다[『萬葉集』 3, p.139]. 注釋에서는, '드문 일도 아니다. 가을의 저녁 바람은'으로 해석하였다[『萬葉集注釋』 10, p.411].

2231　싸리꽃이요/ 피어 있는 들판에/ 쓰르라미가/ 우는 것과 동시에/ 가을바람이 부네

해설

　　싸리꽃이 피어 있는 들판에 쓰르라미가 우네. 그것과 함께 가을바람이 부네라는 내용이다.

2232　가을의 산의/ 나무의 잎도 아직/ 물 안 드는데/ 아침에 부는 바람/ 서리도 내릴 정도로

해설

　　가을 산의 나무의 잎들도 아직 물이 들지 않았는데, 오늘 아침에 부는 바람은 벌써 서리가 내리는 것일까 하고 생각될 정도로 차갑다는 내용이다.

　　계절보다 빨리 바람이 차갑게 부는 것을 노래한 것이다.

詠芳[1]

2233 高松之　此峯迫介　笠立而　盈盛有　秋香乃吉者

高松[2]の　この峯も狭に　笠立てて[3]　盈ち盛りたる　秋の香のよさ

たかまとの　このみねもせに　かさたてて　みちさかりたる　あきのかのよさ

詠雨

2234 一日　千重敷布　我戀　妹當　為暮零礼見

一日[4]には　千重しくしくに[5]　わが戀ふる　妹があたりに　時雨降れ[6]見む

ひとひには　ちへしくしくに　わがこふる　いもがあたりに　しぐれふれみむ

[左注]　右一首, 柿本朝臣人麿之謌集出.

---

1 **詠芳**: 이 작품 전후에서 구체적인 것들을 노래한 것에 비해 특이한 예이지만, 노래 속에 식물 이름은 없고, 노래 뜻에 의해 나눈 분류이다.
2 **高松**: 高圓과 같다.
3 **笠立てて**: 버섯이.
4 **一日**: 제2구의 '千'과 대응한다.
5 **千重しくしくに**: 제5구의 '時雨'와 호응한다.
6 **時雨降れ**: '時雨'를 자신의 숨결로 보고 아내를 자신의 숨결에 싸고 싶다는 뜻이다. 안개·구름도 마찬가지이다.

향기를 노래하였다

2233   타카마토(高松)의/ 정상도 좁을 정도/ 갓을 세워서/ 온통 넘치고 있는/ 가을 향기의 멋짐

   타카마토(高松)의 이 산꼭대기도 좁을 정도로 버섯이 갓을 세워서 온통 넘치고 있는 가을 향기의 멋짐이여라는 내용이다.
   '芳'을 大系에서는 中西 進과 마찬가지로 '버섯의 향'으로 보았다(『萬葉集』 3, p.129). 全集에서는 '송이버섯의 향'으로 보았으며(『萬葉集』 3, p.139), 阿蘇瑞枝도 그렇게 보았다(『萬葉集全注』 10, p.491). 私注에서는, "芳'은 노래 속의 가을 향기로, 송이버섯일 것이라고 한다. 그러나 송이버섯이 '산꼭대기도 좁을 정도로'라고 하는 것은 있을 수 없다. '秋芳'은 蘭, 즉 등골나물일 것이므로 이것은 등골나물을 노래한 것으로 보아야만 한다'고 하였다(『萬葉集私注』 5, p.378).

비를 노래하였다

2234   하루 동안에/ 천 겹으로 계속해/ 내가 그리는/ 아내 집의 근처에/ 비야 내려라 보게

   하루에도 천 번도 더 계속해서 내가 그리워하는 아내 집의 근처에, 늦가을 비야 계속 내려라. 적어도 볼 만큼 보고 있자라는 내용이다.
   中西 進은 그 비로 아내를 감싸고 싶다는 뜻으로 해석하였다. 大系·私注·注釋에서도 中西 進과 마찬가지로 해석하였다. 그러나 全集에서는, '하루에도 몇 번씩이나 몇 번씩이나 내가 그리워하는 그 처녀의 집 근처에 비가 내리는 것이 보이네'라고 해석하고, '비가 내려서 연인이 있는 곳으로 만나러 갈 수 없는 남성의 노래'라고 하였다(『萬葉集』 3, p.140).

    좌주   위의 1수는, 카키노모토노 아소미 히토마로(柿本朝臣人麿)의 가집에 나온다.

2235　秋田苅　客乃廬入尒　四具礼零　我袖沾　干人無二

　　　秋田苅る　旅の廬[1]に　時雨降り　わが袖濡れぬ　乾す人[2]無しに

　　　あきたかる　たびのいほりに　しぐれふり　わがそでぬれぬ　ほすひとなしに

2236　玉手次　不懸時無　吾戀　此具礼志零者　沾乍毛将行

　　　玉襷[3]　かけぬ時なく　わが戀ふる　時雨し降らば[4]　濡れつつも行かむ

　　　たまだすき　かけぬときなく　わがこふる　しぐれしふらば　ぬれつつもゆかむ

2237　黄葉乎　令落四具礼能　零苗尒　夜副衣寒　一之宿者

　　　黄葉を　散らす時雨の　降る[5]なへに　夜さへ[6]そ寒き　獨りし寝れば[7]

　　　もみちばを　ちらすしぐれの　ふるなへに　よさへそさむき　ひとりしぬれば

---

1 旅の廬 : 수확 시기에 거처하기 위해서 밭에 지은 임시 가옥이다.
2 乾す人 : 집에 있는 아내이다.
3 玉襷 : 玉은 美稱이다. 'かける'를 수식한다.
4 時雨し降らば : 비를 핑계로 방문하지 않는 노래도 있다.
5 降る : 늦가을 비의 차가움은 모두 공통적이다.
6 夜さへ : 계절의 차가움에 더하여. 따뜻하게 자야 할 밤인데도.
7 獨りし寝れば : 아내와 함께 자지 않는다.

2235   가을 밭 베는/ 집을 떠난 거처에/ 가을비 내려/ 내 소매가 젖었네/ 말려줄 이 없는데

🌸 **해설**

가을 밭을 수확하는, 집을 떠나서 밭에 임시로 거처하기 위해 지은 작은 집에 가을비가 내려서 내 옷소매가 젖어 버렸네. 말려 줄 아내도 없는데라는 내용이다.

2236   (타마다스키)/ 생각 않는 적 없이/ 내가 그리네/ 늦가을 비 내리면/ 젖으면서도 가야지

🌸 **해설**

멜빵을 목에 걸듯이 그렇게 마음에 담아서 생각하지 않은 적이 없이 항상 생각하며 그리워하는 것이네. 늦가을 비가 내린다면 비록 젖는다고 해도 아내 곁으로 가자라는 내용이다.
비가 와도 아내를 만나러 가겠다는, 사랑의 강렬함을 노래한 것이다.

2237   단풍잎을요/ 지게 하는 가을비/ 내리는 위에/ 밤까지도 춥네요/ 혼자 자고 있으면

🌸 **해설**

단풍잎을 지게 하는 늦가을 비가 차갑게 내리는 것과 더불어 밤까지도 춥네요. 아내가 곁에 없으므로 혼자 자고 있으면이라는 내용이다.
비가 내리니 낮뿐만 아니라 밤까지도 춥다는 내용이다. 물론 밤이 더 추운 것이지만, 아내와 함께 있으면 추운 밤이라도 춥지 않을 것이라는 뜻에서 이렇게 표현한 것이겠다.

詠霜

2238　天飛也　鴈之翅乃　覆羽之　何處漏香　霜之零異牟

天飛ぶや[1]　雁のつばさの　覆羽[2]の　何處漏りてか　霜の降りけむ

あまとぶや　かりのつばさの　おほひばの　いづくもりてか　しものふりけむ

秋相聞[3]

2239　金山　舌日下　鳴鳥　音谷聞　何嘆

秋山[4]の　したひ[5]が下に　鳴く鳥の　聲だに[6]聞かば　何か嘆かむ

あきやまの　したひがしたに　なくとりの　こゑだにきかば　なにかなげかむ

2240　誰彼　我莫問　九月　露沾乍　君待吾

誰そ彼[7]と　われをな問ひそ　九月の　露に濡れつつ　君待つわれそ

たそかれと　われをなとひそ　ながつきの　つゆにぬれつつ　きみまつわれそ

---

1 **天飛ぶや**：기러기를 형용한 것이다. 그러므로 '覆羽'라는 생각이 나온 것이다.
2 **覆羽**：하늘을 덮는 날개이다. 기러기의 날개가 하늘을 덮는다고 생각했다. 날개의 부분을 말하는 것은 아니다.
3 **秋相聞**：이하의 작품은 거의 모두 비유 노래로 사랑의 노래가 대부분이다.
4 **秋山**：'秋'를 원문에서 '金'이라고 한 것은 오행사상에 의한 것이다.
5 **したひ**：단풍으로 빛나는 모습이다.
6 **聲だに**：모습은 보이지 않더라도.
7 **誰そ彼**：동틀 무렵은 어슴푸레해서 단지 사람을 분별할 수 없을 뿐만 아니라, 정령이 날뛰는 위험한 때라고 생각되어졌으므로 누구냐고 물어서 정체를 분명하게 하였다. 작자도 누군가가 물으면 대답하지 않으면 안 된다.

서리를 노래하였다

2238 하늘을 나는/ 기러기의 날개인/ 덮는 날개의/ 어느 곳이 새어서/ 서리가 내리는가

> **해설**
>
> 하늘을 나는 기러기의 날개인, 하늘을 덮으며 날아가는 많은 기러기의 날개의 어느 곳이 새어서 서리
> 가 내리는가라는 내용이다.

가을 相聞

2239 가을의 산의/ 물이 드는 아래에/ 우는 새처럼/ 소리라도 들으면/ 어찌 탄식할 건가

> **해설**
>
> 가을 산이 아름답게 물이 든 단풍 아래에서 우는 새 소리가 들리는 것처럼, 적어도 사랑하는 사람의
> 소리라도 들을 수가 있다면 무엇 때문에 탄식을 할 것인가라는 내용이다.

2240 누구냐고요/ 나를 묻지 마세요/ 9월달의요/ 이슬에 젖으면서/ 님 기다리는 나를

> **해설**
>
> 그쪽은 누구냐고 하며 나에게 묻지 말아 주세요. 늦가을 9월의 차가운 이슬에 젖으면서 그 사람을
> 기다리고 있는 나를이라는 내용이다.

2241　秋夜　霧發渡　凡々　夢見　妹形矣

秋の夜の　霧立ちわたり[1]　おぼほしく　夢にそ見つる[2]　妹が姿を

あきのよの　きりたちわたり　おぼほしく　いめにそみつる　いもがすがたを

2242　秋野　尾花末　生靡　心妹　依鴨

秋の野の　尾花[3]が末[4]の　生ひ靡き　心は妹に　寄りにけるかも

あきののの　をばながうれの　おひなびき　こころはいもに　よりにけるかも

2243　秋山　霜零覆　木葉落　歳雖行　我忘八

秋山に　霜降り覆ひ　木の葉散り　年[5]は行くとも　われ忘れめや

あきやまに　しもふりおほひ　このはちり　としはゆくとも　われわすれめや

　　左注　右, 柿本朝臣人麿之謌集出.

---

1 **霧立ちわたり**: 이하의 비유.
2 **夢にそ見つる**: 꿈은 상대방의 마음에 의한 것이 많다.
3 **尾花**: 참억새의 이삭이다.
4 **末**: 벋은 끝 쪽이다.
5 **年**: 사랑을 나눈 이 해.

2241 가을의 밤에/ 안개가 일어나서/ 어렴풋하듯/ 꿈에서 보았네요/ 아내의 모습을요

🌸 해설

가을밤에 안개가 일어나서 어렴풋하듯이 그렇게 어렴풋하게 꿈속에서 보았답니다. 아내의 모습을이라는 내용이다.

2242 가을 들판의/ 참억새의 끝 쪽이/ 흔들리듯이/ 마음은 아내에게/ 쏠리는 것이네요

🌸 해설

가을 들판의 참억새의 끝 쪽이 자라서 바람에 한쪽으로 쏠리듯이, 그렇게 마음은 아내에게로만 쏠리는 것이네요라는 내용이다.

2243 가을의 산에/ 서리 내려서 덮어/ 나뭇잎 지고/ 해는 지나가도요/ 나는 잊을 수 있나

🌸 해설

가을 산에 온통 서리가 내려서 덮고 나뭇잎도 다 지고, 이렇게 올 한해도 다 지나가 버린다 해도 내가 그대를 잊어버리는 일이 있을 수 있을 것인가라는 내용이다.
세월이 지나도 절대로 잊을 수 없다는 뜻이다.

> 좌주 위의 작품은, 카키노모토노 아소미 히토마로(柿本朝臣人麿)의 가집에 나온다.

寄水田

2244　住吉之　岸乎田尒墾　蒔稲乃　而及苅　不相公鴨

　　　住吉の　岸を田に墾り[1]　蒔きし稲の　さて苅るまでに　逢はぬ君かも

　　　すみのえの　きしをたにはり　まきしいねの　さてかるまでに　あはぬきみかも

2245　劒後　玉纒田井尒　及何時可　妹乎不相見　家戀将居

　　　劍の後　玉纒田井[2]に　何時までか　妹を相見ず　家戀ひ居らむ

　　　たちのしり　たままきたゐに　いつまでか　いもをあひみず　いへこひをらむ

---

1 **岸を田に墾り** : 힘든 개간.
2 **玉纒田井** : 'たち'--'たままき'--'たゐ'로 흥을 노래한 것이다. 단순히 밭을 말한 것이다.

논에 비유하였다

2244 스미노에(住吉)의/ 해안을 개간하여/ 뿌렸던 벼처럼/ 힘들게 벨 때까지/ 못 만나는 그대여

해설

스미노에(住吉)의 해안을 힘들게 개간해서 뿌린 벼처럼, 고생해서 벨 때까지도 만나지 못하는 그대여
라는 내용이다.

힘들게 개간하고 볍씨를 뿌리고 그것이 자라서 수확할 때까지도, 즉 오랫동안 사랑하는 사람을 만나지
못한 것을 노래한 것이다.

2245 (타치노시리)/ 구슬을 감는 밭에/ 언제까지나/ 아내를 못 만나고/ 집 그리며 있는가

해설

칼끝에 구슬을 감는 밭에, 나는 언제까지 아내를 만나지 못하고 집을 그리워하며 있어야 하는 것인가
라는 내용이다.

'玉纏'을 私注에서는 小地名이라고 보고, '수확을 위해서 시골에서, 아내와 헤어져 있으면서 집을 생각
하는 마음이다'고 하였다[『萬葉集私注』 5, p.385]. 全集에서도 그렇게 보았다[『萬葉集』 3, p.142]. 大系에
서도, '지명인가. 혹은 まき라고 하는 지명이 있었던 것인가. 미상'이라고 하였다[『萬葉集』 3, p.131]. 注釋
에서도 지명으로 보았다[『萬葉集注釋』 10, p.424].

'劍の後 玉纏田井'은 뜻이 불분명하다. 中西 進은 '칼끝에 구슬을 감는 밭'으로 해석하였는데 무슨
뜻인지 정확하게 알 수 없다. '玉纏'을 지명으로 보면, '칼끝에 구슬을 감는다고 하는 뜻을 이름으로 한
玉纏'이 되므로 이해하기가 쉽다.

2246 秋田之　穂上置　白露之　可消吾者　所念鴨

秋の田の　穂の上に置ける　白露の　消ぬべくも吾は　思ほゆるかも

あきのたの　ほのへにおける　しらつゆの　けぬべくもわは　おもほゆるかも

2247 秋田之　穂向之所依　片縁　吾者物念　都礼無物乎

秋の田の　穂向の寄れる　片よりに¹　われは物思ふ　つれなき²ものを³

あきのたの　ほむきのよれる　かたよりに　われはものおもふ　つれなきものを

2248 秋田刈　借廬作　五百入為而　有藍君刃　将見依毛欲得

秋の田⁴を　假廬⁵つくり　廬して　あるらむ君を　見むよしもがも

あきのたを　かりいほつくり　いほりして　あるらむきみを　みむよしもがも

---

1 **片よりに** : 싹이 같은 방향으로 쏠리는 것이다. 片은 偏이다.
2 **つれなき** : 동반자가 없는 것이다. 양자 상관성이 없는 것을 말한다.
3 **つれなきものを** : 'ものを'는 영탄적 역접을 나타낸다.
4 **秋の田** : '苅り(베다)'와 '假'를 이어간 것이다.
5 **假廬** : 수확시기에 거처하기 위하여 밭에 임시로 지은 작은 집이다.

2246　가을의 밭의/ 억새 위에 내렸는/ 흰 이슬처럼/ 마음도 꺼질 듯이/ 나는 생각되네요

❀ 해설

　　가을 밭의 억새 위에 내려 있는 흰 이슬이 곧 사라져 버리는 것처럼, 마음도 꺼져버릴 것처럼 나는 생각되네요라는 내용이다.

　　'消ぬべくも吾は'를 中西 進은 '마음도 꺼질 듯이'로 해석하였다. 私注에서는, '목숨도 꺼질 것처럼'으로 해석하였다[『萬葉集私注』 5, p.386]. 大系・注釋・全集에서는, '사라질 것처럼'으로 해석하였는데, '목숨이 사라질 것처럼'으로 본 것이라 생각된다. 마음보다는 목숨으로 해석하는 것이 더 나은 것 같다.

　　1564번가와 비슷한 내용이다.

2247　가을의 밭의/ 이삭이 쏠리듯이/ 일방적으로/ 나는 그리움에 젖네/ 그댄 생각 않는데

❀ 해설

　　가을 밭의 이삭이 한쪽 방향으로 쏠리듯이 그렇게 일방적으로 나는 그리움에 젖네. 그대는 나를 생각해주지 않는데라는 내용이다.

　　짝사랑의 괴로움을 노래한 것이다.

2248　가을의 밭을/ 베려고 집 지어서/ 생활을 하고/ 있을 것인 그대를/ 만날 방법 있다면

❀ 해설

　　가을 밭의 농작물을 수확하려고 임시 거처를 지어서 생활을 하고 있을 것인 그대를 만날 수 있는 방법이 있다면 좋겠네라는 내용이다.

　　수확하러 간 남편을 생각하는 아내의 작품이다.

2249 鶴鳴之　所聞田井尒　五百入為而　吾客有跡　於妹告社

鶴が音の　聞ゆる田井に　廬して　われ旅[1]にありと　妹に告げこそ[2]

たづがねの　きこゆるたゐに　いほりして　われたびにありと　いもにつげこそ

2250 春霞　多奈引田居尒　廬付而　秋田苅左右　令思良久

春霞　たなびく田居に　廬つきて[3]　秋田苅るまで　思はしむらく[4]

はるがすみ　たなびくたゐに　いほつきて　あきたかるまで　おもはしむらく

2251 橘乎　守部乃五十戸之　門田早稲　苅時過去　不来跡為等霜

橘を　守部の里[5]の　門田早稲　苅る時[6]過ぎぬ　來じとすらしも

たちばなを　もりべのさとの　かどたわせ　かるときすぎぬ　こじとすらしも

---

1 **われ旅** : 고향과 반대이다.
2 **妹に告げこそ** : 학에게 바란다.
3 **廬つきて** : 임시 거처에서 자주 생활하는 것이다.
4 **思はしむらく** : 아내에 대한 생각이다. 'しむらく'는 'しむ'의 명사형이다.
5 **橘を 守部の里** : 홍귤나무를 지키는 部가 있었던 것 같다. 따라서 守部를 수식한다. 守部를 이름으로 하는 마을도 있었을 것이다. 里는 50호의 마을이다.
6 **苅る時** : 연애가로 上句를 바꾸고, '苅る時'는 널리 사용된 것이다. 만나야만 할 때이다.

2249　학의 소리가/ 들려오는 밭에서/ 임시 집 짓고/ 나는 집 떠나 있다고/ 아내에게 전해줘

　　학의 소리가 들려오는 시골 밭에서 임시 거처인 작은 집을 짓고, 나는 고향 집을 떠나서 생활하고 있다는 것을 학이 아내에게 전해주면 좋겠네라는 내용이다.

2250　봄 안개가요/ 끼어 있는 밭에다/ 작은 집 짓고/ 가을 밭 벨 때까지/ 생각나게 했었네

　　봄 안개가 끼어 있는 밭에다 수확을 위해 임시 거처로 작은 집을 짓고 가을 밭의 수확물을 벨 때까지 오랫동안 생각하게 하네요라는 내용이다.
　　밭에서 수확하는 기간 동안, 아내에 대한 그리움이 크다는 것을 말한 것이다.

2251　(타치바나오)/ 지키는 守部 마을/ 문 앞 논 올벼/ 베는 때가 지났네/ 오지 않으려나 봐

　　홍귤나무를 지킨다는 뜻인 守部 마을의 문 앞에 있는 논의 올벼를 베는 때는 이미 다 지나갔네. 그런데 그 사람은 올 생각이 없는 것 같네라는 내용이다.
　　私注에서는, '수확이 끝나서 시간이 날 것인데도 여전히 오지 않는 남성을 원망하는 여성의 입장에서의 노래이다'고 하였다『萬葉集私注』 5, p.389]. '橘を'를 全集에서는, '守部의 枕詞. 당시 홍귤은 고급 과실이었으므로 지키는 사람을 두고 감시하게 하였으므로 수식하게 된 것인가'라고 하였다『萬葉集』 3, p.143]. '守部の里'를 大系에서는, '미상. 守部의 部曲民이 있던 곳으로 추정하고 있다. 지명으로서는 奈良縣 天理市 守目堂, 高市郡 明日香村 橘 등의 설이 있다. 守部라고 하는 지명은 현재 兵庫縣 尼崎市, 福岡縣 三井郡 大刀洗町에 있다'고 하였다『萬葉集』 3, p.132].

寄露

2252　秋芽子之　開散野邊之　暮露介　沽乍来益　夜者深去鞆

　　　秋萩の　咲き散る野邊の　夕露に　濡れつつ來ませ　夜は更けぬとも

　　　あきはぎの　さきちるのへの　ゆふつゆに　ぬれつつきませ　よはふけぬとも

2253　色付相　秋之露霜　莫零根　妹之手本乎　不纒今夜者

　　　色づかふ[1]　秋の露霜　な降りそね[2]　妹が手本を　纒かぬ今夜は

　　　いろづかふ　あきのつゆしも　なふりそね　いもがたもとを　まかぬこよひは

2254　秋芽子之　上介置有　白露之　消鴨死猿　戀乍不有者

　　　秋萩の　上に置きたる　白露の　消[3]かも死なまし[4]　戀ひつつあらずは[5]

　　　あきはぎの　うへにおきたる　しらつゆの　けかもしなまし　こひつつあらずは

---

1 **色づかふ** : 'つく'에 계속의 'ふ'가 붙은 것이다.
2 **な降りそね** : 'な'는 금지를 나타낸다.
3 **白露の 消** : 'け'는 'きゆ'의 축약형이다.
4 **死なまし** : 현실에 반대되는 가상을 나타낸다.
5 **戀ひつつあらずは** : 제4구와 도치된 것이다.

이슬에 비유하였다

2252 가을 싸리가/ 피어 지는 길가의/ 밤이슬에요/ 젖으면서 오세요/ 밤이 이슥해져도

해설

　　가을 싸리꽃이 피어서는 지는 길가의 밤이슬에 젖으면서 오세요. 밤이 이미 이슥해져 버려도라는 내용이다.
　　이슬에 젖더라도 밤이 깊더라도 꼭 오라는 뜻이다.
　　阿蘇瑞枝는, '연회에 출석하기를 재촉하는 노래'라고 하였다[『萬葉集全注』10, p.512].

2253 물을 들이는/ 가을의 이슬 서리/ 내리지 말게/ 아내의 팔베개를/ 베지 않는 오늘 밤

해설

　　초목을 아름답게 물을 들이는 가을의 이슬과 서리는 내리지 말았으면 좋겠네. 아내의 팔베개를 베고 잠을 자지 않는 오늘 밤은이라는 내용이다.
　　가을의 이슬과 서리가 내리면 추운데, 아내와 함께 자지 않으므로 더욱 춥게 느껴질 것이므로 이슬과 서리가 내리지 말라고 한 것이다.

2254 가을 싸리꽃/ 위에 내리어 있는/ 흰 이슬처럼/ 사라져 죽고 싶네/ 사랑 계속 하지 않고

해설

　　가을 싸리꽃의 위에 내리어 있는 흰 이슬이 사라지듯이 그렇게 사라져서 죽어버리고 싶네. 사랑을 계속함으로써 고통을 당하고 있기보다는이라는 내용이다.
　　1608번가와 같은 작품이다.

2255　吾屋前　秋芽子上　置露　市白霜　吾戀目八面

わが屋前の　秋萩の上に　置く露の　いちしろくしも[1]　われ戀ひめやも[2]

わがやどの　あきはぎのうへに　おくつゆの　いちしろくしも　われこひめやも

2256　秋穂乎　之努尒押靡　置露　消鴨死益　戀乍不有者

秋の穂を　しのに押し靡べ　置く露の　消かも死なまし　戀ひつつあらずは[3]

あきのほを　しのにおしなべ　おくつゆの　けかもしなまし　こひつつあらずは

2257　露霜尒　衣袖所沾而　今谷毛　妹許行名　夜者雖深

露霜[4]に　衣手濡れて[5]　今だにも　妹がり行かな[6]　夜は更けぬとも

つゆしもに　ころもでぬれて　いまだにも　いもがりゆかな　よはふけぬとも

---

1 **いちしろくしも** : 두드러지게.
2 **われ戀ひめやも** : 'やも'는 강한 부정을 동반한 의문을 나타낸다. 태도로 나타내 보이면 얼마나 좋을까 하고 생각하지만.
3 **戀ひつつあらずは** : 고통 끝에.
4 **露霜** : 이슬과 서리이다.
5 **衣手濡れて** : 이슬에 젖은 풀을 헤치며 가는 것인가.
6 **妹がり行かな** : 'かな'는 원망을 나타낸다.

2255   우리 집의요/ 가을 싸리꽃의 위에/ 내린 이슬이/ 확연히 표가 나듯/ 내가 사랑할 건가

해설

우리 집의 가을 싸리꽃 위에 내린 흰 이슬이 두드러지게 사람들의 눈에 띄듯이, 남들이 눈치를 채도록 표시가 나게 내가 사랑을 할 것인가라는 내용이다.

阿蘇瑞枝는, 작자가 여성일 것이라고 하였다[『萬葉集全注』 10, p.516].

2256   가을 이삭을/ 시들도록 누르며/ 내리는 이슬/ 꺼지듯 죽고 싶네/ 사랑 계속 하지 않고

해설

가을 이삭을 시들게 할 것처럼 눌러 흔들며 내리는 이슬이 사라지듯이, 차라리 그렇게 사라지고 싶네. 사랑으로 인한 고통을 계속 당하고 있기보다는이라는 내용이다.

2257   이슬 서리에/ 소매가 젖더라도/ 지금이라도/ 아내 곁으로 가자/ 밤은 깊어졌지만

해설

이슬과 서리에 내 옷소매가 젖는다고 하더라도 적어도 지금만큼이라도 어쨋든 아내 곁으로 가자. 이미 밤은 깊어졌지만이라는 내용이다.

'妹がり行かな'의 'な'는 의지를 나타낸다[全集 『萬葉集』 3, p.145].

2258 秋芽子之　枝毛十尾尒　置露之　消毳死猿　戀乍不有者

秋萩の　枝もとををに　置く露の　消かも死なまし　戀ひつつあらずは[1]

あきはぎの　えだもとををに　おくつゆの　けかもしなまし　こひつつあらずは

2259 秋芽子之　上尒白露　毎置　見管曽思怒布　君之光儀呼

秋萩の　上に白露　置くごとに　見つつそ思ふ[2]　君が姿を[3]

あきはぎの　うへにしらつゆ　おくごとに　みつつそしのふ　きみがすがたを

---

1 **戀ひつつあらずは** : 사랑의 고통 때문에 살 수 없을 것 같아서.
2 **見つつそ思ふ** : 감상하며 생각한다.
3 **君が姿を** : 흰 이슬 같은 모습이라고 생각한다.

2258 가을 싸리의/ 가지도 휠 정도로/ 내린 이슬이/ 꺼지듯 죽고 싶네/ 사랑 계속 하지 않고

해설

가을 싸리의 가지도 휠 정도로 내린 이슬이 사라지듯이 그렇게 사라져 죽고 싶네. 사랑으로 인한 고통을 계속 당하고 있기보다는이라는 내용이다.

2259 가을 싸리꽃/ 위에 흰 이슬이요/ 내릴 때마다/ 보면서 그립니다/ 그대의 모습을요

해설

가을 싸리꽃 위에 흰 이슬이 내릴 때마다 그 이슬을 보면서 그리워합니다. 그대의 모습을이라는 내용이다.
가을 이슬이 깨끗하고 아름다운 것에서 연인의 모습을 생각한 것이다.

寄風

2260 吾妹子者　衣丹有南　秋風之　寒比来　下着益乎

吾妹子は　衣に¹あらなむ²　秋風の　寒きこのころ　下に³着ましを⁴

わぎもこは　ころもにあらなむ　あきかぜの　さむきこのころ　したにきましを

2261 泊瀬風　如是吹三更者　及何時　衣片敷　吾一将宿

泊瀬風⁵　かく吹く夜は⁶　何時までか⁷　衣片敷き⁸　わが獨り寝む

はつせかぜ　かくふくよひは　いつまでか　ころもかたしき　わがひとりねむ

---

1 **衣に** : 연인끼리 옷을 교환하는 관습이 있었지만, 더욱.
2 **あらなむ** : 'なむ'는 願望의 종조사이다.
3 **下に** : 윗도리의 속에. 속옷으로.
4 **着ましを** : 현실에 반대되는 가상이다. 'を'는 역접적 영탄을 나타낸다.
5 **泊瀬風** : 明日香(아스카)風이다.
6 **かく吹く夜は** : 원문의 '三更'은 12시 전후. 'は'는 'をば'.
7 **何時までか** : 언제의 밤까지인가. 官命에 의한 여행을 하는 동안의 잠인가.
8 **衣片敷き** : 옷을 반쯤 밑에 깔고. 혼자 자는 잠의 표현이다.

바람에 비유하였다

2260 나의 아내는/ 옷이라면 좋겠네요/ 가을바람이/ 차가운 이 무렵에/ 속에다 입을 텐데

✿ 해설

  나의 아내는 옷이라면 좋겠네요. 가을바람이 차갑게 부는 이 무렵에 속에다 입으면 좋을 텐데라는
내용이다.
  '下に着ましを'를 全集에서는, "した'는 눈에 보이지 않는 부분을 가리킨다. 피부에 직접 닿게 입고
싶다는 기분을 나타낸다'고 하였다[『萬葉集』 3, p.145].

2261 하츠세(泊瀬) 바람/ 이렇게 부는 밤을/ 언제까지요/ 옷을 한 자락 깔고/ 나는 혼자 자는가

✿ 해설

  하츠세(泊瀬) 바람이 이렇게 부는 밤이 깊은데 언제까지 나는 옷을 한 자락을 깔고 혼자서 잠을 자야
하는 것일까라는 내용이다.
  中西 進은, '官命에 의한 여행을 하는 동안으로' 해석하였으므로 남성의 작품으로 본 듯하다. 阿蘇瑞枝
도 남성의 작품으로 보았다[『萬葉集全注』 10, p.523]. 그러나 全集에서는, 남편이 오기를 기다리는 아내의
마음을 노래한 작품'으로 보았다[『萬葉集』 3, p.145]. 私注에서도, '남녀 어느 쪽으로도 볼 수 있고, 'わがひ
とりねむ'는 남성 같지만, 와야만 할 남편이 오지 않는 것을 탄식하는 여성의 입장으로 보는 것이 자연스
럽다'고 하였다[『萬葉集私注』 5, p.393].
  '衣片敷き わが獨り寢む'는 주로 남성들의 작품에 보이므로 작자는 남자로 보는 것이 좋을 듯하다.

寄雨

2262　秋芽子乎　令落長雨之　零比者　一起居而　戀夜曽大寸

　　　秋萩を　散らす長雨の[1]　降る頃は　獨り起き居て[2]　戀ふる夜そ多き

　　　あきはぎを　ちらすながめの　ふるころは　ひとりおきゐて　こふるよそおほき

2263　九月　四具礼乃雨之　山霧　烟寸吾胸　誰乎見者将息 [一云, 十月　四具礼乃雨降]

　　　九月の　時雨の雨の　山霧の[3]　いぶせき吾が胸　誰を見ば息まむ [一は云はく, 十月時雨の雨降り]

　　　ながつきの　しぐれのあめの　やまぎりの　いぶせきあがむね　たをみばやまむ [あるはいはく, かむなづき　しぐれのあめふり]

---

　1 **長雨の**：가을 장마이다.
　2 **起き居て**：앉는 것이다. 서는 것의 반대이다.
　3 **山霧の**：비와 달리 안개가 낀다고 하는 것이 아니라, 비에 의해 산이 흐려 있는 상태를 말한다.

비에 비유하였다

2262 가을 싸리를/ 지게 하는 장마가/ 오는 무렵은/ 혼자 일어나 앉아/ 그리워하는 밤 많네

해설

　가을 싸리꽃을 지게 하는 비가 계속 내리는 요즈음은, 잠도 자지 않고 혼자 일어나 앉아서 사랑하는 사람을 그리워하는 밤이 많네라는 내용이다.

　私注에서는 여성의 작품으로 보인다고 하였다『萬葉集私注』 5, p.394]. 그러나 작자는 여성, 남성 어느 쪽으로도 볼 수 있겠다.

2263 음력 9월의/ 늦가을의 비가요/ 산을 흐리듯/ 울적한 나의 마음은/ 누굴 보면 개려내어떤 책에 말하기를, 음력 10월의/ 초겨울의 비가 내려]

해설

　음력 9월에 내리는 늦가을 비가 산을 흐리게 하듯이, 그렇게 울적한 나의 마음은 누구를 만나면 밝아질 것인가[어떤 책에 말하기를, 음력 10월의 초겨울의 비가 내려서]라는 내용이다.

寄蟋

2264　蟋蟀之　待歡　秋夜乎　寐驗無　枕与吾者

蟋蟀[1]の　待ち歡ぶる　秋の夜を[2]　寢るしるし[3]なし　枕とわれは[4]

こほろぎの　まちよろこぶる　あきのよを　ぬるしるしなし　まくらとわれは

寄蝦

2265　朝霞　鹿火屋之下介　鳴蝦　聲谷聞者　吾将戀八方

朝霞　鹿火屋[5]が下に　鳴く河蝦　聲だに聞かば　われ戀ひめやも

あさがすみ　かひやがしたに　なくかはづ　こゑだにきかば　われこひめやも

---

1 **蟋蟀**：'蟋' 한 글자를 쓰는 경우도 있지만, 대부분 '蟋蟀'로 표기하였다. 가을 곤충의 총칭인가.
2 **秋の夜を**：쓰르라미는 즐거워하고 있지만. '를'는 역접으로 사용한 듯하다.
3 **しるし**：효과.
4 **枕とわれは**：혼자 잠자는 상태이다.
5 **鹿火屋**：사슴을 쫓는 불을 피우는 작은 집이다. 나락을 저장하는 작은 집이라는 설도 있다.

쓰르라미에 비유하였다

2264　쓰르라미는/ 기다리며 반기는/ 가을밤인데/ 자는 보람이 없네/ 베개하고 나하곤

해설

　쓰르라미는 오기를 기다리며 있다가 반기는 가을밤이지만, 베개하고 나하고는 자는 보람이 없네라는
내용이다.
　혼자 자는 외로움을 쓰르라미와 대비시켜서 노래하였다.

개구리에 비유하였다

2265　(아사가스미)/ 사슴 쫓는 불 집 밑/ 우는 개구리/ 소리라도 들으면/ 내가 힘들어할까

해설

　아침 안개에, 사슴을 쫓는 불을 피우는 작은 집 아래에서 우는 개구리처럼, 적어도 사랑하는 사람의
소리라도 들을 수가 있다면, 내가 사랑의 고통으로 이렇게 힘들어하지는 않을 텐데라는 내용이다.
　사랑하는 사람의 소리라도 듣고 싶은 마음을 노래한 것이다.

寄鴈

2266　出去者　天飛鴈之　可泣美　且今日々々々云二　年曽経去家類

　　　出でて去なば[1]　天飛ぶ雁の　泣きぬべみ[2]　今日今日といふに　年そ經にける

　　　いでていなば　あまとぶかりの　なきぬべみ　けふけふといふに　としそへにける

寄鹿

2267　左小壮鹿之　朝伏小野之　草若美　隠不得而　於人所知名

　　　さ男鹿の　朝伏す小野の[3]　草若み[4]　隠ろひかねて[5]　人に知らゆ[6]な

　　　さをしかの　あさふすをのの　くさわかみ　かくろひかねて　ひとにしらゆな

---

1 **出でて去なば**：여행에, 인가.
2 **泣きぬべみ**：'べみ'는 'べし'가 'み'를 취한 형태이다.
3 **朝伏す小野の**：작은 들판이다.
4 **草若み**：높이가 낮은 것이다.
5 **隠ろひかねて**：사람 눈을 계속 피할 수가 없어서.
6 **人に知らゆ**：수동형이다.

기러기에 비유하였다

2266   떠나서 간다면/ 하늘 기러기처럼/ 울 것 뻔해서/ 오늘 오늘 하다 보니/ 일 년 지나 버렸네

해설

    내가 여행을 떠나가 버리면 아내가, 하늘을 나는 기러기처럼 틀림없이 울 것이 뻔해서 오늘은 떠나야지 오늘은 떠나야지 하고 있는 사이에 어느덧 일 년이 지나 버렸네라는 내용이다.
    私注에서는, '아내에게서 떠나려고 하지만, 떠난 후의 아내의 입장이 애처로워서 하루하루 지연시키고 있는 남자의 입장으로 하여 불리어지고 있다. 아내 내지 여자 집에 사는 혼인 습관도 생각된다'고 하였다『萬葉集私注』 5, p.396].

사슴에 비유하였다

2267   수사슴이요/ 아침잠 자는 들의/ 풀이 어려서/ 숨기가 어렵듯이/ 남에게 들키지 마

해설

    수사슴이 아침잠을 자는, 넓지 않은 작은 들판의 풀이 아직 덜 자라서 키가 낮으므로, 사슴이 몸을 숨기기가 힘들 듯이, 그렇게 숨기가 힘들어서 다른 사람들에게 알려지게 하지 말라는 내용이다.
    남성이 자신에게 다니는 것을 사람들이 알지 못하게 하라는 뜻이다.
    私注에서는, '다니는 남성에 대해, 여자가 말을 하는 모습으로 지어져 있다. 완전히 민요이다'고 하였다[『萬葉集私注』 5, p.397].
    全集에서는, '봄의 노래인데 사슴을 가을의 景物로 보고 여기에 실은 것이겠다'고 하였다[『萬葉集』 3, p.147].

2268　左小壮鹿之　小野之草伏　灼然　吾不問尒　人乃知良久

さ男鹿の　小野の草伏[1]　いちしろく[2]　わが問は[3]なくに　人の知れらく[4]

さをしかの　をののくさぶし　いちしろく　わがとはなくに　ひとのしれらく

寄鶴

2269　今夜乃　曉降　鳴鶴之　念不過　戀許增益也

今夜の　曉降ち[5]　鳴く鶴の　思ひは過ぎず[6]　戀こそまされ

こよひの　あかときくたち　なくたづの　おもひはすぎず　こひこそまされ

---

1 **小野の草伏** : 풀에 몸을 눕히는 것이다. 흔적을 확실히 알 수 있다.
2 **いちしろく** : 두드러지게.
3 **わが問は** : 구애하다.
4 **人の知れらく** : 사람들 소문에 오르내린다.
5 **曉降ち** : 'くたづ'는 시간이 경과하는 것이다.
6 **思ひは過ぎず** : 종지형이다.

2268 수사슴이요/ 작은 들 풀에 누운/ 흔적과 같이/ 구애도 않았는데/ 사람들 알고 있네

해설

    수사슴이 작은 들판의 풀에 누운 흔적이 뚜렷하듯이 그렇게 확실하게 아직 구애의 말을 그녀에게 하지도 않았는데 벌써 사람들이 두 사람의 관계를 알고 있네라는 내용이다.

    私注에서는, '앞의 노래에 답한 것이라고 보아도 좋다. 이것도 序의 재미를 중심으로 한 민요이다. 혼인 관계를, 당사자 이외에 알리지 않겠다고 하는 감정이 있었던 것은 이미 권제2의 人麿의 아내를 애도하는 노래에서도 언급하였다'고 하였다『萬葉集私注』 5, p.398].

학에 비유하였다

2269 오늘 밤이/ 드디어 밝아져서/ 우는 학같이/ 생각 없어지잖고/ 그리움 더해지네

해설

    오늘 밤이 드디어 밝아져서 우는 학같이, 생각이 없어지지 않고 그리움이 더욱 깊어지네라는 내용이다.

    '今夜'를 全集에서는, '서민들 사이에서 하루는 해가 지고 나서 시작한다고 하는 관념이 있었다. 여기에서도 그것에 의한다. 이 노래가 불리어지고 있는 새벽이 되기 직전은, 아직 오늘 밤이라고 불리어지는 시간대 속에 있다'고 하였다『萬葉集』 3, p.148].

    '鳴く鶴の 思ひは過ぎず'는 다소 애매한데, 私注에서는, '학이 사라져 가지만 생각은 사라지지 않고'로 해석하였다『萬葉集私注』 5, p.398]. 大系에서는, '학의 소리가 사라지는 것처럼 자신의 생각은 사라지지를 않고'로 해석하였다『萬葉集』 3, p.136]. 全集에서는, '학의 울음소리의 애절함을 느낌에 의해, 자신의 애절한 그리움을 비유한 序'라고 하고 '학처럼 마음이 밝아지지 않고'로 해석하였다『萬葉集』 3, p.148].

寄草

2270　道邊之　乎花我下之　思草　今更介　何物可将念

道の邊の　尾花が下の　思ひ草[1]　今さら[2]さらに　何をか思はむ

みちのへの　をばながしたの　おもひぐさ　いまさらさらに　なにをかおもはむ

寄花

2271　草深三　蟋多　鳴屋前　芽子見公者　何時来益牟

草深み　蟋蟀[3]多に　鳴く屋前の　萩見に君は　何時か來まさ[4]む

くさふかみ　こほろぎさはに　なくやどの　はぎみにきみは　いつかきまさむ

---

1 **思ひ草** : 어떤 식물인지 알 수 없다.
2 **今さら** : 이렇게 된 지금 반복해서. 지금이라는 것은 서로 언약한 때인가.
3 **蟋蟀** : '蟋' 한 글자를 쓰는 경우도 있지만, 대부분 '蟋蟀'로 표기하였다. 가을 곤충의 총칭인가.
4 **何時か來まさ** : 'まさ'는 경어이다.

풀에 비유하였다

2270 길 주변의요/ 참억새꽃 그늘의/ 생각하는 풀/ 지금 새삼스럽게/ 무엇을 생각할까요

 해설

길 주변의 참억새꽃 그늘의 생각하는 풀처럼 지금 새삼스럽게 무엇을 생각할 것인가요라는 내용이다.
全集에서는 상대방의 애정을 확신한 마음을 노래한 것이라고 하였다『萬葉集』 3, p.148].

꽃에 비유하였다

2271 풀이 무성해/ 쓰르라미가 많이/ 우는 우리 집/ 싸리 보러 그대는/ 언제 오실 건가요

해설

풀이 깊게 무성하게 나 있어서 쓰르라미가 많이 울어 대는 우리 집 정원의 싸리꽃을 보러 그대는
언제가 되어야 오실 것인가요라는 내용이다.

2272　秋就者　水草花乃　阿要奴蟹　思跡不知　直介不相在者

　　　　秋づけば　水草¹の花の　あえぬがに　思へど知らじ　直に逢はざれば

　　　　あきづけば　みくさのはなの　あえぬがに　おもへどしらじ　ただにあはざれば

2273　何為等加　君乎将猒　秋芽子乃　其始花之　歡寸物乎

　　　　何すとか　君を厭はむ　秋萩の　その初花²の　歡しきものを

　　　　なにすとか　きみをいとはむ　あきはぎの　そのはつはなの　うれしきものを

---

1 **水草** : 물가의 풀이다.
2 **その初花** : 처음의 언약이다.

2272 가을이 되면/ 물가의 풀꽃이요/ 떨어지듯이/ 생각해도 모르죠/ 직접 만나지 않으니

🌸 해설

　가을이 되면 물가의 풀꽃이 시들어 떨어지듯이, 그렇게 목숨이 끊어질 것 같이 그 정도로 나는 그대를
생각하지만 그대는 그것을 모르겠지요. 직접 만나지 않으니까요라는 내용이다.
　'あえぬがに'의 'がに'를 全集에서는, '활용어의 종지형을 받아, '～할 정도로'라는 뜻을 나타내고, 정도를
나타내는 부사어를 만든다'고 하였다『萬葉集』 3, p.77].

2273 무엇 때문에/ 그대 싫어할까요/ 가을 싸리의/ 처음 핀 꽃과 같이/ 기쁘게 생각는데

🌸 해설

　무엇 때문에 그대를 싫다고 생각할까요. 싫기는커녕 가을 싸리의 처음 핀 꽃을 보듯이 기쁘게 생각을
하는데라는 내용이다.
　中西 進은 이 작품을, '남자의 노래에 답을 한 듯한 어조'라고 하였다. 私注에서는 'その初花の'에 대해,
'처음 남자를 만난 기쁨을 암시하고 있는지도 모른다. 개인의 작품이라면 그런 것을 노래할 수 없는
것이므로 노래하면 노골적이어 좋지 않게 되지만 민요이므로 이것이 성립하는 것이다. 여자의 입장에서
의 작품이지만, 혹은 처음 사랑한 처녀를 재촉하기 위해 남성들이 부르는 노래로 만들어진 것인지도
모른다'고 하였다『萬葉集私注』 5, p.400].
　阿蘇瑞枝는, '귀족 관료들의 연회석에서 즐겨 불리어진 것이겠다'고 하였다『萬葉集全注』 10, p.538].

2274　展轉　戀者死友　灼然　色庭不出　朝容兒之花

　　　展轉び[1]　戀ひは死ぬとも　いちしろく[2]　色に[3]は出でじ　朝貌の花[4]

　　　こいまろび　こひはしぬとも　いちしろく　いろにはいでじ　あさがほのはな

2275　言出而　云者忌染　朝兒乃　穂庭開不出　戀為鴨

　　　言に出でて　言はば[5]ゆゆしみ[6]　朝貌の　秀[7]には咲き出ぬ　戀も[8]するかも

　　　ことにいでて　いはばゆゆしみ　あさがほの　ほにはさきでぬ　こひもするかも

2276　鴈鳴之　始音聞而　開出有　屋前之秋芽子　見来吾世古

　　　雁がねの[9]　初聲聞きて　咲き出たる[10]　屋前の秋萩　見に來[11]わが背子

　　　かりがねの　はつこゑききて　さきでたる　やどのあきはぎ　みにこわがせこ

---

　1 **展轉び** : 'こい'는 몸을 눕히는 것이다. 뒹구는 것이다.
　2 **いちしろく** : 두드러지게.
　3 **色に** : 표면에.
　4 **朝貌の花** : 도라지꽃이다. 색으로 나타내는 비유이다.
　5 **言はば** : 사람에게.
　6 **ゆゆしみ** : 'ゆゆし'는 忌(いみ) 忌し. 두려워서 삼가는 것이다.
　7 **秀** : 다른 것보다 뛰어난 것이다.
　8 **戀も** : 마음속에 품은 사랑이다.
　9 **雁がねの** : 기러기. 본래는 기러기 소리이다.
　10 **咲き出たる** : 소리에 이끌려서 피었다고 한다.
　11 **見に來** : 실은, 나를 방문해 주기를 원한다.

2274 누워 뒹굴며/ 고통하며 죽어도/ 표시가 나게/ 드러내진 않아요/ 도라지꽃처럼요

해설

　누워 뒹굴며 슬퍼하며 사랑의 고통 때문에 죽는다고 해도, 도라지꽃처럼 사람 눈에 띌 정도로 표시가 나게 밖으로 드러내지는 않아요라는 내용이다.

　'色に'를 私注에서는 '밖으로'로 해석하였고[『萬葉集私注』 5, p.401], 大系와 全集에서는 '얼굴 색으로'로 해석하였다.

2275 말로 드러내어/ 말하면 두려워서/ 도라지처럼/ 눈에 띄지 않도록/ 사랑을 하는 건가

해설

　말로 드러내어서 입으로 말하면 두려우므로, 도라지꽃처럼 사람 눈을 끄는 일이 없도록 마음속으로만 사랑을 하는 것인가라는 내용이다.

2276 기러기의요/ 첫 소리를 듣고서/ 피기 시작한/ 우리 집 가을 싸리/ 보러 와요 그대여

해설

　기러기가 와서 우는 첫 울음 소리를 듣고 피기 시작한, 우리 집의 가을 싸리꽃을 보러 오세요. 그대여 라는 내용이다.

　싸리꽃을 핑계로 하여, 남성에게 방문해 달라는 뜻을 노래한 것이다.

2277　左小壮鹿之　入野乃為酢寸　初尾花　何時加妹之　手将枕

さ男鹿の　入野[1]の薄　初尾花[2]　いつしか[3]妹が　手を枕かむ

さをしかの　いりののすすき　はつをばな　いつしかいもが　てをまくらかむ

2278　戀日之　氣長有者　三苑圃能　辛藍花之　色出尒来

戀ふる日の　け[4]長くあれば　み苑生[5]の　韓藍[6]の花の　色に[7]出でにけり

こふるひの　けながくあれば　みそのふの　からあゐのはなの　いろにいでにけり

2279　吾郷尒　今咲花乃　娘部四　不堪情　尚戀二家里

わが郷に　今咲く花の　女郎花[8]　堪へぬ[9]情に　なほ戀ひにけり

わがさとに　いまさくはなの　をみなへし　あへぬこころに　なほこひにけり

---

1 **さ男鹿の 入野** : 수사슴이 들어가므로 '入野'에 이어진다. '入野'는 산기슭 사이에 들어간 들판이다. 내가 헤치고 들어가는 모습을 중복하여 표현한 것이다.
2 **初尾花** : 여자의 寓意. 참억새꽃은 참억새의 끝부분이다.
3 **いつしか** : 언젠가, 빨리.
4 **け** : 날.
5 **み苑生** : 궁중의 동산인가. 원문의 '三'을 '吾'로 하는 설도 있다.
6 **韓藍** : 맨드라미이다.
7 **色に** : 표면에.
8 **女郎花** : 여자의 寓意.
9 **堪へぬ** : 'あぶ'는 견디다.

2277 (사오시카노)/ 이리노(入野)의 참억새/ 그 참억새꽃/ 언제라야 그녀의/ 팔베개를 할 건가

해설

　수사슴이 풀을 헤치고 들어가는 이리노(入野)의 참억새의 싱그러운 참억새꽃이여. 언제 순진하고 싱그러운 소녀의 팔을 베개로 할 것인가. 빨리 그 팔을 베개로 하여 함께 자고 싶네라는 내용이다. 젊은 처녀와 빨리 결혼하고 싶어하는 남성의 노래이다.
　'入野'를 大系에서는, '京都府 乙訓郡 大原野村의 평야의 들어간 부분. 上羽・灰方 부근이라고 한다. 일설에는 지형이 들어간 곳이라고 하고 지명이 아니라고 한다'고 하여 지명으로 보았다[『萬葉集』 3, p.137].

2278 그리는 날이/ 오래 계속 되므로/ 그 동산의요/ 맨드라미꽃과 같이/ 밖에 드러나 버렸네

해설

　사랑하는 사람을 그리워하는 날들이 오래 계속 되었으므로, 그 동산의 맨드라미꽃처럼 사랑하는 마음이 표면에 드러나 버렸네라는 내용이다.
　'み苑生の'의 'み'는 존칭 접두어이다. '苑'을 中西 進은 '궁중의 동산인가'라고 하였는데, 大系・私注・注釋은 원문의 '三'을 '吾'로 보아 '우리 집 정원'으로 해석하였다[『萬葉集』 3, p.138), (『萬葉集私注』 5, p.403), (『萬葉集注釋』 10, p.454)]. 全集에서는 '그대의 정원'으로 해석하였다[『萬葉集』 3, p.150].

2279 우리 마을에/ 지금 한창 피는 꽃/ 여랑화를요/ 참을 수 없는 맘에/ 역시 고통을 받네

해설

　우리 마을에 지금 한창 피는 꽃인 여랑화를, 참을 수 없는 마음으로 역시 사랑을 해 버렸네라는 내용이다.
　女郞花는 작자의 마을의 여성을 말한 것이다.

2280 芽子花　咲有乎見者　君不相　真毛久二　成来鴨

　　　萩の花　咲けるを見れば[1]　君に逢はず　まことも久に　なりにけるかも

　　　はぎのはな　さけるをみれば　きみにあはず　まこともひさに　なりにけるかも

2281 朝露介　咲酢左乾垂　鴨頭草之　日斜共　可消所念

　　　朝露に　咲きすさび[2]たる　鴨頭草[3]の　日くたつ[4]なへに[5]　消[6]ぬべく思ほゆ

　　　あさつゆに　さきすさびたる　つきくさの　ひくたつなへに　けぬべくおもほゆ

2282 長夜乎　於君戀乍　不生者　開而落西　花有益乎

　　　長き夜[7]を　君に戀ひつつ　生けら[8]ずは[9]　咲きて散りにし　花にあらましを

　　　ながきよを　きみにこひつつ　いけらずは　さきてちりにし　はなにあらましを

---

1 **咲けるを見れば** : 싸리의 이전의 상태에 추억이 있다. 따라서.
2 **咲きすさび** : 거칠고 격한 상태이다.
3 **鴨頭草** : 露草.
4 **日くたつ** : 시간이 경과한다.
5 **なへに** : ～함에 따라서.
6 **消** : 'きゆ'의 축약형이다.
7 **長き夜** : 가을의 긴 밤이다.
8 **生けら** : 'ら'는 완료의 조동사 'り'의 미연형이다.
9 **ずは** : 'ずは…まし'는 戀歌의 유형적 표현이다.

2280   싸리의 꽃이/ 피어 있는 것 보면/ 그대 만나잖고/ 정말로 오랜 세월/ 되어버린 것 같네

🌸 해설

싸리꽃이 피어 있는 것을 보면 그대를 만나지 않고 정말로 오랜 시간이 지났다고 생각이 되네요라는 내용이다.

2281   아침 이슬에/ 무성히 피어 있는/ 닭장풀같이/ 해가 저물어 가자/ 꺼질듯이 생각되네

🌸 해설

아침 이슬에 무성히 피어 있는 닭의장풀이 해가 저물자 시들어가는 것처럼, 내 몸도 사랑의 고통에 꺼지는 듯이 생각이 되네요라는 내용이다.
해가 저물어 가자 사랑하는 사람을 기다리는 고통을 말한 것이다.

2282   긴 가을밤을/ 그대 그리워하며/ 살기보다는/ 피어서는 져 버린/ 꽃이 되고 싶은 것을

🌸 해설

긴 가을밤을 그대를 그리워하면서 고통을 당하며 살기보다는, 차라리 한때 아름답게 피었다가는 져 버리는 꽃이 되고 싶은 것을이라는 내용이다.
사랑의 고통을 노래한 것이다.

2283　吾妹兒尒　相坂山之　皮為酢寸　穂庭開不出　戀度鴨

吾妹子に　相坂山の　はだ薄　穂[1]には咲き[2]出でず　戀ひ渡るかも

わぎもこに　あふさかやまの　はだすすき　ほにはさきいでず　こひわたるかも

2284　率尒　今毛欲見　秋芽子之　四搓二将有　妹之光儀乎

ゆくりなく[3]　今も見が欲し　秋萩の　しなひに[4]あらむ　妹が姿を

ゆくりなく　いまもみがほし　あきはぎの　しなひにあらむ　いもがすがたを

2285　秋芽子之　花野乃為酢寸　穂庭不出　吾戀度　隠嬬波母

秋萩の　花野の薄　穂には出でず[5]　わが戀ひわたる　隠妻は[6]も

あきはぎの　はなののすすき　ほにはいでず　わがこひわたる　こもりづまはも

1　薄穂 : 이삭이 나오지 않은 억새라고 한다. 旗薄은 나온 것이다.
2　咲き : 이삭이 나온 것을 말한다. 참억새꽃과 같은 내용이다.
3　ゆくりなく : 갑자기.
4　しなひに : 'しなひ'는 가지가 휜 것을 모습에 연결시켰다. 'に'는 상태를 나타내는 조사이다.
5　穂には出でず : 표면에 드러나지 않고. 'ほ'는 모두 빼어난 것을 말한다.
6　隠妻は : 사람의 눈을 꺼리고 있는 아내이다.

2283 (와기모코니)/ 아후사카(相坂)의 산의/ 참억새같이/ 이삭으로 피지 않고/ 계속 그리워하네

해설

나의 아내를 만난다고 하는 뜻을 이름으로 한 아후사카(相坂) 산의 참억새가 드러내어 이삭으로 피지 않듯이, 그렇게 드러내지 않고 계속 그리워하네라는 내용이다.

2284 돌연 갑자기/ 지금도 보고 싶네/ 싸리꽃처럼/ 단아하게도 있을/ 아내의 모습을요

해설

생각지 않게 갑자기 지금 당장이라도 보고 싶네. 가을 싸리꽃처럼 단아하고 아름답게 있을 아내의 모습을이라는 내용이다.

제1구의 원문 '率尒'를 大系·注釋·全集에서는 中西 進과 마찬가지로 'ゆくりなく'로 읽었다. 그러나 私注에서는 'いささめに'로 읽고 '잠시만이라도 좋다'로 해석하였다『萬葉集私注』 5, p.405].

2285 가을 싸리의/ 꽃피는 들 참억새/ 이삭 나지 않듯/ 내가 그리워하는/ 숨어 있는 아내여

해설

가을 싸리꽃이 피는 들판의 참억새가 밖으로 이삭을 내지 않듯이, 그렇게 밖으로 드러내지 않고 내가 그리워하는 숨어 있는 아내여라는 내용이다.

2286　吾屋戸介　開秋芽子　散過而　實成及丹　於君不相鴨

わが屋戸に　咲きし秋萩　散り過ぎて　實になるまでに[1]　君に逢はぬかも

わがやどに　さきしあきはぎ　ちりすぎて　みになるまでに　きみにあはぬかも

2287　吾屋前之　芽子開二家里　不落間介　早来可見　平城里人

わが屋前の　萩咲きにけり　散らぬ間に　早來て見べし[2]　平城の里人[3]

わがやどの　はぎさきにけり　ちらぬまに　はやきてみべし　ならのさとひと

2288　石走　間々生有　兒花乃　花西有来　在筒見者

石橋の[4]　間々に生ひたる　貌花[5]の　花[6]にしありけり　ありつつ[7]見れば

いははしの　ままにおひたる　かほばなの　はなにしありけり　ありつつみれば

1 **實になるまでに** : 시절의 경과를 표현한 것이다. 열매 노래는 1365번가 참조.
2 **早來て見べし** : 'べし'는 명령을 나타낸다.
3 **平城の里人** : 남자가 장난으로 던진 것이다.
4 **石橋の** : 자연의 돌을 이용한 징검다리이다.
5 **貌花** : 얼굴을 내밀듯이 핀 꽃. 여기에서는 물가의 벗풀·제비붓꽃 등 여러 설이 있다.
6 **花** : 열매가 없는 것이다. 여성에 대해서.
7 **ありつつ** : 계속 있으면서.

2286 우리 집에요/ 피었는 가을 싸리/ 다 져 버리고/ 열매 맺을 때까지/ 그대를 못 만났네요

🌸 해설

우리 집 정원에 피어 있는 가을 싸리꽃이 다 져 버리고 열매를 맺을 때까지 오랫동안 그대를 만나지 못했네요라는 내용이다.

오랫동안 연인을 만나지 못한 것을 탄식하며 원망한 노래이다.

2287 우리 집 정원/ 싸리는 피었네요/ 지기 전에요/ 빨리 와서 보세요/ 나라(奈良)의 도시 사람

🌸 해설

우리 집 정원의 싸리꽃은 아름답게 피었네요. 그러니 다 지기 전에 빨리 와서 보세요. 나라(奈良)의 도시 사람이여라는 내용이다.

2288 징검다리의/ 사이에 피어 있는/ 벗풀과 같은/ 꽃이었던 것 같네요/ 계속 보고 있으면

🌸 해설

강여울의 징검다리 돌 사이사이에 피어 있는 벗풀꽃처럼 허망한 꽃이었던 것 같네요. 계속 보고 있으면이라는 내용이다.

私注에서는, '징검다리의 사이에 피어 있는 벗풀과 같이 아름다웠다. 자세히 보면'이라고 해석하고, '처녀의 아름다움을 찬미한 민요이다. 처녀 앞에 나가서 부른 것인지도 모른다'고 하였다[『萬葉集私注』 5, p.407]. 大系에서는 '間々'을 해안으로 보고, '해안을 'まま'라고 하는 지방은 중부・관동・동북 지방에 많다. 廣島縣 安藝郡에서는 급경사지를 말한다'고 하였다. 그리고 '해안에 피어 있는 벗풀꽃과 같이 허망한 아름다움이었다. 계속 보고 있으면'이라고 해석하고는, '상대방에게 실망한 노래'라고 하였다[『萬葉集』 3, p.140]. 남성의 노래로 본 듯하다. 阿蘇瑞枝도, '교제를 하고 있던 상대 여성이, 생각했던 것과 달리 성실하지 못한 것에 대해 실망한 남성의 노래'라고 하였다[『萬葉集全注』 10, p.555].

그러나 全集에서는, '불성실한 상대방을 그때뿐인 바람둥이라고 한 것이다'고 하였다[『萬葉集』 3, p.152]. 여성의 노래로 본 듯하다. 여성에게 실망한 남성의 노래로 보는 것이 좋겠다.

2289　藤原　古郷之　秋芽子者　開而落去寸　君待不得而

　　　　藤原の　古りにし郷[1]の　秋萩は　咲きて散りにき[2]　君[3]待ちかねて

　　　　ふぢはらの　ふりにしさとの　あきはぎは　さきてちりにき　きみまちかねて

2290　秋芽子乎　落過沼蛇　手折持　雖見不怜　君西不有者

　　　　秋萩を　散り過ぎぬべみ[4]　手折り持ち　見れどもさぶし　君にしあらねば[5]

　　　　あきはぎを　ちりすぎぬべみ　たをりもち　みれどもさぶし　きみにしあらねば

2291　朝開　夕者消流　鴨頭草乃　可消戀毛　吾者為鴨

　　　　朝咲き　夕は消ぬる　鴨頭草[6]の　消ぬべき[7]戀も　われはするかも

　　　　あしたさき　ゆふへはけぬる　つきくさの　けぬべきこひも　われはするかも

---

1 **古りにし郷** : 고향. 여기에서는 옛 도읍을 가리킨다.
2 **咲きて散りにき** : 여성이 자신의 몸의 寓意를 담았는가.
3 **君** : 奈良의 관료인 남자일 것이다.
4 **散り過ぎぬべみ** : 'べみ'는 'べし'에 'み'가 첨가된 형태이다.
5 **君にしあらねば** : 싸리가.
6 **鴨頭草** : 月草. 露草.
7 **消ぬべき** : '～에 틀림없을 것 같은'이라는 뜻이다.

2289 후지하라(藤原)의/ 옛날의 도읍지의/ 가을 싸리는/ 피어서 져 버렸네/ 그대 못 기다려서

해설

후지하라(藤原)의 옛날의 도읍지의 가을 싸리꽃은 허망하게 피었다가 다 져 버렸네. 그대를 기다리기
가 힘이 들어서라는 내용이다.

'古りにし郷'을 大系에서는 '奈良으로 천도한 후에 藤原京을 가리키고 있다'고 하였다[『萬葉集』 3,
p.140].

2290 가을 싸리를/ 질 것 같았으므로/ 꺾어가지고/ 보아도 쓸쓸하네/ 그대 아니기 때문에

해설

가을 싸리꽃을, 질 것만 같았으므로 손으로 꺾어가지고 아름다운 꽃을 보지만 조금도 즐겁지 않고
쓸쓸하네. 그대가 아니므로라는 내용이다.

2291 아침에 피어/ 저녁에는 시드는/ 닭장풀 같이/ 죽을 것 같은 사랑/ 나는 하는 것인가

해설

아침에 피어서 저녁에는 시드는 닭장풀꽃과 같이, 몸도 꺼져버릴 것처럼 죽을 것 같은 사랑을 나는
하는 것인가라는 내용이다.

2292　蜻野之　尾花苅副　秋芽子之　花乎葺核　君之借廬

　　　秋津野[1]の　尾花[2]苅り添へ　秋萩の　花を葺かさね[3]　君が假廬に

　　　あきづのの　をばなかりそへ　あきはぎの　はなをふかさね　きみがかりほに

2293　咲友　不知師有者　黙然将有　此秋芽子乎　令視管本名

　　　咲けりとも[4]　知らずしあらば　黙然[5]もあらむ　この秋萩を　見せつつ[6]もとな[7]

　　　さけりとも　しらずしあらば　もだもあらむ　このあきはぎを　みせつつもとな

---

1 **秋津野**：吉野 宮瀧 부근의 그것인가. 從駕 관료에게 女官이 노래한 듯한 느낌이다.
2 **尾花**：穂薄.
3 **花を葺かさね**：相聞歌로는 寓意가 가을 싸리에 있다.
4 **咲けりとも**：싸리가. 그대가 아름답게 성인이 되었다고 해도.
5 **黙然**：구애의 말을 걸지 않는다.
6 **見せつつ**：모습을 보면서.
7 **もとな**：불안하여 멍한 상태이다.

2292   아키츠(秋津) 들의/ 억새꽃 베어 함께/ 가을 싸리 꽃/ 지붕에다 덮어요/ 그대 임시 거처에

✿ 해설

아키츠(秋津) 들판의 억새꽃을 베어서 그것과 함께, 가을 싸리꽃을 지붕에 덮어 주세요. 그대가 머물고 있는 임시 거처에라는 내용이다.

2293   피어 있다고/ 모르고 있었다면/ 가만히 있을 걸/ 이 가을 싸리꽃을/ 보여줘서 끌렸네

✿ 해설

싸리꽃이 피어 있다는 것을 모르고 있었다면 아무 일이 없이 가만히 있었을 것인데, 아름다운 이 가을 싸리꽃을 보여줘서 마음이 온통 끌려서 흔들려버렸다는 내용이다.

私注에서는, '가을 싸리를 처녀에 비유한 것일 것이다'고 하였다『萬葉集私注』 5, p.409]. 全集에서는 '우연히 친구 등의 집을 방문해서 그 정원에 피어 있는 가을 싸리꽃을 보고 부른 노래'라고 하였다『萬葉集』 3, p.153]. 3976번가와 비슷하다.

寄山

2294　秋去者　鴈飛越　龍田山　立而毛居而毛　君乎思曽念

　　　　秋されば　雁飛び越ゆる　龍田山¹　立ちても居ても²　君をしそ思ふ

　　　　あきされば　かりとびこゆる　たつたやま　たちてもゐても　きみをしそおもふ

寄黄葉

2295　我屋戸之　田葛葉日殊　色付奴　不来座君者　何情曽毛

　　　　わが屋戸の　田葛葉日にけに³　色づきぬ⁴　來まさ⁵ぬ君は　何心そも

　　　　わがやどの　くずはひにけに　いろづきぬ　きまさぬきみは　なにこころそも

---

1 **龍田山** : 'たつ(타츠)'의 음으로 연결된다.
2 **立ちても居ても** : '立つ'와 '居る'는 반대의 동작이다.
3 **日にけに** : 'け'는 한층이라는 뜻이다.
4 **色づきぬ** : 단풍을 감상하는 것이 아니라 시간의 경과를 말한다.
5 **來まさ** : 'まさ'는 경어이다.

산에 비유하였다

2294 가을이 되면/ 기러기 날아 넘는/ 타츠타(龍田)의 산/ 서 있어도 앉아도/ 그대를 생각하네요

해설

 가을이 되면 기러기가 날아서 넘어가는 타츠타(龍田) 산 이름처럼, 서 있어도 앉아 있어도 항상 그대를 생각하네요라는 내용이다.
 龍田山의 'たづ'와 '서다(立ち)'의 발음이 같으므로 연결시킨 것이다.
 '龍田山'을 大系에서는, '奈良縣 生駒郡 三鄕村 立野 서쪽의 산'이라고 하였다『萬葉集』 3, p.141].

단풍에 비유하였다

2295 우리 집의요/ 덩굴 잎 날로 더욱/ 물이 드네요/ 오시지 않는 그대/ 어떤 마음인가요

해설

 우리 집의 덩굴 잎은 날로 더욱 물이 드네요. 오시지 않는 그대는 어쩔 셈인가요라는 내용이다.
 찾아오지 않는 남성을 원망한 노래이다.

2296　足引之　山佐奈葛　黄變及　妹尒不相哉　吾戀将居

　　　あしひきの　山さな葛[1]　もみつまで　妹に逢はずや　わが戀ひ居らむ

　　　あしひきの　やまさなかづら　もみつまで　いもにあはずや　わがこひをらむ

2297　黄葉之　過不勝兒乎　人妻跡　見乍哉将有　戀敷物乎

　　　黄葉の　過ぎかてぬ[2]兒を　人妻と　見つつやあらむ　戀しきものを

　　　もみちばの　すぎかてぬこを　ひとつまと　みつつやあらむ　こほしきものを

1　**山さな葛** : 'さねかづら'라고도 한다. 남오미자. 잎은 상록인데, 상록인 남오미자가 산 이슬로 '단풍이 드는'
　　곳에 강조가 있을 것이다. 그 외에 열매가 붉은 색으로 변하는 것인가라고 하기도 하고, 'つだ'의 단풍인가라
　　고도 한다.
2　**過ぎかてぬ** : 'かてぬ'는 할 수 없다는 뜻이다.

2296 (아시히키노)/ 산의 산오미자가/ 물들 때까지/ 아내 만나지 않고/ 그리워하고 있나

해설

산의 산오미자가 물이 들 때까지 아내를 만나지 않고 이렇게 그리워하고 있는 것일까라는 내용이다.
私注에서는, '오미자는 상록이고, 가을이 깊어 서리를 맞으면 약간 붉은 색으로 변하지만, 여기에서 말하는 것은 담쟁이덩굴일 것이다. 'さなかづら'의 'さな'는 접두사이며, 덩굴풀을 일반적으로 말한 것을 명확하게 보여주는 예라고 할 수 있다'고 하였다『萬葉集私注』 5, p.411].
阿蘇瑞枝는, '남자의 입장에서 이 비관적인 상황은, 짝사랑이거나 신분 차이로 허락받지 못한 관계에 있는 것이겠다'고 하였다『萬葉集全注』 10, p.564].

2297 단풍잎처럼/ 잊을 수 없는 소녀/ 남의 아내로/ 보며 있는 것인가/ 그리운 것인 것을

해설

단풍잎이 져서 사라지는 것처럼 그렇게는 잊을 수 없는 소녀를 남의 아내로 계속 보며 있는 것일까. 이렇게 그리운 것을이라는 내용이다.
私注에서는, '남의 아내라고 정해진 사람에 대한 영탄이다. 이것은 당시의 혼인 습관으로 보아야만 하는 것이다. 현재의 일부일처제의 감각으로는, 다른 것을 전제로 하고 보지 않으면 안 된다'고 하였다 [『萬葉集私注』 5, p.411].
'黃葉の'를 私注・注釋・全集에서는 '過ぐ'를 상투적으로 수식하는 枕詞로 보았다. 그리고 '過ぎかてぬ 兒を'를 全集에서는 中西 進과 마찬가지로 해석하였고『萬葉集』 3, p.153], 注釋에서는, '단념할 수 없는 사람'으로 해석하였다『萬葉集注釋』 10, p.466]. 大系에서는, '단풍잎 같이 아름다워서 지나칠 수 없는 사람을'으로 해석하였다『萬葉集』 3, p.141]. 私注에서도, '지나칠 수 없는 사람'으로 해석하였다『萬葉集 私注』 5, p.411].

寄月

2298   於君戀   之奈要浦觸   吾居者   秋風吹而   月斜焉

    君に戀ひ   しなえうらぶれ   わが居れば[1]   秋風[2]吹きて   月斜きぬ[3]

    きみにこひ   しなえうらぶれ   わがをれば   あきかぜふきて   つきかたぶきぬ

2299   秋夜之   月疑意君者   雲隱   須臾不見者   幾許戀敷

    秋の夜の   月か[4]も君は   雲隱り   しましく見ねば   幾許戀しき

    あきのよの   つきかもきみは   くもがくり   しましくみねば   ここだこひしき

2300   九月之   在明能月夜   有乍毛   君之来座者   吾將戀八方

    九月の   有明[5]の月夜   ありつつ[6]も   君が來まさば[7]   われ戀ひめやも[8]

    ながつきの   ありあけのつくよ   ありつつも   きみがきまさば   われこひめやも

---

1 **わが居れば** : 밤에 일어나 있으면.
2 **秋風** : 가을의 밤바람.
3 **月斜きぬ** : 시간의 경과를 말한다.
4 **月か** : 君과 도치된 것이다.
5 **有明** : '있다'의 'あり'가 제3구의 'ありつつも'의 'あり'와 같으므로 연결된 것이다.
6 **ありつつ** : 계속하여.
7 **君が來まさば** : 'まさ'는 경어이다.
8 **われ戀ひめやも** : 강한 부정을 동반한 의문을 나타낸다.

달에 비유하였다

2298 그대 그리워/ 마음도 쓸쓸하게/ 내가 있으면/ 가을바람이 불고/ 달도 기울어졌네

🌸 해설

　　그대를 그리워해서 마음도 풀이 죽어서 밤에 쓸쓸하게 일어나 앉아 있으면, 가을의 밤바람이 차갑게
불고 달도 기울어졌네라는 내용이다.
　　연인을 기다리는 사이에 이미 달도 기울어 아침이 되었는데 연인은 오지 않는 것을 한탄한 노래이다.
'わが居れば 秋風吹きて 月斜きぬ'를 全集에서는, '연인이 오는 것을 기다리고 있는 사이에 차가운 바람이
불고 결국 연인이 오지 않은 것을 말한 것이겠다'고 하였다[『萬葉集』 3, p.154].

2299 가을의 밤의/ 달인가요 그대는/ 구름에 가려/ 잠시라도 못 보면/ 이렇게 그립네요

🌸 해설

　　그대는 가을밤의 달인가요. 달이 구름에 가리는 것처럼 그렇게 잠시라도 보지 못하면 이렇게 무척
그리운 것이네요라는 내용이다.

2300 9월달의요/ 새벽녘의 달과 같이/ 계속하여서/ 그대가 오신다면/ 내 힘들어할까요

🌸 해설

　　9월의 새벽녘의 달의 발음 '아리'처럼, 그렇게 계속해서 그대가 오신다면 어떻게 내가 이렇게 사랑으로
인해 고통스러워할까요라는 내용이다.
　　사랑하는 사람이 자주 오지 않으므로 힘들다는 뜻이다. '有明'과 '계속하여서'의 발음이, 같은 '아리'인
것을 이용한 노래이다.
　　'九月の 有明の月夜'는 'ありつつも'를 수식하는 序이다. 序는 '~처럼'으로 해석한다.

寄夜

2301　忍咲八師　不戀登為跡　金風之　寒吹夜者　君乎之曽念

　　　よしゑやし¹　戀ひじとすれど　秋風の　寒く吹く夜は　君をしそ思ふ

　　　よしゑやし　こひじとすれど　あきかぜの　さむくふくよは　きみをしそおもふ

2302　或者之　痛情無跡　将念　秋之長夜乎　寤臥耳

　　　けだしくは²　あな情無と　思ふらむ³　秋の長夜を　寝覺め臥すのみ⁴

　　　けだしくは　あなこころなと　おもふらむ　あきのながよを　ねざめふすのみ

---

1 **よしゑやし** : 체념적인 기분을 말한다.
2 **けだしくは** : 어쩌면.
3 **思ふらむ** : 여자가 생각하는 것이다.
4 **寢覺め臥すのみ** : 다만 방문할 수 없는 것일 뿐, 생각은 하고 있는 것이다.

밤에 비유하였다

2301 좋아 더 이상/ 생각 않으려 해도/ 가을바람이/ 차갑게 부는 밤은/ 그대를 생각합니다

해설

좋아요. 이제 더 이상 그대를 생각하는 사랑의 고통을 당하지 않으려고 해도 가을바람이 차갑게 부는 밤은 역시 그대를 생각합니다라는 내용이다.

'秋'를 원문에서 '金'이라고 쓴 것은 오행설에 의한 표기이다.

2302 아마 어쩌면/ 아아 무정하다고/ 생각하겠지/ 가을의 긴긴 밤을/ 잠 못 자고 있는데

해설

아마도 어쩌면 아아 무정하다고 생각을 하겠지요. 가을의 긴긴 밤을 나는 잠을 못 들고 누워 있는데라는 내용이다.

'或者之'를 大系에서는 'けだしくも'로 읽고 中西 進과 마찬가지로 '어쩌면'으로 해석하고, '아마 그대는, 얼마나 무정한 것인가고 생각하겠지요'로 해석하였다『萬葉集』3, p.142]. 阿蘇瑞枝도 그렇게 해석하였다 [『萬葉集全注』10, p.573]. 이렇게 해석하면 무정하다고 생각하는 사람은 여성이며, 연인이 방문하지 않는 것을 무정하다고 한 것이 된다. 그렇지만 작자도 연인의 생각에 잠을 이루지 못하고 있다는 뜻이 된다. 그런데 全集에서는 'ある人の'로 읽고, '가을 밤 조차도 짧다고 생각하는 사람을 가리킨다'고 하고, '어떤 사람은 짧다고 생각할지도 모르는 긴긴 가을밤을 나는 깨어 누워 있는가'로 해석하였다『萬葉集』3, pp.154~155]. 注釋에서는 'わびひとの'로 읽고 '苦勞人'으로 해석하였다『萬葉集注釋』10, p.470]. 全集과 注釋의 해석으로 보면 무정하다고 생각하는 사람은 연인과 함께 있는 사람이나, 낮에 힘든 노동을 하는 사람이 된다. 그 사람들은 긴 밤도 무정하다고 생각을 하여 밤이 더 길었으면 하고 바라는 것이다. 그런 사람이 있는 반면에 작자는 연인과 함께 있지 않으므로 긴 밤이 고통스럽다는 뜻이 된다.

2303 秋夜乎　長跡雖言　積西　戀盡者　短有家里

秋の夜を　長しと言へど　積りにし[1]　戀を盡せば[2]　短くありけり

あきのよを　ながしといへど　つもりにし　こひをつくせば　みじかくありけり

寄衣

2304 秋都葉介　々寶敞流衣　吾者不服　於君奉者　夜毛着金

秋つ葉に　にほへる[3]衣　われは着じ　君に奉らば　夜も着るがね[4]

あきつはに　にほへるころも　われはきじ　きみにまつらば　よるもきるがね

---

1 **積りにし** : 세월의 사이에.
2 **戀を盡せば** : 마음을 다해서 생각하면.
3 **にほへる** : 실제로 물들이는 것은 아니고 단풍잎 사이에서 비친 옷이다.
4 **夜も着るがね** : ～를 위해. 목적·希求를 나타낸다.

2303 가을의 밤을/ 길다고 하지만요/ 마음에 쌓인/ 고통을 생각하면/ 짧은 것이기만 하네

해설

　　가을밤을 길다고 사람들은 말하지만, 마음에 쌓인 사랑의 고통이 이것저것 생각하게 하므로 짧은 것이기만 하네요라는 내용이다.

　　中西 進의 해석으로 보면 작자는 혼자 있는 것이라 생각되는데, 혼자 있으면서 긴 가을밤을 짧다고 하는 것은 자연스럽지 못한 것 같다. '積りにし 戀を盡せば 短くありけり'를 大系・私注・注釋・全集에서는, '쌓인 사랑을 충분히 해소시켜서 만족하기에는 짧은 것이네요'로 해석하였다. 이렇게 해석하면 작자는 연인과 함께 있는 것이 된다. 이 해석이 자연스러운 것 같다. 大系에서는 이 작품을, '앞의 노래에 답한 것인가'라고 하였다『萬葉集』 3, p.142l.

옷에 비유하였다

2304 가을 단풍에/ 조화된 옷이지만/ 난 안 입어요/ 그대에게 드리면/ 밤에도 입겠지요

해설

　　가을의 아름다운 단풍에 조화가 된 옷이지만 나는 입지 않겠어요. 그대에게 드린다면 밤에도 입어줄 것이기 때문에라는 내용이다.

　　여성이 남성에게 옷을 보내는 노래이다.

　　'秋つ葉に にほへる衣'를 大系에서는, '가을 단풍잎처럼 아름다운 옷'으로 해석하였다『萬葉集』 3, p.142l. 私注와 注釋에서는 '가을 단풍잎처럼 아름답게 물들인 옷'으로 해석하였다(『萬葉集私注』 5, p.415), (『萬葉集注釋』 10, p.472)l. 全集에서는, '붉은 색, 또는 황색으로 물들인 옷인가. 'ころも'는 일반적으로 피부에 직접 닿게 입는 옷을 말한다. 남녀가 서로 교환해서 입는 일도 있었다'고 하였다『萬葉集』 3 p.155l.

問答[1]

2305   旅尚　襟解物乎　事繁三　丸宿吾為　長此夜

旅にすら　襟[2]解くものを　言繁み　丸寝[3]われはす　長きこの夜を

たびにすら　ひもとくものを　ことしげみ　まろねわれはす　ながきこのよを

2306   四具礼零　暁月夜　紐不解　戀君跡　居益物

時雨降る　暁月夜[4]　紐解かず　戀ふらむ君と　居らまし[5]ものを

しぐれふる　あかときつくよ　ひもとかず　こふらむきみと　をらましものを

2307   於黄葉　置白露之　色葉二毛　不出跡念者　事之繁家口

黄葉に　置く白露の　色にはも[6]　出でじと思へば　言の繁けく

もみちばに　おくしらつゆの　いろにはも　いでじとおもへば　ことのしげけく

---

1 **問答** : 서로 대를 이루는 한 쌍을 말한다.
2 **襟** : 옷의 깃. 또는 옷 끈. 단순히 끈을 푼다고 하지 않고, 옷을 벗는다는 뜻을 담았다.
3 **丸寝** : 옷을 입은 채로 잔다.
4 **暁月夜** : 늦가을 비가 내리다 잠시 그치고 달이 비추는 밤이다.
5 **居らまし** : 'まし'는 현실에 반대되는 가정을 나타낸다.
6 **色にはも** : 밖으로 드러내는 것이다. 'は·も'는 강조를 나타낸다.

문답

2305   여행에서도/ 끈 푸는 일 있는데/ 말들이 많아/ 옷 입고 나는 자네/ 길고 긴 오늘 밤을

해설

　여행을 할 때도 옷 끈을 푸는 일이 있는데, 사람들 소문이 시끄러워서 나는 집에서 옷을 입은 채로 잠을 잡니다. 길고 긴 오늘 밤이라는 내용이다.

　사람들 소문 때문에 연인의 집을 방문하지도 못하고 혼자서 잔다는 뜻이다. 남성의 작품이다.

2306   가을비 오는/ 새벽녘의 달밤을/ 끈 풀지 않고/ 그리워할 그대와/ 있고 싶은 것인데

해설

　늦가을 비가 내리는 새벽녘의 달밤을, 옷 끈도 풀지 않고 그리워하고 있을 그대와 나는 같이 있고 싶은 것인데라는 내용이다.

　앞의 노래에 답한 것이다.

2307   단풍잎에요/ 내린 흰 이슬같이/ 표면으로는/ 안 드러내려 했는데/ 소문이 시끄럽네

해설

　단풍잎에 내린 흰 이슬이 눈에 잘 띄듯이 그렇게 겉으로는 드러나게 하지 않으려고 생각했는데 사람들의 소문이 시끄럽네요라는 내용이다.

　답가인 2308번가에서 '君'이라고 하였으므로 이 노래는 남성의 작품이 된다.

2308 雨零者　瀧都山川　於石觸　君之摧　情者不持

雨降れば　激つ山川　石に觸れ[1]　君が摧かむ　情は[2]持たじ[3]

あめふれば　たぎつやまかは　いはにふれ　きみがくだかむ　こころはもたじ

左注　右一首, 不類秋謌, 而以和載之也.

譬喩謌[4]

2309 祝部等之　齋経社之　黄葉毛　標繩越而　落云物乎

祝部[5]らが　齋ふ社の　黄葉[6]も　標繩[7]越えて　散るといふものを

はふりらが　いはふやしろの　もみちばも　しめなはこえて　ちるといふものを

---

1 石に觸れ : ‘摧かむ’를 형용한 것이다.
2 情は : 그대로 하여금 마음을 깨부수고 걱정하여 고통하게 할 것 같은 나의 마음이다.
3 持たじ : ‘じ’는 부정의 의지를 나타낸다.
4 譬喩謌 : 풍유의 노래이다. 다만 위의 寄物歌에도 같은 것이 많다.
5 祝部 : 神戸(칸베)의 백성 중에서 임명된, 神主・禰宜(네기)에 종사하는 神官이다.
6 黄葉 : 신의 屋代를 둘러싼 신사의 단풍. 본래는 杜가 社.
7 標繩 : 신성한 구역을 표시하는 새끼줄이다.

2308 비가 내리면/ 세차진 산 개울물/ 돌에 부딪듯/ 그대가 가는 듯한/ 마음 갖지 않아요

해설

비가 내리면 세차게 된 산의 개울물이 돌에 부딪히듯이, 그대가 마음을 부딪히고 갈아서 걱정할 것 같은 마음을 나는 가지고 있지 않아요라는 내용이다.

상대방을 괴롭히거나 실망시키는 일이 없을 것이니 안심하라는 뜻이다.

좌주 위의 1수는, 가을 노래의 종류는 아니지만 답한 노래이므로 싣는다.

비유가

2309 神官들이요/ 소중히 하는 신사/ 단풍이라도/ 경계 줄을 넘어서/ 진다고 하는 것을요

해설

신관들이 소중하게 지키는 신사의 단풍이라도 경계 표시로 친 새끼줄을 넘어서 진다고 하는 것인데라는 내용이다.

大系에서는, '연애는 사회적으로 금하는 규제나 부모의 반대 등과 관계없는 것인데 그대는 그것에 얽매여 있다고 상대방에게 호소하는 뜻'이라고 하였다『萬葉集』 3, p.144].

旋頭謌[1]

2310   蟋蟀之   吾床隔尓   鳴乍本名   起居管   君尓戀尓   宿不勝尓

蟋蟀[2]の   わが床の邊に   鳴きつつもとな[3]   起き居つつ   君に戀ふるに   寢ねかてなくに[4]

こほろぎの   わがとこのへに   なきつつもとな   おきゐつつ   きみにこふるに   いねかてな

くに

2311   皮為酢寸   穂庭開不出   戀乎吾為   玉蜻   直一目耳   視之人故尓

はだ薄   穂[5]には咲き出ぬ[6]   戀をわがする   玉かぎる[7]   ただ一目のみ   見し人ゆゑに

はだすすき   ほにはさきでぬ   こひをわがする   たまかぎる   ただひとめのみ   みしひとゆ

ゑに

---

1 旋頭謌 : 577 577 형식의 노래이다.
2 蟋蟀 : 쓰르라미 등 가을 곤충을 말한다.
3 鳴きつつもとな : 'もとな'는 공연히.
4 寢ねかてなくに : 'かて'는 할 수 있다. 'なくに'는 '없는 것인데'라는 뜻이다.
5 薄穂 : 이삭이 나오지 않은 상태의 참억새이다.
6 穂には咲き出ぬ : 참억새의 이삭을 尾花라고 한다.
7 玉かぎる : 어렴풋한 것을 말한다.

세도우카(旋頭歌)

2310 쓰르라미가/ 나의 침상 근처에/ 공연히 계속 우니/ 앉아 있으며/ 그대를 생각하면/ 잠을
　　　잘 수가 없네

🌸 해설

　　쓰르라미가 나의 침상 근처에서 공연히 계속 울고 있으므로 일어나 앉아 있으며 그대를 그립게 생각하면 잠이 오지 않네라는 내용이다.

2311 (하다스스키)/ 이삭으로 나잖은/ 사랑을 나는 하네/ (타마카기루)/ 단지 한 번 눈으로/
　　　본 사람 때문에요

🌸 해설

　　참억새가 이삭이 나지 않듯이, 그렇게 겉으로 분명하게 드러나지 않는 고통스러운 사랑을 나는 하고 있는 것이네. 구슬이 어렴풋이 빛나는 것처럼 그렇게 어렴풋하게 단지 한 번만 만난 사람 때문에요라는 내용이다.

冬雜謌

2312　我袖尒　霰手走　巻隠　不消有　妹為見

　　　わが袖に　霰たばしる[1]　巻き隠し　消たずてあらむ　妹が見むため

　　　わがそでに　あられたばしる　まきかくし　けたずてあらむ　いもがみむため

2313　足曳之　山鴨高　巻向之　木志乃子松二　三雪落来

　　　あしひきの　山かも高き　巻向[2]の　岸の小松に　み雪降り來る

　　　あしひきの　やまかもたかき　まきむくの　きしのこまつに　みゆきふりくる

---

1 **霰たばしる**：'た'는 접두어이다. 달리는 것처럼 쏟아져 내린다.
2 **巻向**：三輪山의 북쪽이다. '岸'은 '崖'이다

겨울 雜歌

2312　나의 소매에/ 싸락눈 쏟아지네/ 싸서 숨겨서/ 녹지 않도록 두자/ 아내에게 보이자

해설

　나의 옷소매에 싸락눈이 쏟아지네. 싸락눈을 내 옷소매에 싸서 숨겨서 녹지 않도록 놓아 두자. 아내에게 보여주기 위해서라는 내용이다.

2313　(아시히키노)/ 산이 높아서인가/ 마키무쿠(卷向)의/ 벼랑의 작은 솔에/ 눈이 내리고 있네

해설

　산이 높기 때문인가. 마키무쿠(卷向)의 벼랑의 작은 소나무에 눈이 내리고 있네라는 내용이다.
　'山かも高き'를 全集에서는, 'か…연체형으로 형식적으로는 문장을 맺고 있지만, 내용적으로는 이유를 추측하는 의문 조건구로 되어 있다'고 하였다『萬葉集』3, p.157]. '卷向'을 大系에서는, '纏向. 마을 이름이었지만, 지금은 奈良縣 磯城郡 大三輪山町에 편입. 卷向山・卷向川은 만엽집 작품에 가끔 불리어지고 있다'고 하였다『萬葉集』3, p.144].
　私注에서는, '이것은 히토마로(人麿)風의 작품이다. 다만 結句는 다소 약하게 들린다'고 하였다『萬葉集私注』5, p.421].

2314　巻向之　檜原毛未　雲居者　子松之末由　沫雪流

巻向の　檜原[1]もいまだ　雲居ねば[2]　小松が末ゆ[3]　沫雪[4]流る

まきむくの　ひばらもいまだ　くもゐねば　こまつがうれゆ　あわゆきながる

2315　足引　山道不知　白牧㭷　枝母等乎々介　雪落者

あしひきの　山道も知らず　白橿の　枝もとををに[5]　雪の降れれば [或は云はく，枝もたわたわ]

あしひきの　やまぢもしらず　しらかしの　えだもとををに　ゆきのふれれば [あるはいはく，えだもたわたわ]

左注 右[6]柿本朝臣人麿之謌集出也. 但件一首[7] [或本云, 三方沙弥作[8]]

---

1 **檜原** : 이 외에도 1092번가, 泊瀬の檜原(1095번가), 三輪の檜原(1118번가)의 예가 있다. 일대에 노송나무숲이 있었다.
2 **雲居ねば** : 하늘은 맑아지면서.
3 **小松が末ゆ** : 끝을 스치면서. '末'은 자란 끝 쪽 부분이다.
4 **沫雪** : 물거품 같은 눈이다.
5 **とををに** : 或云의 'たわたわ'와 같은 뜻이다. 휘어지는 모습이다.
6 **右** : 위의 4수이다.
7 **一首** : 2315번가이다.
8 **三方沙弥作** : 三方沙彌의 작품이 柿本朝臣人麿의 가집에 채록된 것일 것이다.

2314 마키무쿠(巻向)의/ 히바라(檜原)도 아직은/ 구름 없는데/ 작은 솔의 끝 쪽에/ 가랑눈이
      내리네

해설

　　마키무쿠(巻向)의 기슭의 히바라(檜原)에는 아직 구름이 걸려 있지 않은데, 작은 소나무의 가지 끝
쪽에 가랑눈이 흐르듯이 내리네라는 내용이다.
　　私注에서는, '이것도 또한 히토마로(人麿)風이라고 할 수 있는 작품이다'고 하였다『萬葉集私注』5,
p.421].

2315 (아시히키노)/ 산길도 알 수 없네/ 흰 감탕나무/ 가지도 휘도록요/ 눈 내리고 있으니[어떤
      책에는 말하기를, 가지도 휘도록요]

해설

　　걷기가 힘든 산길도 알 수가 없네. 흰 감탕나무의 가지도 휘어지도록 눈이 많이 내리고 있으니[어떤
책에는 말하기를, 가지도 휘어지도록]라는 내용이다.
　　私注에서는, '이것도 히토마로(人麿)風에 가까운 것으로 보이지만, 일설에는 三方沙彌의 작품으로 한
다고, 左注에 보인다'고 하였다『萬葉集私注』5, p.422].

　　　左注　위의 작품은, 카키노모토노 아소미 히토마로(柿本朝臣人麿)의 가집에 나온다. 다만 이 1수
는[어떤 책에서는, 三方沙彌의 작품이라고 한다]

詠雪

2316　奈良山乃　峯尚霧合　宇倍志社　前垣之下乃　雪者不消家礼

奈良山の　峯なほ霧らふ[1]　うべ[2]しこそ　籬[3]の下の　雪は消[4]ずけれ

ならやまの　みねなほきらふ　うべしこそ　まがきがしたの　ゆきはけずけれ

2317　殊落者　袖副沾而　可通　将落雪之　空尒消二管

こと[5]降らば　袖さへ[6]濡れて　とほるべく　降らむを[7]雪の　空に消につつ[8]

ことふらば　そでさへぬれて　とほるべく　ふらむをゆきの　そらにけつつ

2318　夜乎寒三　朝戸乎開　出見者　庭毛薄太良介　三雪落有 [一云, 庭裳保杼呂介　雪曽零而有]

夜を寒み　朝戸[9]を開き　出で見れば　庭もはだらに[10]　み雪[11]降りたり [一は云はく, 庭もほどろに　雪そ降りたる]

よをさむみ　あさとをひらき　いでみれば　にはもはだらに　みゆきふりたり [あるはいはく, にはもほどろに　ゆきそふりたる]

1　**峯なほ霧らふ** : 눈을 포함하여 전체적으로 몽롱하다.
2　**うべ** : 과연, 도리로.
3　**籬** : 듬성하게 짠 울타리이다.
4　**雪は消** : 'きゆ'의 축약형이다.
5　**こと** : 如(ごと)와 같은 어원의 말이며 가정에 사용한다.
6　**袖さへ** : 옷깃은 물론.
7　**降らむを** : 'む'는 희망을, 'を'는 역접을 나타낸다.
8　**空に消つつ** : 風花처럼 공중에 사라진다.
9　**朝戸** : 아침에 여는 문을 말한다.
10　**庭もはだらに** : 一云의 'ほどろ'도 같은 뜻이다.
11　**み雪** : 'み'는 美稱이다.

눈을 노래하였다

2316 나라(奈良)의 산의/ 봉우리 구름 끼어/ 당연하게도/ 듬성한 울타리 밑/ 눈은 녹지 않네요

해설

나라(奈良) 산의 봉우리는 아직도 여전히 구름이 끼어 있어 흐리네. 그러므로 당연하게도 듬성하게 엮은 울타리 밑의 눈이 녹지 않고 있는 것이네라는 내용이다.

2317 내릴 바에는/ 소매까지 젖어서/ 스며들도록/ 내려주면 좋을 눈/ 공중에 사라지네

해설

어차피 이왕 내릴 것이라면 소매까지 젖어서 스며들도록 흠뻑 내려주면 좋겠는데, 많이 내리기는커녕 눈은 내리다가 공중에서 사라지네라는 내용이다.

눈이 조금밖에 내리지 않는 것을 아쉬워한 노래이다. 阿蘇瑞枝는, '奈良 도읍 사람의 작품으로 생각된다'고 하였다[『萬葉集全注』 10, p.590].

2318 밤이 추워서/ 아침에 문을 열고/ 나가서 보니/ 정원에 엷게도요/ 눈이 내려 있네요[어떤 책에는 말하기를, 정원도 새하얗게/ 눈이 내려 있네요]

해설

지난밤이 보통 때보다 추웠으므로, 아침에 문을 열고 나가서 보니 정원에 엷게 여기저기 눈이 하얗게 내려 있네요[어떤 책에는 말하기를, 정원도 새하얗게 눈이 내려 있네요]라는 내용이다.

2319　暮去者　衣袖寒之　高松之　山木毎　雪曽零有

　　　夕されば　衣手寒し[1]　高松の　山も[2]木ごとに　雪そ降りたる

　　　ゆふされば　ころもでさむし　たかまとの　やまもきごとに　ゆきそふりたる

2320　吾袖尒　零鶴雪毛　流去而　妹之手本　伊行觸粳

　　　わが袖に　降りつる雪も　流れゆきて　妹が手本に[3]　い行き觸れぬか

　　　わがそでに　ふりつるゆきも　ながれゆきて　いもがたもとに　いゆきふれぬか

2321　沫雪者　今日者莫零　白妙之　袖纏将干　人毛不有君

　　　淡雪[4]は　今日はな降りそ　白栲の[5]　袖卷き乾さむ　人[6]もあらなくに

　　　あわゆきは　けふはなふりそ　しろたへの　そでまきほさむ　ひともあらなくに

---

1 **衣手寒し**：차가운 바람이 불어서.
2 **高松の山も**：'も'는 제 1, 2구의 풍경에 더해.
3 **妹が手本に**：보통은 손목, 옷의 소맷부리를 말한다. 여기서는 손끝이라는 뜻으로 엄밀하게 부분을 말하는 것은 아닐 것이다.
4 **淡雪**：물거품 같은 눈이다. 수분이 많아서 젖기 쉽다.
5 **白栲の**：원래는 흰 천이다. 옷을 말하다가 나중에는 소매를 형용한다.
6 **袖卷き乾さむ 人**：함께 자고 또 말려주는 아내이다.

2319   저녁이 되면/ 옷소매가 차갑네/ 타카마토(高松)의/ 산도 나무들마다/ 눈이 내려 있네요

🌸 해설

저녁이 되면 옷소매가 차갑게 느껴지네. 타카마토(高松) 산도 나무들마다 눈에 덮여 있네요라는 내용이다.
추워서 보니 높은 산에 눈이 내려 있다는 뜻이다.

2320   나의 소매에/ 내려 있는 눈도요/ 흘러가서는요/ 아내의 손끝에요/ 가서 닿아 줬으면

🌸 해설

나의 옷소매에 내려 있는 눈도 흘러가서 아내의 손끝에 가서 닿아 주지 않을 것인가. 그렇게 해 주면 좋겠네라는 내용이다.

2321   가랑눈은요/ 오늘은 내리지 마/ (시로타헤노)/ 소매 베고 말려줄/ 사람도 있지 않은데

🌸 해설

가랑눈은 제발 오늘만은 내리지 말아 주기를 바라네. 흰옷소매를 베고 함께 잠을 자고 또 젖은 옷소매를 말려줄 사람도 없는데라는 내용이다.

2322 甚多毛　不零雪故　言多毛　天三空者　陰相管

はなはだも　降らぬ雪ゆゑ　こちたくも¹　天つみ空²は　曇りあひつつ

はなはだも　ふらぬゆきゆゑ　こちたくも　あまつみそらは　くもりあひつつ

2323 吾背子乎　且今々々　出見者　沫雪零有　庭毛保杼呂介

わが背子を　今か³今かと　出で見れば　沫雪降れり　庭もほどろに⁴

わがせこを　いまかいまかと　いでみれば　あわゆきふれり　にはもほどろに

2324 足引　山介白者　我屋戸介　昨日暮　零之雪疑意

あしひきの　山に白きは　わが屋戸に　昨日の夕　降りし雪⁵かも⁶

あしひきの　やまにしろきは　わがやどに　きのふのゆふへ　ふりしゆきかも

---

1 **こちたくも** : 불쾌하게 허풍떠는 것이다.
2 **天つみ空** : 구태여 과장된 표현을 취한다. 다음의 'あひ', 'つつ'도 같은 표현이다.
3 **今か** : 같은 표기가 2266번가에 보인다.
4 **庭もほどろに** : 2318번가.
5 **降りし雪** : 같은 그때에 산에 내린 눈이다.
6 **かも** : 'かも'의 말뜻에 의해 원문에서 '疑意'로 표기한 것이다. 義訓이다.

2322 심하게는요/ 내리잖는 눈인데/ 이렇게까지/ 드넓은 하늘은요/ 완전히 흐려 버려

해설

그렇게 심하게 내리는 눈은 아닌데, 이렇게 온통 하늘은 완전히 흐려 버렸고라는 내용이다.

2323 나의 님을요/ 이젠가 이젠가고/ 나가서 보면/ 가랑눈이 내렸네/ 정원 온통 하얗게

해설

내 님이 이제는 오는가 이제는 오는가 하고 나가서 보면 가랑눈이 내렸네. 정원을 온통 하얗게 덮으며라는 내용이다.

'沫雪降れり'를 中西 進은 '내려 있다'로 해석하였는데, 大系・私注・注釋・全集에서는, '내리고 있다'로 해석하였다. 'ほどろ'를 大系에서는, '팔랑팔랑'으로 해석하였다『萬葉集』 3, p.146].

2324 (아시히키노)/ 산에 하얀 것은요/ 우리 집에요/ 어제 저녁 무렵에/ 내린 눈인 것인가

해설

산에 희게 보이는 것은, 우리 집에 어제 저녁 무렵에 내린 눈과 같은 때에 내린 눈인가라는 내용이다.

詠花

2325　誰苑之　梅花毛　久堅之　清月夜尒　幾許散来

　　　誰が園の　梅[1]の花そも　ひさかたの[2]　清き[3]月夜に　幾許散り來る

　　　たがそのの　うめのはなそも　ひさかたの　きよきつくよに　ここだちりくる

2326　梅花　先開枝乎　手折而者　裏常名付而　与副手六香聞

　　　梅の花　まづ咲く枝を　手折りては　裏[4]と名づけて　比[5]へてむかも

　　　うめのはな　まづさくえだを　たをりては　つととなづけて　よそへてむかも

---

1 **梅** : 매화는 외국에서 들어온 진귀한 나무로 귀족의 정원에 많이 심었다.
2 **ひさかたの** : 아득한 먼 곳인 하늘의.
3 **清き** : 달밤 그 자체를 형용한 것이다.
4 **裏** : 정확하게는 선물을 보낼 상대는 아니다.
5 **比** : 소문나게 하다.

꽃을 노래하였다

2325 어느 정원의/ 매화꽃인 것일까/ (히사카타노)/ 청명한 달밤에요/ 많이 져서 오네요

 해설

어느 집 정원의 매화꽃인 것일까. 아득히 먼 하늘의 청명한 달밤에, 많이 져서 오네요라는 내용이다.

2326 매화꽃이요/ 먼저 피는 가지를/ 손으로 꺾어/ 선물이라 하면서/ 소문나게 해볼까

 해설

매화꽃의 먼저 피는 가지를 손으로 꺾어서 그대에게 보내는 선물이라 하여, 그대를 나와 소문나게 해볼까라는 내용이다.

'手折りては 裏と名づけて 比へてむかも'를 大系에서는, '손으로 꺾으면, (그것은 조그마한 것에 불과하지만 그래도) 선물이라고 이름 붙일 수가 있을까'로 해석하였다[『萬葉集』 3, p.147]. 注釋에서는, '손으로 꺾으면 그대는 내가 보낸 선물이라고 말하며 나를 생각해줄 것인가'로 해석하였다[『萬葉集注釋』 10, p.491]. 私注에서는, '손으로 꺾어서, 그것을 선물이라고 이름을 붙여서 그대에게 보내고, 내 마음을 그것에 담아서 보낼까'로 해석하였다[『萬葉集私注』 5, p.426]. 全集에서는, '손으로 꺾으면 선물이라고 소문이 날 것인가'로 해석하였다[『萬葉集』 3, p.161]. 阿蘇瑞枝도 全集처럼, '매화꽃이 가장 먼저 핀 가지를 손으로 꺾는다면, 그 사람에게 선물로 하는 것이라고 말하며 남들이 소문을 낼 것인가'라고 해석하였다[『萬葉集全注』 10, p.597].

2327　誰苑之　梅尒可有家武　幾許毛　開有可毛　見我欲左右手二

　　　　誰が園の　梅[1]にかありけむ　幾許も[2]　咲きてあるかも　見が欲し[3]までに

　　　　たがそのの　うめにかありけむ　ここだくも　さきてあるかも　みがほしまでに

2328　来可視　人毛不有尒　吾家有　梅之早花　落十方吉

　　　　來て見べき　人[4]もあらなくに[5]　吾家なる　梅の早花　散りぬともよし

　　　　きてみべき　ひともあらなくに　わぎへなる　うめのはつはな　ちりぬともよし

2329　雪寒三　咲者不開　梅花　縦比来者　然而毛有金

　　　　雪寒み　咲きには咲かぬ[6]　梅の花　縦し[7]この頃は[8]　さても[9]あるがね[10]

　　　　ゆきさむみ　さきにはさかぬ　うめのはな　よしこのころは　さてもあるがね

1　**梅** : 매화 가지이다.

2　**幾許も** : 많이.

3　**見が欲し** : 'まで'가 종지형을 받는 예는 東國의 말에 보인다. 4404번가 외. 형용사이기 때문인가.

4　**來て見べき 人** : 연인을 가리킨다.

5　**あらなくに** : 'なく'는 부정의 명사형이다.

6　**咲きには咲かぬ** : 피고 피는 것의 부정이다.

7　**縦し** : 비록, 그래 좋아. 체념하는 듯한 뜻의 감동사이다.

8　**この頃は** : 연인도 오지 않는 요즈음이다.

9　**さても** : 'しかにも', 'かくても'의 훈독도 있다.

10　**あるがね** : 希求를 나타낸다. 목적을 나타내는 경우도 있다.

2327   어느 정원의/ 매화 가지인 것일까/ 이렇게 많이/ 피어 있는 것이네/ 보고 싶을 정도로

해설

이 가지는 어느 집 정원의 매화 가지인 것일까. 꽃이 이렇게 많이 피어 있는 것이네. 이 매화 가지가 달려 있던 나무가 보고 싶다고 생각될 정도로라는 내용이다.

작자가 어떤 연유로 매화 가지를 보게 된 것인지는 알 수 없다. 작자가 받은 매화 가지는 아닌 것 같다. 어느 집의 화병에 꽂혀 있는 매화 가지를 보고 노래한 것인지도 모르겠다.

2328   와서 보아 줄/ 사람도 없는 것인데/ 우리 집의요/ 처음 핀 매화꽃은/ 져 버려도 좋다네

해설

와서 보아 줄 사람도 없는 것을. 우리 집의 처음 핀 매화꽃은 져 버려도 좋다네라는 내용이다.

방문해 주지 않는 연인에게 보낸 여성의 노래인 듯하다.

阿蘇瑞枝는, '연회석에서 불리어진 노래로, 작자의 마음에는 오히려 자신의 집에 매화가 먼저 핀 것을 자랑하는 마음이 작용하고 있는 것이겠다'고 하였다[『萬葉集全注』 10, p.600].

2329   눈이 차가워/ 빨리 피지를 않는/ 매화꽃이여/ 좋아 이 무렵에는/ 그러는 것도 좋아

해설

눈이 차가워서 계속해서 빨리 피지 않는 매화꽃이여. 그래 좋아. 이 무렵에는 그러는 것도 좋아라는 내용이다.

私注에서는, '寓意가 있다고도 볼 수 있지만, 단순하게 매화를 애처로워하는 마음을 노래한 것이겠다'고 하였다[『萬葉集私注』 5, p.428].

詠露

2330 為妹　末枝梅乎　手折登波　下枝之露尒　沾家類可聞

　　　妹がため　上枝[1]の梅を　手折るとは　下枝の露に　濡れにけるかも[2]

　　　いもがため　ほつえのうめを　たをるとは　しづえのつゆに　ぬれにけるかも

詠黄葉

2331 八田乃野之　淺茅色付　有乳山　峯之沫雪　寒零良之

　　　八田[3]の野の　淺茅[4]色づく　有乳山　峯の沫雪　寒く降るらし

　　　やたののの　あさぢいろづく　あらちやま　みねのあわゆき　さむくふるらし

---

1 **上枝** : 끝 쪽 가지이다.
2 **濡れにけるかも** : 아내를 위해 젖는 것은 유형적 표현이다.
3 **八田** : 大和郡山의 矢田인가. 有乳山을 敦賀(츠루가)의 愛發(아라치)山이라고 하면, 남편을 보낸 八田에 있는 아내의 노래가 된다.
4 **淺茅** : 키가 낮은 띠이다.

이슬을 노래하였다

2330　아내를 위해/ 끝 쪽 가지 매화를/ 꺾으려다가/ 아래 가지 이슬에/ 젖어버린 것이네

해설

　아내에게 보내기 위해서 매화의 끝 쪽 가지를 꺾으려고 하다가 아래쪽의 가지에 맺혀 있는 이슬에 젖어버린 것이네라는 내용이다.

단풍을 노래하였다

2331　야타(八田)의 들의/ 낮은 띠 물들었네/ 아라치(有乳) 산은/ 봉우리 가랑눈이/ 차갑게 내리나 봐

해설

　야타(八田) 들의 낮은 띠가 물들기 시작했네. 아라치(有乳) 산은 봉우리의 가랑눈이 차갑게 내리고 있는 것 같네라는 내용이다.

　'有乳山'을 大系에서는, '滋賀縣 高島郡 마키노町에서 福井縣 敦賀市 산중으로 넘어간 곳의 산. 원래는 愛發(아라치)村이라는 이름이었다'고 하였다『萬葉集』 3, p.148]. 거리가 있는 두 곳이 노래에 나오는 것에 대해 私注에서는, '加賀(당시 越前郡)에 있는 사람이 넘은 기억이 있는 愛發山을 생각하고 지은 것일까. 애인 등이, 상경해서 愛發을 넘어야 할 시기에 있는 사람을 생각하는 노래로는 結句가 너무 약하다. 혹은 大和에 있는 사람이 일찍 넘은 적이 있는 愛發을 생각하는가, 大和에 있는 사람이 길을 넘어가는 사람을 생각하는 것일까'라고 하였다『萬葉集私注』 5, p.429]. 全集에서는, '北國으로 간 사람을 그리워하는 노래일 것이다'고 하였다『萬葉集』 3, p.162].

詠月

2332 左夜深者　出来牟月乎　高山之　峯白雲　将隠鴨

さ夜更けば　出で來む月を　高山の　峯の白雲　隠しなむかも

さよふけば　いでこむつきを　たかやまの　みねのしらくも　かくしなむかも

冬相聞[1]

2333 零雪　虚空可消　雖戀　相依無　月経在

降る雪の　空に消ぬべく[2]　戀ふれども　逢ふよしを無み　月そ[3]經にける

ふるゆきの　そらにけぬべく　こふれども　あふよしをなみ　つきそへにける

---

1 **相聞** : 주로 경물을 취한 사랑의 노래이다.
2 **空に消ぬべく** : 눈과 몸에 대해 말한다. 'べし'는 반드시 그렇게 되는 것이 틀림없다는 뜻이다.
3 **月そ** : 한 달이다.

달을 노래하였다

2332 밤이 깊으면/ 떠오르는 달을요/ 타카야마(高山)의/ 봉우리 흰구름이/ 가려 버릴 것인가

🌸 해설

밤이 깊으면 떠오르는 달을 타카야마(高山) 봉우리의 흰구름이 가려 버릴 것인가라는 내용이다.
中西 進은 이 작품을, '전체를 미래의 예측으로도 현재의 상태로도 볼 수 있지만 미래의 예측이라면
제5구의 訓은 'かくしなむかも', 현재 상태라면 'かくすらむかも'. 훈으로 'なむ'가 온당한가'라고 하였다『萬
葉集』2, p.401]. 全集에서는, '오후 9시부터 10시 무렵까지 사이에 나오는, 20일 전후의 겨울 달을 기다리
며 저녁 무렵에 부른 노래일 것이다. 혹은 연인의 방문이 늦는 것은 생각하지도 않은 방해가 있기 때문이
아닐까 하는 寓意가 있을지도 모른다'라고 하였다『萬葉集』3, p.162].

겨울 相聞

2333 내리는 눈이/ 공중서 사라지듯/ 사랑하지만/ 만날 방법이 없어/ 한 달이 지나갔네

🌸 해설

내리는 눈이 공중에서 사라지듯이, 그렇게 생명이 꺼질 정도로 사랑을 하지만 만날 방법이 없어서
한 달이 지나갔네라는 내용이다.
阿蘇瑞枝도 中西 進과 마찬가지로 한 달이 지나갔다로 해석하였다『萬葉集全注』10, p.606]. '月ぞ'를
注釋과 全集에서는 '달이'로 해석하였으나, 大系와 私注에서는 '몇 개월'로 해석하였다.

2334 阿和雪　千重零敷　戀為来　食永我　見偲

沫雪[1]は　千重に降り敷け[2]　戀しく[3]の　日長きわれ[4]は　見つつ偲はむ[5]

あわゆきは　ちへにふりしけ　こひしくの　けながきわれは　みつつしのはむ

左注　右, 柿本朝臣人麿之謌集出.

寄露

2335 咲出照　梅之下枝尒　置露之　可消於妹　戀頃者

咲き出照る　梅の下枝に　置く露[6]の　消ぬべく妹に　戀ふるこのころ

さきでてる　うめのしづえに　おくつゆの　けぬべくいもに　こふるこのころ

---

1 沫雪 : 부드럽고 녹기 쉬운 눈이다.
2 千重に降り敷け : 'しく'는 겹친다는 뜻이다.
3 戀しく : '戀ひ(동사)' + 'し(과거)' + 'く(명사형 접미어)'.
4 日長きわれ : 오랫동안 그리워하여.
5 見つつ偲はむ : 눈과 연인은 직접 관계가 없다.
6 置く露 : 늦겨울·이른 봄의 이슬. 제1구가 다소 부자연스러운 것은, 이슬이 사라지기 쉬운 계절을 말한 때문인가.

2334 가랑눈은요/ 천 겹이나 내려라/ 그리워한 것/ 날 수 오래된 나는/ 보면서 생각하자

🌸 해설

가랑눈은 몇 겹이나 내려서 쌓여라. 오랫동안 그리워해 온 나는, 그것을 보면서 그대를 생각하자라는 내용이다.

좌주 위의 작품은, 카키노모토노 아소미 히토마로(柿本朝臣人麿)의 가집에 나온다.

이슬에 비유하였다

2335 피어 눈부신/ 매화 아래쪽 가지/ 이슬과 같이/ 죽을 만큼 아내가/ 생각나는 이 무렵

🌸 해설

꽃이 피어서 눈이 부신 매화의, 아래쪽 가지에 내려 있는 이슬처럼, 그렇게 몸도 꺼져서 사라져 버려 죽을 정도로 아내가 그리운 이 무렵이네라는 내용이다.

'咲き出照る 梅の下枝に 置く露の'까지가 '消ぬべく'를 수식하는 序이다.

寄霜

2336　甚毛　夜深勿行　道邊之　湯小竹之於介　霜降夜焉

　　　はなはだも　夜更けて[1]な行き[2]　道の邊の　齋小竹[3]の上に　霜の降る夜を

　　　はなはだも　よふけてなゆき　みちのへの　ゆささのうへに　しものふるよを

寄雪[4]

2337　小竹葉介　薄太礼零覆　消名羽鴨　将忘云者　益所念

　　　小竹の葉[5]に　はだれ降り覆ひ　消なばかも　忘れむ[6]といへば　益して思ほゆ

　　　ささのはに　はだれふりおほひ　けなばかも　わすれむといへば　ましておもほゆ

---

1 **夜更けて** : '요를 こめて(날이 새기 전에)'라고 하는 것에 가깝다.
2 **な行き** : 날이 새고 나서 돌아가세요. 비슷한 내용이 2687번가에 보인다.
3 **齋小竹** : 'ゆ'는 신성한. '小竹'이 제사에서 사용된 것에 의한 명칭이다.
4 **寄雪** : 底本에는 이 제목과 2337번가를 2339번가의 다음에 기록하였지만 여러 이본처럼 정정 부호가 있다.
5 **小竹の葉** : 여기서부터 제4구의 '忘れむ'까지가 상대방의 말이다.
6 **忘れむ** : 목숨이 있는 한 잊지 않겠지요.

서리에 비유하였다

2336   매우 심하게/ 밤 깊어 가지 마요/ 길 주변의요/ 작은 대나무 위에/ 서리 내리는 밤을

🌸 해설

밤이 매우 깊어지고 나서는 돌아가지 마세요. 길 주변의 작은 대나무 위에 서리가 내릴 정도로 추운 오늘 밤인데요라는 내용이다.

추운 밤이니까 날이 새고 나서 돌아가라고 남성에게 말하는 것이다. 이슬을 핑계로 하여 남성을 더 붙잡아 두려는 여성의 노래이다.

눈에 비유하였다

2337   조릿대 잎에/ 싸락눈이 내려 덮여/ 사라지듯이/ 잊겠지요라고 하니/ 더욱 생각나네요

🌸 해설

"조릿대 잎에 싸락눈이 내려 덮여서 사라지듯이, 그 눈처럼 목숨도 죽어 사라진다면 그때는 그대를 잊을 수 있겠지요"라고 그대가 말을 하므로 전보다 더 그리워져서 고통받네요라는 내용이다.

2338 霰落　板玖風吹　寒夜也　旗野尒今夜　吾獨寐牟

　　　霰ふり　いたく風吹き　寒き夜や　波多野[1]に今夜　わが獨り寝む

　　　あられふり　いたくかぜふき　さむきよや　はたのにこよひ　わがひとりねむ

2339 吉名張乃　野木尒零覆　白雪乃　市白霜　将戀吾鴨

　　　吉隠の　野木に降りおほふ　白雪の　いちしろく[2]しも　戀ひむ[3]われかも[4]

　　　よなばりの　のぎにふりおほふ　しらゆきの　いちしろくしも　こひむわれかも

2340 一眼見之　人尒戀良久　天霧之　零来雪之　可消所念

　　　一目見し　人に戀ふらく[5]　天霧らし　降り來る雪の　消ぬべく思ほゆ

　　　ひとめみし　ひとにこふらく　あまぎらし　ふりくるゆきの　けぬべくおもほゆ

---

1 **波多野**：明日香의 波多인가.
2 **いちしろく**：두드러지게. 확실하게.
3 **戀ひむ**：婉曲.
4 **われかも**：자신에 대한 영탄적 의문이다.
5 **戀ふらく**：'戀ふ'의 명사형이다.

2338 싸락눈 내려/ 세게 바람이 불어/ 추운 밤이여/ 하타(波多) 들에 오늘 밤/ 나 혼자 자는 걸까

해설

싸락눈이 내리고 세차게 바람이 불어서 추운 밤이여. 하타(波多) 들에서 오늘 밤 나는 혼자서 자는 것일까라는 내용이다.

私注에서는, '가을 수확을 위하여, 농장의 작은 집에 있었던 것이 무슨 일로 인해 싸락눈이 내릴 때까지 길어진 경우의 노래일 것이다'고 하였다『萬葉集私注』 5, p.434].

2339 요나바리(吉隱)의/ 들 나무에 내려 덮는/ 흰 눈과 같이/ 매우 두드러지게/ 사랑하는 나인가

해설

요나바리(吉隱) 들판에 있는 나무를 덮으며 내리는 흰 눈이 두드러지게 눈에 띄듯이, 그 눈처럼 확실하게 사람 눈에 띌 정도의 사랑을 하는 나인 것인가라는 내용이다.

'吉隱'을 大系에서는, '奈良縣 磯城郡 初瀬町'이라고 하였다『萬葉集』 3, p.150]. '吉隱の 野木に降りおほふ 白雪の'는 'いちしろくしも'를 수식하는 序이다.

2340 단 한 번만 본/ 사람을 그리는 것/ 하늘 흐리며/ 내리는 눈과 같이/ 꺼질듯이 생각되네

해설

단 한 번만 만났을 뿐인 사람인데도 그립게 생각을 하는 것은, 마치 하늘을 흐리게 하며 내리는 눈이 녹아서 사라지듯이 그렇게 목숨이 사라져서 죽을 것처럼 생각될 정도이네라는 내용이다.

단지 한 번밖에 만나지 않은 사람을, 목숨이 사라질 정도로 그리워하며 생각한다는 뜻이다. 阿蘇瑞枝는, '이 작품은 남성의 작품인가'라고 하였다『萬葉集全注』 10, p.615].

2341 思出　時者為便無　豊國之　木綿山雪之　可消所念

思ひ出づる　時はすべなみ　豊國の　木綿山¹雪の　消ぬべく思ほゆ

おもひいづる　ときはすべなみ　とよくにの　ゆふやまゆきの　けぬべくおもほゆ

2342 如夢　君乎相見而　天霧之　落来雪之　可消所念

夢の如²　君を相見て³　天霧らし　降り來る雪の　消ぬべく思ほゆ

いめのごと　きみをあひみて　あまぎらし　ふりくるゆきの　けぬべくおもほゆ

2343 吾背子之　言愛美　出去者　裳引将知　雪勿零

わが背子が　言うつくしみ⁴　出で行かば　裳引⁵しるけむ　雪な降りそね

わがせこが　ことうつくしみ　いでゆかば　もびきしるけむ　ゆきなふりそね

---

1 **木綿山**: 豊後國의 有布岳이다. 눈은 사라지기 쉽다. 부임한 관료의 노래인가. 지식을 전해들은 사람의 노래
　인가.
2 **夢の如**: 이하 2구를 교환하여 2340번가와 같다.
3 **君を相見て**: 맹세를 교환한다.
4 **言うつくしみ**: 원문의 '愛美'는 'うるはしみ'로 읽기도 한다. 'うつくしみ'는 정감이 많다.
5 **裳引**: 긴 치맛자락이라는 것은 귀족의 여성의 작품이라는 것을 말하는가.

2341 생각을 하게 된/ 때는 방법이 없어/ 토요쿠니(豊國)의/ 유후(木綿) 산의 눈처럼/ 꺼질 듯이
생각되네

🌸 해설

사랑하는 사람이 생각이 나는 때는 어떻게 할 방법이 없어서, 토요쿠니(豊國)의 유후(木綿) 산의 눈이
녹아서 사라지듯이 그렇게 목숨이 꺼져서 사라질 것처럼 생각되네라는 내용이다.
'豊國'을 大系에서는, '豊前(福岡縣 · 大分縣) · 豊後(大分縣)'라고 하였다『萬葉集』 3, p.151].
阿蘇瑞枝는, '豊後國에 부임하여 木綿山의 눈을 본 적이 있는 사람의 작품인가. 혹은 歌枕的 감각으로
불리어진 것으로도 생각된다'고 하였다『萬葉集全注』 10, p.616].

2342 꿈과 같이도/ 그대와 서로 만나/ 하늘 흐리며/ 내리는 눈과 같이/ 꺼질듯이 생각되네

🌸 해설

마치 꿈처럼 그 사람과 서로 만나서 넓은 하늘을 흐리게 하며 내리는 눈이 녹아서 사라지듯이, 그렇게
목숨이 사라져서 죽을 것처럼 생각될 정도이네라는 내용이다.
목숨이 사라질 정도로 그리워하며 생각한다는 뜻이다.

2343 나의 님의요/ 말이 사랑스러워/ 나가서 가면/ 치마 끈 표 나겠지/ 눈아 내리지 말아

🌸 해설

내 님이 하는 말이 사랑스러워서 밖으로 나가서 걸어가면 치맛자락을 끈 표시가 나서 사람들의 눈에
띄겠지. 그러니 표시가 나서 사람들이 알도록 하는 일이 없도록 하기 위해서 눈아 내리지 말아라는
내용이다.
私注에서는, '집에 있는 여성을 남성이 와서 밖에서 불러낸다. 그 말이 사랑스러워서 나간다. 그 때
치맛자락을 끌고 간다'고 하였다『萬葉集私注』 5, p.435].

2344　梅花　其跡毛不所見　零雪之　市白兼名　間使遣者 [一云, 零雪介　間使遣者　其将知奈]

梅の花　それとも見えず　降る雪の　いちしろけむな　間使遣らば [一は云はく, 降る雪に　間使やらば　それとしらむな]

うめのはな　それともみえず　ふるゆきの　いちしろけむな　まづかひやらば [あるはいはく, ふるゆきに　まづかひやらば　それとしらむな]

2345　天霧相　零来雪之　消友　於君合常　流経度

天霧らひ　降り來る雪の　消えぬ[1]とも　君に逢はむと　ながらへ渡る

あまぎらひ　ふりくるゆきの　きえぬとも　きみにあはむと　ながらへわたる

2346　窺良布　跡見山雪之　灼然　戀者妹名　人将知可聞

窺狙ふ[2]　跡見山雪の　いちしろく[3]　戀ひば妹が名　人知らむかも

うかねらふ　とみやまゆきの　いちしろく　こひばいもがな　ひとしらむかも

1　**消えぬ** : 사라지는 것은 ‘げ’라고도 ‘きゆ’라고도 한다.
2　**窺狙ふ** : 1576번가. ‘跡見’은 사냥을 할 때 짐승의 흔적을 찾는 사람과 장소이다.
3　**いちしろく** : 두드러지게.

2344　매화꽃이요/ 전연 보이지 않게/ 오는 눈처럼/ 확실히 알겠지요/ 심부름꾼 보내면[어떤 책에 말하기를, 내리는 눈에/ 심부름꾼 보내면/ 사람들 알겠지요]

✿ 해설

　매화꽃이 하나도 보이지 않을 정도로 많이 내리는 흰 눈이 눈에 두드러지는 것처럼, 확실하게 두 사람의 관계가 사람들에게 알려지겠지요. 심부름꾼을 그대에게 보내면[어떤 책에는 말하기를, 내리는 눈 속에 심부름꾼을 그대에게 보내면 사람들이 두 사람의 관계를 알겠지요]이라는 내용이다.

2345　하늘 흐리며/ 내리는 눈과 같이/ 사라진대도/ 그대를 만나려고/ 살아가고 있지요

✿ 해설

　하늘을 흐리게 하며 내리는 눈이 녹아서 사라지듯이 그렇게 마음도 몸도 사라질 정도로 괴롭다고 해도, 그대를 만나기 위해서 목숨을 부지하여 매일 살아가고 있답니다라는 내용이다.

2346　(우카네라후)/ 토미(跡見) 산의 눈같이/ 두드러지게/ 사랑하면 처 이름/ 사람들 알게 될까

✿ 해설

　사냥감을 살피며 찾는 사람이라는 뜻인 토미(跡見)를 산 이름으로 한 토미(跡見) 산에 내린 흰 눈이 눈에 띄듯이, 그렇게 확실하게 사랑을 태도로 드러낸다면 아내의 이름을 사람들이 알아 버리게 될까라는 내용이다.
　'窺狙ふ'는 '跡見'을 상투적으로 수식하는 枕詞이다.

2347　海小船　泊瀬乃山介　落雪之　消長戀師　君之音曽為流

　　　海人船　泊瀬の山に　降る雪の[1]　日長く戀ひし　君が音[2]そする

　　　あまをぶね　はつせのやまに　ふるゆきの　けながくこひし　きみがおとそする

2348　和射美能　嶺徃過而　零雪乃　猒毛無跡　白其兒介

　　　和射美[3]の　嶺行き過ぎて　降る雪の　厭ひもなしと　申せ[4]その[5]兒に

　　　わざみの　みねゆきすぎて　ふるゆきの　いとひもなしと　まをせそのこに

---

1 **降る雪の** : 산에 날마다 눈이 내린다.
2 **君が音** : 발자국 소리가 난다.
3 **和射美** : '岐阜縣 不破郡 關が原(세키가하라)' 부근이다. 눈이 많이 오는 곳으로 유명하다.
4 **申せ** : 경어이다.
5 **その** : 문맥을 받는 지시어이다.

2347 (아마오부네)/ 하츠세(泊瀨)의 산에요/ 오는 눈처럼/ 오래 그리워했던/ 그대의 소리가 나네

🌸 **해설**

어부들이 배를 정박시킨다고 하는 뜻을 이름으로 한 하츠세(泊瀨) 산에 매일 내리는 눈처럼, 그렇게 매일 오랫동안 그리워했던 그대의 발자국 소리가 나네요라는 내용이다.

오랫동안 기다리던 사람이 방문한 것을 기뻐한 노래이다.

'海人船'은 '泊瀨'를 상투적으로 수식하는 枕詞이다. '정박시킨다'는 일본어 '泊(はつ)'의 발음이, 지명 '泊瀨(はつせ)'의 발음과 같으므로 수식하게 된 것이겠다. '泊瀨の山'을 大系에서는, '奈良縣 磯城郡 初瀨町 부근의 산'이라고 하였다〔『萬葉集』 3, p.152〕.

2348 와자미(和射美) 산/ 고개를 넘어갈 때/ 오는 눈처럼/ 싫은 것도 없다고/ 말하게 그녀에게

🌸 **해설**

와자미(和射美) 산의 고개를 넘어갈 때 오는 눈처럼 싫은 마음이 없다고 말하여 다오. 그녀에게라는 내용이다.

'厭ひもなしと 申せその兒に'를 大系・注釋・全集에서는 中西 進처럼 '싫어하지 않는다고 전해다오. 그녀에게'로 해석하였다. 그러나 私注에서는, '내리는 눈처럼 싫은 것도 없다고 말해요. 그 아이에게'로 해석하였다〔『萬葉集私注』 5, p.438〕.

寄花

2349　吾屋戸介　開有梅乎　月夜好美　夕々令見　君乎社待也

わが屋戸に　咲きたる梅を　月夜[1]よみ　夕夕見せむ　君[2]をこそ待て

わがやどに　さきたるうめを　つくよよみ　よひよひみせむ　きみをこそまて

寄夜

2350　足檜木乃　山下風波　雖不吹　君無夕者　豫寒毛

あしひきの　山の下風は　吹かねども　君なき夕は　かねて[3]寒しも

あしひきの　やまのあらしは　ふかねども　きみなきよひは　かねてさむしも

---

1 **月夜** : 달을 말한다.
2 **君** : 매일 밤 찾아오는 남자이다.
3 **かねて** : 태풍의 계절이 되기 전부터.

꽃에 비유하였다

2349　우리 집에요/ 피어 있는 매화를/ 달이 좋아서/ 매일 밤에 보여줄/ 사람을 기다리네

✿ 해설

우리 집 정원에 피어 있는 매화를, 달이 좋아서 매일 밤 보여주고 싶다고 생각해서 그대를 기다리고 있는 것이네라는 내용이다.

매화꽃을 핑계로 하여 연인이 방문해주기를 바라는 노래이다.

밤에 비유하였다

2350　(아시히키노)/ 산바람은 아직도/ 불지 않지만/ 그대가 없는 밤은/ 이미 추운 것이네

✿ 해설

산에서 밑으로 내려오는 바람은 아직 불지 않지만 그대가 없는 밤은 이미 추운 것이네요라는 내용이다. 남편이 찾아오지 않는 밤이 추운 심정을 호소한 노래이다.

이 연 숙 李妍淑

　　부산대학교 국어국문학과를 졸업하고 동대학원 국어국문학과 석·박사과정(문학박사)과 동경대학교 석사·박사과정을 수료하였다. 현재 동의대학교 국어국문학과 교수로 있으며, 한일문화교류기금에 의한 일본 오오사카여자대학 객원교수(1999.9~2000.8)를 지낸 바 있다.

　　저서로는 『新羅鄕歌文學硏究』(박이정출판사, 1999), 『韓日 古代文學 比較硏究』(박이정출판사, 2002 : 2003년도 문화관광부 추천 우수학술도서 선정), 『일본고대 한인작가연구』(박이정출판사, 2003), 『향가와 『만엽집』 작품의 비교 연구』(제이앤씨, 2009 : 2010년도 대한민국학술원 우수학술도서 선정) 등이 있으며 논문으로는 「고대 동아시아 문화 속의 향가」 외 다수가 있다.

한국어역 **만엽집 8**
　– 만엽집 권 제10 –

초판 인쇄 2015년 12월 15일 ｜ 초판 발행 2015년 12월 24일
역해 이연숙 ｜ **펴낸이** 박찬익
펴낸곳 도서출판 **박이정** ｜ **주소** 서울시 동대문구 천호대로16가길 4
전화 02) 922-1192~3 ｜ **팩스** 02) 928-4683
홈페이지 www.pjbook.com ｜ **이메일** pijbook@naver.com
등록 1991년 3월 12일 제1-1182호
ISBN 978-89-6292-771-9 (93830)

* 책값은 뒤표지에 있습니다.